新釈　水滸伝（上）

津本　陽

角川文庫　13682

目次

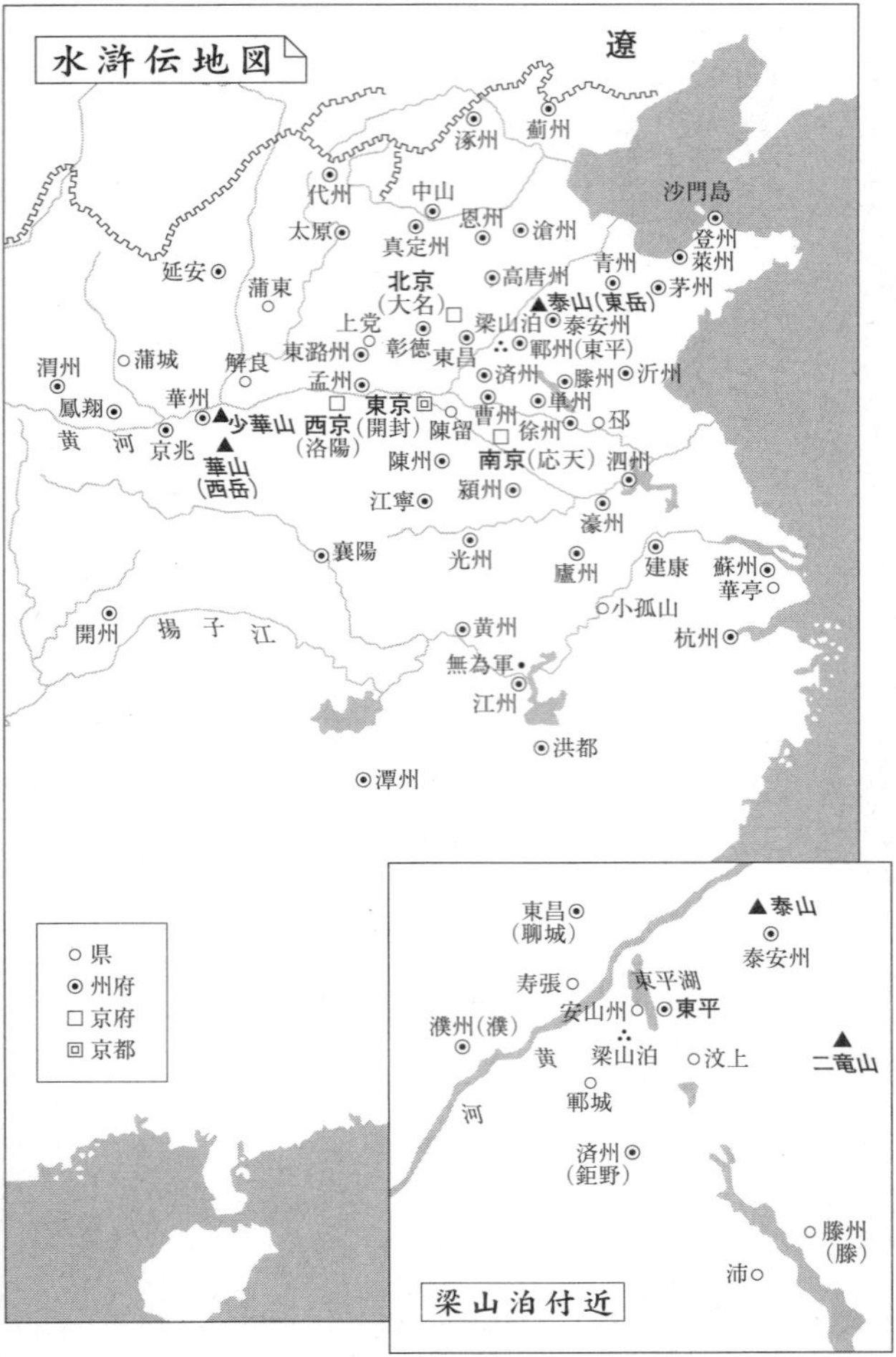
水滸伝地図
遼
薊州
涿州
沙門島
代州
中山
恩州
太原
真定州
滄州
登州
萊州
延安
蒲東
高唐州
青州
茅州
北京
(大名)
泰山(東岳)
上党
彰徳
梁山泊
泰安州
東路州
東昌
鄆州(東平)
渭州
蒲城
解良
済州
滕州
沂州
孟州
華州
鳳翔
単州
東京
西京
少華山
曹州
陳留
邳
黄
河
京兆
(開封)
(洛陽)
徐州
華山
(西岳)
南京(応天)
陳州
泗州
潁州
江寧
濠州
襄陽
光州
盧州
建康
蘇州
華亭
開州
揚
子
江
小孤山
黄州
杭州
無為軍
江州
洪都
潭州
県
州府
京府
京都
東昌
(聊城)
泰山
泰安州
寿張
東平湖
安山州
東平
濮州(濮)
黄
梁山泊
汶上
二竜山
鄆城
河
済州
(鉅野)
滕州
(滕)
沛
梁山泊付近

九紋竜

宋《そう》代、哲宗《てつそう》皇帝の治世も末に近い頃、首都開封《かいほう》の町に放蕩《ほうとう》息子がいた。高《こう》という家の次男で、家業をかえりみることもなく、槍《そう》術、棒術、相撲、遊芸、歌舞音曲を好み、学問もひととおりこころえているが、定職に就くことがなかった。

彼は蹴毬《けまり》が得意であったので、町の人たちは高家の次男として高二と呼ぶことなく、高《こう》毬《きゅう》という渾名《あだな》をつけていた。

高毬はならず者で、仁義礼智、信孝忠良などという心がけはまったくなかった。開封には多くの遊芸人がいた。劇場もある。

皇城の東南に位置する繁華街には、大小五十あまりの芝居小屋がある。蓮華《れんげ》棚、牡丹《ぼたん》棚、夜叉《やしゃ》座、象座は、数千人の客を収容できる規模である。棚とは舞台を意味する言葉であった。

雑劇を演じる役者、小唄《こうた》を唱《うた》う妓女《ぎじょ》の小唱。端唄《はうた》を唱う嘌唱《ひょうしょう》と呼ばれる妓女もいる。操り人形使いは、杖頭傀儡《じょうとうかいらい》、懸糸《けんし》傀儡、薬発傀儡があった。それぞれ杖《つえ》、糸、薬を使う人形使いである。

筋骨、上索などと呼ばれる軽業師、講史という講釈師、小説という講釈師は世話物を演題とする。

散楽、舞旋は、いずれもペルシャ、トルコなどから伝来した胡楽《こがく》であった。ほかにも相撲、影絵芝居、虫芸、謎あて、仮面劇など、遊芸の数は多い。

芝居見物、妓楼《ぎろう》での遊興にうつつを抜かし、日を送る高毬は、金銭に窮すると、市街の内外で人をだまし、ペテンにかけては悪銭を稼いだ。

やがて資産家の金物屋の息子にとりいって、毎日のように市内の妓楼を案内し、遊び歩いて、金を湯水のように使わせる。父親が気づいて、開封府へ告訴した。

「高毬という奴は、とんでもない悪知恵をはたらかす、ごろつきでございます。うちの息子がさんざん惑わされ、大金を使い果しました。どうか、あいつを仕置きしてやって下さいませ」

府尹《ふいん》（知事）は、高毬に棒打ち二十回の刑を申し渡した。

「高毬は追放処分とする。市民は高毬の面倒を見てやってはならない」

高毬はしばらく城外に野宿して、全身の打撲傷が恢復《かいふく》すると、淮西《わいせい》の臨淮《りんわい》（安徽省《あんき》）という町へ流れていった。

臨淮は農産物の集散地で景気がいい。高毬は臨淮で有名な博徒の親分柳大郎《りゅうたいろう》のもとに身を寄せ、無頼の生活を送った。

三年が過ぎた。ときの皇帝哲宗が治世の順調を祝い、天下に大赦の恩典を下した。

臨淮で博打《ばくち》うちの渡世を送っていた高毬も、恩赦をうけたので、親分の柳大郎に頼んだ。

「私は罪が赦免されたので、東京《とうけい》（開封）へ帰りたくなりやした。ながいあいだお世話になりやしたが、これでお暇《いとま》をいただきとう存じやす」

世話ずきな柳大郎は、高毬に帰郷の路銀を与え、旅支度をととのえてやったうえ、一通の手紙をしたため高毬に渡した。

「東京の城内、金梁橋《きんりょう》のそばで生薬屋《きぐすり》をやっている董《とう》という大商人が、俺の親戚《しんせき》だ。この手紙に、お前の面倒を見てやってほしいと書いておいたから、董の世話になって身のふりかたを考えるがいい」

高毬は開封へ帰ると、さっそく金梁橋の董の店をたずねた。

董は高毬のような無頼漢を養えば、ろくなことはないと思った。柳大郎の手紙を読めば、むげに放りだすこともできないが、家に住まわせておくうちには、子供たちが悪風に染まってしまう。

董は高毬を十日ほど歓待したのち、ひとそろいの晴着を与えて告げた。

「私のような小商売をしている者の資力は、いってみれば蛍火のようにはかないもので、とてもよその人の足もとを照らすようなまねは、できませんや。あなたのこれからの暮しむきに、力になれないでしょう。だから、知りあいの小蘇《しょうそ》学士さまを紹介してあげるから、たずねていきなさい。そうすれば、立身の道もひらけるだろう」

小蘇学士は、唐宋八家《とうそうはっか》のひとりに数えられた、高名な文学者蘇轍《そてつ》である。

学士は高毬に会うと、とりあえず屋敷に一泊させ、厄介ばらいの手だてを思いつく。

哲宗の妹婿で、駙馬都尉《ふばとい》という重職についている、王晋卿《おうしんけい》の近習にすすめればよい。晋卿は無頼の風俗を身につけた者を好むくせがある。

晋卿は小蘇学士の使者にともなわれてきた高毬を見ると、ひと目で気にいって、近侍に採用した。高毬はそれまでの無頼の片鱗《へんりん》をもあらわさず、職務にはげんだ。王晋卿は、しだいに高毬を重用し、家族同様に遇するようになった。

「日々に遠ければ日々に疎《うと》く、日々に親しければ日々に近し」

という諺《ことわざ》の通りである。

王都尉の寵臣《ちょうしん》になった高毬は、名を高俅《こうきゅう》とあらためた。

ある日、王晋卿は屋敷で誕生祝いの宴をひらいた。豪華な宴席は金瓶《きんぺい》の花に覆われ、玳瑁《たいまい》の盤には、熊のてのひら、らくだの蹄《ひづめ》などの珍味が盛られている。

スカートをはいた妓女、翠《みどり》の袖《そで》をひるがえす歌妓《うたひめ》たちも、大勢宴席に侍《はべ》り、竜笙《りゅうしょう》を吹き鳴らし、歌舞をにぎやかにおこなう。

訪れた朝野の名士たちは歓談しつつカットグラスの酒を口にする。上席にいるのは、哲宗皇帝の弟の端王《たんおう》である。

王晋卿の義弟にあたる端王は、太子の位に即《つ》いていた。端王は英明の資質をひろく知られ、堂々とした体軀《たいく》である。

風流の道にもあかるく、琴、囲碁、書画に堪能で、歌舞音曲も衆人にすぐれた才をそなえている。

王晋卿は端王にむかいあう席で、酒肴《しゅこう》の相伴をする。端王は厠《かわや》へ立ったとき、書院に寄って休息した。

書院には寝台がある。端王は気にいった妓女と、そこで情を交したのである。彼はそのとき、傍らの机上にあった羊脂玉《ようしぎょく》の獅子《しし》の文鎮一対を目にとめた。

細工は見事というほかはなく、玲瓏《れいろう》とした趣がある。端王はそれを手にとり、「逸品だなあ」と嘆声を洩《も》らした。

王晋卿はその様子を聞き、端王に言上した。

「この獅子をつくった職人の刻んだ、玉竜の筆架《ふでかけ》があります。いまは土蔵に納めていますが、明日には文鎮とともに献上いたします」

端王は、おおいによろこんだ。

「明日は、楽しんで待っているぞ」

翌朝、王晋卿は玉竜の筆架と獅子の文鎮一対を、金梨子地《なしじ》の小箱に納め、高俅に命じた。

「これを九大王のお屋敷へ、お届けしろ」

高俅は端王の御所に出向き、門番から下役人に取りついでもらった。下役人がいった。

「殿下は、庭園で近習たちと蹴毬を楽しんでおられるが、このまま通るがよい」

高俅は庭に通された。

端王は、紗《しゃ》の頭巾《ずきん》をかぶり、紫の縫いとりのある竜袍《りゅうほう》を着て、金糸で飾った飛鳳《ひほう》の靴をはき、近習たちと蹴毬《けまり》をしている最中であった。

高俅は片隅にひかえていたが、端王の蹴った毬が、彼の前へ転がって来た。高俅はとっさに鴛鴦拐《えんおうかい》という術を使い、端王のもとへ蹴返した。

端王は目を見はった。

「なんと巧みな術を使う男だ。お前は誰だ」

高俅は、ひざまずいてこたえた。

「私は、王都尉に近侍する者でございます」

端王は高俅がひざまずき、玉の細工物を奉呈すると、それをひと目見ただけで近習に渡した。高俅は拱手《きようしゆ》の礼をする。端王はたずねた。

「そのほうの蹴毬の技は、ただものとは思えないあざやかなものであった。名はなんと申すのだ」

「高俅でございます」

「そのほう、もういちど毬を蹴ってみよ」

「私ごとき者が、そのような不遜《ふそん》のふるまいはできません」

「かまわぬ。この仲間は、斉雲社《せいうんしや》の天下円《てんかえん》という者だ。遠慮はいらぬ。蹴ってみろ」

高俅は叩頭《こうとう》して無礼を詫《わ》びつつ、身支度をした。

斉雲社というのは、宋代に名高い蹴毬のグループである。高俅は内心で、天下円か誰かは知らないが、自分の技にまさる巧技をあらわす者はいないと、自負している。

高俅は遠慮ぶかい様子をつくろい、二、三度毬を蹴った。毬は生きもののように高俅の足先に操られた。

「水際立った芸ではないか。そのほうの知るかぎりの技を使ってみよ」

「それでは僭越《せんえつ》ながら、ご披露申しあげます」

高俅は、余人の及びえない高度な蹴毬の神髄ともいうべき技を、つづけざまに繰りだした。

毬はどのように蹴られても、高俅の体に膠《にかわ》で貼りつけられているかのように離れなかった。端王は感嘆してやまず、その夜は高俅を御所に泊め、翌日王晋卿を酒宴に招いて頼んだ。

「高俅を私の近習に使いたいのだが。あの者の蹴毬の技は、神業というべきだろう」

王晋卿は承知した。

高俅は端王の近習になると、御所に一室を与えられ、常に影のようにつきそい勤仕するようになった。それからふた月もたたないうちに、哲宗皇帝が崩御したので、端王が帝位を嗣ぎ、徽宗《きそう》皇帝となった。高俅は大宋帝国皇帝の側近である。

徽宗皇帝は、即位のあとしばらくのちに、高俅に内意を洩らした。

「朕《ちん》のもっとも信頼する部下であるそのほうを、高位にとりたててやりたいが、武功がないので、宰相たちに反対されるだろう。それで、枢密院に命じ、そのほうの名を、朕の乗《じょう》輿《よ》に随行する者のうちに加えさせておいた」

枢密院とは、宋軍統帥の最高機関である。

高俅はそれから半年ほどのうちに、殿師府太尉《でんすいふ》（近衛府長官）に任命された。

高俅は殿師府に着任すると、主立った部下に目通りを命じた。

殿師府に所属する公吏、衙将《がしょう》、都軍、監軍《かんぐん》、騎兵、歩兵の将校たちは、揃って高俅に謁見した。

彼らがそれぞれ名刺をさしだし、官姓名を告げる。高俅は名簿を手に、本人をたしかめていたが、八十万禁軍（近衛兵）の教頭（武術指南）の王進という者だけが、あらわれなかった。

王進は病中で、半月ほどまえから休んでいた。高太尉は、王進の欠席を知ると怒って喚《わめ》きたてた。

「そやつは、名刺だけをさしだしておき、儂《わし》に挨拶《あいさつ》するのを怠るつもりだろう。上司に楯《たて》つく、けしからん了簡《りょうけん》だ。仮病をよそおっているにちがいない。屋敷へ出向き、引きだしてこい」

王進には妻がなく、六十を過ぎた母親と二人暮らしをしていた。

彼の屋敷をたずねた牌頭《はいとう》（組頭）は、高俅の言葉を伝えた。

「こんど着任した高太尉が、あなたは仮病を使っているのだから、引っとらえて連れてこいと申されます。軍正司（取締官）から、届を出しているのですが、聞き入れて下さいません。どうか、一度殿師府へお運び下さい」

王進は、しかたなく出頭し、高俅に目通りして四拝の礼をしたのち、立ちあがった。

高俅は、突然たずねた。

「貴様は王昇の息子か」

「そうです」

王進が答えると、怒声が降ってきた。

「貴様の親父は、大道で棒を使って客を集める、薬売りだったろう。貴様に武芸が分るものか、教頭などになりやがったが、儂の眼はごまかされないぞ。仮病を使って目通りをしないとは、不届きな奴だ。誰の威勢をかさに着て、そんな不遜な態度をとるのだ」

「私は怠けるつもりはありません。病いが思わしくないので、床についていました」

「それでは、なぜここまでこられたのか」

「太尉殿のご命令ですから、むりにきたのです」

高俅は幕僚たちをふりかえり、喚きたてた。

「この不届き者を、足の立たないほどぶちのめせ」

王進の親友である幕僚たちは、軍正司とともに、高俅の怒りをしずめようとした。

「ご着任のめでたい日に、役所を騒がすのは、よそへの聞えもよくありません。今日だけはお許しなされるべきです」

高太尉は、王進を罵《ののし》った。

「今日は見逃してやるが、明日はこのままでは納まらないぞ」

王進は帰宅して、母に告げた。

「今日、新任の高太尉に呼びつけられて、病気で休んでいたのを咎《とが》められ、鞭《むち》で打たれるところだった。亡くなった父さんの名が王昇だと知っているので、おかしいと思い、顔をよく見たら、三、四年前に東京《とうけい》（開封）にいた高毬というならず者だったよ。あいつは円社（蹴毬クラブ）にいた頃、父さんに棒を習いにきたが、稽古《けいこ》を怠けたのでこっぴどく打ちすえられ、三日ほども起きあがれなかったと噂に聞いたことがある。高毬はその恨みを忘れず、俺をひどい目にあわせようとおもっているんだ。やつの管下《かんか》にいると、いじめ殺されるよ」

母親はいった。

「高毬のような男なら、お前を殺しかねない。三十六計逃げるにしかず。あてもないが、どこかへ逃げよう」

「母さんに苦労をかけるが、逃げるほかはないよ。延安府の経略使《けいりやくし》（総督）种老相公《ちゆうろうしようこう》の部下の将校たちのうちに、私の棒術、槍《そう》術を認めてくれている人が大勢いるんだ。延安にゆけば、なんとかなるだろう」

母子は夜のうちに旅支度をととのえ、門番をしている二人の牌軍《はいぐん》（兵隊）に用事をいいつけて使いに出し、帰ってこないうちに開封の西華《せいか》門から出て、延安への道を急いだ。

高太尉は、翌日王進母子の逃亡を知ると、国じゅうの州府の知事長官に公文書を回付し、逃亡した二人の行方《ゆくえ》を追わせた。

王進母子は首尾よく落ちのび、一ヵ月ほどの旅をかさねるうち、延安府の近所まできた。

王進は、ようやく緊張をゆるめた。

「母さん、ここまできたら高太尉の追手がくることもないだろう。うまく逃げのびたようだね」

「神さまは、私たちをまだお見捨てなさってはいないんだよ」

母子はよろこびあって先を急いだが、道をまちがえ、宿場を通り過ごした。

日が暮れても村里があらわれないので、二人がしかたなく夜道をたどるうち、行手の林のあいだに灯火がまたたくのを見た。

「あそこに家があるよ。今夜は軒下にでも寝かせてもらい、明日は早立ちしよう」

近づいてみると、王進たちはおどろいた。辺地には稀《まれ》な大邸宅である。四方に土塀をめぐらし、塀外には数百本の柳の古木がつらなっている。

屋敷の外には牛、羊を飼う牧場があり、鵞鳥《がちょう》、家鴨《あひる》の数もおびただしい。

王進は表門の戸を遠慮がちにたたいた。やがて戸があき、下男が顔を出した。

王進母子を見た下男は、怪しい者ではなかろうと考えたのか、おだやかな口調でたずねた。

「あなたがたは、何の御用でお越しになりましたか」

王進は担いできた荷を地に下し、母を駄馬の背にまたがらせたまま答えた。

「私ども母子は道に迷い、宿場を見つけられないまま、ここまできたのですが、お屋敷の灯を見ておたずねいたしました。それで今夜は御門の庇《ひさし》の下にでも泊めていただければ、明朝早く出発します。宿賃は払わせていただき、ご迷惑はおかけいたしません」

「では、旦那《だんな》さまにお聞きして参りましょう」

下男は奥のほうへ去ったがしばらくして出てくると告げた。

「旦那さまが、あなたがたをお連れするように申しましたので、どうぞお通り下さい」

王進は母を駄馬から下し、下男に従って麦打ち場にゆき、柳の幹に馬をつなぐ。

「こちらでございますよ」

下男は王進たちの足もとを手燭《てしょく》で照らし、主殿の奥の間へ導く。

旦那は燭台の火光がゆらめく広い居間で、椅子にもたれていた。六十を過ぎた年頃で、鬚《ひげ》も髪もまっしろである。

頭に塵《ちり》よけ頭巾《ずきん》をかぶり、寛袍《かんぽう》を着て黒絹の帯紐《おびひも》をしめている。足にはやわらかそうなめし革の沓《くつ》をはいていた。

王進が膝《ひざ》を床につけ挨拶すると、旦那は押しとどめた。

「そんなにごていねいなご挨拶をなされると、かたくるしくていけません。どうぞお坐《すわ》り下さい」

王進と母が椅子に腰をおろすと、旦那はたずねた。

「あなた方は、どちらからこられたのですか。ずいぶん遅くまで歩まれて、お疲れでしょう」

王進は偽名を口にした。

「私は張と申します。東京に住んでいましたが、近頃商売にしくじり、元手を使いはたしたので、延安府の親戚《しんせき》を頼ることにしたのです。今日は先を急ぎすぎて、宿場を通り過ごしました。ご迷惑をおかけすることになり、恐縮しています」

「困ったときは、おたがいさまですよ。あなた方は、まだ夕食をおとりになっておられないのでしょう」

旦那は鈴を鳴らして下男を呼び、食事の支度を命じた。

下男が菜《さい》四品、牛肉の蒸し焼一皿と燗酒《かんざけ》をはこんできた。

旦那は、王進たちへの接待に気を配る。

「いなかのことで、ご馳走《ちそう》をしようにも、こんな手軽なことになってすみません。酒でも存分にお召しあがり下さい」

王進母子が夕食をすませると、旦那は寝室へ入った。

下男は母子を客間へ案内し、燭台に火を点じ、足を洗う湯桶《ゆおけ》を運んでくる。王進母子はやわらかい夜具に身を横たえ、眠りにおちた。翌朝、思いがけないことがおこった。王進の母が腹痛をおこしたのである。旦那は養生をすすめた。

「下男を近くの宿場へやって、薬を買ってこさせましょう。当家に幾日逗留《とうりゅう》してもらってもかまいません。ゆっくり養生して下さい」

王進は、旦那の懇情に恐縮するばかりであった。

母の病いは、五日ほど養生するうちに恢復《かいふく》した。王進は出立の支度をととのえ、廏《うまや》へ馬を見にいった。延安府までは、あとしばらくの旅程である。

庭に出ると、十八、九の年頃の若者が棒を振り、打ちあいのひとり稽古をしていた。もろ肌ぬぎになった体には、青竜の刺青《いれずみ》がほどこされ、顔立ちは端整で、銀盤のように冴《さ》えわたっている。

若者の使っているのは、訶棃棒《かりぼう》と呼ばれる、木の棒に鉄を巻きつけたものであった。

王進は足をとめ、若者の身ごなしを眺めていたが、思わず声をかけた。

「よく体が動くが、隙ができるな。その腕では一流の遣い手と試合をすれば、勝てないだろう」

若者は王進の言葉を聞き、眼をいからした。

「貴様は何者だ。俺の構えに隙があるのか。世に聞えた師匠七、八人に教わった俺の技を、拙《つたな》いというのなら、勝負をやってみてはどうだ」

旦那が通りかかって、若者を叱《しか》った。

「お客に失礼な口をきいてはいけないぞ」

「しかし、俺の術が未熟だと笑われては、黙っていられないよ」

旦那は王進に聞いた。

「棒術の心得が、おありのようですな」

「いささかたしなんでいますが、この若いお方はどなたでしょう」

「私の息子です」

王進は笑みを見せた。

「ご子息であれば、もしご所望なら正統の棒術を指南してさしあげましょう」

「それはありがたい」

旦那は息子に、王進に対し師父の礼をとるよう命じたが、聞きいれなかった。

王進はわが身上をうちあけた。

「私は張という商人ではありません。東京《とうけい》八十万禁軍の教頭、王進という者で、士卒に槍術、棒術の指南をしておりましたが、今度思わぬ災難にめぐりあったのです。実は殿帥府《でんすいふ》太尉として、役所の長官に新任した高俅という者が、昔私の亡父に棒を習いにきて、手ひどく打ちのめされたことがあり、恨みを抱いていたのです。高俅は私を罪に陥れて恨みをはらそうとするので、やむなく母子で延安府へ逃れ、経略使の种《ちゅう》老相公を頼って仕官したいと考え、旅に出たしだいです」

旦那は長い吐息をついた。

「徽宗《きそう》皇帝は、風流な遊興をお好みになられると聞いていたが、そんなならず者をお近づけになるとは嘆かわしいことです」

徽宗即位のときの逸話は、諸国に聞えていた。彼は先代哲宗が崩御したとき、行方が分らなかった。市中へ遊びにでかけていたのである。哲宗の病いが重篤であるというのに、枕頭《ちんとう》に侍して看病すべき立場をかえりみなかった。

北宋《ほくそう》帝国第八世皇帝となったのちも、市中へ微行《びこう》して遊興することがしばしばであった。彼には皇帝として人心を察知するような才智はなく、市民に立ちまじって、ひたすら遊ぶばかりである。

徽宗が寵愛《ちょうあい》する妓女《ぎじょ》の店と、宮殿とのあいだに、秘密の抜け道が設けられているという噂があるほど、遊蕩《ゆうとう》を好んだ。

王進には、真の武芸者としての威厳がそなわっている。旦那の息子は王進に対し、あらためて弟子としての跪拝《きはい》をした。

旦那は、彼と息子の身上を語った。

「当家は代々この地に住んでいます。向うに見えるのが少華山、この村は史家村《しかそん》と申します。四百戸ほどの家はみな史という姓を名乗っています。息子は幼い頃から野良仕事をきらい、武芸ばかりに熱心で、母親はどれほど意見しても聞きいれないのを苦にやんで、亡くなりました。私は息子の望むように生きさせてやるよりほかはないとあきらめ、大金を払って武芸の師匠に入門させました。

また本人が望むので、名のある刺青師を呼んで、肩、腕、胸に九匹の竜を彫らせました。このため在所の華陰県一帯の住人は、息子を九紋竜《くもんりゅう》の史進と呼ぶようになりました。私はあなたに息子をお任せして、世間に知られるほどの武芸者にしてやりたいと思います。礼金は惜しみません。どうかよろしくお願いいたします」

王進は承知した。史進に武芸十八般を指南ののち、延安へむかうことにしたのである。

王進が指南した十八般の武芸は、つぎの通りである。
矛《てぼこ》、鎚《なげつち》、弓、弩《いしゆみ》、銃、鞭《てつむち》、簡《かん》、剣、鎖鎌《くさりがま》、撾《なげぼこ》、斧《おの》、鉞《まさかり》、戈《かぎぼこ》、戟《えだぼこ》、牌《たて》、棒、槍《やり》、杈《くまで》。
銃というのは鉄砲ではなく、斧の一種である。簡は、刃のない四つの稜角《りょうかく》のある鉄棒である。

史進は近在の町をめぐって、十八種類の武器を買いもとめてきた。王進は毎日史進に、自分の知るかぎりの武技を教える。

旦那はときどき華陰県城へ、里正（村長）としての務めについての報告に出向くだけである。

おだやかな明け暮れをかさね、いつか半年が過ぎた。王進は、史進に武芸十八般の奥義を伝えると、このまま史家村に滞在するのは、旦那に迷惑をかけることになると考えた。

　窓外の日光は弾指に過ぎ
　席間の花影は座前に移る
　一杯いまだ進めざるに笙歌《しょうか》送り
　階下の辰牌《しんぱい》また時を報ず

という詩の通り、楽しい宴席につらなっているときのように、時は風のように過ぎてゆく。

居心地のいいままに月日を重ねると、史進は武芸者としての手練をいっそう錬磨して、旦那のあとを継ぎ、里正となろうと思わなくなってしまうと懸念する。

ある日、王進は史進と旦那《だんな》に暇乞《いとまご》いをして旅立つことを告げた。史進たちは顔色を変え、懸命にひきとめる。

「私は、先生とご老母に一生お仕えするつもりでいます。この地を離れるなどとおっしゃらないで下さい」

「まことに史家村は桃源郷というべきです。毎日がゆったりと過ぎてゆき、いままで経験したことのないしあわせな月日でした。しかし、やがては高太尉の追手がくるかも知れず、そのとき、あなたがたにご迷惑をかけてはなりません。延安府では、辺境を守る軍兵を必要としているので、たぶん仕官ができることでしょう。いま、お暇乞いをさせていただくのが、ちょうどいい潮時であろうかと存じます」

史進と旦那は、王進をひきとめられないと知ると、やむなく送別の酒宴をひらき、緞子《どんす》二疋《にひき》と銀百両を礼としてさしだした。

翌日、王進は母を馬に乗せ、旦那に礼をのべて出立した。史進は下男に王進の荷を担がせ、十里（唐里、一里は約五六〇メートル）ほど送って別れた。

史進は史家村へ帰る途中、涙がとまらなかった。寂寥《せきりよう》が胸にあふれ、彼は身をよじって泣いた。

史進は、王進が去ったのちも、毎日ひとり稽古《けいこ》にはげんだ。妻子もいないので、屋敷の裏手で馬を走らせ、弓を射て時を過ごす。夜中にあらたな技を思いつくと、突然起き出して戈や剣を操る。

半年ほどたって、史進の父親が重病にかかり、床についた。史進は四方から名医を呼び、治療をさせたが、旦那は恢復することなく、世を去った。

史進は、七日七夜の追善供養をおこない、父の霊魂の昇天を祈願する祭を十数度もおこない、吉日吉時をえらび葬式をおこなった。

史家村四百戸は、すべて小作人であるので、喪服を着て葬式に参列し、棺《ひつぎ》を西の山の墓地に葬った。

史進は父の没後、まったく家業をかえりみなくなった。彼は畑仕事に出ようとする小作人や、下男を呼びとめては、槍や棒の稽古相手にする。

旦那が亡くなって三月ほどたった夏のさかりであった。史進は昼食のあと、麦打ち場の傍らの柳の木蔭《こかげ》に椅子を持ちだし、涼んでいた。むかいの松林から、さわやかな風が吹いてきて、史進は睡気《ねむけ》をさそわれ、大あくびをする。

そのとき、土塀の外から屋敷のうちをのぞきこんでいる男が、目についた。

「誰だ、貴様は。なぜ俺の家をのぞいているのだ」

史進は木立を抜け、風のように塀際に走り寄る。

「なんだ、摽兎《ひょうと》（兎取り）の李吉《りきつ》だな。俺の家をのぞいて、なにを探るつもりだ」

李吉は頭をかいて史進に挨拶《あいさつ》をした。

「あっしはお屋敷の下男の丘乙郎《きゅういつろう》を誘って、村の酒亭へ酒を呑《の》みにゆくつもりでしたが、若旦那がいらっしゃるんで、遠慮していたところですよ」

「近頃お前は、山で獲《と》れた獐《のろ》や兎を売りにこないが、どうしたのだ。値切って買ったつもりはないが、金がないとでも思っているのか」

李吉はおどろいたように答える。

「史進さまが大金持ちなのは、よく存じておりやすが、なにしろ獲物がまったくあらわれないので、仕方がありません」

「なに、少華山の果てもないような山懐に、獣がいないはずはない」

「若旦那は、少華山に山賊が棲《す》みついたのをご存知ないのですか。奴らは砦《とりで》をこしらえ、五、六百人の手下がいて、馬も百頭は飼っておりやす。そいつらの一の大王は神機軍師の朱武《しゅぶ》という野郎でござんすよ」

史進はおどろいた。

「少華山に山賊がいると聞いてはいたが、それほど大勢集まっているのか」

「そうなんですよ。二の頭《かしら》が跳澗虎《ちょうかんこ》の陳達《ちんたつ》、三の頭が白花蛇《はくかだ》の楊春《ようしゅん》といって、朱武といっしょに強盗をはたらきやす。華陰県の役所の力では奴らをどうすることもできやせん。山賊を退治すれば三千貫の賞金を出すといっておりやすが、誰も手が出せねえんでさ。それであっしも山へ猟にいけねえわけですよ」

史進は、李吉が帰っていったあと、思いたった。

「山賊たちがわがもの顔にふるまっているのを放っておけば、やがて史家村にも押しかけてくるだろう。そのときは、村を守らなければならない」

史進は紙銭《しせん》を百枚焼き、神に不退転の誓いをたてたのち下男に命じ、村内四百戸の小作人たちを呼び集めさせた。

水牛一頭を料理し、酒の支度をして、屋敷内の草堂に招いた小作人たちにふるまい、酒宴たけなわの最中に、史進は告げた。

「今日、摽兎の李吉に聞けば、少華山には三人の山賊が、五、六百人の子分を指図して強盗をはたらいているそうだ。県の役人も手を出せないというから、そのうちにこの村へやってくるにちがいない。そのことで、今夜は相談したいのだ」

小作人たちは答える。

「私たちは、若旦那のお指図に従って、山賊たちと戦います」

「それなら、いまから槍や棒の支度をしておくんだ。俺の屋敷で拍子木《ひょうしぎ》を打てば、すぐに駆けつけてこい。たがいの力をあわせ、村を守るんだ」

百姓たちは酒宴が果てて家に帰ると、武器の手入れをはじめた。

その頃、少華山の山賊の砦では、三人の頭目が相談をかわしていた。大王と呼ばれる朱武は定遠《ていえん》の出身で、二刀の術に長じていた。

彼は兵法にくわしく、策謀家であった。つぎの詩が、彼の風貌《ふうぼう》資質を伝えている。

道服は棕葉《そうよう》を裁《た》ち
雲冠《かお》は鹿皮を剪《き》る
瞼赤く双眼するどく

面白《おもて》く細髯《さいぜん》垂る
陣法は諸葛《しょかつ》にたぐい
陰謀は范蠡《はんれい》にまさる
華山誰が第一なる
朱武　神機と称す

二の頭の陳達は、出白《しゅつぱく》の点鋼槍《てんこうそう》（磨ぎすました鋼の槍）の遣い手、三の頭の楊春は、大《だい》桿刀《かんとう》の遣い手であった。

朱武は陳達と楊春に告げた。

「華陰県の役所では、俺たちを捕まえりゃ、三千貫の賞金を出すといっているそうだ。大勢で攻めたててくれば戦わねばならないが、砦の貯《たくわ》えはわずかなものだ。兵糧《ひょうろう》を貯えておかねば、官兵がやってきても楽々と戦えないぞ」

跳澗虎の陳達がいった。

「大王のいう通りだ。これから華陰県の役所へ押しかけて、兵粮を貸せともちかけてみて、どうせいうことを聞かねえだろうから、米蔵をぶっ壊して盗んでこよう」

三千貫の賞金をかけられている張本人たちが県城へ押しかけようというのである。

白花蛇の楊春が反対した。

「華陰県は、どうにもいけねえな。蒲城県《ほじょう》ならまちがいなく兵粮を分捕れるだろう」

陳達はあざ笑った。

「白花蛇は胆《きも》っ玉がちいさくていけねえ。蒲城県は戸数がすくなくて、貯えもたかの知れたものだ。華陰県をやっつけりゃ、たっぷり兵粮を捲《ま》きあげられるぞ」

楊春がいい返す。

「兄貴は、何にも知らねえな。華陰県へゆくには、史家村を通らなきゃならねえんだ。あそこには九紋竜という虎のような暴れ者がいるんだよう。虎に触れりゃ、おとなしく通るわけにゃいかねえよ」

陳達は楊春を一喝した。

「お前はなんという意気地ない奴だ。小さな村に邪魔されて通れねえのか。そんな根性じゃ、官軍と戦えるか」

「兄貴は史進の凄《すご》い腕前を知らねえんだ。甘く見るとひでえ目に遭うぜ」

朱武も史進の噂を知っていた。

「俺もあいつの武勇については聞いた。油断ならない男らしいから、ゆかないほうがいいだろう」

陳達は、虎が吠《ほ》えるように叫んだ。

「うるせえ、黙っておれ。二人とも史進を持ちあげて、おのれが劣ると思っているのか。まったく情ねえ奴らだ。史進といっても三面六臂《さんめんろっぴ》の化物でもなかろう」

鄴城《ぎょうじょう》の出身であるという陳達を讃える四句詩がある。

力健《けん》に　声雄《ゆう》に　性粗暴

丈二の長槍《ちょうそう》　撒《はな》つこと雨の如し
鄴中《ぎょうちゅう》の豪傑華陰に覇たり
陳達　人は称す跳澗虎と

陳達は朱武と楊春がとめるのをふりきり、手下たちに命じた。

「すぐ俺の馬に鞍《くら》をつけろい。いまから史家をたたきつぶし、華陰県城に乗りこんでやるぞ」

朱武と楊春は、陳達をひきとめた。

「軽はずみなことをしては危ない。史進はなみの武芸者ではないというぞ」

だが陳達は気をはやらせ、耳をかさなかった。彼は百四、五十人の手下を呼び集め、銅《ど》鑼《ら》を打ち、太鼓を鳴らし少華山を下りて、土煙をあげ史家村へむかった。

史進は屋敷で武器をあらため、戦いの支度を急いでいたが、下男が居間に駆けこんできて注進した。

「少華山のほうから、銅鑼、太鼓の音が聞え、土埃《つちぼこり》が野火の煙のようにたなびいています」

「よし、すぐに拍子木を打ち鳴らせ」

下男は急調子で拍子木をたたいた。屋敷のまわり、四百戸の小作人たちはその音を聞くと、畑から駆けもどり、槍《やり》、棒、刀をとって史進のもとへ集まってきた。

史進は頭に一字巾《いちじきん》という、頭頂の平らな頭巾をかぶり、身に朱紅の鎧《よろい》をつけ、青錦《せいきん》の上衣をかさね、萌黄《もえぎ》の長靴をはいて庭に出た。

胸には頑丈な鉄の胸当て、弓一張《ひとはり》に矢一壺《いっこ》、手に三尖両刃四竅八環《さんせんりょうじんしきょうはちかん》の太刀をひっさげている。諸刃《もろは》で、切先が三つに分れた小型の薙刀《なぎなた》、四竅八環は、刀の柄飾りである。

下男が火炎のような赤毛の馬を曳《ひ》いてくると、史進は飛び乗り、馬前には血気さかんな若者三、四十人を進ませ、うしろには中年の百姓八、九十人を従える。さらにそのうしろに遊軍として百五、六十人がつづいた。

「ときの声をあげよ」

史進が命じると、百姓たちは喚《わめ》き叫んで村の北口へ進んだ。

陳達は、史進たちが押しだしてきたのを見ると、手下を散開させ、陣を敷かせた。

彼は柿色の凹面巾《おうめんきん》という まんなかの凹《へこ》んだ頭巾《ずきん》をかぶり、金いぶしの鉄甲をつけ、紅色の上衣をかさね、白い肥馬にまたがっている。

足には爪先の尖《とが》った弔墩靴《ちょうとんか》、腰に組糸の帯をしめ、手に一丈八尺（一尺は一丈の一〇分の一、一丈は約三・一メートル）の点鋼槍をひっさげていた。

陳達は馬上から史進にむかい、胸をそらせ会釈をしてみせた。史進は大喝した。

「貴様らは人を殺《あや》め焼討ちをおこない、物を掠《かす》め、人をさらう、天下の大罪人だ。耳があれば聞いているはずだが、よくもずうずうしく史家村へあらわれたな。この史進の村を襲うのは、鬼門に家を建てるようなものだ」

陳達は、せせら笑ったが、おだやかな口調でいった。

「俺たちはこれから華陰県へ兵粮を借りにゆく。邪魔をせず通してくれるだけでいい。帰り道には、かならず礼をしよう」

史進は陳達の言葉をさえぎった。

「勝手ないいぐさはやめろ。俺は里正をつとめている。貴様たちをひっ捕えに出向こうとしていたところだ。そちらから出向いてきたのを捕えもせず、見逃せるものか」

陳達は史進の武勇をはばかり、下手に出て頼んだ。

「四海のうちは皆兄弟だ。どうか道をあけてくれ」

史進は両眼に炎のような殺気をみなぎらせ、答える。

「くどいぞ陳達。たとえ俺が貴様を通してやろうと思っても、反対する奴がいるぞ。そやつに聞いてみて、許しが出たら通してやろう」

「ほう、それは誰だ。どこにいる」

「貴様の目のまえにいるさ。俺が手にしている三尖刀《さんせんとう》だ」

陳達は憤怒《ふんぬ》に顔を朱に染め、猛《たけ》りたった。

「大口をたたきやがったな。おだやかにはすまさねえぞ」

「こっちははじめからそのつもりだ。ゆくぞ」

史進は馬腹を蹴《け》り、三尖刀を水車のようにふりまわし、斬りかかった。陳達も槍を構え、電光のように繰りだす。

史進の刀は陳達の眉間《みけん》を狙って飛び、陳達は一丈八尺の槍を史進の胸に突きこむ。一来一往、一上一下して、砂埃を蹴立《けた》て馬を交えて戦うが、しばらくはたがいの刃に火花を降らせ、打ちあうばかりであった。

やがて史進はわざと隙を見せ、陳達の槍先をかろうじてかわす。陳達はいきおいこんで気合いとともに槍を突きいれる。

史進は腰をひねって攻撃をかわすと、陳達をひとつかみにした。陳達の巨体は螺鈿《らでん》の鞍からかるがるとつかみあげられ、周囲を取りまく百姓、山賊は、史進の怪力に息を呑《の》んだ。

史進は陳達の腰帯をつかみ、毬《まり》のように地面に投げつけた。陳達は気を失い、乗馬は疾風のように少華山へ駆けもどってゆく。

史進は山賊たちを威嚇した。

「貴様たちも、こいつのようにしてほしいか」

百姓勢は、ときの声をあげ、山賊の群れに襲いかかる。

気勢をそがれた山賊たちは、散り散りに逃げ去った。

史進は屋敷へ陳達を引き立て、庭木に縛りつけると、百姓たちに酒食をふるまう。

彼らは史進のすさまじいはたらきを褒めそやした。

「さすがは若旦那《わかだんな》さ。まるで魔王のようなお手並みだ」

少華山の砦《とりで》では、朱武と楊春が陳達の様子を危ぶんでいるところへ、史家村から山賊たちが逃げ帰ってきた。

「陳頭目は史進に捕まりやした。今夜にも命を取られやす」

「やはり、やられたか」

砦のうちが騒がしくなった。螺鈿の鞍を置いた陳達の乗馬が、戻ってきたのである。

手下のひとりが、陳達と史進の一騎打ちの有様を、朱武たちに詳しく告げた。

「なにしろあの大男の陳頭目を、片手で鞍上からつかみあげ、地面へたたきつけたんでさ。誰も歯が立ちやせんよ」

朱武は舌うちをした。

「俺のいうことをきかねえから、案の定どじを踏みやがった」

楊春は、大桿刀《だいかんとう》の柄《つか》に手をかけていう。

「こっちから総出でおしかけて、史進をぶっ倒してやろうじゃねえか」

朱武は首をふった。

「跳澗虎《ちょうかんこ》でさえ、たちまち負けたのだ。お前なら、かならずやられる。俺の苦肉の策に従え。この手が通じなければ、俺たちも陳といっしょにくたばるしかねえさ」

「どのような策だ」

朱武は楊春の耳に口をあて、ささやいた。

楊春は賛成した。

「やはり兄貴は頭がいいぜ。さっそく史家村へ出かけよう。ぐずついているうちに、陳達の首が飛ぶかも知れねえ」

朱武たちは子分を連れず、二人で史家村へ歩いて出かけた。

史家村の村はずれまでやってくると、百姓たちが彼らを見て、おどろいて史進の屋敷へ駆けこんだ。

「少華山から朱武と楊春がやってきました」

「なに、頭目どもが揃ってきたか。手下はどれほど連れてきているんだ」

「ひとりも見えませんが」

「どこかへ伏せているんだろう。すぐ拍子木を打て」

村人たちは、剣戟《けんげき》を手に屋敷へ集まってきた。

史進が馬に乗り、三尖刀を脇に抱え、門を出ようとすると、朱武と楊春が門前で跪拝《きはい》している。二人は涙を流していた。

史進は下馬し、油断なく三尖刀を構えて近寄った。

「そんなところで土下座して、何のまねだ」

朱武は涙を拭《ふ》きながら、訴えるようにいう。

「私と陳達、楊春は、悪役人に苦しめられて、やむなく山に入り盗賊となりましたが、三人のあいだで誓いをたてております」

史進は朱武たちを睨《にら》みつける。

「貴様らは、俺をだまそうとしているんだろう。三人でどんな誓いをたてたというんだ」

朱武は涙の玉をふりおとしつつ、言葉をつづけた。

「偽りは申しておりません。私たちは、生れた日はちがっていても、死ぬときはともに最期を遂げようと、約束しています。関羽、張飛、劉備《りゅうび》の義侠《ぎきょう》に及ばずとも、志にかわりはありません。今日、義弟陳達が私の諫言《かんげん》を聞きいれず、あなたにさからい、お屋敷に捕われています。いまさら命乞《ご》いをしても聞きいれては下さらないでしょう。それで、われわれは死ぬために少華山を下りてきたのです。三人を華陰県の役所へ引きたてられ、三千貫の賞金をお受けとり下さい。県の内外で知らぬ者のいない大豪傑史進さまの手に捕えられるのは、本望です。あなたを毛頭お恨みいたしません」

史進は朱武の弁舌に心を動かされた。

――こいつらが、これほど義侠心にあついとは知らなかった。いい男たちだ。役所へつきだして、賞金をもらうのは考えものだ。そんなことをすれば、天下の好漢から笑いものにされよう。虎は腐った肉を食わぬという諺《ことわざ》もある――

史進は朱武たちにいった。

「まず、奥へ入れ」

二人はためらわず屋敷に入った。武器をたずさえた百姓たちが周囲を取り巻き、威嚇の声をあげるが、もはや覚悟をきめているのであろう。泰然としていた。

朱武は奥座敷の前にくると、ひざまずいた。楊春も膝《ひざ》をつく。

「なにをする。立って客間へ入れ」

朱武は拒んだ。

「いや、捕虜が立って室内に入ることはできません。ここで縛って下さい」

史進はいさぎよいふるまいを見て、感じいった。

「惺々《せいせい》（賢者）は惺々を惜しみ、好漢は好漢を識《し》るというが、貴様たちの義にあついさまを見つつ、役所につきだすわけにはゆかない。陳達を許して、貴様らに返してやろう」

朱武は、心中で思う壺《つぼ》にはまったとよろこびつつ、なおも神妙な態度を崩さない。

「史進さまを、私どもの巻きぞえにはできません。どうかわれわれを役所にお引き渡し下さい」

史進は朱武たちを信じこんだ。

「いや、そんなことはしない。これから俺と酒をくみかわそう」

朱武は笑って答えた。

「死をいとわない私どもが、どうして酒をいといましょう」

史進は陳達のいましめを解き、朱武、楊春とともに奥の客間に招き、酒肴《しゅこう》でもてなした。

朱武、楊春、陳達はしたたかに酩酊《めいてい》し、史進に礼をのべ、少華山へ帰っていった。

朱武は砦《とりで》に戻ると楊春たちにいう。

「俺が苦肉の策を用いなければ、いま頃陳達の首は胴をはなれていただろう。史進がよく許してくれたものだ。あの男の義侠心に酬《むく》いなければならぬ。さしあたって、救命の恩を感謝して、礼物を贈ろう」

十日のち、朱武たちは金の延棒三十両を二人の手下に預け、史進のもとへ届けさせた。

史進は彼らの厚意をうけいれることにして、手下たちを夜の更けるまでもてなし、祝儀を与え少華山へ帰した。

さらに半月ほどたつと、朱武らは富豪の屋敷から掠奪《りゃくだつ》してきた一連の大粒の珠玉を、史進に贈った。

史進は、返礼をしなければならないと思いたち、近くの宿場へ出向き、仕立屋で紅錦三疋《びき》を買い、上衣を三着仕立てさせた。それと肥えた羊三頭を煮て盒《ふたもの》に入れ、下男二人に持たせ、朱武たちのもとへ届けさせた。

使いのひとりは下男頭の王四であった。彼は弁舌さわやかで、年貢を取りたてにくる役人との応対も巧みであったので、役人たちは賽伯当《さいはくとう》と渾名《あだな》をつけていた。伯当というのは、隋《ずい》末から唐初にかけての頃、諸国に聞えた雄弁家である。賽というのはまさるという意である。

王四は大力の下男とともに少華山に登り、朱武のもとへ出向いた。朱武らはおおいによろこび、史進の贈物をうけとり、王四らに銀十両を祝儀として与えた。

その後、史進と朱武たちの交情はふかまるばかりであった。史進が少華山へ贈物をするとき、使者となるのは王四である。

夏が過ぎ、八月なかばとなった。史進は十五夜には朱武たちを屋敷へ招き、月見の酒をくみかわすつもりで、王四に招待状を届けさせた。

朱武たちは招きに応じ、史進への返書を王四に預ける。王四は祝儀として銀子《ぎんす》五両を与えられ、酒を十杯ほどふるまわれた。

彼は千鳥足で少華山を下りてゆく途中、顔なじみの朱武の手下とゆきあった。手下は王四をひきとめ、道のほとりの酒亭へ案内した。酒の好きな王四は、また十杯ほどを飲んだ。

王四は朱武の手下と別れ、坂道を下る途中酔いがまわり林中へ転げこみ、草のうえに寝そべると、前後不覚に眠りこんだ。

王四が林のなかで高いびきをたてはじめたのを、見ていた者がいた。摽兎《ひょうと》の李吉《りきつ》である。彼は坂の下で兎を狙っていたが、月明りで酔っぱらった王四が樹下の草原に踏み入るのを見て、起してやろうと近寄った。

「王四兄哥《あにい》、こんな所で寝ていては物騒だ。狼が出てくるかも知れねえ。はやく起きな」

揺りおこすが、王四はなま返事をするばかりで、手をとめると睡《ねむ》りこむ。

李吉が揺さぶっているうちに、王四の胴着から銀子があらわれた。李吉は悪心をおこした。

——こいつは、こんな大金をどこからせしめてきやがったんだろう。五両もあるぞ。誰も見ていねえから、俺がかっぱらっても分らねえ——

李吉は王四の胴巻をはずし、なかをさぐってみると、銀子のほかに朱武の返書があった。

「誰の手紙だろう」

李吉は多少は字が読めるので、書状をひらいて読む。冒頭に少華山朱武、陳達、楊春と大書しているのが読めた。

内容はむずかしい字が多く読み下せないが、三人の名が記されているのを見ると、彼らが史進あてに書いた手紙にちがいない。

「このあいだ易者が、今年は俺に金運があるといったが、このことだったのか。華陰県の役所では、朱武らを捕えた者には三千貫の賞金を出すといっているが、けちな猟師の俺も、大金が手にはいるかも知れねえぞ。史進の野郎は、山賊たちとつきあっていやがったのか。それなら役人につかまっても自業自得というものだ」

李吉は銀子と手紙を懐に入れ、華陰県城をめざして走った。

王四は二更《にこう》（午後十時頃）に目覚めた。淡い月光の下ではね起きたが、四方の松林は森閑としずまりかえり、風音もしない。腰を探ると胴巻がない。

しまったと辺りを見まわすと、空の胴巻が落ちていた。

「俺が眠っているうちに、誰かが盗んでいきやがったな。銀子はなくしても、まあしかたがないが、朱武たちの返書をなくしたのは困ったなあ。どうすりゃいいか」

返書を失ったといえば、史進は怒って彼を屋敷から放逐するにちがいない。返書がなかったことにすれば、叱られることもないだろう。

王四は失策をかくす方便を思いつくと、飛ぶように山道を走り、屋敷に戻ってきた。時刻は五更（午前四時頃）になっていた。

史進は明けがたに戻って来た王四をいぶかしむ。

「お前はいま頃まで、どこにいたんだ」

王四はすかさず答えた。

「旦那《だんな》の余徳にあずかって、朱武大王はじめ親分がたが、あっしを夜中までひきとめて、酒をご馳走《ちそう》して下さったんですよ。それでつい帰りそびれやした」

「返書はどうした」

「親分がたは返書を書こうとおっしゃったんですが、あっしはおことわりしたんですよ。おいで下さるということなら、わざわざ返書はいりやせん。酔っぱらって途中で失ったりすりゃ、たいへんだからと申しましてね」

史進は頰をゆるめた。

「お前は気のきいた男だ」

史進は中秋節に朱武たちを迎え、酒宴をひらくため、宿場に下男をやって、珍肴《ちんこう》佳菜を買いととのえさせた。

十五夜の日は、琅玕《ろうかん》のように澄みわたった空に、雲のかげもない秋晴れであった。史進は下男たちに羊一頭、鶏、家鴨《あひる》を百羽ほどしめさせて、豪勢な酒宴の支度をととのえさせた。

日が暮れると、空には銀盤のような月が照りわたっている。その眺めは、つぎの一篇《ぺん》の詩のようであった。

午夜《ごや》はじめて長く
黄昏《たそがれ》すでになかばにして

一輪の月かかって銀のごとし
氷盤《ひようばん》昼のごとく
賞翫《しようがん》まさに人によろし
清影十分まどかにして
桂花《けいか》と玉兎《ぎよくと》こもごもかんばし

少華山の朱武、陳達、楊春は、手下たちに砦《とりで》の留守居を命じ、四、五人の子分を供に従え、腰刀を身につけ、手に朴刀《ぼくとう》をさげ、徒歩で史進の屋敷をおとずれた。

朴刀とは、長柄《ながえ》の青竜刀である。刃の長さが約七十センチ、柄が約八十センチほどの朴刀を担いだ三人が史家をおとずれると、奥庭へ招かれた。

「よくきて下さった。上座へお通り下さい」

史進はうやうやしく客をもてなし、酒宴をはじめた。彼は下男たちにいう。

「屋敷の表裏の門をしめ、客人のおもてなしをしろ」

主客は美酒の杯を干し、珍味を口にする。穹窿《そら》には明月が皎々《こうこう》と照りわたっていた。

史進たちが月見を楽しんでいると、突然塀のそとで喊声《かんせい》が湧きおこり、おびただしい松《たい》明《まつ》が火の粉を散らすのが見えた。

史進はおどろいて立ちあがった。

史進は朱武たちにいった。

「あなたがたは、そのままでいて下さい」

彼は下男たちに門を開けてはならないと叫びつつ、梯子《はしご》を塀にかけ、外を見渡し眼を見はった。

「これは何事だ」

華陰県の県尉《けんい》が馬に乗り、二人の都頭《ととう》と三、四百人の兵士を率い、屋敷を取りかこんでいる。松明の光で、兵士たちの持つ鋼叉《こうさ》、朴刀、五股叉《ごこさ》、袖《そで》がらみなどさまざまの武器が、麻畠《あさばたけ》の麻のように立ちならんでいた。

二人の都頭が、するどい声で下知した。

「強賊どもを逃がすな」

史進は思いがけない事態に、動転した。

「これは、どうすればいいのか」

朱武たちは史進の前にひざまずく。

「史進殿は何の罪も犯されてはおられぬ。われわれの巻きぞえになることはありません。ただちに三人を縛りあげ、県尉に引き渡し、賞金をうけとって下さい」

「そんなことができるものか。俺があなたがたをおびき寄せ、捕えて賞金をもらいうけたと世間に聞えれば、天下に恥をさらすことになる。俺はあなたがたと生死をともにするさ。まず、気をおちつけて、策を考えましょう」

史進は梯子にのぼり、塀の外の都頭に声をかけた。

「あなたがたは、この夜更けになぜただごとならないいでたちで私の屋敷へ押しかけてこられたのか」

　都頭が叫んだ。

「史進殿は、まだ知らぬふりを押し通すつもりか。ここに証人の李吉がいるではありませんか」

　史進が眼をこらすと、県尉の乗馬のかたわらに、李吉がうなだれて立っている。

　史進は叱咤《しった》した。

「李吉めが、何をいったのだ。俺に無実の罪をきせるつもりか」

　李吉は怯《おび》えたように小声で答えた。

「俺はなんにも知らなかったんだが、王四が林のなかで落っことした手紙を拾って、ちょっと読んだだけだ。それで、あんたが山賊どもの友達だと、分ったんだよ」

　史進は憤怒《ふんぬ》に眼がくらみ、王四を呼んで聞く。

「貴様は、朱武たちの返書をもらわなかったと、いったはずだ」

　王四は史進の燃えるような眼差《まなざ》しに身内を凍らせた。

「実は酔っぱらっているうちに、誰かに取られたので、まさか李吉とは思いませんでした」

　史進は顔を朱に染め、喚《わめ》いた。

「この横着者め、ただではすまさぬ」

　県尉が命じた。

「屋敷へ踏みこめ」

だが、都頭たちは動かなかった。史進の武威を怖れているのである。

史進は梯子のうえから、大声で呼びかける。

「都頭がたが、押し入ってこられるまでもありません。しばらくそこでお待ちなされよ。私が三人の頭目を縛りあげてさしだしましょう。賞金はかならず頂きたい」

都頭たちには、史進と戦う勇気がなかった。

「われらは、争闘を好むものではない。貴公が賊を捕えれば、ともに県城へ賞金を受けとりにゆこう」

史進は梯子を下りると王四を呼び、下男たちに命じた。

「こいつを裏庭へ連れてゆけ」

史進は、突然おこった騒動が、夢のようであった。先祖代々史家村の大地主として、里正をつとめた家柄が断絶し、百万の財を一挙に失うのである。

――天罡星《てんこうせい》がひとつに集まる時運がくれば、身のうえが急変するというが、思いがけない逆運に見舞われたものだ。もうしかたがない――

彼は裏庭に出ると、顔色を失った王四にむかい、朴刀を一閃《いっせん》させた。王四は血煙をあげて倒れる。

「横着者め、禍いを招きやがって」

史進は下男たちに命じた。

「家じゅうの金目《かねめ》のものを、すべてまとめて引っ担げ」

史進と三人の頭目は甲《よろい》をつけ、腰刀を身につけ、朴刀をひっさげたのち、裏庭の藁《わら》小屋に火をかける。

四十人ほどの下男たちは荷物を背負い、松明に点火した。塀の外に待機していた都頭たちは、庭に焔《ほのお》があがったのを見て、裏手にまわった。

史進は断腸の思いで母屋に火をつけたのち、表門を押しひらき、ときの声をあげ走り出た。

史進が先頭に出て、朱武、楊春が左右をかため、陳達がうしろにつく。下男たちは一団となって従う。史進は前途をさえぎる人影に猛虎のように飛びかかって、縦横に斬り倒す。屋敷が火柱を噴きあげ、柱や梁《はり》が火の粉を散らしながら宙に舞う。兵士たちは史進の姿を見ると、われがちに逃げ散った。

史進は二人の都頭と李吉の姿を見つけた。都頭たちは馬首を返し、逃れようとした。

「この溝鼠《どぶねずみ》め」

史進は飛びかかって李吉の肩口から一刀に斬りさげた。二人の都頭は、陳達と楊春に斬られた。

県尉は逃げ去って姿がなかった。官兵たちも四散して、辺りは静まりかえった。

史進は朱武たちとともに、燃える屋敷をあとにして少華山に登り、砦に着いた。朱武たちは牛馬を屠《ほふ》って酒宴をひらき、史進をなぐさめようとした。

史進は激変したわが身のうえを嘆いた。

――朱武たちを助けようとして、前後の考えもなく屋敷を灰にしたが、先祖伝来の財宝もおおかた失い、これから墳墓の祭祀《さいし》をおこなうこともできなくなる。ここで山賊の頭目になっていても、しかたがなかろう――

史進は数日のあいだ煩悶《はんもん》したあげく、朱武たちに告げた。

「俺は今後の身のふりかたを決めたよ。師匠の王教頭が関西《かんせい》（函谷関《かんこくかん》の西方）で、経略府（外夷の防塞関《ぼうさいかん》）に勤仕しておられるはずだ。史家村には係累もなく、屋敷、財貨のすべてを失ったから、教頭をたずねて旅に出るよ」

朱武らはひきとめようとした。

「それはいけません。あなたは私どもの大恩人です。しばらくこの砦にお住い下さい。あなたが盗賊に加担するのをおいといであれば、しばらくの月日を経たのち、われわれがあらたにお屋敷を建ててさしあげ、もとのように大地主の身分に戻っていただきますから」

史進は、三人のすすめをことわった。

「貴公らの厚情はたいへんうれしいが、俺はどうしても教頭のもとへゆきたい。師匠をたずね、立身の道をひらいて、再起するつもりだ」

朱武がいった。

「この砦の主になるのも、おもしろい生きかたではありませんか、少華山では史進殿に舞台が不足かも知れませんが」

史進はことわった。

「信義にあつい貴公たちとの交りは、断とうとは思わないが、両親から与えられた五体を汚すおこないはつつしみたい。盗賊にはなりたくないのだ」
さらに数日を経たのち、史進は朱武たちの懇望をふりきって、旅立つことにした。
下男たちは朱武のもとに残し、屋敷から持ちだした財貨は砦《とりで》に残し、わずかな小銭と包みひとつを提げ、少華山をはなれた。
史進は頭に赤い総のついた白い范陽《はんよう》の氈帽《せんぼう》（毛織りの帽子）をかぶり、首に黄色の縷帯《ろうたい》（襟巻き）をつけ、白麻襟高の戦袍《せんぽう》を着て、寄せ編みの赤い帯をしめ、青と白の縞《しま》の脚絆《きやはん》と麻草鞋《わらじ》で足ごしらえをした。
腰には円鍔《まるつば》の鴈翎刀《がんれいとう》という薄刃の剣を帯び、朴刀をたずさえ、朱武らに別れを告げた。
史進は秋もふかまった関西《かんせい》街道を延安府にむかった。
崎嶇《きく》たる山嶺
寂莫《せきばく》たる孤村
雲霧をひらいて夜は荒林に宿り
暁月を帯びて朝は険道を登る
史進はゆきかう人馬もない街道を、さびれた宿場に泊りをかさね、半月ほどのちに渭州《いしゆう》に着いた。
そこにも経略府が置かれているので、史進は王教頭がいるのではないかと、たずねることにした。城内に入ると、六街三市にわかれた繁華な市街であった。

史進は街角の茶店に入り、せん茶をたのみつつ給仕に聞いた。

「経略府は、どの辺りにあるのか」

「この先ですよ。ほんのひと足のところです」

「そうか、そこに、東京《とうけい》からこられた王進という教頭が、勤仕しておられるだろうか」

給仕は首をかしげる。

「役所には教頭が大勢おられます。王という姓の方も三、四人存じておりますが、王進さまがどなたやら、分りません」

話しあっているところへ、天井に頭のつかえるような巨漢が、床を踏み鳴らして入ってきた。その男の身なりは、武官のようであった。

頭には芝麻羅《しまら》という胡麻《ごま》色薄絹《いろうすぎぬ》の頭巾《ずきん》をかぶり、金環《きんかん》でとめている。上衣は濃緑の麻の戦袍、乾黄靴という黄色の長靴をはいていた。丸顔で耳朶《みみたぶ》がおおきく、鼻梁《びりょう》は秀でており、顎《あご》は張り、鬚《ひげ》をたくわえていた。

給仕は史進にいった。

「旦那《だんな》さま、あの方は提轄《ていかつ》をつとめておられます。王教頭のことを、おたずねなされればいいと思います」

提轄とは州兵の指揮官で、州の治安警察の長官である。

史進は男を招いた。

「こちらの席で、お茶をお召しあがり下さい」

男は史進の長大魁偉《かいい》な姿を見て、好意を抱いた様子で、史進のまえに席を移し、名乗った。

「私は経略府の提轄で、姓は魯《ろ》、名は達《たつ》と申します。貴公のご尊名は」

「私は、華州華陰県から参りました。姓は史、名は進と申します。あなたにお聞きしたいのですが、私の師匠で東京八十万禁軍の教頭をつとめた、姓は王、名は進というお方が、当地の経略府に勤仕されていないでしょうか」

魯提轄は、史進を見なおしてたずねた。

「あなたは、史家《しか》村の九紋竜《くもんりゅう》の史大郎《たいろう》ではありませんか」

史進はうなずいた。

「おっしゃる通り、史家村の九紋竜です」

魯提轄は、嘆声をもらした。

「聞きしにまさる偉丈夫だな。あなたに逢《あ》うことができて、好運だ。ところであなたの師匠王教頭とは、東京で高太尉に憎まれ出奔された、王進殿でしょうか」

「その人です」

「私も噂に聞いているが、滑州においでになったことはありません。なんでも延安府経略使の种《ちゅう》老相公のもとに仕官しておられるとか、耳にしたことがあります。滑州経略使は、子息の小种相公です。あなたが名高い豪俠《ごうきょう》の史大郎であれば、ぜひ一献さしあげたい」

魯は史進の手をひき茶店を出た。

二人が旧友のように肩を組みあい、往来を歩むうち、空地に人だかりがしているのが目についた。

史進は足をとめ、人垣をかきわけてのぞいた。群衆に囲まれているのは、棒を遣って人を寄せる薬売りであった。地面には十種類ほどの膏薬《こうやく》が皿に盛られており、男は十本ほどの棒を手にしている。

史進が薬売りの男をよく見ると、昔武芸の手ほどきをしてもらった師匠、打虎将《だこしょう》の李忠《りちゅう》であった。

「お師匠さま。思いがけないところでお目にかかりましたね」

李忠もおどろく。

「これは史進かね。どうしてここへきたんだ」

魯提轄がすすめた。

「史大郎のお師匠なら、ごいっしょに参りましょう。これから酒楼へゆくのです」

李忠がいう。

「私は膏薬を売って、銭を稼がねばならぬ。ちょっとお待ち下さい」

魯は短気な性分をあらわした。

「待っているのはいやだ。すぐゆこう」

「私は商売をおろそかにはできない。あなたがたは先にいって下さい。あとからかならずおうかがいします」

魯は顔を朱に染め、見物人たちをつきとばし罵《ののし》る。

「ごみのような奴らは、さっさと消えちまえ。ぐずついていると張り倒すぞ」

群衆は日頃魯提轄の乱暴なふるまいを見聞きしているので、たちまち逃げ散ってしまった。李忠は苦笑いをして荷物をまとめ、ともに酒楼へむかった。

三人は、州橋のたもとの潘《はん》という名高い店に入った。

「これは立派な店だ。儂《わし》はまだ一度も入ったことがない」

李忠が風にはためく酒旆《しゅはい》（のぼり）を見あげた。

三人は酒楼の見晴らしのいい部屋に席をとった。魯提轄が上座に坐《すわ》り、李忠がむかいあい、史進は下座についた。

給仕は酒豪の魯に聞く。

「酒はどれだけ持ってきましょう」

「そうだな。さしあたって四角ほどだ」

一角はおよそ五合（一合は一升の一〇分の一）であるので、二升（一升は約〇・六リットル）ほどになる。

「お料理は、どのようなものをお出ししましょうか」

「いちいちうるさいことを聞くな。あるものを皆持ってこい。金はまとめてすぐに払ってやるぞ」

給仕は燗酒《かんざけ》、点心、肉料理などを運び、山のように卓上に置きならべた。

三人がしきりに酒杯をあげ、世間話から武芸談議を交しているとき、隣室から泣声が洩れてきた。魯提轄は、はじめは聞えぬふりをしている様子であったが、やがて眼をいからし、卓上の皿や酒杯を床に投げつけた。

物音を聞いた給仕がやってきて、おそるおそる聞いた。

「なにかご入用のものがあれば、お持ちいたします。お気に召さない料理がありましたか」

魯提轄は大喝した。

「なにもいらぬ。貴様は俺を知りながら、なぜ隣室で人を泣かせ、酒の興をさまさせるのだ。俺がいままで貴様に酒代を払わなかったことがあるか」

「それはあいすみませぬ。私がどうして旦那方の酒盛りのお邪魔をいたしましょう。あの泣声は、流しの唱《うた》い手の父娘《おやこ》でございます。旦那方がこの部屋にいらっしゃるのに気がつかず、なにか悲しいことがあるままに、空き部屋に入って泣いているのでしょう」

魯は気が静まった様子であった。

「それはどういう子細《しさい》だ。父娘をここへ呼んでこい」

給仕は唱い手を連れてきた。

娘は十八、九の年頃で、うしろに五十過ぎの父親が、拍板《はくばん》（木片をつないで拍子をとる楽器）という楽器を手にしてうなだれている。

父親が叩頭《こうとう》して詫《わ》びた。

「私どもがご酒宴の邪魔をしてしまい、まことに申しわけもございません。どうかお許し下さいませ」

娘はとりわけて美人というほどでもないが、男の眼をひく艶冶《えんや》な風情がある。くずれかけた髷《まげ》には、青玉のかんざしを挿し、たおやかな細腰には紅色のストールを巻いている。肌の色は雪のようで、ひいでた眉《まゆ》をひそめ、両眼には涙をためていた。

魯提轄はたずねた。

「お前たちはどこからきた。どうしてさきほどから泣いているのか」

娘が答えた。

「私どもは東京《とうけい》（開封）の者でございます。父母とともに渭州の親戚《しんせき》を頼って参りましたが、その者は南京《なんけい》へ引越していました。母は安宿で貧窮のうちに亡くなりました。私が父とふたりで生計をたてかねていたとき、この町の大金持ちで、鎮関西《ちんかんせい》の鄭大旦那《ていたいだんな》というお方が私に妾《めかけ》になれと、仲人をたてて三千貫の身代金を父にくれるといってきました。ところがお金はくれないまま、私を屋敷へ無理に連れていったのです。

屋敷にいって三カ月もたたないうちに、私は鄭大旦那の奥さまに追いだされました。しかも、身代金三千貫の空証文をふりかざし、金を返せというのでございます。父はこの土地で羽振りのいい旦那に楯《たて》つくことなど、とてもできません。それで私が幼い頃に習った小唄を料亭で唱い、客のご機嫌をとり、わずかの銭をもうけ、そのおおかたを借りもしない大金の支払いにあてております。それが、この数日はお客さまもまばらになり、借金を取りたてにくる使いに渡す銭がないので、どのような目にあわされるかと案じて泣いていたのでございます。その泣声が旦那さまがたのお耳障りになったとは、まことに申しわけないことをいたしました」

魯提轄の鼻息が荒くなった。彼は父親に聞く。

「お前の娘は、なんというのだ。住居はどこだ。鎮関西の鄭大旦那というふざけた野郎は、どこにいるのだ」

父親は答えた。

「私の姓は金、娘の名は翠蓮《すいれん》と申します。鄭大旦那は、状元橋《じようげん》の畔《ほとり》で肉屋をひらいています。渾名《あだな》を鎮関西と申します。私どもは、東門内の魯という宿屋に泊っております」

魯提轄は顔を朱に染め、両眼に憤怒《ふんぬ》の炎をゆらめかせた。

「鄭大旦那とは誰のことかと思えば、豚殺しの鄭のことじゃないか。あの野郎は种《ちゆう》の若さまのお目こぼしで、肉屋をひらかせてもらっている分際をもわきまえず、そんな阿漕《あこ》ぎなまねをしていやがったか」

彼は李忠と史進にいった。

「貴公たちはここで待っていてくれ。俺はいまから人非人を打ち殺しにゆき、すぐ帰ってくるよ」

史進と李忠は、魯提轄を引きとめる。

「そんな奴は、いつでも殺せよう。早まってはいけない。貴公は役人ではないか」

魯提轄はようやく思いとどまり、金父娘にいった。

「俺があんたがたに金をやるから、明日にも東京へ帰るがいい」

父娘はよろこんでいう。

「もしそうしていただけるなら、こんなうれしいことはありません。あなたさまは命の親、救いの神ともいうべきお方です。でも、宿の主人が鄭大旦那の指図をうけて、私たちを見張っているのです」

魯はうなずく。

「それは気にすることはない。俺に考えがある」

彼は懐中から五両の銀子《ぎんす》を取りだし卓上に置き、さらに史進に頼んだ。

「俺はあいにく、これだけしか持ちあわせていない。貴公、すこし貸してくれないか。明日返すから」

「分った。返してくれなくてもいいよ」

史進は十両を取りだし、魯に渡す。李忠も二両をさしだした。

魯提轄は二両を李忠に渡す。

「貴公は持ち金が乏しかろう。これはいらない」

彼は金父娘に十五両を渡していった。

「さあ、これを持って帰るがいい。すぐ荷物をまとめておけ。明日の朝、俺が宿に出向いてお前たちを出立させてやろう。誰にも邪魔はさせないから」

金父娘は、ひれ伏して魯に礼を述べ、帰っていった。

魯提轄たちは、三人でさらに二角ほど酒を飲み、料亭を出た。金老人は娘を宿に待たせ、城外へ出て車を一台買ってくると、荷物をまとめ、宿賃、薪代、米代を支払い、翌朝を待った。

その夜は何事も起こらなかった。父娘は夜明けまえに起き、火をおこし飯を炊く。腹ごしらえが終った頃、魯提轄が宿にきて、大声でたずねた。

「金老人の部屋はどこだ」

宿の若衆が、おどろいて案内する。金は扉をあけ、部屋へ招きいれようとしたが、魯は父娘をせきたてた。

「すぐ出立するがいい。ぐずついていると、ろくなことが起こらないぞ」

金老人はねんごろに礼を述べ、娘とともに車を曳《ひ》いて門を出ようとしたが、若衆がさえぎった。

「お前たちは、どこへいくんだ」

魯提轄が聞いた。

「宿賃を支払っていないのか」

若衆は魯に威圧され、上目づかいにいう。

「宿の勘定は、昨夜全部もらいやしたが、鄭大旦那の身代金が残っておりやす」

魯提轄がいった。

「それは俺がかわりに払ってやるから、爺《じい》さんたちは帰してやれ」

「そうはいきやせんよ。大金ですからね」

若衆は両手をひろげ、父娘を通すまいとした。

「なんだと、俺を信用できぬというのか」

魯提轄は若衆の顔に平手打ちをくわせる。若衆はよろめき、血を吐く。

魯はさらに拳骨《げんこつ》をかため、顔に一撃を加えた。若衆は吹っ飛ばされ、あおむけに倒れ、しばらく動かなかったが、やがて息をふきかえすと口から折れた歯を二、三本吐きだし、這《は》いながら宿のなかへ逃げこむ。

魯提轄は腰掛けを持ってきて、二刻（四時間）ほど宿のまえに坐《すわ》りこみ、金父娘が追手の及ばない遠方まで逃げた頃を見はからい、腰をあげた。

彼は状元橋の肉屋にむかう。鄭の店は肉切り台が二つあり、豚が四、五頭店頭にぶらさがっていた。

鄭は帳場にいて、十人ほどの小僧が肉を切りさばき客に売るのを見ていた。魯は店先に立ってよぶ。

「肉屋、こっちへこい」

鄭はあわてて出てきて、挨拶《あいさつ》をする。

「これは提轄さま、どうぞこちらへ」

魯は鄭のすすめる椅子に、腰をおろしていった。

「経略使相公《しょうこう》のご注文だ。赤身の肉十斤（一斤は約六〇〇グラム）をこまぎれにしろ。脂身がわずかでもまじってはならぬ」

「かしこまりました」

鄭は小僧たちに命じた。

「おい、すぐに赤身を十斤切ってさしあげろ」

魯は怒声を発した。

「こら、大事なご用を小僧にさせる気か。お前が自分で切るんだ」

「これは恐れいりました。私がやりましょう」

鄭は自ら肉切り台にむかい、十斤の赤身をこまかく賽《さい》の目に刻んだ。

そこへ金父娘の泊っていた宿屋の若衆がやってきたが、魯が肉切り台の前にいるので近寄れない。

鄭は半刻（一時間）もかけて刻みおえると、赤身を蓮《はす》の葉に包んだ。

「お屋敷まで、小僧に届けさせましょう」

「それはまだ早い。脂身がもう十斤いるんだ。赤身がすこしでもまじってはならぬ。これもこまぎれだ」

「いまのは赤身で、肉饅頭《まんじゅう》にでもお使いでしょうが、脂身は何にお使いでしょうか」

魯提轄は虎の咆《ほ》えるような声で、鄭をちぢみあがらせた。

「相公の仰せだ。使いみちなど聞いてどうする」

「おそれいりやす。さっそく刻みやしょう」

鄭は十斤の上等の脂身を、こまかく賽の目に刻んで、蓮の葉に包む。

時刻は正午に近くなっていた。店の前に魯提轄は坐りこみ、辺りを睨《にら》みまわしているので、金父娘が立ち去ったことを知らせにきた、宿の若衆はもとより、肉を買いにきた他の客たちも近寄れない。

　鄭は赤身と脂身の包みを、店の者に持たせ、相公の屋敷へ届けさせようとしたが、魯提轄はいった。

「届けるのはまだ早いぞ。細かい軟骨を十斤、こまぎれにしろ。肉がわずかでも付いているものはだめだ」

　鄭はようやく魯の本心に気づいて、口をゆがめ冷笑した。

「提轄さまは、私をなぶるおつもりですか」

　魯は椅子を蹴《け》って立ちあがり、鄭に答えた。

「そうだ。なぶりにきているのを気がつかぬとは、とんだ間抜け野郎だ」

　彼は二包みのこまぎれ肉を、鄭の顔に投げつけた。包みははじけ、肉が雨のように散らばった。

　鄭は憤怒《ふんぬ》が足の裏から脳天へ突き抜け、身内に無明《むみよう》の業火《ごうか》が燃えさかり、自分をおさえられず、肉切り台の骨切り庖丁《ほうちよう》をひっつかみ、表へ飛びだす。

　魯提轄は路上で仁王立ちになっていた。十数人の店の者、近所の男女も気を呑《の》まれ、茫《ぼう》然《ぜん》となりゆきを見守るばかりである。

　鄭は右手に庖丁を握り、左手で魯提轄の胸倉をつかもうとしたが、反対にその手をつかまれ下腹を蹴あげられる。鄭はあおのけに転倒した。魯は鄭の胸板を踏みつけ、大音声で罵《ののし》った。

「貴様は人に鎮関西《ちんかんせい》と呼ばせているそうだな。関西五路の廉訪使《れんぼうし》にでもなったつもりか。貴様は犬にも劣る糞《くそ》野郎だ。金翠蓮父娘に、非道の扱いをしやがったな」

廉訪使とは、経略使のもとで、治安を司る官吏である。

魯提轄は、鉄鍋《てつなべ》のような拳骨をふりあげ、鄭の鼻柱にたたきつけた。鼻梁《びりょう》は一撃でつぶれ、血が飛び散って味噌《みそ》醬油《しょうゆ》をぶちまけたような有様となった。

鄭は塩からいもの、酸いもの、辛いものなどさまざまな味の漿液《しょうえき》を傷口から噴きださせ、もがくばかりで起きあがれなかった。

鄭は倒れたまま喚《わめ》いた。

「野郎、この返礼はしてやるぞ」

魯提轄は猛《たけ》りたつ。

「まだ大口をたたきやがるか」

彼はふたたび拳骨をふるい、鄭の眼の辺りを一撃した。

まなじりが裂け、眼球が飛びだし、呉服屋の店先のように、赤、黒、薄紅とさまざまの色あいのものが溢《あふ》れ出た。

往来には黒山の人だかりができたが、魯をおそれ、口出しをする者がいない。鄭はついに泣きだした。

「許してくれ。このうえの乱暴はやめろ」

魯提轄は鬚《ひげ》をふるわせ、怒号した。

「貴様のような悪党を、このまま許してやるものか。たたきつぶしてやらねば承知できぬ」

とどめの一撃は、こめかみにめりこんだ。施餓鬼《せがき》の大法要の座のように、磬《けい》とか鐃鈸《にょうばち》が一時に鳴り渡るような音響を、見物する老若《ろうにゃく》が聞いた。

鄭は身動きもせず、吐く息ばかりである。

「死んだふりがうまいじゃないか。こんどは顎《あご》を砕いてやろうか」

魯提轄は、いいつつのぞきこんだが、鄭の顔色が急に蒼《あお》ざめてきた。

――こやつは三度殴っただけで死んだようだ。捕縛されるとうるさいことになる。いまのうちに逃げてしまおう――

魯はわざと鄭の屍体《したい》にむかい罵った。

「死んだふりをしやがって、あとでゆっくりといためつけてやるぞ」

魯が立ち去ってゆくのを、とめる者はいなかった。

彼は住居に戻ると、衣類と路銀を持ち、道具はすべて残したまま、背丈ほどの棒一本を持ち、南門を出て行方《ゆくえ》をくらました。

鄭の家族たちは主人が亡くなったので、州役所へ訴え出た。府尹《ふいん》（知事）は魯の上司である経略使の了解を得て、犯人逮捕の触れ書きを諸道へまわした。

魯を捕えた者には賞金一千貫が与えられることになり、年齢、原籍、人相書が、市街、宿場に貼りだされる。

提轄《ていかつ》の官職をはなれ、追われる身となった魯は、半月ほど東西の道をえらばず、逃げ歩いた。豪傑も心が萎縮《いしゆく》して、すれちがう人の表情をうかがう始末である。

「群れをはなれし孤雁《こがん》、月明を追ってひとり天について飛び、網を漏れし活魚《かつぎよ》、水勢に乗じ身をひるがえし、浪《なみ》をついて躍る」

という有様で、道をえらばず歩きまわるうち、代州雁門県《だいしゆうがんもんけん》（山西省）に着いた。

雁門県の城内に入ると、人家が軒をつらね、車馬が駆けめぐり、物売りの声がかしましく、祭礼のようなにぎわいであった。

県城であるが、州、府にもまさるほど市街はととのい、道路が碁盤の目のように交叉《こうさ》している。

魯達は辺りを眺めまわしつつ歩むうち、人だかりのしている辻《つじ》に出た。大勢の人たちが、高札を読んでいる。

肩を寄せあい、背をのばす群衆のなかには、肥満した巨漢がいる。その男は字を読めないのに分るふりをして、首を振っている。背が低くて、他人の足を踏みつけなければ高札を見られない者もいる。

魯達も字が読めないので、人垣にもぐりこみ、傍らの男が音読するのを聞いた。

「太原府指揮使司告示。

渭州《いしゆう》において肉屋鄭某を殺害した、元経略府提轄の魯達を発見した者は、捕縛あるいは所在を通報せよ。その者には賞金一千貫を与える。

魯達をかくまった者は、本人と同罪とする」

魯達は、自分の捜査手配の内容をひとごとのように聞き、人相書がよくできているのに感心した。

そのとき、うしろから大声で呼びかけた者がいた。

「張さん、こんなところにいらっしゃいましたか」

誰かがうしろから魯達の腰を抱え、力まかせに引っぱる。

「なんだ、人違いではないか」

魯達がおどろきふりかえると、渭州から娘とともに逃がしてやった金老人であった。

老人は辺りに人のいない場所まで魯の手を引いてゆき、息をきらせていう。

「あなたさまは、どうして高札の前などに立っておられるのですか。私がゆきあわせなかったら、きっと役人に捕えられていたでしょう。あなたさまのお年頃、人相書が掲げられているまえにお立ちになれば、誰でもじきに気がつくでしょう。これほど大きな体のお方は、どこの土地にもめったにいませんからね」

魯達は頭をかいた。

「俺はあの日、状元橋の鄭の店へいって、あいつを殴り殺してしまったので、それからあちこち逃げ歩いているうちに、ここへ辿《たど》りついた。ところで、爺《じい》さんは東京《とうけい》へ帰らなかったのかね。どうしてこんなところにいるんだ」

金老人の身なりは、渭州で別れたときと一変して、裕福そうであった。

金老人は渭州を離れてのちのことを語った。

「私と娘は車を曳《ひ》いて東京へ帰ろうとしたのですが、追手がくるかも知れないと考え、北へ向きを変えて逃げました。途中で昔の知りあいに会い、雁門県へ商いにゆくというので、ついてきました。知りあいの男は私たちを、当地の富豪趙員外《ちょういんがい》という人に引きあわせ、娘を妾《めかけ》にすすめてくれました。おかげで安楽な暮らしができるようになりましたが、すべてはあなたさまのおかげでございます」

「こんどの主人は、善人かね」

「はい、とても優しく、槍《やり》や棒を遣う武芸者で、娘があなたさまに大恩をうけたことを話すと、なんとしても一度お目にかかりたいものだと申しております。ともかく私どもの住居へお越し下さい。今後のご相談をいたしましょう」

人車のゆきから大通りから閑静な横丁に入り、しばらくゆくと家についた。

金老人が簾《すだれ》をあけ、娘を呼ぶ。

「翠蓮や、魯提轄さまがいらっしゃった」

翠蓮は奥からあらわれると、魯達に六拝の礼をした。

「あなたさまにお助けいただいたおかげで、私どもはこのように安らかな日を送れるのでございます」

魯達は眼を見はった。翠蓮は渭州にいたときとは別人のような艶麗《えんれい》な容姿であった。

「金釵《きんさ》ななめにかざして烏雲《ううん》（黒髪）に掩映《えんえい》し、翠袖《すいしゅう》巧みに裁《た》って軽く瑞雪《ずいせつ》（雪白の肌）

をつつむ。

桜桃《おうとう》の口は浅く微紅をぼかし、春筍《しゅんじゅん》の手は嫩玉《どんぎょく》をのぶ」

と思わず口ずさみたくなる美形である。

翠蓮は魯達の手をとり、二階へ誘おうとした。

魯達はことわった。

「俺はお尋ね者だ。お前たちに迷惑がかかってはいけない」

金老人が、魯達の手を引き二階へ案内する。

「私どもの命の恩人を、どうしてこのままお帰しできましょう」

魯達は客間へ導かれた。

やがて酒と若鶏、粕漬《かすづ》けの家鴨《あひる》、酢のもの、果物などの料理が運ばれてきた。金老人は魯達を拝跪《はいき》していう。

「この土地におちついてのち、あなたさまの紅い位牌《いはい》をこしらえ、朝晩親子で拝んできました。そのご本人がおいでになったのに、拝まずにいられましょうか」

魯達はひさしぶりに好きな酒に酔い、追われる身であるのも忘れ、いい気分になった。

日が暮れかける頃、表が騒がしくなったので、魯達が窓からのぞいてみると、数十人の男が集まり、棍棒《こんぼう》を手にして喚《わめ》きあっている。馬に乗った役人らしい男が叫んだ。

「曲者《くせもの》を引っ捕えよ。逃がすな」

魯達は捕手がきたと思い、椅子をつかみ投げようとしたが、金老人が二階から駆け下りてゆき、役人らしい男に何事か告げた。

男はうなずき笑顔になり、手を振って手下を帰す。ひとりになると家に入ってきて、魯達の前にひれ伏した。

「会うは聞くにまさるというが、まさしく義士提轄殿の武者振りは見事です。なにとぞ私の拝礼をお受け下さい」

魯達は金老人に聞いた。

「これは、どなたかな」

「さきほど申しあげた、娘の旦那《だんな》趙員外でございます。さきほどは私どもが若い男をひきいれ、二階で酒食の饗応《きょうおう》をしていると聞き、怒って駆けつけたのですが、事情を知って部下たちを引きあげさせたのでございます」

員外はあらためて杯盤をととのえ、魯達をもてなす。彼らは鄭を殴殺した事件や、武芸について尽きぬ話をかわし、深更に及んだ。

翌朝、魯達は趙員外のすすめで、彼の屋敷へ移ることになった。員外は城外十里ほどの七宝村というところに住んでいた。

魯達は馬を歩ませ、員外の屋敷に着くと、宏壮《こうそう》な草堂に案内され、賓客の待遇をうけ、酒食に明け暮れる五、六日を過ごした。

ある朝、金老人があらわれ、急を告げた。

「先日、員外さまが大勢の人数を引きつれてこられ、何事もおこらなかったのを近所の者が不審に思い、さまざまな噂をたてたので、昨日は警吏が四、五人やってきて、近所の者になにかと問いただし、探索しています。もし、こちらへむかってくれば、一大事でございます」

魯達はすぐ腰をあげようとした。

員外がひきとめた。

「員外殿にご迷惑をかけてはいけない。俺はここを出てゆこう」

「こうなれば、窮余の一策があります」

「なんでもいい、聞かせて下さい。私は追われ者だ」

「実は、あなたに出家していただきたいのです」

「なに、私が僧になるのか」

「そうです。ここから三十里ほど離れたところに、五台山という山があります。その頂上の文殊院《もんじゅ》という寺に、五、六百人の僧侶《そうりょ》が住んでいます」

員外は、文殊院の長老である智真《ちしん》と懇意であるといった。

「私の先祖が、昔文殊院に喜捨をして以来、代々の当主が施主《せしゅ》・檀那《だんな》をつとめることになっています。私は親戚《しんせき》知己を一人出家させて、この寺に入れたいと思い、かねて五花度牒《ごかどちょう》を買いもとめています。あなたが出家して下さるのであれば、費用はすべて私が負担しましょう」

五花度牒とは、五つの花押《かおう》のある僧侶の免許状である。資産家は度牒を買いもとめ、自分の身代りに誰かを出家させ、功徳を積むのである。魯達は心を動かした。

「追捕《ついぶ》の難を免れることができるなら、僧侶になるのもやむをえまい」

員外は魯達が承知したので、衣服、路銀、文殊院への贈物をまとめ、翌朝五台山へむかうことにした。

魯の一行は、翌日の昼過ぎに五台山の麓《ふもと》に着いた。碧空《へきくう》に聳立《しょうりつ》する山容は雄大であった。雲は峰頂をさえぎり、日は山腰をめぐるという表現が誇張ではなく、そのままあてはまる絶景である。

員外と魯達の乗る轎《かご》が山頂にむかい、文殊院の門前に着く。知らせをうけた智真長老は、首座《しゅそ》（首席の僧）、侍者を従え、山門の外へ迎えに出た。

文殊院は、大伽藍《だいがらん》であった。前庭の泉水にのぞみ、食堂、僧寮、方丈、経堂がある。庭前を黄斑《おうはん》の鹿がゆるやかに歩み、七層の宝塔が屹立《きつりつ》している。

長老は員外と魯達を方丈へ案内した。員外は賓客の席につき、魯達はその脇にひかえる。長老の両脇には首座、維那《いの》（法式係）以下の主立った僧侶が立ちならぶ。

員外はみやげの品々をつつしんで捧《ささ》げたのち、長老に頼んだ。

「私はかねて、親戚のうちから一人をえらび出家させたいと心願をたて、度牒も詞簿《しぼ》（誓約書）も用意しておりましたところ、従兄弟《いとこ》の魯が世をはかなみ、出家遁世《とんせい》したいと、私を頼って参りました。魯は関西《かんせい》でながくつとめた軍人であります」

智真長老は、即座に承知した。

「何事も因縁あってのことです。魯達殿を出家させましょう」

彼は首座と維那を呼び、命じた。

「魯達殿が入山されるから、剃髪《ていはつ》得度の支度をいたせ」

首座はいったんひきさがったが、員外と魯達が客間へ案内され、休息しているあいだに、長老に進言した。

「員外殿の従兄弟という者は、礼儀をわきまえておらず、獰猛《どうもう》な悪相です。あの男に得度させては、当山に禍いを招くことになりましょう」

智真長老は日頃、檀家総代をつとめる趙員外から、手厚い喜捨をうけている。彼の懇望を理由なく退けるわけにはゆかない。

「よかろう、私がいま菩薩《ぼさつ》さまにうかがってみよう」

長老は禅椅《ぜんい》に結跏趺坐《けっかふざ》して香炉にひとつまみの香を焚《た》き、呪文《じゅもん》をとなえ禅定《ぜんじょう》にはいった。

香が燃えつきると長老は閉じていた両眼をひらき、首座に告げた。

「魯達を得度させよ。この者は資性剛直で、いまは力のおもむくままに荒くれた所業をして、逆運に沈んでいるが、将来は悟りをひらき非凡の境地に達する者であろう。お前たちの及びもつかぬ大器だ」

首座はやむなくひきさがった。

魯達得度の支度は、数日でととのった。長老が吉日良時をえらんで、鐘をつき太鼓を打ち鳴らし、山内の僧を法堂に集める。

数百人の僧が合掌礼拝し、経を誦《じゅ》するなか、魯達は小坊主にみちびかれ、法座の前の椅子に坐《すわ》った。

維那が魯達の髪を九つに分け、剃《そ》り手が見る間に剃りおとし、鬚《ひげ》をおとそうとした。魯達は頼んだ。

「これは残しておきたいのだが」

長老が法座のうえから命じた。

「一同、耳をそばだてて偈《げ》を聞くがよい」

彼は低いがよくとおる声で、偈を誦した。

「寸草とどめず。六根清浄《ろつこんしようじよう》なり。汝のために剃除《ていじよ》し、争競《そうきよう》を免れ得しむ」

長老は誦しおえると、大喝した。

「咄《とつ》、すべてを剃りおとせ」

剃り手は魯達の鬚を、たちまち剃った。

長老は、魯達の度牒を両手に捧《ささ》げ、偈をとなえる。

「霊光一点、価値千金なり。仏法広大、名を智深《ちしん》と賜う」

魯達の法名はさだまり、魯智深となった。

法衣袈裟《ほういけさ》をつけた魯智深は、使僧に導かれ、長老の前に出て跪拝《きはい》する。

長老は、智深のうなじを撫《な》でつつ、三帰五戒《さんきごかい》を授けた。

「一つ、仏性《ぶつしよう》に帰依《きえ》すること
二つ、正法《しようぼう》を帰奉すること

三つ、師友を帰敬《ききよう》すること
一つ、殺生せざること
二つ、偸盗《ちゆうとう》せざること
三つ、邪淫《じやいん》せざること
四つ、貪酒《たんしゆ》せざること
五つ、妄語せざること」

翌朝、趙員外は長老や高僧たちに合掌して、魯智深の教導を頼んだ。

「智深は気儘者《きままもの》です。当寺の規則に反するようなことをしたときは、どうか私に免じて許してやって下さい」

長老は笑って答える。

「ご心配するほどのことはなかろう。私が修行参禅について導きましょう」

員外は智深にいう。

「この寺では、いままでのように勝手なふるまいをなさっては、いけません。ここにおられないようになれば、また役人に追われることになります。ときどき使いの者をよこし、ご入用のものをお届けいたしますから、ご辛抱下さい」

魯智深は、員外の肩を抱く。

「あなたには、ほんとうにお世話になった。このうえ迷惑をかけるようなことはしないから、安心してくれ」

趙員外が下山したのち、魯智深は大食して禅の修行をしている僧侶のあいだで寝るばかりであった。僧たちが彼を揺りおこす。

「出家したのちは、坐禅《ざぜん》修行しなければならない」

智深はうそぶいた。

「坐禅など、俺の知ったことか。眠りたいから寝るまでだ」

智深は毎日坐禅を組むこともなく時を過ごし、日が暮れると禅床《ぜんしょう》に横たわり、雷のようないびきをかく。

用を足すときは、傍らに寝ている者をはばかることもなく、足音も荒く起き出て、仏殿の裏で所かまわず糞便《ふんべん》を垂れた。

魯智深の傍若無人の行状は、長老のもとへいちいち注進されたが、長老は、魯智深の善《ぜん》根《こん》を信じていた。

「放っておけばよい。そのうちに気がつくだろう」
四、五ヵ月が過ぎ、冬がきた。
雲もなく晴れ渡った朝、魯智深は墨染めの僧衣に紺の帯をしめ、山門を出た。あてもなく山道を辿《たど》るうち、麓《ふもと》に近い辺りの亭《ちん》の前に出た。

亭のなかには、休憩する人影もない。魯智深は肘《ひじ》掛《か》け椅子に腰をおろし、澄みきった巒《らん》気《き》を呼吸しつつ、五台山で過ごした月日をふりかえった。

――俺は肉や酒が好きで、毎日食っていたが、坊主になってからは、体が干物になりそ

うだ。趙員外のつけ届けも近頃は間遠になっている。ひさしぶりに酒を飲みたいものだが

智深がしきりに酒の味わいを思いだしているとき、麓から桶《おけ》を担いだ男が歌を唱《うた》いながら登ってきた。

男は亭の前まで登ってくると、桶を下し足をとめた。魯智深は男にたずねた。

「その桶の中身は何だね」

男は笑って答える。

「とびっきり上等の酒ですよ」

「ほう、一桶いくらで売るのか」

「え、冗談をいいなさるとは、お人が悪いねえ」

「誰がからかっているというんだ。本気だよ」

男は顔つきをあらためていった。

「私がお坊さんに酒を売るとでも思っているんですかい。お寺から元手を借りて、お寺の持ち家で雨露を凌《しの》がせてもらっている私が、そんなことをしたら、たちまち放り出されっちまわあ。この酒は五台山の職人衆や用人、寺男衆に売るんですよ。あんたに売ることはできませんね」

魯智深の眼の色が変り、虎の唸《うな》るような声でいった。

「何としても売らぬのか」

「殺されても売らねえよ」

男は危ういと見て、桶を担ぎ坂下へ逃げようとした。

智深はすばやく退路をふさぎ、両手で天秤棒《てんびんぼう》をおさえ、男の股間《こかん》を蹴《け》りあげる。男は悲鳴をあげ、地面に転がった。

智深は二個の桶を亭に持ちこみ、蓋《ふた》をこじあけ、冷えた酒をすくっては飲む。

「うむ、これはうまい。ひさびさの味わいはたまらぬ」

一個の桶は空《から》になった。

「まあ、これで我慢しておくか」

智深はげっぷをしながら男にいう。

「酒代は明日払ってやる。寺へ取りにこい」

男は股間の痛みをこらえつつ起きあがり、残った酒を二桶に汲《く》みわけ、天秤棒で担いで麓へ逃げ帰っていった。

酒代を請求するどころではない。僧侶が酒を飲み、飲酒戒を破ったことが長老に知れると、わが身に禍いが及ぶのである。

魯智深は亭の椅子にもたれるうち、酔いがまわってきた。辺りの景色が、さかさまになったように思える。

椅子を下りて松の根方に坐りこんだが、酔いは深まるばかりである。智深はもろ肌ぬ《ぬ》ぎになり、両袖《そで》を腰に巻き、両腕をふりながらよろめき歩き、逞《たく》しい背中の刺青《いれずみ》が汗に濡れ、色あざやかであった。

「頭は重く、脚は軽く、眼は紅く、顔は赤く、前合《ぜんごう》し後仰《こうごう》し、東倒《とうとう》し西歪《せいわい》し、踉々蹌々《ろうろうそうそう》として山をのぼりゆくは、風にさからう鶴の如《ごと》く、擺々揺々《はいはいようよう》として寺にかえりゆくは、水を出ずる蛇の如し《ごと》」

というようなていたらくである。

ようやく山門の前に戻ってきた魯智深の泥酔しているさまを見て、二人の門番はしっぺい（竹の警棒）を手に石段を下り、その前途をさえぎり叱咤《しった》した。

「仏僧の身で、酔っぱらうとは何事だ。戒をやぶった雲水は、しっぺいで四十度打擲《ちょうちゃく》したのち、寺から追い放つときまっている。俺たちが貴様を山門に入れたなら、こっちが十度打たれるんだ。いまのうちに下山しろ。見逃してやる」

魯智深は、宗門の戒律をたしかに理解していなかったので、逆上し怒号した。

「なんだと、この野郎。俺を打ってみろ」

門番のひとりは、身をひるがえし、監寺《かんす》のもとへ注進に戻った。

いまひとりは、しっぺいで智深の胸を押し、さえぎろうとしたが、たちまちはねとばされた。

智深は門番の顔に、張り手を一発くらわせる。門番は眼がくらみ、立ちどまろうとするところへ、さらに張られ、門柱に頭を打ちつけぶっ倒れた。

「ざまをみろ」

智深はよろめきつつ寺内に入ってゆく。門番の急報をうけた監寺は、血相を変え、寺内の作男、職人、下男、轎《かご》かきなど三十人ほどを集め、智深をとりおさえようとした。男たちは白木の棍棒《こんぼう》を手に廻廊《かいろう》から庭へ出ようとして、智深と出会った。智深は雷のような大音声を発しつつ、彼らのただなかへ踏みこんでゆく。

「こりゃ、いけねえ。ただものじゃねえぞ」

男たちは智深のすさまじいいきおいに気を呑《の》まれ、傍らの蔵殿（倉庫）へ逃げこみ、格子戸を閉める。

智深は戸に体当りをし、足蹴《あしげ》をくわせ、打ち砕く。男たちは逃げ場に窮し、棒をふるって智深に立ちむかう。

そのとき長老が侍者を従え、あらわれた。

「智深、狼藉《ろうぜき》はやめよ」

智深は酔眼をすえ、声のするほうを睨《にら》みつけたが、長老と知ると跪座《きざ》して告げた。

「私はいささか酒をくらいましたが、誰に喧嘩《けんか》をしかけたわけでもありません。あいつらが勝手に打ちかかってきたので、こらしめようとしたのです」

長老は命じた。

「このまま禅床へおもむき、寝るがよい。この始末をつけるのは、明日のことだ」

智深は血走った眼を男たちにむける。

「長老さまのお言葉だから、しかたがない。俺は寝るさ。貴様たちの四、五人をぶち殺してやろうと思ったがなあ」

彼はそのまま禅床に倒れこみ熟睡した。

長老は役僧たちに、不満を訴えられた。

「やはり智深は寺の規則など守れない山猫のような奴ですよ。とても寺に置いておけるような者ではありません」

長老は彼らをなだめる。

「まあ、今度の乱暴は大目に見てやれ。あれはいずれ大器になる人物だよ。明日はよく説き聞かせてやろう」

翌朝、長老は侍者に命じた。

「智深を呼んできなさい」

侍者が僧堂の禅床へいってみると、朝食も終った時間であるが、智深は熟睡していた。揺りおこすと、起きあがり衣をつけ、はだしで僧堂から駆けだした。侍者が追ってゆくと、仏殿の裏手で小便を滝のように垂れ流している。

侍者は腹をかかえて笑い、智深が手を洗うのを待って告げた。

「長老さまがお呼びだ」

智深は侍者に従い、方丈に出向いた。長老は智深を見ると、なじった。

「そなたは元は武人であったが、趙員外《ちょういんがい》の縁により出家した身であろう。それが、五戒をやぶり、乱暴をはたらくとはいかなる了簡だ」

智深は跪拝《きはい》して詫《わ》びた。

「破戒は二度といたしません。どうかお許し下さい」

長老は智深に方丈で朝食を与え、裂けやぶれた僧衣を新調のものに着替えさせ、どこかへ脱ぎすててきた僧鞋《そうあい》も、新品をはかせた。

魯智深は、そのあと数ヵ月は山門の外へ一歩も踏みださず、謹慎していた。

二月のある朝、にわかに暖かくなり、鳥のさえずる声にも心の浮きたついい天気となった。魯智深は日向《ひなた》を歩むうち、山門の外へ出た。道端にたたずみ、辺りの風光に眼をやっているとき、麓《ふもと》から金具を打ち鳴らす音が、トンカン、トンカンと聞えてくる。

「あの音の聞えてくる辺りは、町だなあ。人里はなつかしいのう」

彼は僧房へ戻り、いくらかの銀子《ぎんす》を懐に入れ、山を下りる。「五台福地」と記された牌《はい》楼《ろう》（額を掲げた楼門）を出ると、人家が五、六百軒もある町であった。

肉屋、八百屋、酒屋、麪《めん》屋などの商家が軒をつらねている。

――なんだ、こんなところに町があると知っていりゃ、酒桶を取りあげて飲まなくてもよかったんだ。近頃は、ろくなものを食っていないから、思いっきり飲み食いをしてやろう――

智深はトンカンという音に誘われ、鍛冶《かじ》屋《や》の店先に入った。

智深は、鍛冶屋の親方に聞いた。

「この店に、いい鋼《はがね》があるかね」

親方は、智深のすさまじい顔つきに怖れをなしたが、愛想よく答えた。

「できますがね。どんな品がご入用ですかい」

「うむ、禅杖《ぜんじょう》と戒刀《かいとう》さ」

「それなら、あつらえむきの鉄がございますよ。どれほどの重さのものを打ちましょうか」

智深は伸びかけた鬚《ひげ》を撫《な》でながらいう。

「まあ、百斤だな」

親方はおどろいた。

「お坊さまは、なみはずれた大柄のお人だが、お使いになれますかね。関王（関羽）さまの刀でも、八十一斤でございましたが」

「俺が力におい て関王に劣るというのか」

「まあ、お力のあるお方で、四、五十斤でしょう」

「ではお前の意見をいれて、関王の刀と同様に、八十一斤にしよう」

親方は反対した。

「それは太すぎて格好もよくないし、使いきれませんや。私に任せていただけりゃ、使いぐあいのいいものをこしらえてさしあげます。六十二斤の水磨《すいま》の禅杖なら、ご満足いただけますよ。戒刀も、おなじような業物《わざもの》をつくりましょう」

「両方を注文すれば、代価はいくらだ」

「せいぜい勉強して、銀子五両です」

「よし、出来ばえがよければ、そのうえに祝儀をはずんでやろう」

智深は親方に銀子を払ったあとで、誘った。

「どうだ親爺《おやじ》、これから俺と酒を飲みにいかぬか」

親方は頭をかいて、ことわった。

「あっしは、仕事があるのでおつきあいができかねます」

智深が鍛冶屋を出て、しばらくゆくと、酒屋の看板が眼にとまったので、簾《すだれ》をくぐり主人に命じた。

「酒を飲むぞ。早く持ってこい」

主人は顔色を変えていう。

「そりゃできませんや。お坊さまにお酒を売ったことがばれたら、五台山長老のお怒りをうけて、たちまちこの店をとりあげられっちまいやす」

智深は主人の襟首をつかみ、額が触れるほどに引きよせ、頼んだ。

「分っているさ。内緒で飲ませてくれりゃいいんだ。誰にもいわぬからな。酒代ははずんでやるぞ」

「それは、やはりできません」

「よし、あとで戻ってきて、この店をぶちこわしてやるぞ」

智深は憤然と酒屋を出た。

智深が町なかを見物して歩くうち、また酒屋の前を通りかかった。智深は卓について、主人を呼ぶ。

「銀子はあるから、酒を飲ませろ」

「そりゃ、無理ですよ。そんなことをすれば、明日から飯を食う手だてがなくなっちまいます。長老さまのお咎《とが》めを受けりゃ、私どもは、枯っ葉のようにどこかへ吹っ飛んでゆく身上ですよ。おそろしいことを、おっしゃらないで下さい」

智深がどれほど頼んでも、酒を売ろうとはしない。

彼はあきらめて、つぎの店を探した。

町なかの酒屋五、六軒をまわってみたが、どこでもことわられた。智深は考える。

——なにか、うまい手をつかわぬことには、酒にありつけないぞ——

彼は町はずれまでやってきた。杏《あんず》の花が咲いている。人通りのない道沿いに、酒屋のしるしである、杉の葉の球を軒下にぶらさげた家がある。

彼はひっそりとして客のいない店内に入り、大声で主人を呼ぶ。

「俺は旅の僧だ。酒を飲みたいので、瓶《かめ》を出してくれ」

みすぼらしい野良着をつけた親爺は、智深の前に立ち、たずねた。

「お坊さまは、どこからきなさったかね」

「遠くからきた。諸国行脚の道すがら、ここを通りかかったんだ」

親爺はうなずいていう。

「それは、ほんとうでしょうね」

「ほんとうにきまっているさ。僧籍にある者が、嘘をつくと思うかね」

「あなたが、五台山のお坊さまなら酒は売れませんよ」

「五台山などにいたことはないぞ」

親爺は、魯智深の言葉の訛《なまり》が他郷のものであるので、行脚僧であると思いこんだ。ふだんからさびれた店であるので、客を逃がしたくはない。

「どれほどお飲みになりやすかい」

「大碗についでこい。いくらでも飲んでやるぞ」

智深は運んでくる酒を、息もつかずに十碗ほど飲みほしたあと、親爺に頼んだ。

「肉があるだろう。一皿食わせろ」

「朝がたは牛肉があったんだが、売りきれやしたね」

「どこかで肉のにおいがするじゃないか」

庭へ出ると、塀のそばに土鍋《どなべ》で犬を煮ていた。

「なぜ、これを食わさないんだ」

「お坊さんでも、犬をお召しあがりになるんですか」

智深は懐から銀子をとりだし、親爺に渡した。

「犬の肉を半分食わせろ」

酒屋の親爺は、煮つけた犬の肉ににんにくおろしをそえて、さしだす。

「これは旨いぞ」

智深は犬の肉を手で引き裂き、にんにくおろしをたっぷりつけて食う。酒はさらに十杯ほどかさねた。

親爺はあきれはてていう。

「もうやめたほうが、ようござんすよ」

智深は唸《うな》り声をあげた。

「酒代は払っているだろう。いらぬ差し出口をきくな」

「このあと、どれほどお飲みになりますか」

「もう一桶《おけ》だ」

親爺は不安げな顔で、さらに一桶の酒を運んできた。

智深は桶の酒を、水を飲むようにして、たちまち空《から》にした。

「今日は、このくらいにしよう」

智深は、余った犬の足一本を懐にして席を立つ。

「親爺、酒代の釣りはいらぬ。明日また飲みにくるぞ」

親爺は返事も忘れ、智深の後姿を茫然《ぼうぜん》と見送る。

智深は五台山へ戻る途中、中腹の亭《ちん》に足をとどめ一服すると、突然酔いがまわってきた。

——ながいあいだ武術稽古《けいこ》をやらなかったから、体がなまくらになったようだ。ちと試してみるか——

彼は両袖《そで》をまくり、しばらく拳法《けんぽう》の術を試みる。

しだいに輿に乗ってきて、亭の柱に肩を押しあて、ひと押しすると、柱がきしみ、へし折れてしまい、亭が傾いた。

五台山の門番が、山腹から怪しい物音が聞えてきたので、山道を見張っていると、やがて魯智深がよろめき登ってきた。

「また、あの野郎が酔っぱらっているぞ」

二人の門番は門扉をとざし、閂《かんぬき》をしめ、すきまから外をのぞく。

智深は山門の前に立つと、両手で太鼓を打つようにたたきまくる。

やがて、山門の左側に立つ金剛力士（那羅延《ならえん》金剛）を罵《のの》しった。

「こりゃ、貴様は拳骨《げんこつ》をふりあげて、俺を脅すつもりか。貴様など怖ろしくないぞ」

智深は台のうえに跳び乗り、柵《さく》に手をかけ、葱《ねぎ》を抜くようにたやすく抜きとり、それで金剛力士の足を殴りつけた。

智深は左側の金剛力士の足をへし折ると、右側の金剛力士（密迹《みつしやく》金剛）を見て喚《わめ》いた。

「こりゃ、貴様も大口をあけて俺を嘲《あざけ》るのか」

彼は柵棒《さくぼう》をふるって足を殴りつける。右側の金剛力士は大音響とともに台から転げ落ちた。智深は腹をゆすって哄笑《こうしよう》する。

門番たちが長老に急を告げる。長老は動じなかった。

「手出しをするな。放っておけ」

首座《しゆそ》、監寺《かんす》ら主立った役僧が揃って長老に苦情を述べにきた。

「智深の今日の行状は、見逃すことができません。亭を打ちこわし、山門の金剛像をひっくりかえす乱行は、見逃すことができません」

長老はいった。

「天子も酔漢は避けるという、昔からのいい伝えがある。儂《わし》にはあの男の乱暴を制止する力はない。これも仏の思召しだろう。金剛像と亭は、趙員外殿につくりなおしてもらおう」

「山門の主といわれる金剛力士を、つくりかえてもいいのでしょうか」

「形あるものは、いずれは滅するのだ。あやつのいきおいでは、本堂の三世仏《さんぜぶつ》を打ちこわされても、坐視《ざし》していなければならないだろう」

役僧たちは、方丈を出てゆきながら、長老の穏当に過ぎる態度を嘆いた。

智深の喚きたてる声は、山内にひびきわたっている。

「こりゃ、門をあけろ。あけぬなら火をつけて焼き払うぞ」

役僧たちは、やむなく門番に命じた。

「門をはずしてやれ」

門番が門をはずすと、魯智深が扉を押しあけ、転げこんできた。彼は僧堂へ駆けこみ、簾《すだれ》をあげる。坐禅修行をしている僧たちは、彼の猛虎のような姿におどろく。

智深は禅床《ぜんしょう》に反吐《へど》を山のように吐き、僧たちは悪臭に鼻を覆う。智深は禅床に這《は》いあがり、帯を解き、衣の紐《ひも》をひきちぎる。犬の足が懐から転げ落ちたので、智深はそれを拾いあげて傍らの僧につきつけた。

「お前さん、これを食わねえか」

僧は両袖で顔をかくし、懸命に拒む。

智深はいまひとりの僧の耳たぶをつかみ、むりに犬の肉を口中へ捻《ね》じこむ。

「無体《むたい》なふるまいはやめろ」
四、五人の僧が走ってきて、智深を取りおさえようとする。智深は武者震いをして、鉄《てっ》拳《けん》をふるい、彼らを殴り倒した。
智深は狂気のようにあばれはじめた。堂中の僧は、四方へ逃げ散る。

役僧たちは寺男、職人、轎《かご》かきなど二百人ほどを呼び集め、杖叉《じょうしゃ》（さすまた）、棍棒《こんぼう》を持たせ、智深を取りかこませた。

智深は猛獣のように吼《ほ》えたけり、仏前の供卓の脚を二本もぎとり、堂外へ走り出た。

「心頭に火おこり、口角に雷鳴る」

というすさまじいいきおいに圧された寺男たちは、後退する。

智深が逃げる相手を追いまくって、法堂に踏み入ろうとしたとき、突然長老があらわれ大喝した。

「智深、無礼をやめよ。皆も退け」

寺男たちはひきさがった。

智深は手にした棒を投げすて、長老の前に跪《き》拝《はい》した。

「わるうございました。いかなる仕置も受けましょう」

長老はいった。

「五台山は、文殊菩薩《もんじゆぼさつ》の道場として、幾千年の間香華《こうげ》の絶えたことのない聖地だ。お前のような破戒のごろつきを置くわけにはゆかぬ。身を寄せるところを考えてやるから、出てゆくがいい」

智深は方丈で一夜を明かし、翌日長老に呼びだされた。

「お前の行状を趙員外に知らせたところ、詫《わ》び状がとどいた。こののちお前は私の弟分にあたる智清《ちしよう》禅師のもとへゆき、修行するがいい。智清は東京《とうけい》(開封)の大相国寺《だいしようこくじ》をあずかっている。私はお前との別れに際し、四句の偈《げ》を与えよう。これを生涯のいましめとするがいい」

智深はうやうやしく叩頭《こうとう》した。

「どうぞお聞かせ下さい。肝に銘じて忘却いたしません」

長老は偈をとなえた。

「林に遇《あ》って起ち
　山に遇って富み
　水に遇って興《おこ》り
　江に遇って止《とま》る」

智深は偈を聞きおえたのち、長老に九拝の礼をし、荷物を背負い、寺内の僧俗に別れを告げて五台山を下りた。

彼は長老から与えられた墨染めの衣を身につけ、新しい僧鞋《そうあい》をはき、白銀十両を懐中にしていた。

山下《さんげ》の町に足をとめた智深は、泥酔することもなく、数日を旅宿で過ごし、鍛冶屋《かじや》に注文していた禅杖《ぜんじょう》と戒刀《かいとう》のできあがるのを待った。

やがて打ちあげられた戒刀を腰に、禅杖をひっさげた智深は、旅に出た。ゆきかう人が眼を見はる荒法師のいでたちであった。

魯智深は東京にむかい、半月ほど旅をつづけた。僧形であるが、寺院に泊ったことはない。宿屋に泊り、肉や魚をむさぼりくらい、酒をあおるのを常としていた。

五台山を出たときよりも、体がひとまわりも肥満し、街頭を歩む姿は巨大な熊のようである。

晴れわたった午後、智深は山水の眺めにみとれて歩くうち、日が暮れても宿場に辿《たど》りつけなくなった。街頭には人馬の姿もなく、森閑と静まりかえっている。

「山景は深く沈み、槐陰《かいいん》はようやく没す。緑楊《りょくよう》の郊外に、ときに烏雀の林に帰るを聞き、紅杏《こうきょう》の村中に、つねに牛羊の圏《おり》に入るを見る」

というような田園の眺めのなかを、宿をもとめて急ぐうち、行手の夕靄《ゆうもや》のなかに、大きな屋敷が見えた。

まわりに土塀をめぐらした屋敷は、雑木林のなかにあり、うしろに険しい山が迫っている。

——この先に宿屋も見つかりそうにないようだから、あの屋敷に一夜の宿を頼むことにしよう——

智深が屋敷の前に立つと、幾十人もの下男らしい男たちが、器や食物をせわしげに運び、右往左往していた。智深は門前に禅杖をたてかけ、下男のひとりに合掌の礼をした。

下男は冷淡な眼をむけた。

「忙しい日暮れどきに、坊さんが何の用かね」

「うっかり宿場を通り過ぎてしまったので、こちらのお屋敷の軒端をお借りして、一晩過ごしたいのだが、明朝は早立ちするよ」

下男は、すげない返事をした。

「だめだよ。今夜は忙しいから、泊めるのは無理だ」

「一晩だけでいいんだ。世話はかけない」

「いや、先を急いだほうがいいよ。ここに泊れば、物騒な目にあいかねないぞ。殺されるかも知れない」

「ほう、それはおだやかではない話だ。どうして殺されるんだ」

「うるさいなあ。坊さんの相手をしている暇はないんだ。さっさと失せちまいやがれ」

智深は眼をいからせ、一喝した。

「わけのわからぬことばかりいいやがって、ひねりつぶすぞ」

智深は禅杖をとりなおし、集まってくる下男の群れを睨《にら》みまわす。

そのとき屋敷の奥のほうから、背よりも高い撞木杖《しゅもくづえ》をついた老人があらわれ、下男たちに聞いた。

「騒がしいではないか。何事だ」

「この坊主が、あっしたちを殴ろうとしやがるんです」

智深は老人に告げた。

「私は五台山の僧で、東京《とうけい》へむかう途中です。今日はうっかり宿場を通り過ごしてしまったので、こちらのお屋敷の片隅に泊めていただきたいとお願いしたところが、この男たちが無礼なふるまいをしたのです」

老人はおどろいた様子でいった。

「これは五台山の活《い》き仏さまのもとからおいでの和尚さまですか。私は仏を敬信しております。今夜はとりこみがありますので、なんのおかまいもできませんが、どうぞお泊り下さい」

智深は客間に通され、老人に合掌の礼をした。

「ご好意のほど、感謝いたします。失礼ですが、ご尊名を承りたい」

老人は答えた。

「私の姓は劉《りゅう》です。この村は桃花村《とうかそん》といい、村人は私を桃花荘の劉太公《たいこう》と呼びならわしています。和尚さまの俗姓と法名をお聞かせ下さい」

「私は師匠の智真長老に法名を授けられました。姓は魯、法名は智深です」

挨拶《あいさつ》がすむと、劉老人がたずねた。

「夕食をさしあげたいのですが、なまぐさいものはお召しあがりになりますか」

智深は眼をかがやかせた。

「牛馬であろうと、犬であろうと、肉は大好物です。それに実は酒にも目がないのです」

「分りました」

老人は下男を呼び、食卓に牛肉一皿、四、五品の料理に箸《はし》をそえてならべる。

智深は旅装を解き、椅子に腰をおろす。下男が酒の燗《かん》をしてすすめると、智深は見るまに一皿の肉と一壺《いっこ》の酒を腹に納めてしまい、劉老人はその早さにおどろいた。

智深はさらに山盛りの飯をたいらげ、ようやく満足げな顔つきになった。

老人はいう。

「それではどうぞおやすみ下さい。夜中に騒がしい物音がおこっても、部屋の外に出られてはなりません」

「ほう、今夜何事かがおこるのですか」

「和尚さまが、お気になさるようなことではありません」

智深は劉老人の悲しみに心をかきみだされているような表情を見て、かさねてたずねる。

「なにか、大きな気がかりをかかえておられるようだ。どうか打ちあけて下さい。私がお力になりますよ」

老人はふかい溜息《ためいき》をついて、いった。

「今夜は娘に婿を迎えるので、困っているのです」

智深は、部屋をゆるがして笑った。

「息子に嫁をもらい、娘を嫁にやるのは、世間の常道ではありませんか。なにを悩むことがありましょうか」

「いや、この縁組は気が進まないもので」

智深はまた笑った。

「気にいらない婿なら、ことわればいい」

「とてもそんなことのできる相手ではありません」

劉老人は、ようやく事情をうちあけた。

「私のひとり娘は十九歳になります。その婿になるのが、このうしろに聳《そび》える桃花山の山賊の副頭目です」

「そやつがこのお屋敷へきて、娘さんを見初めたのですか」

「そうです。桃花山には二人の山賊の頭目がいて、五、六百人の子分を集め、近所を荒らしまわって、青州の官兵さえ見て見ぬふりをするありさまです。その副頭目がここへ冥加金《みょうがきん》を取りにきて、娘を嫁に迎えたいといいだし、金二十両と紅錦一疋《こうきんいっぴき》を結納にとどけ、今夜の吉日をえらび、婿入りに参ります。ことわれば皆殺しにされるかも知れず、娘を取られるよりほかはないので、悩んでいます」

智深は楽しげな口調でいった。

「なんだ、そんなことか。それなら私に任せて下さい。先方の気を変えさせてやりましょう。娘さんの婿にすることはありません」

「でも、あいつらは人を殺すことを、芋を切るほどにしか思わない、魔物のように凶悪な者どもです。とても気を変えさせることなど、できるわけがありません」

智深は伸びかけた鬚《ひげ》をひねって、こともなげにいう。

「私は五台山で説法を学んできたので、相手が鉄石のように頑固な者でも、説き伏せることができます。今夜は娘さんをお屋敷の奥に隠しておくがいい。私が娘さんの部屋にいて、そやつに説法し改心させましょう」

劉老人は、智深の身を危ぶんだ。

「猛虎の鬚にさわるようなことをなさって、万一のことがあれば、申しわけが立ちません」

「そんな気遣いはしなくてよろしい。私のいう通りになさるがいい」

劉老人は智深の前にひれ伏した。

「なんというありがたいことだ。活き仏さまが、娘を救って下さるとは」

老人は智深に聞く。

「もっと酒肴《しゅこう》を召しあがられますか」

「うむ、酒をいますこし飲んでもよい」

智深は家鴨《あひる》一羽の丸煮をたいらげ、三十杯ほど酒を飲んだのち、戒刀《かいとう》を帯に差し、禅杖《ぜんじょう》をひっさげ立ちあがった。

智深は花嫁の部屋に案内されると、劉老人にいった。

「私はここで副頭目を待ちましょう。あなたがたは、知らぬ顔をしているがいい」

智深は室内の机椅子などを片隅に寄せ、戒刀を枕もとに置き、禅杖は寝台に立てかけ、素裸になり寝台に跳びあがって身を横たえ、銷金《しょうきん》（金箔《きんぱく》）の帷《とばり》を引いた。

しだいに日が暮れてきた。劉老人は屋敷のまわりに終夜灯をつらねさせ、麦打ち場に机を置き、盛り花、燭台《しょくだい》を並べさせた。

まもなくやってくる山賊たちをもてなすため、大皿に肉を盛りあげ、大壺の酒をあたためる。

初更（午後八時頃）になって、山のほうから銅鑼《どら》、太鼓の音が近づいてきた。劉老人や下男たちは不安に胸をとどろかせ、門前に出た。

闇のなかを、四、五十本の松明《たいまつ》が火の粉を散らしつつ、急速に近づいてくるのが見える。

「きたぞ、山賊どもだ」

下男たちは、恐怖に身を震わす。闇中に姿をあらわした山賊たちの姿は、鬼のようであった。

「人々凶悪、個々狰獰《そうどう》、頭巾《ずきん》はみないただく茜根《せいこん》の紅、衲襖《とうおう》はことごとく着る楓葉《ふうよう》の赤」

といういでたちである。

劉老人は、屋敷の門をひらいて迎える。山賊たちの手にする刀槍《とうそう》が火光にきらめく。彼らの武器と旗にはすべて紅と緑の絹布がくくりつけられ、頭巾には野花が飾られている。

馬上の副頭目の前には、手下たちが四、五対の紅紗《こうさ》の灯籠《とうろう》をさしだしていた。純白の肥馬にまたがった副頭目は、頭に紅色の凹面巾《おうめんきん》をかぶり、鬢《びん》には造花を挿している。

上衣は金繡《きんしゅう》の緑羅袍《りょくらほう》で、牛皮の靴をはいていた。

副頭目が門前で馬から下りると、手下どもははやしたてた。

「いよう花婿

まぶしいほどの男っぷりだ。

見とれるぜ、見とれるぜ」

劉老人は台盃《だいさかずき》を捧《ささ》げ、酒をつぎ、地面にひれ伏す。

副頭目は老人を立たせようとした。

「舅《しゅうと》のあなたに、平伏してもらうことはない」

「いいえ、私は親分さまのお指図に従う百姓にすぎません」

副頭目はすでに酔っていて、高笑いをした。

「俺が婿になってやったら、悪いようにはしないぜ。あんたの娘もしあわせにしてやるさ」

副頭目は、到着を祝う下馬盃《げばはい》を飲みほし、麦打ち場の花飾りを眺めつつ、また二杯を飲む。

「これはごていねいなもてなしで、おそれいるね」

手下たちは、客間の前庭で楽器を鳴らしはじめた。

副頭目は客間に入り、大声で聞く。

「俺の花嫁はどこにいる」

劉老人が答えた。

「はずかしいので、部屋に隠れているのです」

副頭目は、上機嫌でうなずく。

「それなら、まず酒だ。舅殿に返盃しよう」

彼は盃をとりあげようとしたが、思いなおしたようにいう。

「やはり花嫁に会おう。酒はあとだ」

劉老人は、はたして和尚が凶暴な山賊を諭してくれるだろうかと危ぶみつつ、震える足を踏みしめ、燭台をかざし副頭目を案内した。

老人は花嫁の部屋の扉を示した。

「このなかにおります。お入り下さいませ」

劉老人は、いまにも大騒動がおこり、山賊どもが荒れ狂うのではないかと怯《おび》え、足早に立ち去った。結果はともかく、危難を逃れたいばかりである。

副頭目は部屋の扉をあけた。なかはまっくらで香をくゆらせているのであろう、かぐわしいにおいがこもっている。

彼はみじかい笑声をもらした。

「この家の主人は、なかなか倹約家だぜ。俺の奥方を、こんなくらやみのなかへ放りだしておくんだから。明日は山から手下どもに上等の油一樽《たる》を担がせてきて、そこらじゅうに灯《あか》りをつけてやろう」

　ひとりごとをいいつつ、手さぐりで部屋に入ってきた。

　魯智深は寝台のうえでその言葉を聞くと、笑いがこみあげてきたが、懸命にこらえる。彼には山賊を怖れる気持ちがまったくない。説得して聞きいれないようであれば、蚤《のみ》かしらみのようにぶっ潰《つぶ》せばいいと思っている。

　副頭目は猫なで声で呼びかけてくる。

「花嫁や、なぜ迎えにこないのだ。なんにもはずかしがることたあねえさ。明日から山寨《さんさい》で奥方さまだ。大勢の荒くれ男をこき使える身分だぜ」

　彼はようやく銷金の帷《とばり》をさぐりあてると、それをかきあげ、寝台に手をついた。

「おう、ここにいるじゃねえか。かわいい女房、早く抱かせてくれ」

　寝台を探りまわるうちに、智深の腹の皮を撫《な》でた。

　副頭目は、智深に頭巾をつかまれ、寝台におさえこまれた。

「なにをするんだ」

　副頭目は振りはなそうとしたが、身動きがとれない。

「凄《すげ》え力だ。これでも女か」

　顔をそむけ、ようやく息をついたとき、首筋に火のような一撃をくらい、気が遠くなりかけた。

「お前は、亭主を殴るのか」

副頭目がわめく。

智深は吼《ほ》え猛《たけ》った。

「女房の腕っ節を堪能しやがれ」

副頭目は寝台の脇に蹴《け》倒《たお》され、動転した。

「誰だ、貴様は」

「お前の女房さ」

智深は副頭目を乱打し、蹴りつける。

衆にすぐれた腕力を誇る副頭目も、闇中からあらわれた怪物の打撃にたえかね、泣き叫んだ。

「助けてくれえ、殺される」

劉老人は智深が副頭目を諫《いさ》めてくれるだろうと待っていたが、悲鳴を聞き、何事がおこったのかとおどろいた。

彼は山賊の手下どもと娘の部屋にかけつけ、燭台をさしだして眼を見張った。副頭目のうえに智深の全裸の巨体がのしかかり、丸太のような腕をふりあげ殴りつけている最中である。

「親分がやられているぞ。助けろ」

子分どもが槍《やり》、棒を取りなおし、智深に襲いかかった。

智深は気絶しかけている副頭目からはなれ、素っ裸のまま禅杖《ぜんじょう》をとって、水車のように振りまわし打ちかかる。

「これは化物だ。逃げなきゃ食われっちまうぞ」

手下どもは気を呑《の》まれ、われがちに戸外へ逃げ走った。

副頭目は騒動の隙をうかがい、部屋から這《は》い出て、門前につないでいた白馬のそばへ戻り、またがると柳の枝を折って尻《しり》を乱打する。だが馬は走らない。うろたえたので、柳の幹にくくりつけていた手綱をほどいていなかった。

副頭目は手綱を引きちぎり、裸馬に乗って飛ぶように門外へ出る。

「くたばりそこないのじじいめ。この恨みはかならず返すからな。覚えていろ」

彼は一目散に山へ帰っていった。

劉老人は、僧衣をつけた智深に苦情をいった。

「説教して下さると思っていたのに、殴る蹴るの乱暴をはたらくとは。おかげで私どもは、山賊に仕返しをされますよ」

智深は老人をなだめるため、わが過去をうちあけた。

「あわてることはない。実は私はふつうの僧ではない。延安府経略使の种老相公《ちゅうろうしょうこう》に仕え、提轄《ていかつ》をつとめていたものだ。悪人を殴り殺したので僧籍に入ったが、あれほどの山賊なら、片手であの世へ送ってやれるさ。千や二千とまとまってきても、ご老人を守ってあげるよ。まあ、この禅杖を持ってみるがいい」

智深は禅杖を片手でつかみ、傍らの下男に渡す。

うけとった下男は、重さに耐えかね取りおとした。

「そら、持ちあげられないだろう」

智深が禅杖をふりまわすと、竹の切れはしのように、風を切って動く。

老人はいった。

「和尚さま、われわれをお護り下さい」

「あたりまえだ。儂《わし》は死んでも逃げはしないから」

「どうぞお酒をお召しあがり下さい。しかし、酔っぱらっては戦えませんよ」

智深は熊のような毛のはえた胸を、拳骨《げんこつ》でたたいた。

「大丈夫だ。俺は飲んだ酒の量で、腕前が違ってくる。充分飲めば、天下無敵だ」

智深は酒と蒸し肉を山のように運ばせ、飲み食いして底なしの食欲をみたした。


その頃、桃花山の山寨にいる山賊の頭目は、副頭目の婿入りが首尾よくおこなわれたかをたしかめるため、誰かを劉老人の屋敷へ走らせようと考えているところへ、逃げ帰ってきた手下たちの急報を受けた。

「大変だ、大変だ」

頭目はおどろいて聞く。

「なんだ、その騒《さわ》ぎようは」

「二のお頭《かしら》が、妙な素っ裸の坊主に殴られたんでさ。いま頃は殺されているかも知れやせん。殴られるたびに、餅《もち》つきのような音がしていやしたから」

「あいつが殴りとばされるとは、相手はよほどの剛の者だな。どんな奴だ」

頭目が乱闘の様子を聞いているところへ、副頭目が戻ってきた。

頭巾《ずきん》を失い、緑羅袍《りょくらほう》は引き裂かれ、ぼろ雑巾《ぞうきん》のようである。眼がふさがるほど顔を膨れあがらせた副頭目は、馬から下りると力つきたようにぶっ倒れ、細い声でいう。

「兄貴、ひでぇ目にあったぜ」

「そのざまは、どうしたんだ」

「あの屋敷の花嫁の部屋に入ったが、老いぼれが悪だくみをしやがった。娘はいないで肥っちょの坊主が寝台に隠れていたんだ」

副頭目は顔をしかめ、涙をこぼす。

「ああ痛えや。俺がくらがりのなかで帷《とばり》を持ちあげ、寝台のうえを手探りしていたら、いきなりそいつに頭を押えつけられた。それから殴られ蹴られ、体じゅうが傷だらけだ。手下の連中が加勢にきたので、化物は禅杖《ぜんじょう》をひっつかんで飛びだしていきやがった。その隙にようやく逃げだしたんだ。兄貴、俺の仇討《あだう》ちをしてくれ」

頭目は眼をいからせ、答える。

「よし、お前はここで寝ていろ。坊主は俺が成敗してやるさ」

彼はすべての手下を率い、馬に飛び乗ってときの声をあげ、土煙をあげて桃花村へむかった。

魯智深は劉家の屋敷で大盃を傾け、蒸し肉をくらい、こころよく酔いに身を任せていた。そこへ、見張り役の下男が飛びこんできて注進した。

「山賊の一の親分が、大勢の手下を引き連れ、押し寄せてきやした」

智深は、鼻先で笑った。

「よし、お前たちは見物していろ。俺がそいつをぶちのめすから、引っくくって役所へ突きだすがいい。たんまり褒美をもらえるぜ」

智深は僧衣をぬぎ、着物の裾《すそ》をからげ、戒刀《かいとう》を腰に禅杖をさげ、麦打ち場へ歩み出た。

山賊の頭目は、松明《たいまつ》を輝かす手下どもからはなれ、門前に馬を進め、長槍《ちょうそう》をかまえ大声で叫んだ。

「娘に化けやがった坊主はどこにいる。ここへ出てこい。串刺《くしざ》しにしてやるぞ」

智深は猛獣のように吼えた。

「こぎたねえ山賊め、五体を煎餅《せんべい》みたいにしてやるぞ」

彼は禅杖をふりかぶり、頭目の前へつめ寄ってゆく。

頭目は槍先《やりさき》を下し、大声で叫んだ。

「和尚、待て。その声はまえに聞いたことがあるぞ。名を聞こう」

智深はあざ笑った。

「こぎたねえ山賊に知りあいはないが、聞きたけりゃ教えてやろう。経略使种《ちゅう》老相公馬前の提轄《ていかつ》の魯達だ。いまは出家した花和尚《かおしょう》魯智深さ」

頭目は馬上にのけぞって笑い、鞍《くら》から下りて槍を捨て、平伏していった。

「魯の兄貴、ひさしぶりだな。凄《すげ》え力の坊主と聞いたが、やっぱりお前さんか」

智深は、禅杖の構えを崩さず、頭目の顔をたしかめ、叫んだ。

「お前は李忠じゃねえか」

頭目は、渭州《いしゅう》の町で棒をつかい薬売りをしていた、打虎将《だこしょう》の李忠であった。

山賊が平伏するのは、「剪払《せんふつ》」という。平伏という文字は軍中の縁起にかかわる。

李忠は剪払をしたのち、魯智深の肩を抱いてたずねた。

「兄貴はなぜ坊主などになったのかね」

「それは座敷へはいってから話すよ」

劉老人は、智深が山賊の頭目の仲間であったと知り、腰を抜かしそうになった。

智深は衣をつけ、座敷にはいると劉老人を手招き、安心させようとした。

「こわがることはない。この男は儂の兄弟分だからね」

李忠は二の座につき、劉老人はその下座に坐《すわ》る。

智深は官職を辞するまでの経緯を語った。

「儂は渭州で鎮関西《ちんかんせい》という悪党を殴り殺したのち、代州の雁門県《がんもん》へ逃げた。そこでまた金老人父娘《おやこ》にめぐりあったのだ。その縁で、儂は五台山の智真長老の弟子になり、剃髪《ていはつ》したのだが、僧堂で飲酒戒を犯して二度も大あばれをしたので、追いだされた。長老は東京《とうけい》の大相国寺の智清《ちしょう》禅師を頼ってゆくよう、添書を下さったので、出向く途中だった。今夜はこの屋敷に泊めてもらい、山賊が入り婿にやってくると聞き、難儀を助けたのだが、儂が殴りつけてやったのは何者だね。貴公は、どういうわけで山賊の頭目などしているのだ」

　李忠は別れてのちの出来事を話しはじめた。

「儂は渭州の酒屋で兄貴と史進に別れたあくる日、兄貴が肉屋の鄭を殴り殺したという噂を聞いた。さっそく史進の宿へいったが、いなかったので、ぐずついては詮議《せんぎ》のまきぞえになると思い逃げだした。ほうぼう旅をして、桃花山の麓《ふもと》にやってくると、さっき兄貴に殴られた男が、大勢の手下を連れて山から下りてきた。あいつは桃花山に山寨《さんさい》を持ち、小覇王《しようはおう》の周通《しゆうとう》と名乗っていた大山賊だが、儂と棒で渡りあい負けたので、ひきとめて自分が二の頭《かしら》になり、儂を頭目の座にすえた。それ以来、山賊の暮らしをしているんだ」

「そうか。そういうわけなら周通に、この縁談は思いきるよう、いってやってくれ」

「分った。あいつにばかなまねは二度とさせないよ」

　智深と李忠の話しあいを聞いて劉老人は、おおいによろこび、酒肴《しゆこう》をととのえもてなした。智深は劉老人がさしだす礼金を李忠にやった。

「これで、今後いざこざをおこすなよ」

「分った。兄貴はしばらく山寨で遊んでゆかないか。老人もいっしょにいこうよ」

　李忠が誘った。

　夜が明けた頃、李忠は馬に乗り、智深と老人は轎《かご》に乗って、桃花山へ登っていった。

　三人が山寨の本陣に着くと、李忠は周通を呼ぶ。周通は智深を見て、意外に思った。李忠が彼の仇《かたき》をとってくれるだろうと、期待していたからである。

李忠は周通にいった。

「お前は、この和尚を知っているか」

周通は顔をしかめた。

「知ってりゃ、殴られるこたぁねえよ」

李忠は笑った。

「俺がいっていただろう。拳骨《げんこつ》を三発くらわせて、鎮関西を殴り殺した凄え力の提轄《ていかつ》がいたとなあ」

「えっ、そのお人か。俺がやられたのはあたりまえだ」

周通は椅子から飛び下り、剪払をした。

「こりゃあ、知らねえこととはいいながら、悪いことをしたな」

智深は頭をかきながらいう。

「周の兄弟よ、お前は劉老人の娘さんの婿になりてえそうだが、あの娘さんはひとり娘で、山賊を婿になどとらねえんだ。老人の余生を看とる大事な人だから、俺のいうことを聞いて、このの ち二度と婿入りするなどと、いわないでくれ」

周通は、また剪払をする。

「分りやした。劉家へ二度と足をむけやせんよ」

「お前も男だ。心変りするなよ」

周通は手下に矢を持ってこさせ、二つに折って誓いをたてた。

劉老人は、よろこんで山を下りていった。

李忠、周通は牛馬を屠《ほふ》り、幾日も酒宴をつづけ、智深を饗応する。智深は二人に桃花山を案内してもらった。

山の四方は険しい断崖《だんがい》で、麓《ふもと》からはただひとすじの道があるばかりである。

――これは、めったにない要害だなあ。一万の官兵に攻められても、四、五百の人数があれば、充分防げる――

智深は桃花山が要害の地であると知ったが、李忠、周通の性格が気にくわない。

――こやつらは、どうにもこせついていやがる。ともにはたらくほどの器じゃねえや――

彼は数日後、山を下りることにした。

李忠たちはひきとめるが、智深は聞きいれなかった。

「俺は出家だぞ。僧籍にある者が、山賊をはたらけると思うか」

李忠は嘆いたが、智深の考えが変らないので、やむなく応じた。

「しかたがない。兄貴が山賊稼業をどうしてもいやだというのなら、俺たちは明日ひと稼ぎして、兄貴の路銀を稼ぐとしよう」

翌日、山寨では送別の酒宴をひらくことになった。

李忠の手下たちは、金銀の酒器をとりだし酒席を飾る。魯智深、李忠、周通が席につき、酒宴がはじまろうとしたとき、手下が注進してきた。

「いま、山の麓に十人ほどの旅人が、車を二台曳《ひ》いて通りかかっています」

李忠たちは、注進を聞くと色めき立った。彼らは二人の手下を智深の接待役に残し、他の手下を呼び集め、旅人の襲撃に出向こうとした。

「兄貴、ゆっくり飲んでいてくれ。俺たちはこれから兄貴に贈る餞別《せんべつ》を稼いでくるから」

李忠たちは馬にまたがり、山を下りていった。

「あいつらは、やっぱりけちな奴らだ。こんなにたんまり金銀の宝物があるのに、それは手もとに置いておき、追剝《おいは》ぎして得たものを俺にくれようというのだから。あのけちんぼどもの度胆《どぎも》を抜いてやろう」

彼は接待役たちに酒をつがせ、二杯ほど飲みほしたのち、不意に立ちあがって二人を殴り気絶させ、縛りあげ、口に麻縄をまるめて詰めこむ。

「さあ、ここらにある品物は、ろくな物はねえが、酒器はりっぱなものだ。これを全部持っていってやらあ」

智深は食卓のうえの金銀の器を足もとに放り投げ、踏みつぶして袋に入れる。

それを担ぎ、戒刀を腰に差し禅杖《ぜんじょう》をひっさげ、山寨を出た。山から下りようとすれば一本道で、ほかはすべて険しい崖《がけ》である。

――道を下りていきゃ、奴らに出会うだろうし、思いきってこの辺の草の茂った崖を転がり落ちてやるか――

智深は戒刀に包みをくくりつけて崖から投げ落し、禅杖を投げたのち、自分も転落してゆく。

山下《さんげ》まで転がっていったが、かすり疵《きず》さえ負うこともなかった。そのさまは、つぎの詩句のようであった。

「光頭（剃髪《ていはつ》した頭）と包荷《ほうか》、高きより下る。瓜《うり》熟して紛々と蒂《へた》より落ちきたる」

智深は崖を転がり落ち、戒刀と禅杖を拾い、東京《とうけい》（開封《かいほう》）へ急いだ。

李忠と周通は、山を下りて麓に出ると、数十人の旅人に出会った。旅人たちは武装しており、刀をふるい山賊たちと斬りむすぶ。旅人のうちで、朴刀《ぼくとう》をふるう男は武芸の練達者のようで、李忠に斬りかかってきた。

十合あまり打ちあうが、容易に勝負が決まらないので、周通が大喝すると刀を引き逃げだす。そのあと逃げ遅れた旅人七、八人が虐殺された。

李忠たちは、二台の車に積んだ荷物を奪い、山寨に帰った。智深に得物を見せようと客座敷へ入ってみると、二人の手下が縛りあげられ、床に転がされていた。

「これは何事だ」

座敷のうちを見まわすと、金銀の酒器はすべて消えうせていた。

猿ぐつわを外された留守居の手下がいった。

「あの野郎にやられやした。金目の器は全部ひっさらえて持っていきやがったんで」

李忠は歯嚙《はが》みをした。

「魯智深め、よくも俺にひどい仕打ちをしやがったな。あいつは一本道を下ってはこなかった。四方は崖になっているのに、どうして逃げたんだろう」

李忠たちが山寨の周囲をあらためると、険しい崖に生えている草が、麓にむかい、ひとすじ押し倒されていた。

周通は嘆声をあげた。

「こんな崖をよくも転がっていったものだぜ。あいつは命知らずだ」


魯智深は桃花山を離れたあと、朝から昼過ぎまで、五十里ほども歩いた。

道中には人家がまったく見あたらず、腹がへってきた。

――このままでは動けぬが、どこかに家が見つからぬものか――

智深が歩きながら遠近《おちこち》を見渡していると、どこからかかすかに風鈴の音が聞えてきた。

いまのはたしかに風鈴だと、智深は足をとめ、耳を澄ます。また澄んだ音が耳にとどいた。

――やはり風鈴だ。まちがいない。寺か道観《どうかん》(道教寺院)の軒に吊《つる》した風鈴が、風に吹かれて鳴っているんだ。音を頼っていってみよう――

智深が元気をとりもどし、先を急ぐうち、松林のなかに、庇《ひさし》の傾いた寺院があらわれた。

智深はよろこんで山門の前に立った。門には色あせた朱塗りの額がかかっている。くろずみかすれた四つの文字は、金泥がところどころに残っていて、「瓦罐《がかん》之寺」と読めた。

山門をくぐると、五十歩ほど奥に、荒れはてた古寺が見える。寺の前には深い谷があり、石橋がかかっていた。

智深は橋を渡り、人の気配もない寺内を見渡す。鐘楼《しょうろう》は傾き、伽藍《がらん》の屋根には草が伸びている。

智深は寺内の知客寮《しかりょう》（接待所）をたずねてみたが、四方の壁が崩れ落ち、床が抜けていて、どこにも人影はなかった。

智深は不審に思った。

「これほど大きな構えの寺に、棲《す》みついているのは狐狸《こり》のたぐいだけだというのは、いかにもおかしいぞ。誰かいるに違いない」

智深はひとりごとをいいつつ方丈のなかへ入りこむ。

方丈の床は、燕《つばめ》の糞《ふん》に覆われていた。奥へ通じる扉には錠がかかっていて、長く触れた者もいなかったのか、蜘蛛《くも》の巣にまみれている。

智深は禅杖を床につき、環《かん》を鳴らし大声で呼ばわる。

「儂《わし》は旅の僧だが、腹を減らしている。早く斎《とき》にあずかりたいが、どなたかおられぬか」

くりかえし叫んでみたが、返事はなく、天井に反響するわが声が、戻ってくるばかりである。

庫裡《くり》へ入ってみると、台所は長いあいだ使われた様子がない。

「鍋《なべ》もないし、かまどさえ崩れて形をとどめておらぬ。やはり誰もいない無住の寺か」

智深は担いできた金銀酒器の重い荷を台所の一隅に置き、ほうぼう探しまわった。

庫裡の裏手へまわってみると、はじめて人影を見つけた。

「なんだ。そこにいやがったのか。返事をしねえか。さっきから幾度も声をかけているだろうが」

坊主たちの顔は蒼《あお》ざめ、瘦《や》せこけている。彼らのひとりが手をふって答えた。

「大きな声を出さないでもらいたい。空き腹にひびくから」

「儂は五台山からきた旅の僧だよ。飯を一杯食わせてもらえばいいのだが。食えばじきに退散するよ」

「拙僧たちも、三日まえから何も食わずにいるんですよ。活き仏さまのところからきなすったのなら、おもてなししなきゃならぬが、寺の僧は皆逃げてしまっていて、一粒の米もない始末です」

智深は信じられない。

「こんな大寺で、米が一粒もないことなどあるのかね」

「この寺は、檀家《だんか》のいない托鉢《たくはつ》寺ですよ。半年ほど前に、ひとりの旅僧が道人《どうにん》（半僧半俗の者）を連れてやってきて居坐《いすわ》ってのちは、寺内の器物をすべて打ちこわし、二人であばれまわって、住んでいた僧をたたきだしてしまいました。

私たち年老いた者は、どこへもゆくあてがないので、しかたなくここにいます。食う飯にもこと欠きますが、やむをえないのです」

智深は、老僧たちのいうことが信じられなかった。

「そんなばかなことがあるものか。雲水と道人の二人なら、役人を呼んで追っ払えばいいだろう」

「役所は遠方にあって、注進にゆける体力のある者がいません。雲水たち二人は兵士たちでも捕えるのをはばかるほどの、剛の者たちです。火付け、殺人の数をかさねた怖ろしい奴らで、いまも方丈の裏手に住んでいます」

「そいつらの名は、何というんだ」

「雲水の姓は崔《さい》、法名は道成《どうせい》、渾名《あだな》は生鉄仏《せいてつぶつ》といいます。道人の姓は丘《きゅう》、名は小乙《しょういつ》、渾名は飛天夜叉《ひてんやしゃ》です。二人は出家姿で世間の人をだましているだけで、山賊同然の所業をしています」

　智深が寺内を歩きまわっていると、草の生い茂った裏手にかまどがあり、藁《わら》の蓋《ふた》がされていて、隙間から湯気が立ちのぼっている。蓋をとってみると、粟粥《あわがゆ》が煮えたっていた。

智深は老僧たちのいる小屋に駆け戻り、叱りつけた。

「貴様たちは、ひどい嘘つき野郎どもだ。三日も飯を食っていないといったが、裏庭で粥を煮ているじゃないか」

　老僧たちは、粟粥を智深に食われてはたまらないと、茶碗《ちゃわん》、皿、鉢、杓子《しゃくし》、水桶《みずおけ》などを隠してしまった。

　智深が辺りを見まわすと、塗りのはげた食台が埃《ほこり》をかぶり、庭先に転がっている。智深はかまどの傍らから拾ってきた藁《わら》で、食台の埃を払い、鍋をそのうえにぶちまけ、食おうとした。

老僧たちは粥を食べたさに、夢中で食台のそばに走り寄ったが、智深に蹴り倒される。

老僧のひとりが、泣きながらいった。

「拙僧たちは、三日間なにひとつ口に入れていない。さっきまで弱りきった足を踏みしめ托鉢に出て、わずかな粟を貰《もら》ってきて粥をこしらえ、腹を養おうとしていたが、それもできない」

智深は嘆く声を聞くと、五、六回粥をすすっただけでやめた。

そのとき、誰かの歌声が聞えた。智深がそのほうを見ると、頭に黒い頭巾《ずきん》をかぶった道人がやってくる。木綿の衫《うわぎ》をつけ、麻鞋《あさぐつ》をはき、天秤棒《てんびんぼう》で二つの籠《かご》をになっていた。

前の籠には魚と蓮《はす》の葉にくるんだ肉、うしろの籠には蓮の葉で栓をした大きな酒瓶《さかがめ》が入っている。道人は、戯《ざ》れ歌を唱《うた》っていた。

「お前は東、俺は西
お前も俺もひとり身だ
嬶《かかあ》のねえのはまだましだ
亭主がなけりゃ、さびしかろ」

老僧たちが、智深にささやく。

「あの道人が、飛天夜叉の丘小乙です」

智深は禅杖《ぜんじょう》をひっさげ、丘小乙のあとをつけた。

道人は方丈のうしろの槐《えんじゅ》の木蔭《こかげ》で荷を下した。そこには机が置かれていて、湯気のたつ料理が並べられている。

杯が三つ、箸《はし》が三膳置かれていて、机にむかい肥った雲水が坐っていた。漆を塗ったような眉《まゆ》の下の顔は、墨のように黒い。

全身には筋肉が盛りあがっていて、見るからに逞《たくま》しい雲水は、衣服の前をはだけただらしない格好であった。

傍に若い女がつきそい、籠をかついできた道人も机のまえに腰を下した。智深が歩み寄ると、雲水は巨体に怖れをなしたのか、彼を招いた。

「ここへお坐《すわ》り下さい。一杯呑《の》みませんか」

智深は立ったまま、彼らをなじった。

「貴様たちは、なぜ寺を荒らしたんだ」

雲水は笑ってとりあわない。

「一杯やってから、ゆっくりとお話をしましょう」

智深は一喝した。

「ごまかすな、早くいえ」

雲水は、柔順な態度を変えない。

「この寺は昔は裕福で、田地もあり、雲水も大勢いましたが、あの老僧たちが酒を飲み、女に貢ぎ道楽のかぎりをつくしたあげく、長老さまを追い出してしまいました。それで雲水たちもいなくなり、寺は荒れはて、田地を皆売りはらってしまったのです。私とこの道人が、無住の寺の住持となってからは、山門も建てなおし、伽藍《がらん》も修復しなければと、托鉢して資金を集めているところです」

「ほう、殊勝な心がけだが、どうして酒を飲み、女を侍らせているんだ」

「こちらの女性は、以前にこの寺の檀家総代だった方の娘さんです。いまは没落して家族の方が皆亡くなり、ご主人も病気で、この寺に米を借りにこられたので、酒でおもてなしをしているのです。あなたは、老いぼれどものいうことを信用なさってはいけません」

智深は庫裡へ引きかえし、粥を食べている老僧たちにいった。

「貴様たちが、寺を衰退させた張本人だろう。よくも俺をだましたな」

老僧たちは口々に反論する。

「あなたは正直な方で、すぐだまされるのですね。あいつは雲水のくせに女を囲っていたでしょう。あなたが戒刀《かいとう》と禅杖を持っておられたので、怖れをなしたのですよ。もう一度いってみれば正体がお分りになるでしょう」

智深が禅杖を逆手に持ち、方丈へ戻ってみると、さきほど開いていた門は閉されていたので、蹴破ってなかに入った。

生鉄仏の崔道成が、槐の樹下に立ちはだかっている。彼は右手に磨ぎすました朴刀《ぼくとう》をひっさげており、智深を見るといきなり斬りつけてきた。

智深は禅杖をふるい、十四、五合打ちあったが、崔道成はしだいに受け太刀になり、身をひるがえして逃げようとした。その様子を見た丘道人《きゆう》が朴刀をつかみ智深の背後から斬りつけてきた。

「この野郎」

智深はふりかえり、禅杖を構える。三人は鼎《かなえ》の脚のように動かなくなり、睨《にら》みあう。

智深は崔、丘と斬りあううち、空腹で動けなくなったので、禅杖を引きずって逃げた。

崔、丘は石橋のうえまで追ってきて、足をとめた。智深は遠方まで逃げたが、途方に暮れた。担いできた金銀の荷は、すべて寺内に置いてきた。

取り戻しにゆこうとしても、空腹によろめく有様では、崔、丘の二人に殺されてしまう。

どうすればよかろうと思案しながら歩いてゆくと、前途に赤松の林があらわれてきた。

「虬枝《きゆうし》（蛇のような枝）錯落《さくらく》として、数千条の赤脚の老竜わだかまり、怪影参差《しんし》として数万道の紅鱗《こうりん》の巨蟒《きよぼう》立つ」

というような眺めである。

智深は深い松林のなかへ入ってゆく。木蔭から誰かが顔を出し、智深のほうを見ると唾《つば》を吐き、身を引いた。

智深は、その男が追剝《おいは》ぎだと察した。

——俺のような坊主を脅しても、何も取るものがないと唾を吐きやがったか。俺もひどいめにあって気分のわるいところだ。あいつを締めあげて上衣でも剝ぎとり、酒代にしてやろう——

智深は、人影が隠れた辺りにむかい、大声で呼びかけた。

「こりゃ、そこの木蔭で隠れている野郎め、とっとと出てこい」

林中で笑声がして、男が朴刀を手に躍り出てきた。

「坊主め、大口をたたいたな。殺してほしけりゃ、望み通りにしてやる」

智深は禅杖をとりなおし、打ちかかると、男は身軽に応戦しつつ、声をかけた。

「坊主、貴様の声はどこかで聞いたことがあるぞ。姓はなんという」

「三百合渡りあったら、教えてやらあ」

「いや、たしかに聞き覚えのある声だ。姓と名をいえ」

智深が姓名を告げた。

「俺の姓は魯、旧名は達だ。いまは出家して魯智深と名乗っている」

男は智深の言葉を聞くと、朴刀を投げすて剪払《せんふつ》をした。

「俺は史進ですよ。憶《おぼ》えていてくれただろうか」

「やっぱり史《し》大郎《たいろう》だったか」

智深も禅杖を投げ捨て、剪払をする。

二人は松林のなかで腰を下す。史進は、別れて以来の流浪の月日について語った。

「兄貴が渭州《いしゅう》で肉屋の鄭を殴り殺したあと、俺も一味だと知られたので、逃げて延州までいった。師匠の王進殿に逢《あ》いたかったためだよ。しかし延州でめぐりあえなかったので、北京《ほくけい》へゆき、しばらく暮らすうちに路銀がなくなったので、ここで追剝ぎをやっていたんだ。兄貴はどうして坊主になったのかね」

智深も、流浪の一部始終を語る。

史進がいった。

「兄貴、俺が焼餅《やきもち》と乾肉を持っているから、腹ごしらえをするがいい。寺に荷を置いているのなら取りにいこう。悪党どもがいるなら、片づけてやろうぜ」

「うむ、それがいい」

智深は史進と餅や乾肉を食えるだけ腹につめこみ、瓦罐寺へ引き返していった。

寺の門前には、崔道成、丘小乙がいて、石橋の欄干に腰かけている。智深は二人を見ると喚いた。

「腹ごしらえをしてやってきたぞ。汝《うぬ》らは虫けらも同然だ。ひねりつぶしてやるさ」

崔はせせら笑った。

「さっきは杖《つえ》を引いて逃げた奴が、大口を叩きやがる」

智深は禅杖《ぜんじょう》をふるい打ちかかる。

生鉄仏の崔道成も、朴刀をとって渡りあったが、八、九合も打ちあうと守勢になった。

飛天夜叉の丘道人がそのさまを見て、朴刀をふるい、躍り出てきた。

史進が木蔭から出て、笠《かさ》を捨て、朴刀を構え丘小乙に立ち向う。智深は気合いとともに崔道成の肩口を禅杖で打ちすえる。崔は橋下へまっさかさまに落ちた。

丘小乙は史進に背をむけ逃げだすところを、背中に一刀を浴びて倒れた。

智深たちは、崔道成、丘小乙の屍体《したい》をひとつに縛り、橋際の谷へつき落す。

「ここには老僧と、崔らにさらわれてきた女がいる。悪党どもが死んだことを知らせ、安心させてやろう」

智深が史進を導き、庫裡《くり》へいってみて、おどろいた。

数人の老僧は首をくくり、梁《はり》からぶらさがっている。智深は嘆息した。

「なんだ、俺があいつらと打ちあい、負けて逃げたのを見て、自分たちも崔らに殺されると思って、くびれ死んだか。生きておれば、力添えしてやったものを。女はどこへいったんだろう」

二人は方丈の裏手のくぐり戸をあけ、庭に出た。

「あそこに井戸があるぞ」

走り寄って井戸をのぞきこむと、澄んだ水のなかに、長い髪を乱した女が沈んでいた。

智深は思わず合掌した。

智深の荷物は、方丈の小部屋に置かれており、手をつけた様子もなかった。

「ありがたい、これで東京《とうけい》までの路銀に窮することもなくなった」

荷物を背負った智深は、史進とともに方丈の幾つもの部屋をあらためてまわる。

崔たちが貯めこんでいたらしい衣類とわずかな金銀を史進と分けあい、台所で酒と肉を食い、腹ごしらえをしたのち、火鉢の火をかきたて、松明《たいまつ》をつくった。

「この寺は、燃やしてしまったほうがいい。なくなれば、崔のような悪党が住みついて、世の人を悩ませることもあるまい」

　二人は庫裡に火をつける。

　裏手の松林から吹いてくる風に燃えひろがる火焔《かえん》は、たちまち門前までなめつくした。

「仏殿を焼いてしまおう」

　瓦罐寺の巨大な仏殿が火柱をあげ、燃えさかる有様をしばらく眺めていた智深たちは、立ち去ることにした。

「こんなところに長居は無用だ。さあいこう」

　二人は夜が明けるまで歩きつづけ、空が薄明るくなった頃、行手に人家の影を見た。

　近づいてゆくと、草屋根の起伏がつらなっている。鶏犬の声も聞えないさびれた村であった。

　智深たちは、村の入口の丸木橋を渡り、壁の崩れかけたような居酒屋に入った。

「柴門《さいもん》はなかば閉され、布幙《ふばく》（のれん）は低く垂る」

　といった、うす汚れた店に腰をおちつけた二人は、小僧に肉と米を買ってこさせ、飯を炊《かし》いだ。

て語りあう。

仁俠去来

魯智深《ろちしん》は、酸っぱいどぶろくを史進とくみかわし、渭州《いしゅう》で別れてのちの漂泊の旅についこころよく酩酊《めいてい》すると、智深はたずねた。

「貴公はどこへゆくつもりかね。俺はさしあたって東京《とうけい》へゆくよりほかないが」

「それがよかろう。おたずね者は僧堂にかくまわれるのが、いちばん安全だ。大相国寺《だいしょうこくじ》へゆくがいい。俺は少華山へ帰って、朱武ら三人の仲間に入り、しばらく時の雲行きを見ることにするさ」

「うむ。お互いに思いがけないめぐりあわせで、天下の大道を闊歩《かっぽ》できなくなった身だ。ここで別れるのもやむをえないだろう。路銀にこれを持ってゆけ」

智深は荷をほどいて金銀を史進に分けてやる。

史進は礼をいい、腰をあげた。

「俺たちには帰るべき故郷はない。行雲流水の身のうえだ。一剣に命を托《たく》し、あてどもなく流浪してゆかねばならない。お互いに達者で生きることだ。縁があれば、また会おう」

二人はさびれた居酒屋を出て、五里ゆくと、旅人の姿もない三叉路《さんさろ》に出て、足をとめる。

「せっかくめぐりあったが、またお別れだ。俺はこの道をとって東京へゆく。貴公は華州への道をゆけ。別れはつらいから、見送らないでくれ」

「うむ。いつかまた会うこともあるだろうが、お互いに幸便があれば便りをしようぜ」

二人はうしろをふりかえらず、左右の道をとり歩み去った。

東京をめざした智深は、十日ほど先を急ぐうちに、東京と呼ばれる宋《そう》帝国の首都開封《かいほう》に到着した。人口が百五十万人の市街は、風流天子と呼ばれる第八代徽宗《きそう》皇帝の治政のもと、消費文化の爛熟《らんじゆく》期にあった。

開封の市街には、四つの運河が組みこまれている。市街の中心にある宮城に入りこむ金水河、東北部を横切る五丈河は、幅が五丈ある。

市中の南部を流れるのが西河、東部からメーンストリートの御街《ぎよがい》をつらぬく大運河が、汴河《べんが》であった。

汴河は黄河から開封を通過し、泗州《ししゆう》（安徽《あんき》省泗県）で淮河《わいが》につながる巨大な運河で、諸国の産物を大消費都市開封へはこぶ。現在の高速自動車道のような経済大動脈である。

当時、異なる地方から流れてくるいくつもの運河を連絡するため、それぞれの水位の差を調節する閘《こう》という水門が用いられていた。開封城外は発展して、新たな市街のように、大小の集落が切れ目もなくひろがっている。

汴河をはじめとする運河の河岸には、おびただしい数の荷船が繫留《けいりゆう》され、人足たちが岸辺に渡した踏板を通り、積荷を陸揚げしている。

智深は、汴河に架かっている虹橋《にじ》を渡り、市中へむかう。虹橋の橋幅は十メートル、水面からの高さは五メートル。二十メートルの川に架けられた太鼓橋である。

橋上には多くの露店が出ていて、客引きがうるさく行人《こうじん》の袖《そで》をひく。冬至から百余日を過ぎた清明節がおこなわれている季節で、春風にひるがえる酒屋の旗が、智深の目をひく。

開封は平地に建設された都市で、要害ではないので、外城は頑丈な城壁で囲まれていた。高さは四丈、基底部の広さは五丈九尺である。城壁の外には、幅十数丈、深さ一丈五尺の濠《ほり》がある。智深は宋門と呼ばれる城門をくぐり、大相国寺街という幅百メートルをこえる表通りを歩む。

大相国寺は開封の繁華街の中心にあった。金融、劇場、官庁、妓楼《ぎろう》などが周囲をとりまき、汴河を北上してきた便船の着く河岸も間近である。

大相国寺では毎月五回、市《いち》がひらかれていた。広大な境内に、便船がはこんできた豊富な商品が並べられる。日用品から食料品まで、良質のものが揃えられ、書画骨董《こっとう》、漆器、金銀、雑貨などの、きわめて高価な品も売られていた。

智深の歩む城内の眺めは、

「千門万戸、紛々として朱翠《しゅすい》輝きをまじえ、三市六街、済々《せいせい》として衣冠つどい集まる。鳳《ほう》閣《かく》は九重の金玉をつらね、竜楼は一派の玻璃《はり》をあらわす」

というにぎやかなものである。

智深は通行人に道を聞きつつ、大相国寺の門前にたどりついた。山門を入ると、宏壮《こうそう》な大伽藍《だいがらん》が眼前に聳《そび》えていた。

智深は寺内に入り、長い廊下を渡って知客寮《しかりょう》へゆく。寺男が応対に出て、知客《しか》を呼んできた。

客僧を接待する役目の知客は、常人の持てないような禅杖《ぜんじょう》をひっさげ、戒刀《かいとう》を腰にした智深を見ると、怯《おび》えた眼差《まなざ》しになった。

「どちらから参られましたか」

知客がおそるおそるたずねると、智深は禅杖を地面に置き、神妙に合掌した。

智深は知客に告げた。

「私は五台山から参った者です。師匠の真《しん》長老の添え文を持っております。当寺で清《しょう》大師長老にお目にかかり、役僧になりと使ってもらうよう申しつけられました」

知客は智深の身許がわかったので、ようやく安堵《あんど》した。

「真大師長老さまの添え文をお持ちなら、方丈へお連れいたしましょう」

智深は方丈へ案内され、背の荷物を下し、ほどいて添え文を取りだす。

その様子を見ていた知客が、たまりかねたようにいった。

「あなたは僧でありながら、なぜ作法をわきまえておられないのですか。まもなく長老さまがお見えになります。早く戒刀をはずし、七条袈裟《けさ》、坐具《ざぐ》、香をとりだし、長老さまに礼拝なさらねば、非礼になります」

智深はうろたえる。

「そんなことは知らなかったよ。もっと早くいってくれりゃいいのに」

彼はいわれる通り戒刀をはずし、一炷《いっしゅ》の香、坐具、七条を取りだしたが、それをどう扱うかを知らない。

——この男は、ほんとうに僧であろうか——

知客は怪しみつつ、袈裟を肩にかけ、坐具を敷かせた。

智清禅師があらわれると、知客が智深を紹介した。

「この僧は五台山より参ったとのことで、真禅師のお添え文を持参いたしております」

清長老は白髯《はくぜん》をしごき、笑みをうかべた。

「真禅師からのお便りをいただくのは、ひさしぶりのことだ」

智深は知客からいわれる通り、香炉に香をいれ、三拝の礼をしてのち、添え文をさしだす。

清長老は書状の封を切り、文面を読みくだす。智深が僧になった経緯と、五台山を下って大相国寺を頼ることになった事情が、詳しく述べられていた。

真禅師が、智深を慈悲をもってうけいれてやってほしい、この男は将来かならず悟りをひらくだろうと記していたので、清長老は智深を弟子にすることにきめた。

彼は智深に命じた。

「遠路の旅で疲れているだろう。まず僧堂で休息し、お斎《とき》をとるがよかろう」

智深は小僧に案内され、僧堂へむかった。

清長老は、寺内の東西両班の役僧たちを方丈へ召し寄せ、相談をはじめた。

清長老はいった。

「今日、当寺へたずねてきた僧は、経略府の提轄《ていかつ》をつとめていた者で、人を殴り殺して五台山へ逃げ込み、剃髪《ていはつ》したものだ。五台山で二度も乱暴狼藉《ろうぜき》をはたらいたので、儂《わし》の兄弟子の智真禅師が当寺へ預けたいと頼んできた。兄弟子の頼みをことわるわけにゆかないが、寺内の秩序を乱されても困る。なにかいい思案はないものだろうか」

知客は魯智深のような無頼の男を寺内に置くわけにはゆかないと、主張する。

「あの男は、姿こそ僧でありますが、出家としての作法さえまったくわきまえていません。とてもともに起居できる人物ではないと思います」

清長老がうなずきつつ、誰か妙案を出さないものかと待つうち、寺務監督の都寺《つうす》がいいだした。

「智深の使いみちが、ひとつございます。酸棗門《さんそうもん》外の隠居所裏にある菜園の管理をさせてみては、いかがでしょう。あの菜園には兵隊や、城外のやくざが二十人あまりでたびたびやってきて、羊や馬を勝手に放して野菜を食わせ、荒らしまわっています。いま、老僧がひとりいますが、乱暴者どものふるまいに、見て見ぬふりをするばかりです。智深に菜園を管理させれば、うまくやるのではないでしょうか」

「それは、いい考えだ」

清長老は同意して、侍者を僧堂へやって、智深を方丈へ呼んでこさせた。

食事をすませた智深がやってくると、清長老が告げた。

「私の兄弟子のご依頼をうけ、あなたをこの寺の役僧にすることになった。あなたの役目は当寺が所有している、酸棗門外の嶽廟《がくびょう》の隣の大きな菜園の管理である。小作人から毎日十荷の野菜を納めさせれば、あとの収穫はすべてあなたの用にあてればよい」

智深は不満を口にした。

「私の師匠の真長老は、こちらで役僧になるようにと仰せられました。なぜ、都寺とか監《かん》寺《す》などの役を与えられず、菜園の管理をせねばならないのですか」

一山大衆の首位の僧である首座《しゅそ》が、智深をたしなめる。

「あなたは当寺に見えたばかりで、寺内の規律をなにも知らない。都寺の役についても務めを果せないだろう。菜園の管理も役僧の仕事にかわりはない」

智深は顔に朱をそそぎ、反撥《はんぱつ》した。

「私はそのような仕事はおことわりいたします。都寺か監寺でなければ、お受けしません」

知客が智深にいい聞かせた。

「私は当寺にいて、訪客を接待する役を承っています。都寺、監寺などの重職は、当寺の宝物を預かるもので、はるかに望みえない高位だから、そこまで昇進するには長い修行が必要です。あなたはまずもっとも下役の頭《ちゅう》を一年間つとめねばなりません。塔を預かる塔《たっ》頭《ちゅう》、食事係の飯頭《はんちゅう》、茶の係の茶頭《さちゅう》、不浄の係の浄頭《じんちゅう》などがあります。

あなたが菜園の頭を一年つとめれば塔頭に昇格し、それを一年つとめれば、湯殿の係の浴主《よくす》という中級の位に就くことができます。それを一年つとめて、はじめて監寺になれるのです」

「そうか、まじめに勤めるうちには監寺になれるのか。それじゃ、明日から勤めましょう」

智深は納得した。

翌朝、智深は清長老から菜園の頭に任命すると記した法帖《ほうじょう》をうけ、酸棗門外の隠居所へ出向いた。

菜園の近所には、ならず者が二、三十人も住んでいて、一帯の風紀は乱れていた。彼らは絶えず菜園の野菜を盗み、それを売って銭をもうけている。

彼らがある日、野菜を盗みにきてみると、隠居所の軒下に、寺務所の通告が掲示されていた。

「大相国寺掲示。明日以降、菜園の管理を僧魯智深におこなわせるので、みだりに園内に立ち入り狼藉をはたらく者は、然るべき仕置をおこなう」

ならず者たちは、寄り集まって相談をした。

「こんど魯智深とかいう坊主が菜園の番人にくるというが、やってくればさっそく騒動をおこし、思いっきり撲《ぶ》ちのめして、ぐうの音《ね》も出ねえようにしてやろうじゃねえか」

「そうだなあ、その坊主がくれば、皆で糞壺《くそつぼ》の傍らへ呼びだし番人になった祝いをいうふりをして、足をすくって壺のなかへまっさかさまにぶちこんでやろうぜ」

「そりゃいい考えだ。そいつも度胆《どぎも》を抜かれるにちげえねえ」

魯智深が隠居所へ着き、荷物を片づけていると、小作人たちがやってきて挨拶《あいさつ》をする。

四方の柵《さく》の鍵《かぎ》を前任の老僧からうけとった智深は、ひとりになると菜園の見廻《みまわ》りに出た。いつの間に柵をくぐり抜けたのか、三十人ほどのやくざどもが果物や酒瓶を持って笑いながら近寄ってきて彼に話しかけた。

「あなたが、こんどこちらへいらっしゃった和尚さんですか。俺たちゃ近所の者で、お祝いに参りやした」

やくざどもの頭分に、過街老鼠《かがいろうそ》の張三《ちょうさん》という者と、青草蛇《せいそうだ》の李四《りし》という者がいた。二人は地にひざまずき、挨拶をする。

智深はいった。

「近所のお人なら、隠居所へおいで下さい」

だが、張三と李四は立ちあがらない。

武芸者の智深は、彼らの怪しい挙動をたちまち見抜いた。

——こいつらは糞壺のそばにしゃがみこんだまま、立とうともしないが、どれもろくな奴らではなさそうだ。俺を壺へたたきこもうという算段だろうが、虎の鬚《ひげ》にさわろうとは、だいそれた奴らだ。そんな考えなら、こっちから出向いてやろう——

智深は、張三、李四の前へ歩み寄る。

李四が、すばやく智深の左足を抱えこみ、張三が右足をつかもうとした。

智深が笑いながら左足を蹴《け》あげると、李四が糞壺に頭から飛び込む。張三があわてて逃げかけたが、智深の右足に腰を蹴られ、汚物をはねあげ李四のあとを追う。

やくざどもは、張三、李四が底なしの糞壺でもがくのを茫然《ぼうぜん》と眺め、眼を見はるばかりである。気勢をそがれ、逃げようと背をむけると、智深の一喝をくらった。

「逃げる奴は、ひっとらえてぶちこむぞ」

やくざどもは逃げることもできず、たがいに顔を見かわし立ちすくむ。

張三と李四は糞壺の縁をつかみ、かろうじて顔を出している。頭から汚物にまみれ、蛆《うじ》虫《むし》が這《は》いまわるなかで二人は声をふりしぼって叫ぶ。

「和尚さま、どうかお許し願いやす」

智深はやくざどもにいった。

「そこの野郎ども、今日のところは許してやるから、あのばかな仲間を助けてやれ」

やくざどもは張三、李四に手を貸し、糞壺から助けだしたが、すさまじい臭気で近寄ることもできない。

智深は大笑していった。

「間抜け野郎ども、菜園の池に飛びこんで糞を洗い落してこい。そのあとで皆といっしょに隠居所へくるがいい」

二人が体を洗い、仲間の着物を借りてきた。智深は彼らを隠居所へ連れてゆくと、車座に坐《すわ》らせ、自分がそのなかにあぐらをかいた。

「まず聞こう。貴様らはいったい何者だ。この俺をなぶろうとしたのは、誰かのさしがねか」

張三、李四らは平伏して答える。

「あっしどもは、先祖の代からこの土地の住人で、博打《ばくち》をうって暮らしておりやす」

智深は鼻先で笑った。

「ふん、ろくでもない奴らだな。いままで菜園を荒らしていたのは、貴様たちだったのか」

「へい、お見通しの通りでやす。この菜園は、あっしどもの稼ぎ場所で、大相国寺はいままでいろいろと金を使って手をつくしやしたが、あっしどもを追っ払えなかったのでやすよ。和尚さまは、どこからおいでなすった長老さまでござんすかい。鬼神のようなお方で、胆をつぶしやした。これまでお見かけしたことがありやせんが、これからは何でも仰せに従いやす」

智深はうなずいて経歴を語った。

「儂《わし》は関西《かんせい》延安府の経略使、种老相公《ちゆうろうしようこう》に仕え、提轄《ていかつ》をつとめていた。いままで幾度も人を殺したので、発心《ほつしん》して五台山で僧になり、ここへ移ってきたのだ。俗姓は魯、法名は智深だ。貴様らの二、三十人を相手にするのは、物の数でもないことだ」

やくざどもはおそれいって智深の長広舌を聞いたのち、帰っていった。

翌朝、彼らは金を出しあい酒を十瓶買いもとめ、豚一匹を曳《ひ》いてきて、隠居所で智深歓迎の宴をひらいた。

「お前たちに大層なもてなしをしてもらうとは、すまないなあ」

智深はやくざどもが、乏しい懐中をはたいて酒肴《しゆこう》をととのえたのを、おおいによろこんだ。

張三、李四はいう。

「和尚さんとお近づきになれたので、皆よろこんでおりやすよ。あっしたちゃ、子分にしていただきたいんでさ」

酒瓶が空いてゆくにつれ、隠居所につめかけたやくざどもは放歌高吟し、道をゆく人が何事であろうかと、塀の破れめからのぞいてゆく。

そのうちに、門のあたりで鴉《からす》が騒がしく啼《な》きはじめた。やくざのひとりが歯を嚙《か》み鳴らし、不吉をはらうまじないをすると、皆は声をそろえて唱えた。

「赤口《しやっこう》は天へのぼり、白舌《はくぜつ》は地に入る」

正直者は天国へゆき、嘘つきは地獄へゆくとの意である。

智深は聞きとがめた。

「なぜ、そんなまじないをするのだ」

「鴉が啼くと、口舌《こうぜつ》（揉《も》めごと）がおこりやす」

畑の監督をしている寺男が、笑っていう。

「塀のそばの柳の木に、近頃鴉が巣をつくって、朝から日暮れまで、やかましく啼くんですよ」

やくざどもは、ほろ酔い機嫌で畑に出た。

「梯子《はしご》を持ってこい。鴉の巣をこわしてしまおうぜ」

「合点だ」

李四がとめた。

「俺がのぼってやるから、梯子はいらねえ」

智深は彼らのうしろから柳の大木を見ていたが、衣を脱ぐと右手を下にして抱きつき、腰をいれ気合いをかけた。

柳の根元が地割れして、めりめりと音がすると土煙がたつ。やくざどもが息を呑《の》んで見つめているうち、智深はひと抱えもある柳を引き抜いてしまった。

「こりゃおそろしいお力だぜ。人間と思えねえや」

「羅漢さまがあらわれなすったんだ。千万斤をあげる力がなけりゃ、とても引き抜けるものじゃねえ」

智深は悠々と手を払った。

「こんなことは、力技とはいえんよ。明日は得物を使って、武芸を見せてやろう」

やくざどもは、底知れない智深の大力におそれいった。

彼らは下僕のように智深に奉仕し、毎日酒や肉をたずさえてきて酒肴をととのえ、智深の武芸を眺めて楽しむ。

幾日かたって、智深は寺男に命じた。

「このところ、あいつらに酒や肉を飲み食いさせてもらっているばかりだから、今日は俺が奢《おご》ってやろう。ちと買物をしてきてくれないか」

智深は三荷の酒を買い、豚一頭、羊一匹をつぶし、さまざまのつまみものを支度して、庭の槐《えんじゅ》の木の下に蓆《むしろ》を敷かせ、酒宴の席をもうけた。

「三月も末で、暑くてしかたないが、ここなら風通しがいい」

寺男に呼ばれて、三十人のやくざどもがやってくると、智深は機嫌よくいった。

「今日は俺の奢りだから、存分に飲み食いしてくれ」

酒宴が終りかけた頃、張三、李四が所望した。

「今日はひとつ、和尚さまの眼のさめるような武芸の技を、見せていただきたいものです」

「よし、分った」

智深は隠居所から、禅杖を持ちだしてきた。長さ五尺、六十二斤の禅杖は、やくざどもがようやく持ちあげても、足がふらつくほどの重さである。

智深はそれを水車のようにふりまわし、身構えにまったく隙がなかった。

やくざどもは智深の神業に感じいって讃嘆の声をあげる。智深は興にのって、なお力をふりしぼった。

突然、塀の外で声が聞えた。

「これは鮮やかな手並みだ。めったに見られるものではない」

智深は禅杖を操る手をとめ、ふりかえると、塀の崩れたところに官人が立っていた。

頭に青紗《せいしゃ》の頭巾《ずきん》をかぶり、鬢《びん》には白玉の連環を飾り、緑袍《りょくほう》をつけ銀の帯をしめている。

身の丈は八尺余りの巨漢で、豹《ひょう》のような頭、虎髭《ひげ》をはやし、年頃は三十五、六に見える。

彼は智深と眼があうと、くりかえした。

「貴公はよほどの武芸者だな。東京《とうけい》でもめったに見かけない腕前だ」

やくざどもが、おどろいたように顔を見あわす。

「あの先生でも、感心するほどか。和尚さまは凄《すげ》えや」

智深は彼らに聞く。

「あの武官は何者だ」

「八十万禁軍で槍《そう》術、棒術を指南しておられる教頭林先生、名は林冲《りんちゅう》という方ですよ」

「そうか、そんなお人なら会ってみたい。お呼びしてくれ」

林冲が畑にはいってきて、智深と挨拶《あいさつ》をかわし、槐の下の莚に腰をおろした。

林冲がたずねる。

「あなたはどちらからこられたのですか。法名は何といわれる」

「私は関西《かんせい》の魯達という者で、殺生をかさねたので僧籍に入りました。昔、東京にきたとき、あなたのご尊父林提轄《ていかつ》殿にお目にかかったことがあります」

「それはふしぎな縁だ。私はあなたのような勇士を尊敬します」

二人はたちまち意気投合し、酒をくみかわすうち兄弟の盟《めい》を結び、年長の智深が兄となった。

林冲はいった。

「今日は家内と連れだって、この近所の嶽廟《がくびょう》へ参詣にきたのですが、杖《じょう》を振る音が聞えたので、つい立ちどまって見物するうち通り過ぎることができなくなりました。家内と女中の錦児《きんじ》がさきにお詣りしています」

「私は東京へきて日も浅く、知己がいなかったのですが、この兄哥《あにい》たちが遊び相手になってくれていました。今日は林教頭とめぐりあい、兄弟の盟を結ぶとはまったく幸運というものです」

二人が酒盃《しゆはい》をあげているところへ、女中の錦児が駆けつけてきて、林冲を呼んだ。

「旦那《だんな》さま、大変でございます。奥様が廟で誰かといさかいをしておられます」

林冲が錦児にたずねる。

「何事がおこったのだ」

「私にもなんだか分りません。五嶽楼《ごがくろう》を下りた辺りで、変な男が奥様の袖《そで》をつかみ、放さないので、揉みあっていらっしゃいます」

林冲はおどろき、智深にいった。

「いずれまたお目にかかりましょう。今日はこれでご無礼します」

林冲は錦児とともに、五嶽楼へ駆けつけた。林冲の妻は、階段の中途で若者とむかいあっていた。

若者の背後には、弾弓《はじきゆみ》、吹矢筒、鳥もち竿《ざお》などを持った男が数人ひかえている。若者が林冲の妻を誘った。

「二階へいこう。あなたに相談がある」

妻は顔を朱に染め、怒った。

「昼間から人妻にいい寄る狼藉者《ろうぜきもの》に口をきくのもけがらわしいわ」

林冲は走り寄り、若者の肩をつかみ、殴りつけようとした。

「俺の女房をからかうのは、何者だ」

彼は若者の顔を見ておどろく。自分の直属の長官、高衙内《こうがない》であった。衙内は、大官高俅《こうきゅう》の養子であった。

衙内は高俅の従弟であったが養子となったのち、東京でわがもの顔にふるまい、他人の女房に手出しをする無道をあえてした。東京の士民は、彼の権勢をはばかり表立って咎《とが》めだてをしなかったが、かげで彼を花々太歳《かかたいさい》（女好きの疫病神）という渾名《あだな》で呼んだ。

林冲は衙内を殴るわけにもゆかず、ためらう。衙内がいった。

「林冲、いらぬ口出しをするな。お前にかかわることではない」

衙内は、自分が手出しをしようとした女が、林冲の妻であるとは知らなかった。

衙内の従者たちは、そのさまを見て走り寄り、林冲をなだめた。

「衙内さまは、あなたの奥様と知らず、お声をかけなされたのです。どうかご諒解《りようかい》下さい」

林冲は憤怒《ふんぬ》がおさまらず、衙内を睨《にら》みすえている。

衙内は知らぬふりをして馬に乗り、従者を引き連れ、立ち去った。

林冲が妻と錦児をともない、戻ろうとすると、智深が禅杖《ぜんじよう》を担ぎ、三十人のやくざどもを引き連れ、廟内に入ってきた。

「和尚、どこへゆかれるのです」

林冲が声をかけると、智深は足をとめた。

「弟の助太刀をしにきた。相手はどこだ」

彼は眼をいからし、辺りを見まわす。

林冲が顔をくもらせていった。

「いま家内に懸想して、無礼なふるまいをした男を殴りつけてやろうとしたところ、高太《こうたい》尉《い》の養子でした。痛めつけては太尉の恥になるだろうし、私も官を怕《おそ》れず、ただ管を怕るという武官の秩序を無視するわけにゆかないので、あのばか者の管下にあるわが身を不運とあきらめ、無礼を見逃してやりました」

智深は酩酊《めいてい》しているので林冲の煮えきらないいいぐさが気にさわった。

「弟よ、あんたは官人だ。やはり飼犬だな。わが女房をからかった無礼者を、上司だからといって見逃すのか。そのやりかたは気にくわねえな。俺はそんなたわけ者をはばからないぞ。高太尉の縁者だって。ふん、そいつはどこにいる。禅杖で三百回ほども打ちすえ、餅《ぴん》のようにひらたくしてやるさ」

林冲は足もとも危ういほど酔っている智深の怒りを、しずめるためにいう。

「兄上のおっしゃる通りです。私はいったん見逃しただけで、かならずこの結着をつけます」

「分った。そのときは俺を呼んでくれ。いつでも駆けつけてくるからな」

やくざどもはよろめく智深を支え、なだめる。

「和尚さま、今日のところは帰りましょう。また明日、林先生とご相談なさいませ」

智深は笑顔になり、林夫妻に挨拶をした。

「私はどうも酔っていて、つつしみを忘れていたようです。では明日、お目にかかりましょう」

林冲は妻と錦児をともない、屋敷へ帰ったが、胸中に不安が黒雲のようにわだかまっていた。

林冲の妻に懸想した高衙内は、その後幾日かたってもふさぎこみ、取り巻きの男たちが話しかけても、いらだって相手にしない。

取り巻きのひとり、乾鳥頭《かんちょうとう》（しなびた陰茎）の富安《ふうあん》というたいこもちが、高衙内の心中を察して、書斎にいる彼に話しかけた。

「旦那《だんな》さまは、お顔色が沈んでいらっしゃいますね。なにか心配ごとがあって思い悩んでおられるのでしょうか」

衙内が叱りつけた。

「お前などの知ったことじゃない。いらぬ差し出ぐちをきくな」

富安はおそれいることもなく、笑顔でいう。

「お悩みをあててみましょうか」

「できるものなら、やってみろ」

「いま、二つの木の女房のことを思っていらっしゃるでしょう」

二つの木とは、林である。

衙内は笑ってうなずいた。

衙内は嘆息する。「あの女は、林教頭の女房だから、残念ながら手が出せない」

乾鳥頭はせせら笑った。

「林教頭なんぞ、旦那さまがはばかる相手ではありませんよ。あいつは旦那さまに使われる部下ではありませんか。高太尉のもとで忠実にはたらく身のうえです。太尉のご意向に逆らえば、軽くても流罪、重いときは死罪となります。私はうまくとりはからい、林冲を東京《とうけい》から追い払って、女房を旦那さまの傍らに傅《かしず》かせましょう」

衙内は眉《まゆ》をあげ、活気をとりもどす。

「俺は美人を随分わがものにしてきたが、あの女ほど心ひかれた者はいない。忘れようと思っても、どうにも思いが残ってならない。お前がうまく彼女とひきあわせてくれるなら、褒美は望むだけやろう」

乾鳥頭は狡猾《こうかつ》な眼差《まなざ》しで、高衙内にわが企《たくら》みを説いた。

「旦那さまの腹心の部下である楚衛官陸虞候《そえいかんりくぐこう》陸謙殿は、林冲の親友です。旦那さまは明日、陸虞候の屋敷の二階に隠れて待っていて下さい。陸謙殿に林冲をおびき出させ、樊楼《はんろう》へ案内させ酒を飲ませます。私はそのあいだに林冲の屋敷へ出向き、女房を連れだします」

樊楼は、東京の有名な料理屋である。衙内は聞く。

「どういって連れだすのだ」

「林教頭が、陸謙殿のお屋敷の二階で酒を飲むうち、不快を催し、二階座敷で倒れた。ついてはあなたがすぐ出向いて、ご看病してあげて下さいと申すのです。二階へあげれば、女は水性(浮気)なものですから、小粋な旦那さまに声をかけられたら、たやすくなびく気になるでしょう」

　高衙内は感心した。

「お前もなかなかいい智恵がまわるじゃないか。今晩陸虞候を呼び寄せて、協力させることにするか」

　陸虞候の住居は、高太尉の屋敷の横手の路地にあった。

　陸虞候は衙内に呼ばれ、いいふくめられると、たやすく同意した。林冲は友人であるが、上司の機嫌をとりむすぶためにはしかたがないと割りきったのである。

　林冲はその後、胸中の不安を抑えかね、鬱屈《うっくつ》した日をかさねていた。眼をつけた女は、どのような手段を用いても手に入れようとする衙内の執拗《しつよう》な性格を知っていたためである。

　ある日、昼まえに陸虞候がたずねてきた。

「これはめずらしい。何か用かね」

　林冲がたずねた。

　陸虞候がいった。

「近頃あまり、顔を見かけないので、寄ってみたんだ」

「うむ、ちとおもしろくないことがあって、しばらく外出していない」

「それでは気分を変えるために、ひさしぶりに盃《さかずき》をあげようじゃないか」

「それもいいか」

二人は茶を喫したあと、外出した。陸虞候は出がけに林冲の妻に挨拶《あいさつ》していった。

「ご主人は、しばらく私の家におられますから」

妻は林冲たちを見送る。

「あまり深酒をなさいませんように」

陸虞候は往来へ出ると、林冲にすすめた。

「俺のところで飲むよりも樊楼で盛大にやろうじゃないか」

二人は樊楼へゆき、酒肴《しゅこう》を注文し、美妓《びぎ》の酌で酒を飲む。

世間話をかわすうちに、林冲が溜息をついた。陸虞候が、彼の顔をのぞきこんだ。

「なにかおもしろくないことでもあるのか」

林冲は思わず胸中の鬱懐《うっかい》を洩《も》らした。

「俺も武術の技を練磨して、人に知られる腕前になったが、いやな上司に使われている。考えてみれば不運だよ」

陸虞候が事情を知らないふりをして、たずねる。

「何か事情があるのか。俺は年来の友ではないか。心配事があるなら、打ちあけてくれ」

林冲は、妻が高衙内に誘われた一件をうちあけた。

「そりゃ災難だったな。長官も色好みだから、美人で名高い奥さんを見逃さないだろう。しかし、それほど気にすることはなかろう。長官は貴公の奥さんと知らないで、ちょっかいを出したんだから」

陸虞候は林冲をなぐさめつつ、心中では衙内がいまごろ首尾よく思いを遂げているであろうかと、考えていた。

林冲は席を立ち、廁《かわや》へいった。廁は樊楼の外にあるので外へ出ると、女中の錦児と出会った。

錦児は息をきらせ、林冲を見ると袖《そで》をとらえた。

「急いでいるようだな。どこへいく」

「旦那さまを探しまわっていたんですよ。樊楼にいらっしゃるとは聞いていなかったものですから」

林冲は、きびしい眼差しになった。

「何事か、おこったのか」

「さきほどお出かけになったあと、しばらくして見たことのない男が、お屋敷へ駆けこんできたのです」

錦児はせきこんでいった。

「その男は、陸虞候の近所の者だといい、旦那さまが陸虞候さまと酒を飲んでおられるうちに急に息が苦しくなり倒れたので、すぐ看病にきてほしいと頼むのです。奥さまは私を連れ、すぐに陸虞候さまのお屋敷へいって二階へあがってみると、酒肴をならべた食卓があるだけで、旦那さまの姿が見えません。そこへこのあいだ嶽廟《がくびょう》で奥さまに誘いをかけてきた若い男が出てきました」

「なに、また高衙内が出てきたのか」

　林冲はおどろく。

「そうです。私はおそろしくて逃げましたが、階段を下りるとき、二階で人殺しと叫ぶ奥さまの声が聞えました。それで旦那さまを探して走っているとき、樊楼へいかれたのを見た人がいたので、駆けつけてきたのです」

「分った、すぐ助けにいこう」

　林冲は宙を飛んで陸虞候の屋敷へむかい、二階へ駆けあがる。部屋の戸は閉っていたが、妻の叫ぶ声が聞えた。

「あなたは、夫のある私に、なぜこのような無法のふるまいをしかけるのですか」

　衙内がしきりに口説いている。

「私の切ない心中を察して下さい。こんなに告白しているのに、心を動かして下さらないのですか」

　林冲は外から大声で呼んだ。

「ここをあけろ。俺がきたぞ」

　妻は部屋の戸を急いであけようとした。衙内は窓から外へ出て、塀を乗りこえ逃げてしまった。

　妻は、衙内に犯されてはいなかったが、林冲は怒りにまかせ、陸虞候の屋敷の各部屋の調度を打ちこわし、蹴倒《けたお》す。

妻をともない外へ出ると、近所の住人は雷のような物音に怯《おび》え、門を閉めて静まりかえっていた。

林冲は妻と錦児をわが家へ連れ戻したあと、匕首《あいくち》一振りを持ち樊楼へ戻ったが、陸虞候の姿はない。彼は終夜陸虞候の屋敷の門前で待ち伏せていたが、めざす相手は姿を見せないので、しかたなく帰宅した。

「陸謙は兄弟のように思っていたのに、裏切りやがった。衙内に頼まれたとはいえ、よくも義理を忘れたものだ」

いきりたつ林冲を妻がなだめた。

「私は衙内に穢《けが》されていないのですから、あまり事を荒立てないで下さい」

陸虞候は、衙内の屋敷へ逃げこんだまま、戻ってこなかった。林冲も三日のあいだ、屋敷にとじこもっていた。


四日目の昼間、魯智深が林冲の屋敷へたずねてきた。

「あれから顔を見せないが、何事もなかったのかね」

林冲は苦笑いを見せた。

「いや、いろいろわずらわしいことがありましてね。兄さんがせっかくお見えになったんだから歓迎したいが、料理をととのえるのに時間がかかります。これから町の酒楼へ出かけて、おおいに飲みましょう」

「そりゃいいよ。こっちはよろこんでお誘いに応じよう」

林冲は智深と町へ出かけ、痛飲して帰った。衙内のことにはたがいに触れず、武芸談などをしきりに交すうち、林冲の憂鬱《ゆううつ》は消えてしまった。

翌日から、林冲は智深と町なかを飲み歩き、衙内のことを苦にしなくなった。

「丈夫の心事《しんじ》親朋《しんぽう》あり、談笑酣歌《かんか》して鬱蒸《うつじょう》を散ず」

という心境である。

高衙内は騒ぎのあとふさぎこんで、屋敷で床についていた。養父の高太尉に事情を打ちあけることもできないまま、悶々《もんもん》と日を送っている。

陸虞候と乾鳥頭の富安が見舞いにきたが、衙内は弱音を吐くばかりであった。

「林冲の女房を口説こうとして、二度も手こずってしまい、その後は体の調子を崩してしまったよ。恋わずらいで半年か三月のうちに死んでしまうだろう」

陸虞候たちは、衙内を力づけようとした。

「私たちが力をあわせ、きっとあの女を長官になびかせて見せましょう」

二人は衙内が衰弱したのを見て、高太尉の力を頼るよりほかはないと考え、高俅の執事に事情をうちあけた。

「百花が咲き誇り、雲雀《ひばり》もさえずるいい時候だというのに、若さまは寝台のうちで蒼《あお》ざめておられます。なんとか高太尉のご権勢をお借りして、林冲の女房を召し寄せてやりたいのですが」

執事は承知した。

「それは、たやすいことです。任せておいて下さい」

執事はその夜、高俅に事情を告げた。

「若さまが病床についておられますが、林冲の妻への恋わずらいでございます」

高俅はたずねた。

「その女を、いつ目にとめたのだ」

「およそ一ヵ月ほど前だそうです」

執事は、これまでの経緯を詳しく報告した。

高俅は衙内の情事をたすけるために、林冲を罪に落すわけにもゆくまいと、考えをめぐらす様子であった。

執事が告げる。

「陸虞候と富安が、若さまのお見舞いに参っておりますが、二人はそのことについて企《たくら》みをしているようでございます」

「それなら、この場へ呼べ」

執事は陸虞候たちを、高俅の座所に向わせた。

高俅は二人にたずねた。

「お前たちは、息子に助力してくれるそうだね。ところでどんな計略をたてているのか。事がうまく運ぶようなら、とりたててやろう」

「では、さっそく申し上げます」

陸虞候が進み出て、高俅にささやく。

高俅は聞きおえると、おおいによろこぶ。

「それはうまい企みだ。明日実行してみるがよい」

翌日、林冲の屋敷へ智深がたずねていった。

「どうだ、今日も酒を飲みにゆかないか」

「うむ、いくか。貴公と飲めば、憂さがはれる」

智深と林冲は外に出て、閲武坊《えつぶぼう》という盛り場へ足をはこんだ。

町角に抓角《かどつまみ》の頭巾《ずきん》をかぶり、色あせた戦袍《せんぽう》を羽織った軍人らしい男が、売り物の印をつけた宝刀を手にして、往来する人々に声をかけていた。

「これほどの銘刀に買手がつかぬまま、むざむざ赤錆《さ》びとなりはてるのか」

林冲たちは、刀売りを目にとめず通りすぎてゆく。男はあとをつけてきて、二人の耳にはいるようにいう。

「東京《とうけい》百五十万の、人士のうちに、目のきく者がひとりもおらぬとは、なさけないことだ」

林冲が男の声を耳にして、ふりかえると、さしだす刀身が眼についた。光りかがやく刀は、林冲の眼を奪った。林冲は思わずいう。

「その刀を見せてくれ」

手にとった刀を見て、林冲は嘆声をあげた。

「うーむ、これはいい刀だ」

智深もうなずく。

「これほどの名刀を見たのは、はじめてだな」

二人は刀身に見入った。

「清光は眼を奪い、冷気は人を侵す。遠くより見れば玉沼の春冰《しゅんぴょう》のごとく、近くより見れば瓊台《けいだい》の瑞雪《ずいせつ》に似たり」

という鋼鉄の冴《さ》えである。

林冲は思わずいってしまった。

「この刀を、いくらで売るつもりだ」

刀を売る男は答えた。

「三千貫はほしいが、まあよかろう。二千貫だ」

「うむ、まずそれだけの値打ちはあるんだろうが、客はたやすく見つかるまい。千貫なら即金で買おう」

「急に金が入用だから売るのだ。千五百貫なら売ろう」

「いや、千貫しか持ち金がない」

男はしばらく思案していたが、やがて思いきったようにいった。

「それほどの安値で売るべき刀ではないが、しかたがない。売ることにするよ」

林冲はよろこんで智深にことわった。

「いまから刀の代金を払うため、いったん帰宅します。兄さんは酒楼で待っていて下さい」

智深は笑っていった。

「俺は帰ろう。貴公は掘りだしものの刀を眺めて、楽しむがいい」

林冲は男を屋敷へ連れてゆき、代金を払った。

「この刀は、どこから手に入れたのかね」

「先祖伝来のものですよ。貧窮のため、やむをえず手離すのです」

林冲は男に姓名を聞いたが、答えなかった。彼は男が立ち去ったあと、刀をあらためてみると、まぎれもなくすばらしい逸品である。

――これはいままでに見たこともない名刀だ。高太尉も大変な業物《わざもの》を持っておられるそうだが、なかなか人には見せない。俺もこれほどの刀を手に入れたのだから、太尉のものと比べてみたいものだ――

林冲はその夜、ほとんど寝ることもなく刀を眺めていた。

翌日、正午も近い頃、殿帥府《でんすいふ》の使丁が二人たずねてきた。林冲が門口に出てみると、彼らはいった。

「私たちは高太尉さまのお言葉を伝えに参りました。このたび林教頭さまが稀代《きだい》の名刀をお手に入れられたとのことで、太尉はお持ちの宝刀とくらべてみたいとおっしゃって、お屋敷でお待ちでございます」

「なんだ、もう太尉のお耳にはいったのか。いったい誰がしゃべったんだろう」

使丁たちは林冲をうながす。

「太尉は一時も早く、教頭さまの刀を見たいとお待ちかねです。すぐにお越し下さい」

林冲は急いで衣服をつけ、刀を提げて屋敷を出た。

途中、林冲は使丁たちにたずねた。

「お前たちは、役所で見かけたことがないが、新参者か」

「はい、出仕してまだ日が経っていません」

林冲は太尉の屋敷へ案内され、表の間の入口で足をとめた。使丁たちはうながす。

「太尉は奥の座敷で待っていらっしゃいます」

林冲は衝立《ついたて》の奥に入り奥座敷へ通ったが、そこにも太尉の姿はなかった。彼がためらって足をとめると、使丁たちはいう。

「太尉はもっと奥の座敷におられます。教頭をご案内するようにとの仰せでございました」

林冲はさらに二、三の部屋を通り抜け、人の気配のない場所に出た。

眼の前に緑色の欄干をめぐらした堂宇があった。使丁たちは林冲を堂の前へ導いていった。

「教頭さま、ここでしばらくお待ち下さい。私たちは太尉に、あなたのお越しを知らせに参ります」

林冲はしばらく待っていたが、二人は戻ってこない。様子がおかしいと気づいた林冲が簾《すだれ》のなかに頭をいれ、のぞいてみると、軒先の額に四個の青字が記されていた。「白虎節堂」と書かれている。

林冲はおどろいた。

「節堂というのは、軍議の大事を評定するところだ。このようなところへ、故なく近づいてはならない」

急いでひきかえそうとしたが、靴音が高らかに聞え、誰かが庭からあらわれた。林冲が見ると、高太尉であった。

林冲は刀を手に、太尉の前に出て会釈をした。太尉は大声で咎《とが》めた。

「林冲、そのほうは呼ばれることもなく、なぜ白虎節堂に入ったのだ。法度《はつと》をわきまえておらぬのか。手に剣を提げ、本官を刺し殺すつもりできたのか。二、三日まえにも刀を持ち、わが屋敷のまえを徘徊《はいかい》していたというが、叛心《はんしん》をおこしおったな」

林冲は身を地面に屈していう。

「さきほど二人の使者がきて、太尉殿が私を刀くらべにくるよう召されているといったので、おうかがいいたしました」

太尉は大喝した。

「でたらめをいうな。そやつらはどこにいる」

「いま白虎節堂のなかへ入って参りましたが」

「いいかげんなことをいうな。軽い身分の者が、どうしてこのなかへ入れるというのだ。

誰かいるか、出会え、出会え」

太尉が叫ぶと、待っていたかのように傍らの部屋から二十余人の役人が走り出てきて、林冲を捕え、押し倒した。

高太尉は、怒号した。

「貴様は禁軍教頭でありながら、法度をわきまえぬのか」

高太尉は足もとに転がされた林冲を罵《ののし》る。

「なにをたくらんで利刃《りじん》を手にして節堂に入りこんだのか。本官を殺そうとしたのだろう」

林冲は縛りあげられ、抗弁をするたび役人たちに踏みにじられる。

太尉は左右に並ぶ軍校（補佐官）たちに命じた。

「こやつをこの場で斬れ」

林冲は大音声で叫ぶ。

「私は無実だ。斬られる理由はない」

太尉はなじった。

「それでは、なぜ節堂へ入った。貴様は剣を持っているではないか。本官を殺そうとしたのにちがいない」

林冲は反論する。

「太尉殿のお召しがなければ、どうしてここへ参りましょうか。二人の使丁がいま節堂の奥へ入って参りました。彼らは私をだましてここへ連れてきたのです」

太尉は一喝する。

「でまかせをいうな。そんな使丁が屋敷のどこにいるのだ。貴様は儂《わし》の裁断に服さぬというのだな」

高太尉は軍校たちに林冲を引き立てさせた。

「この者を開封府《かいほうふ》へ連行し、滕府尹《とうふいん》（府知事）に厳しく拷問をおこなわせ、取調べのうえで、処分を決定させよ。刀は封印をして持参せよ」

軍校たちは林冲を府役所へ曳《ひ》いてゆき、階下にひざまずき、太尉の指示を府尹に伝え、封印された刀を林冲の前に置いた。

府尹は林冲にたずねた。

「そのほうは禁軍教頭でありながら、なぜ法度をかえりみることなく、利刃を手にして節堂へ入ったのか、死に値する大罪ではないか」

林冲は府尹に告げた。

「どうかご明察たまわりとうございます。私は冤罪《えんざい》を負わされているのです。私は粗放な軍人ではありますが、いささかの法度はわきまえております。禁を犯して節堂に入るようなことを、どうしていたしましょう。これには理由があります」

彼は高衙内が、妻に横恋慕をもちかけた事情を、くわしく説明した。

「先月の二十八日、私は妻とともに、嶽廟《がくびょう》へお礼参りに出向きました。そのとき高衙内が妻にたわむれようとするのを見て、大喝して追い払いました。衙内はその後、陸虞候をつかわし、だまして私を連れだささせました。私どもが酒を飲んでいるあいだに、富安を使って妻をおびきだささせました」

林冲は、こんどの刀くらべの一件は、高太尉が養子衙内に思いを遂げさせるため、しかけた罠《わな》であるといった。

府尹は林冲の供述を、高太尉への返書にしたためて送り、林冲に手枷《てかせ》首枷をはめ、獄に送った。

林冲の妻、舅《しゆうと》は突然の不幸を嘆きつつ、開封府の役人に賄賂《わいろ》を送り、獄中へ差し入れをする。

林冲の取調べにあたった孔目《こうもく》（文書係）の孫定という男が、孫仏児（仏の孫）と呼ばれるほどの誠実な人柄であったので、事件の内実を看破し、府尹に申し出た。

「林冲は無実の罪に陥れられたのです。救ってやらねばなりません」

府尹は孫定の言葉に心を動かされたが、林冲を釈放できないと判断した。高太尉の機嫌を損じると、わが身の破滅になりかねない。

「しかし、利刃をたずさえ節堂に入ったのだから、助命はむずかしい」

孫定が憤然としていった。

「開封府は朝廷の機関ではなく、高太尉家の私物でしょうか」

府尹は孫定の剣幕に鼻白んだ。

「お前は、なにをいいたいのか」

「高太尉の日頃の行状は、誰でも知っています。己れの威権をたのみ、諸官を侮り、横暴のきわみをつくしています。わが意にさからう者があれば、ただちに開封府に送りつけ、望むがままに、斬刑、八つ裂きの刑に処しています。この有様では、開封府は高太尉家の私物といわざるをえないでしょう」

府尹は、孫定の意見を聞くことにした。

「お前の考えをいってみろ」

「林冲はあきらかに無罪です。しかし、彼を節堂へ導いた二人の使丁の行方《ゆくえ》が分らないので、無罪とするのは不可能でしょう。このうえは林冲に、刀をたずさえ節堂に入った事実を認めさせ、棒打ち二十の刑に処し、刺青《いれずみ》をほどこし流罪にするにとどめるべきです」

府尹は、高太尉に会い、林冲の陳述を伝え、棒打ちの刑に処するといった。太尉は、自分の策謀を府尹に見抜かれていると察したので、林冲を死刑に処するのを思いとどまった。

府尹は役所に帰ると、ただちに林冲を呼びだし、棒打ち二十の罰を加え、刺青師を呼び、彼の顔に刺青をほどこさせた。

「そのほうは、滄州《そうしゅう》の牢城《ろうじょう》（苦役所）へ送るゆえ、さように心得よ」

林冲は、鉄板に穴をあけた首枷をはめられ、董超《とうちょう》、薛覇《せっぱ》という二人の役人に連れられ、滄州へ護送されることになった。

林冲の舅や、近隣の知人は、開封府の門前で待っていた。

林冲は舅の張教頭を見ると、その手を握って礼を述べた。

「私は背杖《はいじょう》二十の刑に処せられましたが、あなたが役人どもに配慮を頼んで下さったおかげで、体も痛まず、このように歩けます」

張教頭は林冲と護送役人たちを州橋のたもとの酒楼へともない、董超、薛覇に酒肴《しゅこう》をふるまう。

酒を数杯かさねた頃、張教頭は銀子《ぎんす》をとりだし、董超らに贈った。

「私の婿は冤罪をきせられ、このように顔に刺青を入れられ、家畜のような姿で遠国へ流されます。こうしていると、私は悲しみに胸がつぶれそうです。どうか哀れな林冲を旅のあいだ、かばってやって下さい」

董超らは、罪人を殴り殺すのを日常茶飯事としている、凶暴な男たちであったが、笑顔をつくり、だみ声で応じた。

「分ったよ、張教頭。林冲もあんたと同様に、ふだんなら俺たちが手も触れられねえ武芸者だが、こうなっては、生殺与奪はこっちの思いのままさ。でもあんたが心づけをくれたから、やさしく扱ってやるよ」

林冲は張教頭にいった。

「泰山（父上）さま、私はたいへんな災難をこうむりました。高衙内という男があらわれたために、たちまち獄に落されることとなり、すべては悪夢のようです。今日はぜひともお話ししたいことがあります。私が泰山殿の娘を嫁にむかえてから、すでに三年がたちました。

そのあいだに、一度もいさかいをしたことがありません。まだ子女をもうけていませんが、頭に血をのぼせていいあらそったこともありません。今度、思いがけない災厄によって滄州へ流され、生死存亡もおぼつかない労役に服さねばなりません。妻は家に残り、私は彼女の身のうえが不安であります。高衙内は権力をかさにきて、妻との交際を強制するでしょう。妻はまだ若く、私のために一生を誤らせたくはありません。今日は近隣の方々も見送りにきておられます。ついては、皆さま方のご覧になっておられるこの場で、妻への離縁状をしたためようと思います。

妻が、こののちどこへ再嫁してもいいように、私が離縁をすれば、高衙内の思うままにされることもなく、あらたな人生を送れるでしょう」

林冲は、最愛の妻を離縁するというが、悲哀に打ちひしがれ、顔はあおざめ、両手をふるわせている。

張教頭が答えた。

「賢明な婿が、迷われたか。そなたの災難は、運が悪かっただけのことだ」

張教頭は、婿との縁を断つに忍びなかったので、林冲を説得しようとした。

「いまは、時運に身を任せるよりほかに、道はなかろう。そなたはいったん滄州へゆき、刑に服して逆運の去るのを待て。かならず神のご加護があって、戻れる日がめぐってくるにちがいない。そのとき夫婦の縁は旧にもどり、添いとげるのだ。儂《わし》は暮らしむきにゆとりがあり、娘と錦児を引きとっても、三年や五年は養うことができよう。娘を外出させないようにすれば、高衙内が逢《あ》おうとしても、そのすべもない。いろいろと心を乱すことはないのだ。すべては私が引きうけるから、安心しなさい。滄州へ着いたのちは便りを送り、衣服も不自由のないようにしよう」

林冲は首をふった。

「泰山のご厚情は、ただ感謝するのみです。しかし私はお情《なさけ》にすがったままでは、安心することができません。私と妻が待つかいもないことを待ちつづけるような気がいたします。私を哀れと思われるならば、私の願いを聞きとどけて下さい。そうしていただければ、安心して死ぬことができます」

張教頭と隣人たちは、林冲の妻との離縁に同意しなかった。

林冲はいう。

「どうしても離縁を許していただけないのであれば、もし運よく帰ってきたときも、妻と会うつもりはありません」

張教頭は、しかたなく答えた。

「そこまで決心しているのなら、離縁状を書くがいい。私は娘を他家へ嫁がせないで、そなたの帰還を待っているよ」

林冲は代書人を呼び、つぎのような離縁状を書かせた。

「東京《とうけい》八十万禁軍教頭林冲、身、重罪を犯したるにより、滄州に断配されて、去後《きょご》、在亡保《ほう》せず。妻張氏ありて年若ければ、情願してこの休書（離縁状）を立て、改嫁（再婚）にまかせ従い、ながく争執することなからしむ」

林冲が離縁状に花押《かきはん》をして拇印《ぼいん》を捺《お》し、舅に渡したとき、林冲の妻が泣き叫びつつ酒楼へ駆けつけてきた。林冲の着替えの包みを提げた錦児が、うしろについている。

林冲は妻に告げた。

「今後のことは、すべて父上に申しあげた。儂は冤罪に服して滄州へゆくが、生きて帰れるかどうか、おぼつかないものだ。お前はまだ若い。儂の帰るのを待たず、良縁があれば再婚しなさい」

妻は号泣した。

「私は身を穢《けが》されてもいないのに、なぜ離縁されるのですか」

林冲は妻に答えた。

「離縁するのは、お前が待つかいもなく儂を待ちつづけ、むなしく生を終えるのをおそれるためだよ」

張教頭が、娘をなぐさめた。

「なにも気を揉《も》むことはない。私はお前を他家に嫁がせはしないよ。いまは本人の気のすむようにさせて、見送ろう。もし、婿が戻らなかったときも、お前は生涯安楽に暮らし、操を立て通せばいいのだから」

林冲の妻は、離縁状を見せられると悲嘆のあまり気を失った。

林冲は、妻が隣人たちに抱きかかえられ帰宅するのを涙をこらえ見送り、張教頭と訣別《けつべつ》した。


董超と薛覇は旅の途中で林冲を殺す手筈《てはず》をきめていた。高太尉の密命をうけていたのである。董超がその朝、家で旅支度をしているとき、近所の酒屋の小僧が呼びにきた。

「あんたにお客さんだ。どこかのお役人らしいが、会いたいといっていなさるよ」

「誰だろうな」

董超が酒屋へゆくと、頭に卍型《まんじ》の頭巾《ずきん》をかぶり、黒い紗《しゃ》の袖《そで》なし羽織を着て、黒長靴をはいた男がいた。

「どなたでしょう。お目にかかったこともありませんが」

男はおちついていう。

「用件はすぐ申します。薛端公《せったんこう》はどちらにお住いですか」

「この横の路地ですよ」

男は小僧に命じた。

「薛端公をお呼びしてきてくれ」

薛覇がやってきて、董超を見ると、首をかしげながら聞く。

「この旦那《だんな》は、どなただい」

「俺は存じあげねえよ」

薛覇が、男の豪奢《ごうしゃ》な身なりに遠慮しつつ、たずねた。

「旦那は、どなたさまでしょう。お名前をお聞かせ願いたいんでやすが」

「いま申しますから、まあお酒を召しあがって下さい」

董超と薛覇が幾杯かずつ酒を飲みほしたあと、男は懐から金子十両をとりだし、卓上に置いた。

「お二人で、五両ずつ納めて下さい。あなたがたに、内密のお願いがあるんですよ」

「いったい、どんなご用件でしょう」

男は二人に用件をうちあけた。

「あなたがたは、滄州《そうしゅう》へ林冲を護送してゆくでしょう。私は高太尉殿の属官で、陸虞候という者ですが、そのことについてお頼みしたいのです」

董超、薛覇は、男が高位の属官であると知って、おそれいった。

「私どもが、あなたさまとご同席してもいいのでしょうか」

「そんな気づかいは無用です。この十両は、高太尉殿から下さったものです。あなたがたへの頼みというのはほかでもありません。林冲は太尉殿に敵対している者で、このうえ生かしておきたくない人物であるため、旅の途中、人目につかないところで殺してもらいたいのです。あまり遠方でなくてもよろしい。そのうえで、彼を殺した理由を記した、地方官の公文書をもらって帰って下さい。もし開封府で、林冲殺害について調査をはじめるようなことがあれば、太尉殿がご自分でそれをさしとめられるので、気づかうことはありません」

董超は首をかしげた。

「開封府の命令では、林冲を護送せよとのことで、殺害せよとの指示はありません。また本人は年寄りではなく、武芸の達人ですから、手間がかかるでしょう。うまく事が運ばなければ、難儀なことになります」

薛覇が董超をたしなめるようにいう。

「しかし、高太尉殿が俺たちに死ねと命令されたときは、死ぬほかはないだろう。それが、この方に銀子を預けて下さった。俺たちはなんにもいうことはねえんだよ。山分けにして頂こうぜ。お頼みをうけりゃ、その通りにすりゃいいんだ」

薛覇は、陸虞候にいった。

「旦那、お引受けいたしやす。俺たちゃ林冲を、早けりゃ二つめの宿場、遅くても五つめまでのうちに、片づけやすよ。道中に、奥の知れない松林があるんで、そこで息の根をとめてやることにいたしやす」

薛覇たちは、これまで護送の罪人を旅の途中でどれほど殺したか、覚えていないほどである。林冲を殺すのはたやすいが、ためらってみせて礼金をつりあげたい。

陸虞候は、よろこんだ。

「そういってくれれば、ありがたい。林冲を殺したのちは、証拠に額の金印（刺青）をはがしてきてもらいたい。それを受けとれば、貴公たちに十両ずつ礼金をさしあげよう。吉報を待っていますよ」


董超と薛覇は、護送の旅に出たときから、林冲殺害の場所を物色していた。

最初の日は三十里ほど歩き、宿場に着く。翌日は夜明けとともに宿を出て、滄州への街道を辿《たど》った。

時候は六月で、暑熱は耐えきれないほどである。街道は並木で烈日がさえぎられているが、疲労に足取りが鈍った。

数日の旅をつづけるうち、林冲の杖刑《じようけい》によってうけた疵《きず》が化膿《かのう》し、痛みはじめた。彼は疼《うず》く足をひきずりながら街道を歩む。

息づまるような暑気のさなか、七斤半の首枷《くびかせ》が、衰えた体にくいこんでくる。

薛覇が罵《ののし》った。

「この野郎、滄州まで二千里もあるんだぞ。こんな歩きかたでは、いつ着けるか分らねえ。もっとしっかり歩け。この貧乏神め」

林冲は嘆く。

「棒の疵が全部疼いています。この暑さでは、急げば倒れてしまう。頼むからゆっくり歩かせて下さい」

「火輪（夕陽）は低く落ち、玉鏡（月）まさにかからんとす」

という詩句のような眺めの夕方、三人はひなびた宿場に着いた。

林冲は宿場の部屋に入ると、董超たちに催促されるまえに下男を呼び、酒、肉、米を買ってこさせ、料理をこしらえ二人にふるまった。

董超たちは林冲にすすめた。

「お前も酒を飲め」

「私は疵が痛むので、ご遠慮します」

「俺たちだけに飲ませるつもりか。相手をしろ」

林冲は無理強いに酒を飲まされ、昼間に疲労していたため、泥酔して首枷をはめたまま寝込んでしまった。

薛覇は董超と目くばせを交し、鍋《なべ》に水を入れ炉にかける。湯が煮えたぎってくると、足洗いの盥《たらい》にあけて、林冲を揺りおこした。

「林教頭、足を洗うがいい。そのほうが、よく眠れるぞ」

林冲は起きあがろうとしたが、首枷があるので急に体を曲げることができない。

「起きあがれねえのか。それじゃ、俺が足を洗ってやらあ」

「もったいない。私が洗いますよ」

「旅に出りゃ、罪人と役人のへだてもねえんだよ」

薛覇は林冲の両足をつかみ、力まかせに熱湯のなかへ押しこむ。

林冲が悲鳴をあげ、足を湯からあげたときは、火傷《やけど》を負っていた。

爛《ただ》れた足を宙にうかせ、林冲は礼をいった。

「ありがとうございます。もう充分です」

「なんだと、そんないいぐさがあるか。湯加減がわるいというのかよ。役人が罪人の世話をしてやったのに、文句があるのか」

林冲は燃えるような痛みをこらえ、部屋の隅に身を横たえた。

翌朝、董超たちは、同宿の旅人がまだ寝こんでいる四更(午前二時頃)に起き、湯を沸かし、朝食の支度をはじめた。

林冲も起きたが、両足がいたみ食欲はなく、めまいがする。

「飯を食わねえのならそれでもいい。早く草鞋《わらじ》をはけ」

薛覇は凶悪な形相をあらわし、右手に握った水火棍《すいかこん》という棍棒《こんぼう》を振りあげ、林冲を打とうとした。

林冲はやむなく、まっかに脹《は》れあがった足に草鞋をつけようとしたが、前日まではいていた古草鞋が、見つからない。やむなく新品の草鞋を買い、疼きをこらえてはく。

ひと足踏みだすと、足になじまない草鞋が火傷のうえをこすり、林冲は思わず腰を引き、呻《うめ》き声をあげる。

林冲は二人にともなわれ、五更(午前四時頃)に宿を出た。一里ほどよろめき歩くうち、両足の水ぶくれが全部つぶれ、血が流れ出る。

呻きながら歩く林冲を、薛覇が罵る。

「さも痛そうに芝居をしやがって。さっさと歩かねえと、棒をくらわすぞ」

林冲が立ちどまると、董超が親切めかしていう。

「おう、歩けねえのなら、手を引いてやるぜ」

腕をとり、引きたてるので、林冲はやむなく歩きだす。

さらに四里ほど進み、火のような足の疼きに堪えかねてしゃがみこむ。董超が舌うちをした。

「さっきから、まだ十里ほどしかきていねえぞ。この調子じゃ、滄州に着くのはいつになるか分らねえな」

前方に煙霧のたちこめた、果てもなくひろがる松林が見えてきた。

その林は、東京《とうけい》と滄州のあいだの道中で、難関として名高い野猪林《やちょりん》であった。

枯蔓《こまん》（枯れたつる草）層々として雨脚のごとく
喬枝《きょうし》（高い枝）鬱々《うつうつ》として雲頭に似たり
知らず、天日いずれの年にか照れるを
ただあり、冤魂《えんこん》（無実の罪に死んだ者）の不断のかなしみ

と詩にうたわれた通り、深い林中へ護送役人たちに引きずりこまれ、命を断たれた無実の罪人たちの数は知れなかった。

薛覇がいう。

「俺も疲れたぜ。この林でしばらく休もうじゃねえか」

林冲は二人につづいて林に入り、荷物を地面に置くと、そのままぶっ倒れてしまった。

董超たちは、林冲にいった。

「お前もたいへんだろうが、俺たちもお前を引きたて、歩いては休むことをくりかえしたから、疲れたぜ。ここでいっとき寝ていこうと思うんだが、眠っているうちに、お前に逃げられるかも知れねえ。だから眠ることもできねえよ」

「私は罪に服したうえは、逃げませんよ」

林冲の言葉に、薛覇がつけこむ。

「お前を縛っておけば、俺たちは眠れるのさ」

「それなら、縛って下さい」

薛覇はうなずく。

「じゃ、そうさせてもらうぜ」

林冲は首枷をつけたまま、木に縛りつけられた。

二人の役人は、たちまち凶暴な殺人者の表情をあらわす。

「俺たちは、陸虞候さんにお前を殺せと頼まれてきたんだ。高太尉殿のお指図だよ。だから恨むんじゃねえぞ。お前をぶち殺して、顔の金印（刺青《いれずみ》）をひっぺがして持って帰りゃ、役目はすむんだ。いまの有様じゃ、このさき幾日保《も》つか分らねえ。お前はどうせゆき倒れになるんだ。この辺りで、あっさりいっちまうのが楽だぜ。来年の今月今日が、お前の命日だ」

林冲は、魯智深のように役人の身分を捨て、自由の境涯に身を置くほうがよかったと後悔し、涙を流す。彼は最期の頼みを口にした。

「あんたがたは、私とは何の怨恨《えんこん》もない間柄だ。命を助けてくれれば、一生恩に着るよ」

薛覇は喚《わめ》いた。

「うるせえ、どうせ助からねえんだ。観念しろ」

彼は水火棍をふりあげ、林冲の脳天へ打ちおろそうとした。

そのとき、どこからか鉄の禅杖《ぜんじょう》が飛んできて、水火棍をはね飛ばした。おどろいて眼を見張る董超と薛覇の前に、墨染めの衣をつけた僧が躍り出た。

牛のような巨体を見た董超たちは、震えあがった。

「この糞《くそ》野郎ども、餅《ぴん》のように平たくしてやるぞ」

僧は禅杖を拾い、水車のようにまわして襲いかかった。

林冲が横顔を見ると、魯智深であった。

「兄貴、待ってくれ。そいつらを殺してはならん」

智深は動きをとめた。薛覇たちは気を吞《の》まれ、茫然《ぼうぜん》とたたずんでいた。

魯智深は眼をいからせ、唸《うな》るように林冲にいった。

「お前はこの蛆虫《うじむし》のような野郎どもを、俺に料理させてくれないのか。こいつらは肥っていやがるから、いい肉がとれるぜ。生きていたって、世間に害毒ばかり流している奴らだ。この辺りの村では、百姓たちはろくなものを食っていない。二人分の肉をやれば、おおよろこびだ」

智深の口調は殺気に満ちていた。

董超たちは震えあがった。辺りは煙霧にとざされ、通りかかる旅人の姿もない。二人は智深が何者であるか知らないが、猛虎のような姿に威圧され、両膝《ひざ》の震えがとまらなかった。

薛覇が逃げだそうと背をむけかけると、智深が大喝した。静寂をやぶる気合いに、薛覇は尻《しり》もちをついたまま、腰が立たなくなった。

智深は立ちすくむ董超を叱りつける。

「こら、なにをぼんやりしていやがる。林冲さまのいましめをほどき、首枷《くびかせ》を取ってさしあげねえか。貴様らがいためつけた足で、いつまで立たせておくつもりだ。地面に貴様らの上衣を敷いて、お坐《すわ》りいただけ。ぐずついていやがると、二人とも向う臑《ずね》をたたき折って、野猪林の奥へ投げ捨ててやるぞ」

董超は、あわてて林冲の縄を解き、抱きかかえて地上に坐らせ、首枷をはずした。

智深は林冲の血まみれの足を見て、憤りがこみあげ、擂鉢《すりばち》のような拳《こぶし》で、董超と薛覇を左右に殴り倒した。二人はすさまじい一撃を顎《あご》にうけ、紙細工のように吹っとび、失神した。

智深は林冲に聞いた。

「お前は無道な上役に無実の罪をきせられ、顔に刺青をされたあげく、こんなでくのぼうたちにひどい目にあわされ、殺されるところだった。それが、なぜこいつらを殺すのを、とめようとするんだ」

林冲は智深が憤怒《ふんぬ》に酔ったようになっているのを見て、懸命になだめた。

「この者どもは、高太尉の指図で儂《わし》を殺そうとしたんだ。憎むべきは高太尉だよ。二人を殺しても無益の殺生というものだ。兄貴が護送役人を殺せば、お尋ね者になる。禍いを招き寄せるようなことは、よせ」

「そうか、お前は好漢だが、どうにも気がちいさくていけないなあ。まあ、そういうのなら、こいつらを殺すのは思いとどまるよ」

智深は旅の荷物のなかから疵《きず》薬をとりだし、林冲の足に塗りつけながらいう。

「儂の腹の虫は、やっぱりおさまらぬぞ。弟がこんな虐待をうけたんだからな」

林冲は、ていねいに足の火傷の手当をする智深に聞いた。

「ところで兄貴は、どうしてこの場にあらわれ、儂を助けてくれたのかね」

智深は口もとをわずかにほころばせる。

「お前が無実の罪で捕えられ、棒打ち二十をくらって流刑になったことを知って、すぐ旅支度をととのえ、あとをつけてきたんだ。この木っ端役人たちが、ひどい仕打ちをして、どうやら途中で殺すつもりかも知れないと察したので、道中でお前を助け出す機をうかがっていた。むざむざ死なせはしないさ」

董超と薛覇が息を吹きかえし、起きあがってきた。

二人は草のうえに血の塊を吐きだす。何本かの折れた歯が転がった。

智深が声をかけた。

「貴様らがまだ生きているのは、俺が手加減してやったからだ。礼をいえ」

董超たちは地面に額をすりつけ、智深を拝む。

「お慈悲を頂戴《ちょうだい》して、ありがとう存じます」

「慈悲深いのは林教頭だ。俺は貴様たちを刺身にして食ってやりたいんだよ」

董超、薛覇は顔色を失い、体をこきざみに震わせる。

「なんだ、悪党のくせに小胆な奴らだな。ここからつぎの宿場まで、ひとりが林冲さまを背負ってゆけ。いまひとりは皆の荷物を担いでゆくんだ」

「かしこまりました」

街道に旅人の姿が見えはじめた。遠くで鶏犬の声がする。

智深は林冲に聞いた。

「これからどうするんだ。配所へゆくのが嫌なら、俺といっしょに放浪の旅に出てもいいよ」

林冲は首を振った。

「いや、やっぱり刑に服したうえは、逃げるのは嫌だ」

「よし、分った。俺はこいつらがお前を殺さないと見きわめるところまで、同行しよう。お前をひとりにすれば、なにをしでかすか知れないからな」

智深は立ちあがった。

「さあ、でかけよう。貴様たちが先に歩け」

董超は林冲を背負い、薛覇は三人分の荷物を担ぐ。

身の丈八尺余の林冲を背負う董超は、足をもつれさせた。智深が叱咤《しった》する。

「この人殺しめ、意気地ないまねをするなら、ひと思いに挽肉《ひきにく》にしてやるぞ」

魯智深は野猪林を通り過ぎ、三、四里ほどゆくうち、ちいさな酒旆《しゅはい》を軒先に吊《つる》した居酒屋を見つけ、そこで一服することにした。

智深は小僧を呼び、命じた。

「まず酒を二瓶くれ。肉は五、六斤焼くがいい。麦粉を練って餅をつくってくれ」

料理ができあがるのを待ちながら、智深は林冲と盃《さかずき》をあげた。

酒を呑むのも遠慮してかしこまっている二人の役人は、おそるおそる聞いた。

「失礼でござんすが、和尚さんはどこのお寺の住持さんでしょう」

智深は両眼に稲妻のような光りを走らせた。

「この蛆虫どもが、俺の寺を聞いてどうするんだ。高俅《こうきゅう》に注進して引っくくらせようとでもいうのか。俺は林冲とちがっておとなしくお上のいうことなんざ、聞かねえぞ。高俅に出会えば、この禅杖を三百くらわせて、五体が見分けもつかないようにしてやるさ」

董超たちは震えあがって、口もきけなくなった。

智深は充分に飲食すると、董超にいう。

「お前が代金を払っておけ。高俅からもらった金子《きんす》をたっぷり持っているだろう?」

外へ出ると、林冲が聞いた。

「兄貴はどっちの方角へいくんだ」

智深が答える。

「まだお前の今後が気にかかる。人を殺せば血を見るまで、人を救わば終りまで見届けなきゃいけないのだ。滄州《そうしゅう》まで送りとどけよう」

董超たちは、智深の言葉に落胆した。

——東京《とうけい》へ帰れば、高太尉殿になんと報告をすればよいか。まあ、しかたがなかろう——

二人は智深に追いつかわれながら、旅をつづけた。ぐずついていると、尻を蹴《け》あげられ、横っ面をひっぱたかれるので、ひたすらいわれるがままにはたらく。

彼らは二日ほど重荷を担ぎ歩くうち、足がまめだらけになった。智深が、おもしろそうにいう。

「貴様ら、その足を煮えたぎるような湯のなかへいれてみろ。どんなにいい気分か、味わうがいい」

董超、薛覇は冷汗を背に流し、土下座して頼む。

「和尚さま、俺たちゃ悪いことをしやしたが、いまは心から後悔しておりやす。どうかそれだけはご勘弁願いやす」

「それなら車を一台傭《やと》って、林冲を乗せろ」

「かしこまりやした」

董超たちは、林冲を車にねそべらせ、押してゆく。

董超たちは智深にいわれるままに、林冲をいたわり、火傷の手当をする。陽が西に傾けば早めに宿をとり、朝は遅く出立する。

二人の役人は、智深の機嫌をそこねると殴り殺されかねないと恐れ、ひたすら従うが、宿に着き、炊事の支度をするとき、ひそかに相談する。

「このままじゃ、手も足も出ねえが、東京へ帰ったら、高太尉から重い罰をくらうことになるぞ」

「あいつは、大相国寺《だいしょうこくじ》の菜園の取締りをやっていた、魯智深というあばれ者の坊主じゃねえか。うっかり手を出しちゃ、どんな目にあわされるか知れねえから、帰ったら陸虞候にありのままをうちあけて、あの坊主を捕縛してもらおうぜ。俺たちは、とても林冲を殺せねえからな」

智深は林冲につきそい、数十日の旅をかさね、滄州まで七十里ほどの辺りまで辿《たど》りついた。

その先は民家が軒をつらね、街道を通る人や車も多い。智深は附近の様子をたしかめたうえで、林冲に別れを告げた。

「ここから先は、わずかな道程だ。こいつらがお前を人目につかず殺せるほどの、さびれた場所はない。もう先の心配はないから、ここで別れよう」

「兄貴には、お礼の言葉もないよ。命を救ってもらった恩は、死ぬまで忘れない。いつかは恩に酬《むく》いさせてもらうよ」

智深は林冲に二十両の銀子を渡し、董超たちに二、三両をやった。

彼は二人を睨《にら》みすえていった。

「貴様たちの命は、俺が貰《もら》ってやろうと思ったが、弟がとめるから生かしておいてやってるんだ。このあとわずかな道中で、弟に手をかけるようなまねをしてみろ。俺がかならず殺してやるからな」

智深は道端の松の木を見て、彼らにいう。

「そのときは、貴様らの凸凹《でこぼこ》頭を、この松の木のようにしてやるから、よく見ていろ」

智深は禅杖をふりかぶり、ひと抱えほどの松の木を打った。

董超たちは眼を見張った。禅杖が幹にくいこみ、ふたつに折ってしまった。

「貴様たちが悪心をおこしたときは、このようになるからな。分ったか」

董超たちは声もなく、立ちつくす。智深が去っていったあと、林冲が彼らをうながした。

「さあ、先を急ぎましょう」

薛覇がいった。

「俺はわが眼を疑うよ。あんな大木をひと打ちで折る人がいるんだな」

林冲は笑みをもらした。

「あれほどの力技などは、朝飯前ですよ。大相国寺の菜園の、柳の木を根こそぎにしたくらいですから」

董超たちは、あの荒法師はやはり魯智深であったかと、顔を見あわせ、ささやきあう。

「俺たちは、あんなあばれ者によく殺されなかったものだな」

「まったくだ。あいつがいままでに殴り殺した男の数は、知れねえという評判だからな」

三人は陽がなかぞらに昇る頃、行手に酒屋が見えたので、そこで腹ごしらえすることにした。

「古道の孤村、路傍の酒店。楊柳《ようりゅう》の岸、暁に錦旆《きんはい》を垂れ、蓮花《れんか》ただよい、風青帘《せいれん》（青旗）を払う」

と詩にうたわれたようなたたずまいの店であった。

林冲は董超たちを上座に坐《すわ》らせた。二人の役人は、智深が去っていったので、ひさびさにくつろげる。店内では大勢の旅客が食事をしており、四、五人の店員がせわしげに料理を運んでいた。

だがどれほど待っていても、店員が注文を聞きにこない。林冲はたまりかね食卓をたたいていった。

「この店の主人は、私を罪人と見て軽んじているのか。ただで飲食するんじゃないぞ。いったいどうしたんだ」

主人は答えた。

「あんたは私の好意を知らないようだ」

「酒も肉も売らないで、なにが好意だ」

「やはり何も知らないんだな。この村に姓を柴《さい》、名を進《しん》という大金持ちが住んでおられる。地元では、柴大官人《さいだいかんじん》と呼ばれ、世間では小旋風《しょうせんぷう》という通称で知られるお方だ。このお方は、大周《だいしゅう》の柴世宗《さいせいそう》さまの子孫だよ。昔、柴世宗さまが陳橋で位を宋《そう》の太祖に譲られたとき、太祖武徳皇帝から賜わった勅書が伝わっている名家だ」

「それがどうした。名家の話などしないで、早く酒を持ってこい」

「まあ落ちついて聞け。柴進さまは、天下を往来する好漢を招き、もてなすのがお好きな方だ。お屋敷には四、五十人ほどの壮士がいつも滞在している。私は柴進さまからいいつけられている。この店に流刑者がくれば、うちへ連れてこい。世話をしてやろうとね。そこで、いま私があんたに酒や肉を売り、酔って顔を朱に染めれば、金に困っていないと思われて、面倒を見て下さらないだろう。だから好意で注文を聞かなかったんだよ」

　林冲は、董超たちにいった。

「私はいままで柴大官人の噂を聞いていましたが、この村におられたとは知りませんでした。お目にかかってみたいものですが」

　董超と薛覇は、林冲とともに柴進の屋敷をおとずれることにした。林冲が酒屋の主人にたずねた。

「ご主人、私たちは柴大官人のお屋敷をたずねてゆきたいが、道を教えてくれないか」

「この前を三里ほどゆけば、大きな石橋がある。それを渡り、右へ曲ればまもなく大邸宅が見えてくる。そこがお屋敷だ」

　林冲たちは礼をいい酒屋を出て、道を急ぐ。やがてあらわれた石橋を渡り、右へ曲ると坦々《たんたん》とした大道である。

　しばらくゆくと、柳の緑がつらなるなかに白い塀をめぐらした屋敷があった。屋敷の四方に堀川が流れ、岸辺にはしだれ柳の大木がつらなっている。

「大層なお屋敷だな」

林冲たちが歩み寄ると、門前の木橋のうえで、四、五人の下男が涼んでいた。

林冲は彼らに声をかけた。

「ご面倒ですが、大官人さまにお目にかかりたいので取りついでいただきたい。私は京師《けいし》から牢城《ろうじょう》へ送られる罪人で、林という者です」

下男たちは口ぐちにいった。

「運のわるいお人だね。大官人さまがご在宅なら、酒食でもてなされ、銭も頂けただろうが、今朝早く猟においでなさったんだよ」

「いつ頃お帰りでしょうか」

「分らないね。都合で東の別荘にお泊りになるかも知れないからね」

「そうですか。お目にかかれないのは残念だが、やむをえません」

林冲たちは、石橋のほうへ引きかえしていった。

半里ほど歩くうち、遠方の林のなかから一団の人馬が飛ぶように走ってきた。

そのなかに雪白の捲毛《まきげ》の馬に乗った官人がいた。竜のような形の眉《まゆ》、鳳凰《ほうおう》のようにつぶらな眼、白い歯なみに朱の色もあざやかな唇、口を覆う三牙《さんが》（口ひげ、頬ひげ、顎《あご》ひげ）が衆に秀でた、三十四、五の年頃の男である。

頭に黒紗《こくしゃ》の花模様のある頭巾《ずきん》をかぶり、身にはいちめんに花模様を刺繡《ししゅう》した紫の繡花袍《しゅうかほう》をつけ、宝玉の環帯、金糸の縫いとりをした黒長靴をはいたいでたちは、ただものではない。手に一張りの弓、背に一壺《いっこ》の箭壺《やつぼ》を負った男は、従者を引き連れ屋敷のほうへむかってゆく。

林冲は、男が柴大官人であろうと思ったが、声をかけるわけにもゆかず、ためらう。馬上の男は馬首をこちらへむけ、たちまち駆け寄ってきてたずねた。

「首枷《くびかせ》をつけておられる方は、どなたですか」

林冲はあわてて身をかがめ、答えた。

「私は東京禁軍《とうけいきんぐん》の教頭、姓は林、名は冲と申します。高太尉に憎まれたため、罪に落され開封府《かいほうふ》に送られ、滄州へ流されることになりました。この近所の酒屋で聞くと、賢者を招き壮士を養う柴大官人という好漢がおられると聞きました。それでお屋敷へうかがったのですが、縁薄くお目にかかれませんでした」

官人は馬からすべり下り、林冲の前に走り寄った。

「柴進がお迎えもせず、失礼いたしました」

官人はやはり柴進であった。彼は草原に膝《ひざ》をつき、跪拝《きはい》した。林冲はうろたえ、答礼する。

柴進は林冲の手をとり、屋敷へ案内した。下男たちはそのさまを見て、門扉をひらいた。

柴進は客座敷へ林冲をみちびき、あらためて挨拶《あいさつ》を交したのち、告げた。

「私は教頭の高名をかねてお聞きしていましたが、思いがけなく今日ご光来をいただき、かねての願いが達せられました」

林冲が答える。

「微賤《びせん》な私も、海内《かいだい》に聞えた大官人のご高名をかねてお慕いしていました。今日、流刑人となってこの地にきて、尊顔を拝することができたのは、このうえもないしあわせでございます」

柴進は林冲にすすめて、主客の座につかせる。董超、薛覇も次の座につらなる。

柴進は下男たちに酒宴の支度を命じた。

まもなく数人の下男が一皿の肉と一皿の餅《もち》、燗《かん》をした酒壺一個を運んできた。つづいて白米一斗を盛りあげたうえに銭十貫をのせた盆を持ってきて、林冲の前に置いた。

柴進は下男たちを叱った。

「片いなかの者は、人の高下を見分ける眼がないから、困ったものだ。こんな軽々しい応対で、どうしようというのだ。すぐ下げろ。まずつまみものの盆と酒を持ってこい。そのあと羊を殺して料理をこしらえろ。はやくするのだ」

林冲は立ちあがって礼をいった。

「このうえのご饗応《きょうおう》は、ご無用になされたい。これで身にあまるおもてなしをいただいているのですから」

下男は酒とつまみものを捧《ささ》げてきた。柴進は立ちあがり、二、三杯の酌をする。林冲はうやうやしく杯を干し、二人の役人も相伴にあずかる。

柴進はいった。

「さあ、これではじめのご挨拶は終りました。奥へ席をかえ、ゆっくりと飲みましょう」

林冲たちが奥座敷で酒をくみかわすうち、陽が沈み、燭台《しょくだい》がまばゆい光りを放った。

やがて酒肴《しゅこう》が食卓に並べられた。柴進は酒壺を手に、林冲たちに三度ずつ酒をつぐ。主客がさらに盃《さかずき》をかさね、吸物を飲むうち、下男が柴進に告げた。

「教師がお見えになりました」

柴進は命じた。

「ここにおいでいただいて、ともに酒をくみかわすのもよかろう。卓子をもうひとつ持ってくるがよい」

林冲が席を立って待つうち、教師と呼ばれる男があらわれた。

頭巾を歪《ゆが》めてかぶり、威張った様子で座敷に入ってきた。林冲は、下男たちが教師と呼ぶのを聞き、大官人の師匠であろうと察して、急いで身を屈め挨拶した。

「林冲がつつしんで参じました」

男は林冲をかえりみることもなく、答礼もしない。

林冲は無礼を見逃し、低頭したままでいた。柴進は林冲を男に紹介した。

「洪《こう》教頭、こちらは東京《とうけい》八十万禁軍の槍棒《そうぼう》の教頭、林冲殿です。ご紹介します」

林冲は引きあわされたので、ふたたび敬礼した。

洪教頭は、いった。

「挨拶などしないでもいい。やめろ」

柴進は寄食させている武芸者の非礼を見て、不快を禁じえない。

林冲は二拝の礼をして、洪教頭に上座を譲った。洪教頭は遠慮せず、平然と上座についた。柴進はまた癪《しゃく》にさわった。林冲は黙って下座につく。

柴進は、諸国を流浪する武芸者を養い、流刑の罪人をもてなす、自由闊達《かったつ》の気性の持主である。彼は流刑人の大半が、権力者から冤罪《えんざい》を着せられた犠牲者であるのを、知っている。

林冲が高太尉によって、罪におとされた事情も、すでに耳にしていた。彼が洪教頭を寄食させているのは、武芸の達人であるためで、その傲慢《ごうまん》な性格を嫌っている。

洪教頭は、苦い顔つきの柴進にいきなりたずねた。

「大官人殿、今日はなぜ流罪の軍人などを饗応されるのですか」

柴進は答えた。

「この方はほかでもない。八十万禁軍の教頭です。師父はなぜ林冲殿を侮られるのですか」

洪は唇をゆがめ、笑った。

「大官人殿は、槍棒の術をお好みゆえ、流罪の軍人どもがいくらでもたずねてくる。われこそは槍棒の教頭だといい、お屋敷をたずねてきては、酒食銭米をくすねてゆくのです。大官人殿は、いんちきな武芸者をどうして見破られないのですか」

林冲は、洪の暴言を聞いても、黙っていた。柴進はいい返した。

「およそ人の外見だけを見て、侮るのはつつしまれたほうがいいでしょう」

洪教頭は柴進の返事が、気にさわった。

「儂《わし》はたやすく信用できない。儂と棒で一度渡りあってみないと、真の教頭であるか、分らんじゃないか」

　柴進は、おおいに笑った。

「それはいい。林教頭はいかがでしょう」

　林冲はいう。

「私はご遠慮します」

　洪教頭は、いきおいづいた。

　――こやつは腕が立たないので、怯《おび》えているんだ――

　洪は林冲が棒をつかうよう、しつこくすすめた。

　柴進はまず林冲の武芸を見たかった。また、洪教頭の暴慢な態度をもおさえてほしい。

　柴進は林冲と洪にすすめた。

「酒杯を傾けつつ、月の出を待ってお手並みを拝見したいものです」

　酒を五、六杯飲むうちに、月が昇り、座敷のなかが真昼のように明るくなった。柴進は身を起していった。

「お二方には、棒のお手合せをお願いいたします」

　林冲は胸のうちで考える。

　――洪教頭は大官人の師父だから、一撃に打ち伏せては機嫌を損じるだろう――

　柴進は林冲がためらう様子を見て、いった。

「この洪教頭は、最近当地へこられたのですが、誰も太刀打ちできない武芸の達人です。林教頭には、どうかはばかるところなく本領を発揮して下さい。私もお二方の技倆《ぎりよう》を見きわめたいのです」

柴進がそういうのは、林冲が彼の機嫌を損じるのをはばかり、本来の手練を発揮しないのではないかと、懸念したためである。

林冲は柴進の言葉を聞き、気遣うことをやめた。

まず洪教頭が立ちあがり、林冲を誘った。

「こい、こい。貴公の棒の技を見てやろう」

一座の者はどよめき、庭に出た。下男が一束の棒を持ってきて地面に置く。

洪教頭は、まず衣裳《いしよう》をぬぎ、裙子《ズボン》の裾《すそ》をまくりあげ、棒をとりあげ、叫んだ。

「さあこい、こい」

柴進はすすめる。

「林教頭もどうぞ棒をお取り下さい」

林冲はいった。

「お笑いぐさでしょうが、一手をご披露しましょう」

洪教頭は、林冲を一撃に打ち伏せようとはやりたつ。林冲は山東大擂《さんとうたいらい》という技で襲いかかった。大擂は鯨の潮吹きのような、すさまじい真向からの攻撃である。

洪教頭は河北の夾槍《きようそう》の技で迎えうった。夾槍は、うわばみの穴からぬけいでるいきおいをいう。

二人は月光のなかで四、五合ほども打ちあったが、林冲がうしろへ飛びさがり、叫んだ。

「しばらく待て」

柴進がいう。

「林教頭は、なぜ本来の技をお見せなさらないのですか」

林冲は答えた。

「とてもお相手はできません。私の負けです」

「まだ勝負がついていないが、なぜ負けたといわれるのですか」

林冲は首枷《くびかせ》を指さす。

「私にはこんな重荷がついているので、勝てません」

柴進は腹をゆすって笑った。

「これは私の落度でした」

柴進は下男に命じ、銀子十両を持ってこさせ、二人の護送役人にさしだした。

「申しわけないが、ご両人には林教頭の首枷をはずすことを、黙認していただきたい。この件で、牢城《ろうじょう》に到着してのち物議をかもしだすようなことがあれば、私が責めを負いましょう。白銀十両は、お納め下さい」

董超たちは、柴進の意気さかんな様子に心服していた。人情にたがうことなくふるまえば十両を貰《もら》え、林冲が逃げるおそれもない。二人はただちに承知して首枷をはずした。

柴進はおおいによろこぶ。

「両教頭には、いま一度のお手合せをお願い申します」

洪教頭は、林冲がひるんだと見て侮り、棒を使い試合をはじめようとする。柴進が叫んだ。

「しばらく待たれよ」

彼は下男に二十五両分の錠銀を持参させていう。

「両教頭の試合は、めったに見られるものではありません。この錠銀を賞金とします。勝利を得た方が、お持ち帰り下さい」

柴進は林冲に実力をあらわしてもらいたいため、銀子をさしだしたのである。

洪教頭は林冲を憎らしく思い、勝利を得て、銀子をわがものにしようと、棒をとって体勢をかため、把《は》火焼天《かしょうてん》の勢という技をあらわそうとした。

林冲は柴進が自分に勝たせたいと思っていることが分ったので、手加減をやめることにして、撥草尋蛇《はっそうじんじゃ》の勢という型をあらわす。

洪教頭は「こい、こい、こい」と叫びつつ、棒をふりかぶる。

林冲は相手を誘うため、わずかにあとじさる。洪教頭は一歩踏みこんで棒をつづけさまに打ちこむ。

林冲は洪の足取りに乱れがあらわれているのを見て、打ちこんでくる棒を下からはねあげた。洪教頭は林冲の攻撃に対応できず、身をひらこうとするはずみに体がひとまわりした。

林冲は正確な一撃を洪教頭の臑《すね》に加え、洪は棒を落し、尻《しり》もちをついた。

柴進はおおいによろこび、下男たちに命じた。

「酒を持ってきて、盃《さかずき》に満たせ」

同座している者はおおいに笑った。洪教頭が起きあがろうとして、もがきまわったからである。

下男たちが、笑いつつ扶《たす》けおこすと、洪は顔を赤らめ、恥ずかしそうに立ちあがり、そのまま荷物を担ぎ、屋敷から去っていった。柴進は林冲の手をとり、ふたたび奥座敷に入って酒を飲み、賞金を渡そうとする。

「それはご辞退します。手厚いご接待をいただいているだけで充分です」

林冲は固辞したが、柴進につよくすすめられて受けとる。

柴進は林冲を幾日か逗留《とうりゅう》させ、連日酒食の饗応《きょうおう》をつづけた。そのうち、董超たちが苦情をいいだした。

「滄州に着くのが、あまり遅くなると私たちが責任を問われます」

柴進は林冲のために送別の宴をひらき、二通の手紙を渡した。

「私は滄州の大尹《たいいん》（知事）と好誼《こうぎ》をかわしています。牢城の管営（典獄）や差撥《さはつ》（番人頭）も知っているので、この手紙を持参されるとかならず便宜をはかってくれるでしょう」

柴進は二人の役人にも五両ずつ渡し、夜明かしの酒宴のあと、翌朝下男たちに命じ、林冲たちの荷物を担がせ、見送らせた。

林冲は首枷をはめられ、柴進に別れを告げる。柴進はいった。

「まもなく滄州へ、教頭の冬着をお届けします」

「大官人のご恩には、お礼の申しあげようもありません。生涯、心に刻みつけておきます」

林冲たちは柴進の屋敷を出て前途を急ぎ、その日のうちに滄州に到着した。滄州は州都で、小規模な町であるが人馬の往来がにぎやかであった。

董超、薛覇は州の役所へ出向き、開封府の公文書を提出する。役人が林冲を滄州大尹にひきあわせた。

「刺配滄州牢城」という刺青《いれずみ》の字を両頬にいれられた林冲に会った大尹は、董超たちに告げた。

「遠路、重罪人送致の役目を果し、ご苦労であった。お前たちは開封府への返書をうけとりしだい、帰るがよい」

林冲は牢城の獄に入れられ、独房に監禁された。役人が立ち去ると、囚人たちが大勢独房のまえにやってきて、新参の林冲に獄中の様子を教えた。

「この牢屋《ろうや》の管営差撥は、囚人を害することだけを考えている奴らだ。俺たちから銭や物をまきあげることがめあてで、なにかやれば情をかけてくれるが、もし銭がなけりゃ、土牢のなかへほうりこまれ、生きようとしても生きられず、死のうと思っても死ねない苦患にあわされるんだ。銭をつかませておけば、入獄のときにくらう百回の殺威棒《さついぼう》も、病気だという名目で許してくれる。銭がなけりゃ、股《また》と足のうらを骨の砕けるほど打ちまくられ、七転八倒の目にあわされらあ」

林冲はたずねた。

「いろいろ教えてくれて、ありがとう。つかませる金は、いくらほどでいいのかね」

「そうだなあ、持ちあわせがあるなら管営に五両、差撥に五両やれば、目こぼしをしてくれるよ」

話しあっているところへ差撥がやってきた。

「新入りの囚人はどこにいる」

林冲が低頭すると、差撥は彼が銭を持っていないと見て、とたんにすさまじい形相になり、林冲を指さし罵《ののし》る。

「この流人は、俺を見ても土下座しねえのか。口先で挨拶《あいさつ》するだけで、すまそうとしやがるんだな。東京《とうけい》じゃ重罪を犯しやがって、俺に会っても涼しい面《つら》でいるつもりか。貴様は餓鬼の相だから、一生ろくなことはねえよ。打たれても、拷問されても死なねえ、しぶとい面がまえだ。だが、俺は貴様を思いのままに扱ってやるよ。体じゅうの骨をこなごなに打ちくだいて、俺のおそろしさを見せてやるさ」

林冲は差撥のとめどもない悪罵《あくば》に、言葉を返すこともできない。囚人たちもおそれて立ち去った。

林冲は差撥の憤《ふん》怒《ぬ》が納まるのを待ち、五両の銀子を取りだし、笑みをふくんでいった。

「差撥殿、これはわずかばかりで申しわけありませんが、お許し下さい」

差撥はたずねた。

「この金は、管営さまと俺の分か。それとも俺には別にくれるのかね」

「もちろん、それは差撥殿にさしあげるものですよ。ついてはお手数をおかけしますが、この十両は管営さまにさしあげて下さいませんか」

差撥は林冲に、さきほどまでとは一変した柔和な顔をむけた。

「林教頭、あなたの名声はかねて聞いていたが、やはり大人物だ。高太尉の姦謀《かんぼう》で罪に陥れられたのでしょうが、しばらくは我慢しているしかありませんよ。いずれはまた好運がめぐってきます。やはり、めったにお目にかかれない立派なお方だ。かならず返り咲いて大官におなりですよ」

林冲はうやうやしく頭をさげる。

「なにぶんよろしくお願いいたします」

「何事も任せておきなさい」

林冲は柴進の書状二通をとりだし、差撥にさしだす。

「お手数をかけますが、この二通の封書を管営さまにお渡し頂けませんか」

「大官人さまのお手紙を持っていなされば、心配することはなにもありません。この書状一通は、一銀の金子に相当する値打ちがあります。手紙はかならずお届けします。そのうち、管営さまから殺威棒百叩きのお達しがあるだろうが、旅の途中でわずらった病気がまだ治っていないといって下さい。私はそのときあなたのために、口ぞえしてうまくいいぬけられるよう、はからってあげよう」

「いろいろ教えていただき、感謝いたします」

差撥は銀子と書状を持ち、独房から出ていった。

林冲は溜息《ためいき》をついて見送る。

——地獄の沙汰《さた》も金しだいというが、おそろしいところだ——

差撥は管営に銀子五両と書状二通をさしだし、五両はわが懐にいれた。彼は林冲について詳しく報告した。

「林冲は好漢であります。柴大官人の添え状もあり、本来さほどの罪はないのですが、高太尉にはかられて、流されてきたのです」

管営はいった。

「柴大官人の添書があるのか。それなら保護してやらねばならぬ」

林冲は独房で前途の多難を思い、沈みこんでいたが、獄卒に突然呼ばれた。

「管営殿が、お前を訊問《じんもん》なさるのじゃ。外へ出ろ」

林冲は管営のいる庁舎へ出頭した。管営は林冲を睨《にら》みすえていった。

「貴様がこんどきた罪人か」

管営は林冲に告げた。

「太祖武徳皇帝のさだめられた旧制により、新人の流人には、殺威棒の百たたきをおこなうのだ」

管営は部下たちに命じた。

「こやつを取りおさえろ」

林冲は哀願した。

「私は東京からの道中でかぜをひき、まだ治っていません。しばらくのあいだご猶予をお願いいたします」

獄卒がいった。

「この者は病者にちがいありません。憐《あわ》れみをおかけ下さいませ」

「病気なら、百たたきはしばらく勘弁してやる。病いが治ってのちに、仕置をしよう」

差撥がすかさず進言する。

「天王堂の看守が、任期をすでに過ぎております。林冲と交替させてはいかがでしょうか」

進言はただちにとりあげられた。差撥は林冲を連れ、独房から荷物をとってこさせ　天王堂へ出向いて前任者と交替させた。

差撥はいう。

「林教頭殿、私は充分に尽してやったんだ。天王堂の看守は、牢城《ろうじょう》では第一の楽な仕事だよ。朝晩焼香をして、境内を掃くだけだ。ほかの囚人たちは、朝から晩までせきたてられてはたらき、それでも許してもらえない始末だ。袖《そで》の下をなんにも出せねえ者は、もっとひどい目にあうよ。土牢《つちろう》に入れられて、生を求めて生きられず、死を求めて死なれずという憂目を見ることになる」

「私の面倒を見ていただき、まことにありがとうございます」

林冲はまた二、三両を差撥に渡し、頼んだ。

「お情を掛けていただけるなら、この首枷《くびかせ》もはずしていただきたいのですが」

差撥は金しだいで自由に動かせた。

「おやすい御用だ。管営殿に頼んできてやろう」

林冲は首枷をはずしてもらい、天王堂で自由に暮らせるようになった。

毎日線香をあげ、掃除をするだけの気楽な生活をするうち、たちまち四、五十日が過ぎた。管営、差撥は林冲から賄賂《わいろ》をもらっているので、日がたつほどに親しい間柄になり、彼を勝手にふるまわせ、拘束しない。

林冲は過去の不運を嘆くことなく、現在の平安を愉《たの》しもうとつとめた。両頬の刺青《いれずみ》も、鏡を見なければ忘れていられる。

秋もふかまった頃、柴大官人の使者が牢獄をおとずれ、冬の衣服のほか多くの贈物を届けてくれた。林冲は牢城のすべての囚人たちに、贈物を分け与えた。

ある日、林冲は昼前に牢城を出て町なかを散歩していたが、突然うしろから誰かに声をかけられた。

「林教頭、どうしてこんな所におられるのですか」

林冲はふりかえった。

声をかけたのは、東京《とうけい》（開封）にいたときいろいろと面倒をみてやった酒屋の小僧、李《り》小二《しょうに》であった。

彼は主家の金を盗み、捕えられ罪にとわれるところを林冲が詫《わ》びてやり、弁償金も払って助けてやった。小二は東京に身を置くところがなかったので、林冲が旅費をやり旅立たせてやったが、思いがけないところで出会ったのである。

林冲は問い返した。

「お前こそ、どうしてここにいるんだ」

李小二は低頭していった。

「恩人のあなたに助けていただいてから、身を寄せるところもないままに、あちこちを流れ歩いて滄州に参りました。ここにきて王という酒屋に奉公し、勤めにはげんだので、料理のつくりかたを覚え、吸物をつくるのが得意で客の評判がよく、店を順調にいとなめるようになりました。主人は自分の娘婿として私を迎えてくれました。いまは妻の両親もなくなり、私たち夫婦ではたらいています。牢城の前で酒屋をいとなんでいますが、客の家へ代金をうけとりにいった途中、恩人のあなたにたまたまお遇《あ》いしたのです。しかし、あなたはどうしてここにこられたのですか」

林冲はわが顔を指さしていった。

「儂《わし》は高太尉に憎まれ、冤罪《えんざい》を着せられ、この牢城へ流されてきた。いまは天王堂の看守をしているが、今後はどうなるか分らない。今日ここでお前に出会うとは思わなかったよ」

李小二は林冲をわが家に招き、妻を呼び挨拶《あいさつ》をさせる。

「私たち夫婦二人は親戚《しんせき》もなく、今日恩人のあなたがお越し下さったのは、天の与え給うたところであります」

「儂は罪人だから、お前たちに恥をかかせるのではないかと、心配だよ」

「あなたのご高名は、知らぬ者もおりません。お気遣いをなさらないで下さい。お着物などはうちへお持ちいただき、洗濯やつくろいをさせて下さい」

李夫婦は林冲に酒食をふるまい、夜になって天王堂へ送った。

李は翌日もまた林冲を迎えにきた。林冲はしばしば小二の店へおとずれ、小二も牢城へ足をはこび、弁当を食べさせた。

冬がきて、雪が降りつづき、街路はいてついた。通行人が路上に小便をすると、たちまち凍りつく。

林冲の綿服は、李小二の妻が洗濯し、縫いつくろうので、常に清潔である。

ある日、李小二の店に高位の軍官らしい身なりの男がきた。つづいて従者らしい男があらわれ、二人は食卓にむかいあって坐《すわ》った。

李小二が注文を聞くと、軍官は銀子一両を渡していった。

「いい酒があれば、三、四瓶《かめ》持ってきてくれ。客がくれば、つまみものや旨い肴《さかな》を適当に見つくろって出してくれ」

この町にはめずらしく気前のいい客である。李小二は聞いた。

「お客をお招きなさるのですか」

「そうだ。お前に手間をかけるが、むかいの牢城にいって、管営と差撥《さはつ》に話したいことがあるといって、呼んできてくれないか。彼らが事情を聞いても、店の客があなた方と相談したいことがあるので、すぐきていただきたいとだけ、いってもらいたい」

「分りました」

李小二は、軍官がよほど高位の身分であろうと察した。牢城の長官である管営を酒店に呼びだすのは、ただ者ではない。

李小二は牢城へ出向き、軍官にいわれた通りの口上を述べると、うるさく問いただされることもなく、管営が差撥を連れて彼の店へ出向いてきた。

管営は軍官に会うと、その服装で位階が分ったらしく、丁重にたずねた。

「いままでお目にかかった覚えがありませんが、どなたでしょうか」

軍官は懐中から一通の封書をとりだし、さしだす。

「この書面をご覧下されば、私の用件はすぐお分りになります。まずは酒をお召しあがり下さい」

李小二は急いで酒瓶の封を切り、つまみものや料理をさしだす。

軍官は李小二に命じた。

「こんな杯ではだめだ。勧盤《かんばん》（大杯）ととりかえてくれ」

上座に坐った管営と差撥は、大杯を手に飲みはじめる。

李小二はひとりであわただしく立ちはたらく。軍官の従者は、湯樽《ゆだる》に酒瓶を浸し、自分で燗《かん》をする。

軍官が李小二にいった。

「これから要談をするので、しばらく傍らにこないでもらいたい」

李小二はうなずき、店の外へ出た。

李小二は表に妻を呼びだしていった。

「どうもあの二人は、怪しい奴らだ」

「どうしたの。なにが怪しいのよ」

「二人とも言葉は東京人の訛《なまり》だ。はじめは管営さまの顔も知らなかった様子だが、あとで俺が酒を運んでゆくと、差撥の口から高太尉という三文字が洩《も》れて聞えたんだ。あいつらはもしかすると、林教頭の身上に不幸をもたらすためにきたのじゃねえか。俺は店の前にいて様子を見ているから、お前は店の裏手にいて、あいつらが何を話しているか聞いてくれ」

「あんたが牢営《ろうえい》へいって、林冲さまをお呼びしてくればいいじゃないの」

「そんなことはできねえ。教頭は気の短いお方だ。気にくわなければ、殺人放火もしかねないよ。お呼びしてきて、もしあの軍官が陸虞候《りくぐこう》であったら、ただでは納まらない。騒ぎが起きれば、俺たちも連累者として罪に問われるぞ。だからお前が立聞きして、それからどうするか、相談しよう」

妻は納得して店の奥へ入り、しばらく立聞きしていたが、出てきて李小二に知らせた。

「あいつらは耳うちせんばかりの密談をしているから、なにをしゃべっているか分らないわ。ただ軍官が供の従者の懐から一分の金銀らしいものをとりだし、管営さまと差撥に渡していたわ。中身は金銀にちがいない。すこぶる慎重に扱っていたからね」

「それで、どうした」

「管営さまと差撥はそれを受けとったわ。差撥は、そのとき返事をしたの。すべて心得ています。うまく片づけてあげますとね」

「おだやかならねえ野郎たちだなあ」

夫婦が話しあっていると、座敷から吸物を持ってくるよう声がかかった。

管営は、軍官のさしだした書状を読み下していた。彼らはさらに半刻（一時間）ほど飲んだあと、まず軍官と従者が人目につかないよう店を出た。管営と差撥は間を置いて帰っていった。彼らはなるべく人に顔を知られないよう、身を屈して帰ってゆく。

彼らと入れちがいに林冲がはいってきた。

「小二、よくはやっているじゃないか」

李小二はあわてて彼を奥座敷へ導く。

「ちょっとおかけ下さい。ちょうどあなたのところへ出かけようとしたときに、怪しい奴らがやってきました」

「ほう、どんな奴らだ」

「いましがた、東京からきたという怪しい奴が、管営・差撥両方と長いあいだ話しあいました。そのとき、差撥が、高太尉という言葉を洩らしたんです」

林冲は眼を光らせた。

「そやつらの話は、聞きとれたか」

「女房が立聞きしたのですが、声が低くて聞きとれませんでした。密談がおわるとき、差撥が万事任せてくれ。うまくかたづけようといい、管営さまとともに、金を貰《もら》ったようです」

「東京からきたらしい男たちは、どんな奴らだ」

「軍官は小柄で、色白で髭《ひげ》がなく、年頃は三十過ぎに見えました。従者も小柄で、顔の赤黒い男です」

林冲は驚きを隠さなかった。

「その三十過ぎの男は、陸虞候にちがいない。あの卑劣な奴が、こんなところまで儂を追いかけてきて、殺すつもりか。出会ったときは、骨も肉も泥のように打ちつぶしてやる」

歯ぎしりをする林冲に、李小二はいう。

「用心なさらねばなりません。昔の諺《ことわざ》に、飯を食うときは、むせないよう、走るときは転ばないよう用心しろと申しますから」

林冲は身内に湧きたつ憤怒《ふんぬ》に駆りたてられ、李小二の店から出て、街の刀屋で短刀を買い、懐にひそめ、市街の表通りから路地裏へ、陸虞候の姿を探し歩いた。

李小二夫妻は両手に汗を握って、いまにも騒動がおこるのであろうかと気を揉《も》んでいたが、その夜は何事もおこらなかった。

林冲は翌朝、陽ののぼる頃には短刀を懐にして、滄州市街をくまなく探し歩く。だが、やはり陸虞候と出会えなかった。

彼は日没ののち、李小二の店をおとずれた。

「今日もまた、暮れてしまった。仇敵《きゅうてき》を見つけられなかったよ」

小二は、疲れはてた様子の林冲をねぎらう。

「恩人さま、それがなによりです。どうか、御身を大切になさって下さい」

林冲は天王堂に戻り、眠れない夜を過ごした。

彼は五日のあいだ捜索をつづけたが、陸虞候を発見できず、疲労がつのってきた。

六日めの朝、管営が林冲を呼びだしていった。

「お前も牢城にきて、大分日がたった。柴大官人から、お前の面倒を見るよう頼まれているが、まだとりたてて配慮をしていない。そこで思いついたのだが、東門を出て十五里ほど離れたところに大きな軍馬のまぐさ置場がある。お前をそこの番人にしてやろう」

林冲は管営の胸中を疑いつつ話を聞いた。

管営は林冲に、新たな仕事場の内情について話した。

「仕事といえば毎月まぐさを受けとるだけだが、これまでの慣例で、いくらかの銭を役得として取ることができるんだ。いまは年寄りの囚人が番人をつとめているが、その者とお前の仕事場をいれかえてやる。お前はそこで、銭をためこむがいい」

林冲は、管営の好意の裏にある本心がいかなるものか、想像をめぐらしつつ、牢城を出て李小二の家にゆき、夫婦に告げた。

「今日は管営が儂《わし》を軍馬のまぐさ置場の番人にしてやるといったが、どうもなにかたくらんでいるようだ」

李小二はいう。

「そりゃ、天王堂の番をしていなさるよりは、ずっといいですよ。あそこでは、まぐさを収納するとき、百姓たちに目こぼしをしてやれば、袖《そで》の下を取れます。あの仕事場につとめるためには、管営さまに賄賂《わいろ》を使わねばならなかったのです」

「儂を殺さずに、かえっていい仕事場にゆかせるのは、なぜだろう。おかしいとは思わないか」

「恩人さま、そのようにお疑いになることはありませんよ。ご無事でありさえすればいいのです。私の店からは遠くなりますが、ときどきおうかがいしましょう」

林冲は天王堂に戻り、荷物をまとめ、短刀を懐に入れ、手槍《てやり》を提げると管営に挨拶《あいさつ》をして、差撥《さはつ》とともに牢城を出た。

寒気はきびしく、空には雷雲が垂れこめ、北風が吹き荒れていた。歩きだしてまもなく粉雪が舞いはじめ、やがて大雪となった。

林冲たちは吹雪のなかを泳ぐように進み、酒屋も見あたらないままひたすら先を急いでまぐさ置場に着く。

まぐさ置場は土塀で囲まれ、両開き戸がついた大門をはいると、七つか八つの仕切りのある草葺《くさぶ》きの倉庫があった。そのなかには、まぐさがうずたかく積みかさねられている。

倉庫の奥手に二棟の草葺き小屋があり、なかでは老いた囚人が火にあたっていた。

差撥が告げた。

「管営さまのお指図で、これから林冲がここの番人になる。お前は天王堂の番人をつとめろ。すぐ引きつぎをするがいい」

老人は林冲に鍵《かぎ》を渡すまえに、倉庫へ案内した。

「倉庫は役人さまが封印をしている。まぐさにもひと山ずつ、番号をつけている」

老人はまぐさの数量を数え、林冲に鍵を渡し、荷物をまとめはじめた。

老人は出がけにいった。

「ここにある火鉢や鍋《なべ》、碗《わん》、皿はすべて貸してやるよ」

「ありがとう、天王堂には儂の道具があるから使ってくれ」

老人は、壁にかけた大瓢簞《ひょうたん》を指さす。

「酒を買いたけりゃ、ここを出て東の大路を二、三里ゆけば町があるさ」

林冲は老人と差撥が去ったあと、柴や炭を持ってきて囲炉裏にいれ、手をかざす。小屋は四隅が崩れかけていて、北風が吹きつけると揺れ動いた。

――これではとてもひと冬は過ごせないぞ。雪がやんだら、町から左官屋を連れてきて修理させねばならない――

彼は火にあたるが、風が吹きこみ、どこからともなく舞いこむ雪が首筋にあたる。寒気があまりにきびしいので、老人に教えられた東の町へ、酒を飲みにゆくことにした。

荷物のなかから幾らかの銀子をとりだし、手槍の柄に瓢簞をぶらさげ、囲炉裏に灰をか

ける と小屋を出た。

門扉に鍵をかけ、北風を背にうけて歩きだした林冲は、開封《かいほう》にいる妻の俤《おもかげ》を宙にえがきつつ進む。

半里ほどゆくと、道端に古い廟《びょう》があった。林冲はその前に立ちどまり、拝礼した。

「不運な私に、なにとぞご加護を賜わりますよう」

それからしばらくゆくと、人家のつらなっている村が見えた。

林冲は村のなかに歩み入り、酒屋の戸をたたく。主人が出てきた。

「この大雪に、どこからお越しで」

林冲は、手槍につけた瓢簞を見せる。

「これに見覚えがあるだろう」

「こりゃ、まぐさ置場の爺《じい》さんのものだ。あなたは、あそこの番人さんですかい。どうぞお入りなせえやし。よくおいでなすった」

主人は煮た牛肉一切れと、熱燗《あつかん》の酒一壺をさしだし、林冲にすすめた。

林冲は飲食をしたのち、二切れの牛肉を包ませ、瓢簞に酒をみたし、銀子を払って店を出た。

「手間をかけたな」

林冲は北風にむかい、飛雪を顔に受けつつ戻ってゆく。

まぐさ置場に着き、門をあけた林冲は、おどろきの声をあげた。彼の住居である二棟の小屋は、大雪に押しつぶされていた。

彼は火の始末をしなければならないと、雪をかきわけ、壁を破り、なかに這《は》いこんで手探りでたしかめると、火は雪をかぶって消えていた。

林冲は寝台の辺りをさがし、一枚のかけ布団をつかみだす。空は暗くなり、雪はなおはげしく降っている。

火をおこすところもなく、どうしたものかと考えるうち、酒屋へゆく途中にあった古い廟で、一夜を明かそうと思いついた。

——あそこに泊って、明日の朝になればどうするか算段すればいい——

林冲は布団をまいて抱え、瓢簞と牛肉をむすびつけた槍を手に、門に鍵をかけ外へ出た。風雪のなかを廟にたどりつき、門扉をしめ、傍らの大石をもたせかけて殿中にはいり、雪明りで内部の様子をあらためる。

殿上には金の甲《よろい》をつけた山神《さんしん》（虎）の塑像があった。両側には判官（馬、地獄の書記）と小鬼（牛、獄卒）が一体ずつひかえている。そのまわりには紙銭がうずたかく積まれていた。あたりには隣りあう家もなく、廟主らしい者の住む気配もない。

林冲は雪の降りしきる音だけが聞えるなか、槍と瓢簞を紙銭の山のうえに投げだし、まるめた布団をひろげ、氈笠《せんりゅう》をとる。体についた雪を払いおとし、白木綿の上衣をぬぐと濡《ぬ》れていたので、供物台のうえに置き、布団を引きよせ身を横たえた。

——今夜は寝支度ができたぞ——

林冲は瓢箪の酒をあおり、牛肉を食う。心地よく酔いに身を任せているとき、どこからかパチパチと物のはじけるような音が聞えてきた。

林冲がはね起きて壁の隙間から外をうかがうと、火光が見えた。外に駆け出てみると、まぐさ置場が燃えあがり、炎が天に沖している。

林冲は手槍を取り、門をあけて消火にかけつけようとした。そのとき、外で人の話し声が聞えた。

林冲が扉に身を寄せ、様子をうかがうと、三人の足音が聞えた。彼らは凍りついた地面を踏み、廟のなかへ入ってきて門扉を押した。石をもたせているので、幾度押しても門はあかない。

三人は廟の軒下に立ち、火事を眺めている様子である。そのうち一人がいった。

「この計略は、どんなものですか」

一人が答える。

「ほんとに管営、差撥ご両人のご尽力のおかげです。東京《とうけい》に帰れば、太尉に申しあげ、お二人を大官に推挙しましょう。林冲が死んだとなれば、張教頭も高衙内《こうがない》さまの懇望をうけいれないわけにはゆくまい」

林冲は胸をとどろかせつつ、立聞きをつづける。

はじめに話しかけたひとりがいう。

「林冲も、こんどのはかりごとにはうまくひっかかりましたね。高衙内さまも、ようやく胸中の鬱懐《うつかい》が消えるわけだ」

話し声はつづく。

「張教頭には縁者を通じ、林冲が死んだとどれほどいっても、まったく信用しない。だから衙内さまの恋わずらいは重くなるいっぽうだ。それで高太尉《こうたいい》が私たちを遠路滄州までつかわしたのだが、案外に事はうまく運んだなあ」

「私はまぐさ置場に十本ほども松明《たいまつ》を投げこみましたから、林冲は逃げようとしても火に包まれてどうしようもありません」

「あの火のいきおいでは、もはやたぶん焼け死んでしまっただろう」

「林冲がもし逃げられたとしても、失火の罪で死罪になるのはまちがいない」

「そろそろ帰るとするか」

「いましばらくいて、火が納まったのち、あいつの骨をいくつか拾って帰れば、高太尉と衙内さまへのみやげになる」

林冲は話しあっている一人が差撥、一人が陸虞候、いま一人が乾鳥頭《かんちょうとう》の富安《ふうあん》であると知った。

――儂は天佑《てんゆう》によって命が助かった。小屋が雪で潰《つぶ》れていなかったら、こいつらの奸計《かんけい》によって焼け死んでいただろう――

彼は愛する妻を舅《しゅうと》が守っていてくれることを知り、涙で頬を濡らした。

――儂はいままで国法に従い、冤罪《えんざい》を堪え忍んできたが、もはや奸物《かんぶつ》どものいうがままにはなっていられない。こののちは、わが武術を頼りに、魯智深のように自由に生きてゆこう――

彼は石をとりのぞき、手槍を片手に廟の扉を押しあけ、大喝した。

「畜生どもめ、これからどこへいくつもりだ」

三人はにわかにあらわれた林冲を見て、体がすくみ、足が動かない。林冲は槍を稲妻のように繰りだし、差撥の背から胸へ刺し貫いた。

富安は十歩ほどよろめき逃げるところを、林冲にひと突きにされ、絶叫を放ち息絶える。陸虞候は息をきらせ、「助けてくれ」とかすれ声で叫びつつ逃げようとするが、腰が抜けて、思うように走れない。

林冲は喚《わめ》いた。

「朋友の信義を忘れた畜生め、どこへゆく」

林冲は陸虞候の胸倉をとらえ、雪のうえに投げ倒す。

彼は槍《やり》を雪上に突き立て、陸虞候の胸に足を乗せ、懐中から短刀をとりだし突きつける。

林冲の顔は憤怒《ふんぬ》の色に隈《くま》どられていた。

林冲は憤怒をほとばしらせ、陸虞候を罵《ののし》る。

「奸賊め、儂《わし》は貴様と友誼《ゆうぎ》をかさね、なんの怨恨《えんこん》を抱かれるいわれもないのに、なぜここまでつけ狙い、殺そうとしたのか。罪を許すことができても、その非道は許せないぞ」

陸虞候は、必死に弁明する。

「自分でやりたくてしたことではない。高太尉の命令で、やむをえずしたんだ」

「儂と貴様は竹馬の友であった。いま儂を殺しにきて、そのようないいわけができると思うか。わが一刀をくらえ」

林冲は陸虞候の上衣を押しひらき、短刀をとりなおし、心臓めがけひとえぐりにした。陸虞候の眼、鼻、口、耳から血がほとばしり出た。林冲が胆《きも》をつかみだすうち、うしろで物音がした。ふりむくと、差撥《さはつ》が這《は》いつつよろめき起きあがり、逃げようとするところであった。

林冲は差撥を組み敷き、

「こいつも生かしておけば、悪事をかさねるばかりだ。これでもくらえ」

林冲の短刀がひらめき、差撥の首を押し切った。

林冲は富安と陸虞候の首をも切り落し三つの首級の髪をむすびあわせ、片手に提げて廟《びょう》に戻り、山神の前の供えものの台に置く。

彼は白木綿の上衣をつけ、帯をしめると氈笠をかぶり、瓢簞《ひょうたん》の冷酒を飲みつくして投げ捨てた。

林冲が東のほうへ四、五里ほどもゆくうち、村人たちが水桶《みずおけ》をさげ、消火に出向いてきた。

「お前たちは早く火を消してくれ。儂は役所へ注進にいってくる」

林冲は槍をかつぎ、足をはやめた。

雪ははげしく降りつづき、二刻《ふたとき》（四時間）ほど歩きつづけるうち、薄着の体はこごえかけてきた。雪中に足をとめ、辺りを見渡すと、まぐさ置場の火光は、はるか後方の闇を染めていた。

行手の疎林の奥に、数戸の草葺《くさぶ》きの民家があって、雪になかば埋もれていた。壁の隙間から灯火のあかりがかすかに洩《も》れている。

林冲が草屋の家にたどりつき、門を押しあけると、家内にはひとりの老人が、四、五人の若者に囲まれ、炉にむかっていた。

囲炉裏では、薪がいきおいよく燃えはじけている。凍えかけていた林冲はようやく生気をとりもどし、彼らの前に立ち、声をかけた。

「まことにすみませんが、雪で衣服が濡れたので、火で乾かしたいのです。私は牢城の使役をつとめる者です」

老人が答えた。

「私たちはかまいませんから、火に寄ってあったまって下さいよ」

林冲は雪に濡れた衣服を火で乾かし、ほぼ湿りけがとれたとき、炭火の傍らの灰に一個の瓶《かめ》がなかば埋められ、酒の香を放っているのに気づいた。

酒の好きな林冲は、思わず頼んだ。

「私は銀子《ぎんす》をいくらか持っていますが、その酒をいくらか分けていただけますか」

老人は銀子を見せられても、顔色を動かさない。

「儂らは毎晩交替で米蔵の番人をつとめているんだが、ちょうど四更《しこう》（午前二時頃）の時分になったいま頃が、いちばん冷えこみがきついのさ。だからこの酒は儂の身を温めるにも足りねえんだ。あきらめてくれよ」

林冲はかさねて頼む。

「それなら二、三杯でも寒さしのぎに頂戴《ちょうだい》できませんか」

老人はすげなくことわる。

「そんなにしつこくいわねえでくれ」

林冲は鼻さきにまつわる酒の香に、我慢できなくなっていった。

「それじゃ、すこしなめさせて下さい」

炉のまわりを囲んだ百姓たちは、怒声を放った。

「手前は、俺たちが親切に着物をあぶらせてやったのをいいことにして、酒を飲みたいとは、つけあがるのもほどほどにしろ。とっととうせるがいい。ぐずついていると殺してやらあ」

林冲は怒声をあげた。

「わけのわからない奴らだな」

彼は槍をとり、燃えている柴を老人の顔をめがけ、はねあげると、囲炉裏のなかをかきまわす。

老人の髭《ひげ》に火がついて燃え、百姓たちはおどろき跳びおきた。林冲は槍の柄で彼らを乱打した。

老人はすばやく屋外に逃れたが、百姓たちは動くこともできず、林冲にしたたかに打たれ、ようやく隙を見つけて逃げ走る。

林冲は辺りを見まわし、人影が消えたのをたしかめ、オンドルの上に置かれている椰子《やし》の実でこしらえた柄杓《ひしやく》をとり、瓶の酒をすくいひとくちに飲む。

したたかに酩酊《めいてい》した林冲は、瓶の酒をなかば残し、草屋を出た。一歩は高く、一歩は低く、よろめき歩き、足取りがさだまらない。一里も歩かないうちに北風に吹きたてられ、谷川の岸辺によろめき倒れ、どのようにもがいても立ちあがれなくなった。

林冲に追いはらわれた百姓たちは仲間を呼び集め、二十余人で槍、棒を担ぎ、草葺き小屋へ押し寄せたが、誰もいなかった。彼らは雪中の足跡をたどり、あとを追うと、雪のなかに林冲が倒れているのを発見した。手槍は傍らに投げだされている。

百姓たちは林冲を押えつけ、縄で縛りあげ、五更（午前四時頃）の時分に、大きな屋敷前まで曳《ひ》きずっていった。

ひとりの下男が門内から出てきて、百姓たちに告げた。

「大官人さまはまだ起きておられない。お前たちはこいつを楼内の梁《はり》へ吊《つ》りさげておけ」

やがて酔いがさめた林冲が、辺りを見まわすと、宏大《こうだい》な大邸宅である。

彼は吊された体が痛むので、大声で喚いた。

「誰が儂をこのような目にあわせたんだ」

その声を聞いた百姓たちは、棍棒《こんぼう》を手に門番部屋から走り出てきて罵った。

「こいつが、また横柄な口をたたきやがる」

髭を焼かれた老人が、百姓たちにいう。

「こいつが何をいっても放っておけ。ただ思うさまぶん殴ってやりゃいいんだ。大官人さまが起きてきなすったら、こいつを取調べて役所へ連れていくだけさ」

百姓たちは林冲のまわりにむらがり、棍棒をふるって打つ。

林冲は打たれても身動きもできないまま、大声で叫ぶ。

「乱暴はやめろ。儂のいいぶんを聞いてくれ」

騒がしくいさかいの声が高まるなか、下男が走ってきて叫んだ。

「静かにしろ、大官人さまのおでましだ」

林冲が朦朧《もうろう》とかすんだ眼差《まなざ》しをむけると、ひとりの官人が両手をうしろに組み、廊下に立っていた。

「お前たちは、なぜその男を打つのだ」

百姓たちは答えた。

「昨夜捕えた米盗人《ぬすっと》でごぜえやすよ」

官人は歩み寄り、林冲を見ておどろきの声をあげた。

「林教頭殿ではありませんか」

林冲はかすむ眼で見なおすと、官人は柴進であった。

「なんだ、儂はあなたの屋敷へ曳かれてきたのか」

柴進は百姓たちを叱りつけ、自ら林冲のいましめを解いた。百姓たちは林冲が柴進の知己であると知って、あわてて逃げ去った。柴進はたずねた。

「あなたはどうしてこのような目にあわれたのですか」

林冲は答えた。

「そのわけは、一言ではいえません」

二人は奥座敷へ入り、林冲がまぐさ置場の火事以来の一件を詳しく柴進に告げた。

「教頭はまことに不運な方ですね。今日は天の助けというべきでしょう。今後のことは私に任せて下さい。この屋敷は私の東の別荘ですが、ここにしばらく滞在していただき、善後策を考えましょう」

柴進は林冲の汚れた衣服をすべて新品と取りかえさせ、煖閣《だんかく》（オンドル部屋）へ招いて酒食で接待した。林冲はここで五、六日を過ごした。

滄州《そうしゅう》の牢城《ろうじょう》では、管営が州尹《しゅういん》（知事）に訴え出た。

「林冲が差撥《さはつ》と陸虞候、富安を殺害し、軍馬のまぐさ置場に火を放ち焼きつくしました」

州尹はおおいにおどろき、ただちに公文書を発し、捕方役人たちを四方の街道に派遣した。村々の店屋、寺院の壁に、林冲の似顔絵を貼りだし、彼を捕えた者には三千貫の賞金を出すと公示する。

追及は日ごとにきびしくなり、諸所で林冲の噂が交されるようになった。

林冲はこのような情況を耳にして、もし柴進に迷惑をかけるようなことになってはいけないと、針の筵《むしろ》に坐《すわ》るような思いであった。

彼は柴進が本邸から別荘へ来るのを待っていった。

「役人の追捕は、日ましにきびしくおこなわれているようで、どの村でも一軒ずつ捜索しているとのことです。もし役人がここへくれば、大官人にご迷惑をおかけすることになるので、心配しています。すでに大官人にはさまざまの恩義をこうむり、申しかねることですが、いくらかの路銀を拝借したいと存じます。もし他国で生きのびることができれば、後日大官人に犬馬の労をつくしご恩返しをいたします」

柴進はしばらく考えたのち、答えた。

「あなたがここを立ち去られたいのであれば、身を隠されるところをお教えしましょう。私が手紙を書きますから、お持ち下さい」

「大官人のおかげで、私は安心立命の地を得られます。めざすところはどこでしょう」

柴進は答えた。

「それは山東済州《さんとうさいしゅう》管下の水郷で、梁山泊《りょうざんぱく》という土地です。四方が八百余里、そのまんなかに宛子城《えんしじょう》と蓼児洼《りょうじわ》という集落があります。いま三人の好漢がそこに砦《とりで》を構えています」

柴進はいう。

「好漢の筆頭には白衣秀士《はくいしゅうし》の王倫《おうりん》、ついで摸着天《もちゃくてん》の杜遷《とせん》、雲裏金剛《うんりこんごう》の宋万《そうまん》です。この三人が七、八百の子分を集め、強盗をはたらき、思うがままの暮らしを送っているので、大罪を犯し、行き場のない者が梁山泊に逃げこみ、難を避けています。三人の好漢は私と親交があり、文通もしています。私が手紙を書きますので、それを持って彼らのもとへ赴かれてはどうですか」

「そのようにお取りはからい下されば、助かります」

「梁山泊へゆく途中、滄州街道の出口に、州尹の発した高札が立てられ、二人の軍官が往来する人々を捜検《そうけん》しています。彼らが済州への出口を塞《ふさ》いでいるので、あなたもそこを通らねばなりません」

柴進はしばらく考えをめぐらしていたが、やがて思いついたようにいった。

「私にいい考えがあります。あなたをうまく送りだしてあげましょう」

林冲は死中に活を得た思いでいった。

「御恩は死んでも忘れません」

その日、柴進は下男に、林冲の荷物を背負い先行して関所を通り抜けるよう命じた。

下男が出発してしばらくたって、柴進は三十頭の馬に弓矢、旗、槍《やり》を持つ男たちをまたがらせ、鷹《たか》をすえ、犬を牽《ひ》かせ、猟に出かけるふりをして関所へむかった。

一行のなかには林冲がまぎれこんでいる。関所に着いてみると、見張りの軍官は柴進と旧知の男であった。彼は以前、柴進の屋敷をたずねたことがあった。

彼は柴進を見ると、椅子から立ちあがってたずねた。

「大官人、またおたのしみにおでかけですか」

柴進は下馬してたずねた。

「お二人は、どうしてここにおられるのですか」

軍官は答える。

「私たちは滄州府尹さまの公文書をうけ、人相書を高札に貼りだし、林冲を捕えるためにここへ派遣されてきたのです。関所を通る商人たちを、いちいち訊問《じんもん》して通しています」

柴進は笑っていう。

「私たち一行のなかに、林冲がまぎれこんでいますよ。それがなぜ分らないのですか」

軍官は柴進が冗談をいったのだと思い、笑声をたてた。

「大官人は法度をよく知っておられる。そんなまねをなさる方ではない。さあ、ご乗馬下さい」

柴進は軍官に、笑顔で告げた。

「それほど私を信じて下さるとはありがたい。帰りがけに、狩りの獲物を置いていきましょう」

柴進一行は、何事もなく関所を通過した。十四、五里ほど先で、林冲の荷を運んだ下男が待っていた。

林冲は下馬して狩装束を平服と着がえる。彼は腰刀を横たえ、紅房のついた氈笠《せんりゆう》をかぶり、荷を背負って朴刀《ぼくとう》を持ち、別れを告げた。柴進たちは手を振って見送る。

林冲はその後、十余日の旅をつづけた。冬も末に近く、雪雲が空に垂れこめ、粉雪が舞いはじめたと見るうち、たちまち目路を閉して大雪が降る。

辺りは見渡すかぎり、銀細工のような景色である。林冲は腰を没する雪のなかをひたすら歩きつづける。日が暮れかけると寒気はつのるばかりである。辺りが暗くなりかけた頃、川に沿い、湖を背にした一軒の酒屋が酒ばやしを風にゆらめかせているのが見えた。

林冲が酒旗を見て足をはやめ、肩で葦《あし》の簾《すだれ》を押し分けて店内へ入ってみると、客はひとりもいなかった。

彼は席に腰をおろし、笠《かさ》をはずす。奥から給仕が出てきた。

「お酒をどれほどお持ちしましょうかね」

「二角（一升）だ。肴《さかな》はなにがある」

「煮込んだ牛肉、家鴨、若鶏があります」

「煮た牛肉を、二斤持ってきてくれ」

給仕は山盛りの牛肉と野菜を盛りつけた皿を運んできた。

林冲は肉を食い、三、四杯の酒を飲む。店の奥から手をうしろに組んだ男があらわれ、簾越しに雪を眺めつつ、給仕に聞く。

「酒を飲んでいる奴は、どんな客だ」

男は、庇《ひさし》の深い冬帽子を目深にかぶり貂《てん》の毛皮の外套《がいとう》を羽織って、鹿皮の長靴をはき、いなかには稀《まれ》な贅沢《ぜいたく》をきわめた身なりである。

背は林冲に劣らないほど高く、頰骨の張った容貌《ようぼう》は、人を威圧するに充分な凄《すご》みをそなえている。ゆたかな髯《ひげ》をたくわえた男は、簾越しに街道に降りしきる雪を眺めていた。

林冲は男を気にせず、給仕に酌をさせ酒を飲み、給仕にも一碗《わん》を飲ませてやり、たずねた。

「ここから梁山泊までの道程はどれほどだ」

「お客さんは梁山泊へいらっしゃるんですか。それならここからひと足ですよ。ただ水路しかありませんや。舟を雇わないとゆけない所です」

「それなら舟を雇いたい。お前が雇ってきてくれないか」

給仕はいった。

「この大雪の夜中に、動いてくれる舟はありませんよ」

林冲は、どうすればいいかと思案しつつ、幾碗かの酒を飲みほした。

さまざま悩んでいるうちに、昔のことを思いだす。

「儂《わし》は東京《とうけい》で教頭をつとめていたとき、毎日市中を遊び歩き、酒杯をあげたものだ。いまは高俅の奸策《かんさく》に陥り、顔に刺青《いれずみ》を入れられ、僻地《へきち》に追いやられた。家に帰ることもできず、国を頼ることもできない。こんな寂しい思いをすることになろうとは、考えてもみなかったが」

林冲は胸中の感傷をおさえがたいまま、給仕に命じた。

「筆と硯《すずり》を貸してくれ」

彼は筆をとると酒興にまかせ、白壁につぎのような八句の詩を記した。

義に依《よ》るはこれ林冲

ひとなりもっとも朴忠《ぼくちゅう》
江湖《こうこ》に誉望《よぼう》を馳《は》せ
京国《けいこく》に英雄をあらわす
身世浮梗《しんせいふこう》（流浪）を悲しみ
功名転蓬《てんぽう》（風に散る草の実）に類す
他年もし志を得ば
威もて泰山の東を鎮めん
林冲が筆をおき、また酒杯を手にしていると、店先で雪を眺めていた壮漢が傍に歩み寄って、彼の腰のあたりをつかんでいった。
「おぬしは大胆な奴だ。滄州で大罪を犯し、こんなところで酒を飲んでいるのか。州尹《しゅういん》は三千貫の大金を褒美として、おぬしを引っ捕えさせようとしている。これから、どうするつもりだ」
林冲は聞いた。
「儂を誰だと思っているんだ」
男は即座に答えた。
「豹子頭《ひょうしとう》の林冲にきまっているではないか」
「なにをいう、儂の姓は張だ」
男は大笑していった。

「いいかげんなことをいうな。いま壁に書いた詩句に、わが名を記しているじゃないか。それに顔の刺青は何だ。それでも、いつわりを通せると思うのか」

「貴様は儂を捕えるつもりか」

男はまた笑った。

「おぬしを捕えて、金を儲《もう》ける気はないさ。奥で話しあおうじゃないか」

林冲は男に誘われるままに、奥の部屋へ入った。給仕が燭台《しょくだい》を持ってくる。

男は食卓をはさみむかいあうと、さきほどまでの粗暴な物腰とはうらはらに、丁重な態度でたずねた。

「さきほどから、あなたは給仕に梁山泊への道筋を聞かれ、舟を雇おうとしておられましたが、山賊の巣窟《そうくつ》である土地へゆかれ、どうなさるおつもりですか」

「内実をうちあければ、貴公がお察しの通り、儂は役人に追われ、ゆくところもない科人《とがにん》だ。これから山賊の砦《とりで》へ出向き、好漢たちの仲間に加えてもらおうと思っているんだ」

男は林冲にするどい眼差《まなざ》しをむける。

「なるほど事情は分りました。しかし、梁山泊へゆくのは、誰かの手引か紹介があってのことでしょう」

林冲はためらったが、口数すくなく答える。

「滄州横海郡のふるい友達にすすめられたのでね」

男はいきなりいった。

「小旋風《しょうせんぷう》の柴進殿ではありませんか」

「うむ、しかし貴公はなぜそれを存じておられる」

「梁山泊の一の親分王倫と柴大官人は、義兄弟のような仲で、便りを交しお互いの消息を知らせあっていなさるんですよ。むかし、王倫親分が挙人の試験に落第して、二の親分の杜遷と諸国を流れ歩いていなさった。その頃二人で柴進殿のお屋敷で長い年月養われ、ふたたび旅に出るときたくさんの路銀を頂戴《ちょうだい》したんでさ。その恩義をいまだに忘れちゃいねえんですよ」

林冲は男が王倫の一味であると分ったので、態度をあらため、拝礼して挨拶《あいさつ》をした。

「貴公が王倫殿のお仲間とは知らず、失礼申しあげました。ご尊名を承りたい」

男もいんぎんに答える。

「私は王頭領のもとで、偵察の任に当っている、姓を朱《しゅ》、名を貴《き》という者で、生国は沂州《ぎしゅう》の沂水県《ぎすいけん》です。仲間うちの渾名《あだな》は、旱地《かんち》忽律《こつりつ》（日照りの土地を歩きまわる悪獣）です。私はこの居酒屋の主人ですが、それは世間の眼をたばかるためです。私の役目は、街道を往来する旅人を物色し、金を持っていそうな者を見つけると、山寨《さんさい》へ報告することですよ。貧しげなひとり旅の者は見逃してやりますが、裕福そうな者があらわれるとかたづけてしまいます」

「どのようにかたづけるのですか」

「痺《しび》れ薬を飲ませ、始末してしまうこともあるし、いきなり斬り殺し、赤身の肉は塩漬にして、脂身は煮て脂をしぼって灯油に使います」

林冲は、さきほど食った牛肉というのも人肉であろうと気づいた。

朱貴はうちあけた。

「実は、あなたがこの店へこられたとき、酒に痺れ薬を入れるつもりでしたが、うちの小僧に梁山泊へゆく道筋をしきりに尋ねておられるのを聞き、様子を見ることにしたのです。あなたが壁に記された八句の詩を見て、やはり天下の豪傑であったかとおどろきました。あなたは柴大官人の推薦状を持っておられ、海内《かいだい》に名の聞えたお方ですから、王頭領はきっと重用なさることと思います」

二人は夜半まで酒を汲《く》みかわし大酔熟睡した。

翌朝早く、朱貴が林冲を起し、顔を洗わせたのち、また酒肴《しゅこう》をふるまった。林冲が四、五杯の酒を飲みよく酔った頃、朱貴は窓をあけ、弓に響箭《きょうぜん》（鏑矢《かぶらや》）をつがえ、まだほの暗い空に放った。

酒屋の外の湖畔には枯葦《かれあし》が茂っていたが、笛の音のような響きをたて響箭が飛ぶと、水鳥がざわめき立った。

「なぜ矢を射られたのですか」

林冲が聞くと、朱貴が笑みを浮かべた。

「仲間に合図をしたのですよ。まもなく迎えの舟がきます」

二人が待つうち、湖の対岸から舟があらわれ、四、五人の男が漕《こ》ぎたて、矢のようにこちらにむかってきた。

　朱貴は林冲をともない、迎えの舟に乗る。

「この向いが金沙灘《きんさたん》といって、梁山泊の入口ですよ」

　金沙灘に下り立った林冲は、辺りの凄《すさ》まじい眺めに、胆《きも》も凍る思いであった。

　周囲八百余里の湖中にある要害には、殺気をみなぎらせた面構えの山賊たちがいて、林冲を迎える。

「濠辺《こうへん》の鹿角《ろくかく》（さかもぎ）はともに骸骨《がいこつ》をもってあつめなし、寨内《さいない》の碗瓢《わんぴょう》はことごとく髑《こ》髏《ろ》を使ってつくりなす。人皮を剝《は》ぎ下して戦鼓にこうむらせ、頭髪を截《き》りきたって繮縄《きょうじょう》をつくる」

　という詩句の通りの眺めである。

　砦《とりで》の柵《さく》は人骨でつくられ、食器、酒盃《しゅはい》は頭《ず》蓋骨《がいこつ》である。戦鼓の皮は人皮で、舟をつなぐ縄は頭髪で編まれていた。

　林冲は朱貴に案内され、山道を登ってゆく。山には大木が生い茂り、中腹に断金亭という古びた亭《ちん》がある。

　さらに登ってゆくと、大きな関門があらわれた。門前には槍《やり》、刀、剣、戟《ほこ》、弓、弩《いしゆみ》、戈《かぎほこ》、矛《ほこ》が置き並べられている。そのまわりに擂木《らいぼく》（投げ材木）、炮石《ほうせき》（投げ石）が積みかさねられていた。

　手下のひとりが、林冲の来着を知らせるため、さきに走った。

関門のうちに入ると、道の両側には旗差物が立てつらねられている。さらに二つの関門を通りすぎて、ようやく山寨があらわれた。

林冲がうしろをふりかえると、三つの関門が聳《そび》えたち、四、五百丈はあると見える鏡のような平坦地《へいたんち》を囲んでいた。

山を背にした正門の両側は、門長屋であった。朱貴は林冲を聚義庁《しゅうぎちょう》と呼ぶ本陣へ連れてゆく。

聚義庁の広間では、正面の床几《しょうぎ》に腰をおろしている好漢が白衣秀士の王倫、左方の床几についているのが摸着天《もちゃくてん》の杜遷《とせん》、右にいるのが雲裏《うんり》金剛の宋万である。

林冲は朱貴に従い、彼らの前に進み出た。

朱貴が紹介した。

「このお方は東京《とうけい》八十万禁軍の教頭で、姓は林、名は冲、渾名《あだな》は豹子頭《ひょうしとう》。高太尉に冤罪《えんざい》を着せられ滄州へ流されましたが、高太尉のつかわした三人の者に危うく殺されるところ、かえって彼らを殺し、柴大官人のところへ逃れられました。大官人は歓待されましたが、役人どもがうるさく辺りを嗅《か》ぎまわるので、手紙を書かれ、林冲殿をわれらの仲間に推薦なさいました」

王倫は、まず林冲から書状をうけとり、ゆっくりと読みくだした。

「これは天下の豪傑がお越しなされたか。どうぞその床几にお掛け下さい」

林冲は、王倫、杜遷、宋万に次ぐ第四の床几に腰を下した。朱貴は第五の床几に坐《すわ》り、新来の客に丁重な扱いである。

王倫はたずねた。

「柴大官人殿は、おかわりなく過ごしておられますか」

「原野で狩倉《かりくら》を楽しむ、自適の日を過ごしておられます」

王倫は林冲と酒をくみかわし、その身上を尋ねるうちに、林冲に自分の立場を危うくされるのではないかと、不安になった。

――俺は科挙の試験に落第した貧書生だった。世間の仕組みに腹を立て、杜遷といっしょに梁山泊《りょうざんぱく》にきて、あとから宋万も加わり、これほど大勢の人馬を集め、徒党を組み、強盗をはたらいている。しかし、俺は武芸の腕が立つわけではない。杜遷や宋万にしても、いなか武芸者だ。林冲が仲間になれば、俺たちが腕くらべをしたところで、とても歯が立たない。こいつは、わが力量をたのんで、そのうちのさばってきやがるだろう。いまのうちに、なにか理由をつけ、追いだすのが良策だ。しかし、柴大官人の顔をつぶすことになるのが問題だが、いまはそんなことをいってはいられない――

王倫は杜遷、宋万のほか、主立った手下を集め、林冲歓迎の酒宴をひらいた。宴が終ろうとするとき、王倫は手下を呼び、五十両の白銀と二匹の繻子《しゅす》の反物を持ってこさせた。

王倫は立ちあがり、林冲にいった。

「柴大官人から、教頭をこの寨にお迎えせよとのご推薦をいただきましたが、ここは糧食もすくなく、ご覧の通りのあばら家で、人手も足りません。後日あなたのためにならない事になってはいけないと思います。それでこれは些少《さしょう》の志ですがご笑納いただき、いずれかの大寨を頼られ、身を安んじられますよう。あしからず」

林冲は一座を見まわし、立ちあがった。

「同座の方々には、私の言うところに耳をかして下されたい。私が遠方からあなたがたを頼ってきたのは、柴大官人殿のお顔をたのみにしていただめです。この林冲は非才ですが、どうかお仲間の末席を与えて下さい。一命をなげうってはたらきます。これは口先だけでへつらうのではなく、本心であります。路銀を頂戴するためにきたのではありません。頭領方には、私の微意をご高察願いたいのです」

王倫は、林冲の頼みを聞き流そうとした。

「この小寨は、あなたの安居の場所ではありません。あしからずご了解下さい」

朱貴が、王倫の無情な仕打ちを諫《いさ》めようとした。

「兄貴に対して、いらぬ口をさしはさむことかも知れねえが、この寨に糧食がすくねえといったって、あちこちの村や町から借りてくりゃいいことだ。山や水辺にはいっぱい木が生い茂っているから、千間《せんげん》の家を建てることだってできらあ。教頭は、柴大官人が推薦しなすったんだ。どうして他所へやれるんですかい。俺たちゃ柴大官人には恩があるんだ。後日、この人を寨に入れなかったってことが聞えたら、機嫌をそこねることになるよ。それに、この人は武芸の達人だから、かならず役に立ってくれるさ」

杜遷も、朱貴の意見に同調した。

「この人ひとりを寨に入れるだけで、なにをいい争うことがあるんだ。もし追っ払ったら、俺たちは柴大官人から受けた恩に背くことになって、恩知らずだといわれるぜ。昔はずいぶんお世話になっていながら、そんなことはできねえよ」

宋万も口添えをする。

「やっぱり柴大官人の顔は立てねばいけねえだろう。この人に頭領のひとりになってもらったっていいじゃねえか。俺は義俠心《ぎきょうしん》のないふるまいをして、天下の好漢たちの笑いものになるのは嫌だ」

王倫は兄弟分たちの意見をつめたくさえぎり、林冲をはばかることなくいった。

「お前たちのいいぶんは分ったよ。しかしこの人は、滄州で極刑に値いする罪を犯してきた。ここをたずねてきてくれたのは嬉《うれ》しいが、まだ腹の底まで分っているわけではない。もし、俺たちの内状を探りにきたのなら、一大事だ」

林冲は憤然とした。

「私は死罪になるのを逃れるため、あなた方の仲間に入れてほしいのです。役人の手先などになれるものですか」

「うむ、貴公が俺たちの仲間になりたいのなら、投名状を見せてほしいものだ」

投名状とは、仲間になるための宣誓書である。林冲は承知した。

「筆と紙を貸して下さい。すぐ書きましょう」

朱貴が笑った。

「教頭殿、俺たちのあいだでは、投名状というのは書きものではねえんでさ。山を下りて街道を通る者一人を殺し、その首を王倫兄哥《あにい》にさしあげることですよ。そうすりゃ仲間を裏切る懸念がなくなって、信用できるんです」

「では、それをやりましょう。これから山を下りますが、冬の街道に人通りはあるでしょうか」

王倫はいった。

「投名状をさしだすのは、三日後でよい。そのあいだに、街道を人が通らなければどうにもならない。だから三日の余裕を与えることにしよう。そのあいだに獲物を手に入れられないときはやむを得ない。この砦《とりで》を出ていってもらうよりほかはあるまい」

林冲は自室にひきとったが、心中は鬱々《うつうつ》としている。

愁懐《しゅうかい》鬱々として、開きがたきを苦しむ
恨むべし王倫のはなはだ乖《かい》（離れる）を弄《ろう》するを
明日早く山路をたずねゆかん
知らず誰か頭を送りくる

という詩句の通りの心境であった。

酒宴のあと、朱貴は下山して居酒屋に戻っていった。日没ののち、林冲は刀、荷を持ち、客屋敷で仮眠をとった。

翌朝、手下ひとりに供をさせ、山を下りた。

舟で対岸に渡り、旅人が通るのを街道の傍で待ちかまえる。

だが夕方まで待ったのに、旅人がひとりも通らない。林冲は嘆いた。

「儂《わし》は不運だ。明日は誰かが通るだろうか」

林冲がむなしく山寨に帰ると王倫がたずねた。

「投名状の首尾は、いかがでしたか」

「今日は街道を通りかかる者が、ひとりもいませんでした」

「ほう、明日も投名状が手に入らなければ、ここにご逗留《とうりゅう》いただけるか、危うくなってきますね」

林冲は悶々《もんもん》と一夜を過ごし、翌朝天明とともに山を下りた。

ついてきた手下がいった。

「今日は南の道で待ち伏せてみやしょう」

二人は林中で待ち伏せるが、あいかわらずひとりの旅人もあらわれない。

昼に近い頃、騒がしい人馬の物音が聞え、土埃《つちぼこり》があがり、隊商がやってきた。総勢三百余人で、槍《やり》、弩《いしゆみ》で武装している。

「これはどうすることもできないぞ。うっかり手を出せば、体を蜂の巣のようにされてしまうだろう」

林冲は歯がみをしつつ、見送る。

隊商が通りすぎていったのち、日没まで旅人の姿は絶えてなかった。林冲は思わず手下に愚痴をこぼした。

「儂はまったく運に見放されているぞ。二日も待って、ひとりも旅人を捕えられぬとはな」

手下がいう。

「教頭殿、苦にすることはありませんや。明日もう一日あるじゃないですか。明日は東の道で待ち伏せてみましょうぜ」

山寨《さんさい》に帰ると、王倫が冷たい笑みを見せていった。

「明日投名状を手にできなけりゃ、ここにはおられません。そのつもりでいて下さい。もう私に面会なされず、どこへでもお立ち下さい」

林冲はその夜、わが身の不運を歎《なげ》き、夜も眠れなかった。

「すべては高俅《こうきゅう》の悪謀のおかげで、こんなに苦しまねばならない。天地に身をいれる場所もなくなったとは、思いもしなかった不運だ」

三日めの朝、林冲は手下のいう通り東の道へいってみた。

林冲は梁山泊を立ち去る覚悟をきめていたが、手下とともに山麓《さんろく》の東の道へ出向き、待ち伏せる。昼頃まで、誰ひとり通らなかった。

雪がやみ、陽が眩《まぶ》しく照ってきた。林冲は手下にいった。

「今日も人はおろか、犬さえ通らぬ。やはりどこかへいかねば仕方がないだろう」

林冲は日の暮れるまえに山寨から行李《こうり》を取ってきて、ふたたび放浪の旅に出ようと考えていた。

そのとき手下が叫んだ。

「好《ハオ》、ひとりきやしたぜ」

林冲はこおどりした。

「ありがたい。これで助かったぞ」

はるかな坂道を、胡麻粒《ごまつぶ》のような人影がこちらへむかってくる。

林冲は待ちかまえ、相手が近づいてきたとき、地を蹴《け》って跳びだした。旅の男はあっと叫び、担いでいた荷物を投げだし、身をひるがえし走り去った。

林冲はあとを追ったが、男の足どりは疾風のように早く、ついに取り逃がした。

「儂は運に見放されているようだ。三日も待って、ようやくひとりきたのを逃がしてしまった」

手下はなぐさめる。

「殺せなかったが、この荷物が首のかわりになりやすよ」

「そうだな。お前はこの荷を持って、先に寨へ帰ってくれ。儂はしばらく待つことにするよ」

手下は荷を背負い、林を出て帰っていった。間を置かず、林冲は遠方の坂道にあらたな人影を認めた。

「これこそ天のたまものだ」

林冲は朴刀《ぼくとう》を構え、旅人の近づくのを待った。旅人は林冲にまさるとも劣らない大柄な壮漢であった。

その男は、林冲が木蔭《こかげ》からあらわれるのを見て、雷のような大音声で一喝した。

「死にぞこないの盗人め。俺の行李と金をどこへ持っていきやがった」

頭に范陽《はんよう》の氈笠《せんりゅう》をいただき、そのうえに朱総を垂らし、白緞子《しろどんす》の征衫《せいさん》（旅衣裳《いしょう》）に縦筋の帯を締めている。

足には青と白の縞《しま》の脚絆《きゃはん》を巻き、ズボンの裾《すそ》をくくり、鹿皮の靴下に牛皮の長靴。帯に腰刀を差し、朴刀をひっさげていた。

身の丈は七尺五、六寸（一寸は一尺の一〇分の一、一尺は約三一センチ）、顔に大きな青あざがあり、顎《あご》にはまばらな赤鬚《あかひげ》をたくわえている。

男は氈笠を背中にはねのけ、朴刀を構える。林冲は、男に行李と金の行方《ゆくえ》を聞かれても、なんのことか分らないまま気を焦らせ、両眼に殺気をみなぎらせ、虎鬚をさかだて、朴刀をふるい、斬りかかった。

このとき雪がやみ、晴れあがって青空があらわれた。二人は谷間の氷を踏み、一進一退して刃先に青火を散らせ闘う。

二人は三十数合打ちあったが、勝負はつかなかった。

林冲と青あざの男が、さらに十数合を打ちあい、ついに勝負が決するかに見えたとき、山の高処から誰かが叫んだ。

「お二方には、しばらく待たれよ」

林冲は声を聞くと、間合の外へ飛びさがった。

二人が朴刀を納め、山上を眺めると、白衣秀士の王倫が、杜遷、宋万以下大勢の手下を引き連れ、山を走り下りてきた。彼は舟で河を渡ってきて、男に話しかけた。

「ご両人とも朴刀を操るさまは神出鬼没。こなたはわが兄弟の豹子頭《ひょうしとう》林冲だが、貴公はどなたですか」

青あざの男は答えた。

「私は三代にわたる武将の後裔《こうえい》、五侯楊令公《ようれいこう》の孫。姓は楊、名は志と申します。いま関西《かんせい》の各地を放浪していますが、年若くして武挙《ぶきょ》（武官試験）に及第し、殿司制使《でんしせいし》（禁衛軍将校）となりました。道君（徽宗《きそう》皇帝）が万歳山《ばんさいざん》を築かれたとき、十人の司制使と太湖から花石綱《かせきこう》という奇石を運び、東京《とうけい》へ納める役目を命じられました。

私は不運にも、花石綱を積んだ舟で黄河に乗りだしたとき、強風をうけ転覆させてしまい、花石綱は水中に没し、東京へ帰れなくなったため、他所へ逃げて隠れていました。このたび罪を赦されたので、銭貨を担いで東京へ戻り、枢密院（軍司令部）へ賄賂《わいろ》として捧《ささ》げ、ふたたび身を立てるため、ここまでやってきました。ところが百姓を雇って荷を運ばせていたのを、不意にこの男に奪われたのです。それを返してもらいたい」

林冲は、さきほどの荷を投げだして逃げた男が、楊志の雇った百姓であったと知った。

王倫は楊志にたずねた。

「貴公は青面獣《せいめんじゅう》と渾名《あだな》のある豪傑ではありませんか」

「そうです」

「やはりそうでしたか。あなたなら山寨にお招きして、地酒の三杯も喫していただきたい。行李はお返ししましょう」

楊志は険しい口調でいう。

「私をご存知なら、行李をすぐ返して下さい。酒を頂戴《ちょうだい》するより、そのほうがありがたい」

王倫は笑ってすすめた。

「制使、私は数年前に東京へ出向き、科挙を受験した頃から、あなたの英名を存じていました。さいわい今日はお目にかかり、このままお別れはできません。どうか山寨へお越し下さい。しばらく休んでいって下さればよいのです」

楊志は誘いを受けないわけにゆかなくなった。

楊志は王倫にともなわれ、河を渡り山寨へ出向いた。聚義庁《しゅうぎちょう》に到着すると、梁山泊《りょうざんぱく》の主立った住人たちが彼を迎えた。

左手には王倫、杜遷、宋万、朱貴。右手には楊志、林冲の順に席につく。王倫は楊志歓迎の酒宴をひらいた。

王倫が楊志を厚遇する理由は、狭量の才子らしい才覚をはたらかせてのことであった。

――林冲ひとりを山寨に置けば、俺たちの弱体ぶりを見抜かれてしまう。なんとか楊志の気をひいてここに引きとめ、林冲と対抗させるのが上策だろう――

王倫は楊志に林冲を紹介した。

「彼は東京八十万禁軍の教頭をつとめた、豹子頭林冲です。高太尉に憎まれ、冤罪《えんざい》に問われ滄州へ流され、そこでも罪に問われ、ここへ逃げてきました。制使は今度東京へ出向かれ、官途に就かれたいとお望みのようですが、私はあなたを仲間に迎えたいためにいうのではないが、そのお考えは再考なされるほうがよいと存じます。私は科挙に落第してのち、文官志願の夢をなげうち、このような無頼の生活を送っているものです。あなたも一度罪に問われた前歴があれば、赦免をうけたとはいえ、前途は多難でしょう。高俅のような悪党が軍事の大権を掌握しているのだから、たやすくあなたをうけいれようとはしない。多難な道をえらぶよりも、この山寨で私たちの朋輩となり、大秤《おおはかり》で金銀を分ちあい、大碗《おおわん》で酒や肉をくらう明け暮れを送るほうがよかろうと思いますがね」

楊志は王倫のすすめに応じなかった。

「あなた方のご厚情は感謝するが、東京《とうけい》には親戚《しんせき》の者がいて、私が罪に問われたとき、連《れん》坐《ざ》して迷惑をこうむっています。彼に詫《わ》びをいわねばならないので、どうしても東京へ帰らねばなりません。私の行李を返して下さらないのであれば、やむをえません」

王倫はあきらめた。

「あなたの決心が変らないのであれば、やむをえません。今夜はゆっくりとくつろがれて明日の朝はやくお立ち下さい」

楊志は王倫の好意を感謝して、深夜まで酒杯を傾けた。

翌朝、王倫たちはまた送別の酒宴をひらいたのち、楊志を見送った。

王倫はこののち林冲を第四、朱貴を第五の座に就かせることにした。

楊志は旅をかさね、東京に着くと紹介者を求め、枢密院に手蔓《てづる》を得て、たずさえてきた金銀財物を賄賂に用い、前職の殿司制使にもどるため、手をつくした。彼は多額の金銭を使いはたし、上申書を採りあげてもらった。

楊志は、ようやく殿帥府《でんすいふ》の長官である高太尉の面接をうけることになったが、引見されると、思いがけない事態となった。

高太尉は楊志の上申書を一読すると、激怒した。

「花石綱運送を命じられた司制使たちは、貴様をのぞき、すべてが職務を果した。貴様は花石綱を水没させたあげく、自首することもなく逃げうせ、長い月日を過ごし、いまさら官職に戻りたいとは不埒《ふらち》な了簡だ。大赦により罪は消えたというが、官職に戻すことはまかりならぬ」

高太尉は楊志の上申を却下し、殿帥府から追い出させた。

楊志は残念でならない。宿に戻っても、胸中の鬱懐《うっかい》はふくれあがるばかりである。

——いまになれば、王倫の言葉ももっともであったなあ。穢《けが》れなき家柄を思えばこそ、官職に復帰しようと思ったのだが。わが身につけた武芸を生かし、辺境に転戦して武功をかさね、名誉を挽回《ばんかい》する覚悟も無駄となってしまった。高太尉のような悪人にしてやられるとは情ない——

悶々《もんもん》と日を送るうち、貯《たくわ》えが底をついてしまった。

彼は、佩刀《はいとう》を売るしかなかった。先祖伝来の宝刀であるが、金に換えて放浪の旅に出なければならない。

楊志は佩刀に売物の札をつけ、町中へ出かけた。馬行街《ばこうがい》という繁華な道筋に一刻（四時間）ほども佇《たたず》み、客を待ったが、声をかける者はいなかった。

しかたなく、昼過ぎになって、天漢州橋《てんかんしゅうきょう》の人混みをかきわけて歩いていると、突然道端にいる人々が走りだし、川沿いの小路へ逃げこみ姿を消した。

「虎がきたぞ。逃げろ、逃げろ」

楊志は路上に立ちどまり、辺りを見まわす。

「町なかに虎が出るとは、ふしぎだな」

群衆が姿を消した表通りを眺めると、黒ずんだ顔の巨漢が泥酔しているのか、よろめき歩いてくる。

「面目は依稀《いき》として（さながら）鬼に似るも、身材は彷彿《ほうふつ》として（なんとなく）人のごとし」

という、怖ろしい顔立ちであった。

彼は東京の士民が疫病神のように嫌っている、凶暴な無頼漢で、没毛大虫《ぼつもうだいちゅう》（毛のない虎）の牛二《ぎゅうじ》と呼ばれる男であった。

彼は乱暴をはたらいては、開封府《かいほうふ》に投獄されるが、役人と腐れ縁があって、すぐに釈放され、ふたたびあばれるので、士民はその姿を見ると、逃げ隠れした。

牛二は楊志の前にくると、宝刀をつかみ取ってたずねた。

「お前、この刀をいくらで売るつもりだ」

「先祖伝来の宝刀だ。三千貫で売りたいんだが」

牛二は口ぎたなく罵《ののし》った。

「こんなつまらねえ刀に、びっくりするような値段をつけやがるんだな。俺は三十文の刀を買ったが、肉や豆腐を切るのに不自由はねえさ。この刀に何の値打ちがあって宝刀というんだ」

「これは、店屋で売っているような安物ではない。お前らがめったに見ることもできない宝刀だ」

「どこが宝刀なんだよ」

「第一に銅、鉄を切って歯こぼれがしない。第二に、毛を刃にあてて吹けば切れる。第三に、人を斬っても刀刃に血がつかない」

牛二はせせら笑った。

「よし、銅銭を切って見せろ」

牛二は州橋の際で店をひらいている香料屋の主人から二十文ほど取りあげ、橋の欄干のうえに重ねて置く。

「貴様、もしこれを切ってみせりゃ、三千貫を払ってやらあ」

二人の様子を見たい群衆が、離れたところから楊志たちを取り巻き、なりゆきを見守っている。

楊志はいった。

「こんなことは、たやすいのだ」

彼は袖《そで》をまくりあげ、刀を手にしばらく呼吸をはかると、ただ一刀に銅銭に打ちおろす。銭は見事に両断された。

まわりを取り囲んでいた群衆は、どよめき喝采《かっさい》する。牛二はふりかえり喚《わめ》く。

「やかましいぞ。手前ら、静かにしろい。おい、二番めの技はなんだ」

「毛を吹きかければ切れる。頭髪を何本か刃のうえにあて、息をひと吹きすれば、すべて両断できるんだ」

「そんなことができるもんか」

彼は頭髪をひとつまみ抜き、楊志にさしだす。

「さあ、俺の毛を吹いてみろ」

楊志は左手に毛を持ち、刀の刃に当て、息を吹きつけた。頭髪は、すべて両断され、地面に舞い落ちた。

牛二はわが眼を疑う。これほどの切れ味をあらわす刀があるとは知らなかった。

「それじゃ、人を斬っても刀に血がつかねえところを見せてもらおうか」

「そんなことはたやすいがね」

「俺は信じられねえよ。人を斬るところを見せてもらいてえよ」

楊志はいった。

見せよう」

「東京《とうけい》の街上で、どうして人を斬れよう。もしお前が信じないというのなら、犬を斬って

牛二は眼をいからす。

「そんなことじゃ、信じねえぞ。貴様は人を斬って、刃に血がつかねえといった。犬とはいわなかったじゃねえか」

「買わないのなら、それでいい。貴様はなぜそんなにうるさくからむのか」

「俺は手前のいう通りかどうか、見てえだけだ」

「うるさい、おとなしく聞いてやりゃ、どこまで難題をもちかけるつもりだ」

「なんだ、その顔つきは。手前は俺を殺すつもりか」

「道でゆきあった貴様に、俺が何の恨みがあるというんだ。貴様が刀を買いたいというから、相手になってやっているんじゃないか」

牛二は楊志の胸倉をつかみ、おそろしい顔つきになった。

「俺はなあ、その刀をどうしてもほしいんだ」

「金を払えば売ってやる」

「そんなものはねえよ」

「なければ、つきまとうな」

「刀を渡せ。渡さねえのなら、俺を斬ってみろ」

楊志は激昂《げっこう》して、牛二の手を振りはらい突き倒す。

牛二ははね起きて、楊志に組みつく。楊志はまわりを取りかこんでいる群衆にいった。

「あなたがたが見ておられる通り、俺は路銀に窮し、この刀を売りにきたが、こいつが刀を引ったくろうとして、俺を殴るんだ」

群衆は牛二を怖れているので、仲裁をしようとする者はいない。

牛二は、かさにかかって喚く。

「俺が手前を殴ったのがいけねえか。それじゃ、ついでに殴り殺してやらあ」

牛二は拳《こぶし》をかため、殴りかかった。

楊志は身をかわし、牛二の喉《のど》もとに剣を突き刺す。牛二はあおむけに倒れる。楊志はその胸にさらに二突きし、牛二はことぎれた。

楊志は大声で群衆に告げた。

「皆が見ての通りだ。皆に迷惑はかけない。このならず者は、俺の刀を強奪しようとしたから殺した。俺につきそい官府に出向き、事情を説明してもらいたい」

群衆は楊志に従い、開封府に出頭した。ちょうど府尹《ふいん》が役所にいたので、楊志は刀を持ち、衆人とともに府尹の前にひざまずき、刀を前にさしだした。

楊志は府尹に事情を申し述べた。

「私はかつて殿司制使をつとめていた頃、花石綱運搬の舟を覆す失策をいたしました。そのため官途にも就くことができず、金に困ってこの宝刀を売ろうと町に出たところ、牛二という無頼漢が刀を取りあげようとして乱暴をしかけてきたため、揉《も》みあううちに刀を抜き、刺し殺してしまいました。その様子は、ここにひかえる町の人たちが見ております」

楊志と牛二の争いを見ていた群衆は、騒動の経緯を、役人に問われるままに告げた。

府尹は了解した。

「お前は殺人をしたが、自首してきたのだから、獄に入る前の棒打ちは免除してやろう」

楊志は重い首枷《くびかせ》をつけられ、二人の役人と検屍人《けんしにん》に従い、天漢州橋の畔《ほとり》に出向き、検屍に立ちあったのち、死刑囚の牢獄《ろうごく》に入れられた。

重罪人の収容される獄内には、拷問の道具がそろっていて異臭をはなち、地獄のように陰惨なたたずまいであった。

だが、牢役人たちは楊志をいためつけなかった。

「あの男は、没毛大虫《ぼつもうだいちゅう》の牛二を殺した義人だそうだ」

「町の嫌われ者を退治したとは、感心な男だな」

天漢州橋附近の住人たちも、獄中の楊志に差し入れをし、牢役人につけとどけをしてくる。

裁判官は、牛二に縁者もいなかったので、一時の口論から思いがけない喧嘩《けんか》となり過って殺すに至ったとして、六十日の吟味期限が過ぎると、棒打ち二十回の刑をおこない、顔に刺青《いれずみ》をほどこしたうえで釈放した。

楊志は北京《ほくけい》の大名府《たいめいふ》長官のもとで、軍兵として勤務することになり、宝刀は没収され官庫に納められた。

楊志は天漢州橋附近の住人たちの盛大な見送りをうけ、二人の護送役人と北京にむかった。五里にひとつの道標をたどりつつ、州を過ぎ、県を過ぎ、旅をかさねて北京に到着した。

北京の大名府長官は、軍の統帥権と市中の行政権を手中にする、権勢ならびない顕官で、梁中書《りようちゆうしよ》という人物であった。彼は東京《とうけい》で太師《たいし》（宰相）の地位にある蔡京《さいけい》の女婿である。

楊志が北京に到着した二月九日、梁中書は役所で勤務していた。彼は楊志を護送してきた役人から公文書を受けとると、部下に命じた。

「楊志をここへ連れてこい」

梁中書は、以前に楊志が殿司《でんし》制使《せいし》をつとめていた頃、顔見知りであったので、彼を引見して詳しい事情を聞き、ただちに首枷をはずさせ、自分の身辺に置き、召し使うことにした。

梁中書は楊志の武芸の技倆《ぎりよう》が非凡であるのを知っており、配下軍隊の副牌《ふくはい》（副隊長）にして、月々の手当を与えようと考えたが、突然抜擢《ばつてき》すれば、部下たちのあいだに不平の声がおこるにちがいない。

彼はまず、麾下《きか》の軍政司を呼び、命じた。

「明日、城内東郭門《とうかくもん》の練兵場で演武の調練をおこなうことにする。全部隊の将兵を参加させよ」

その夜、梁中書は楊志を召し寄せ、告げた。

「儂《わし》はお前を副牌にとりたて、月々の手当を与えてやろうと考えているのだが、武芸に自信はあるだろう」

楊志は答えた。

「私は武挙に合格しています。かつて殿司制使の職にあったとき、武芸十八般に精進いたしました。いま閣下のご厚恩をこうむり、曇天がにわかに晴れ、白日を見るような思いであります。閣下の大恩に酬《むく》いるためには粉骨をいといません」

梁中書はおおいによろこび、衣服と甲《よろい》を与えた。

翌日は晴れわたり、心地よい春風の吹く温かい日和であった。梁中書は早朝に起き、楊志を供の行列に加え、東郭門に出向いた。練兵場では、麾下部隊の将兵と多数の役人たちが列をただして迎えた。

梁中書は演武庁の正面で下馬し、庁内に入り、玄関正面に置かれた銀製の椅子に坐《すわ》った。彼の左右には指揮使、団練使、正制使、統領使、牙将《がしょう》、校尉、正牌軍《せいはいぐん》、副牌軍が二列に居流れる。

演武庁の前後には、百人の将校がいかめしく立ちならび、指揮官として将台のうえに二人の都監《とかん》が立った。ひとりは李天王《りてんおう》の李成、ひとりは大刀《だいとう》の聞達《ぶんたつ》である。

万夫不当の勇者として知られた彼らは、大部隊を率いて演武庁の前にくると、天を揺がせ三度のときの声をあげさせた。

そのとき将台のうえには、一旒《いちりゅう》の黄旗が立てられ、同時に台の左右につらなる金鼓手たちが、いっせいに勇壮な軍楽を奏しはじめた。

やがて角笛が三度鳴り渡り、太鼓が三度打ち鳴らされると、練兵場は物音も絶え、静まりかえった。

将台に二旒の白旗が立てられ、五百の騎兵が、左右に分れ向いあい、刀槍《とうそう》を手にした。台上の白旗が打ち振られるのを合図に、両陣の騎兵が進み出て、将台の前に隊伍《たいご》をととのえ、足をとめた。

将台の白旗が紅旗にかわると、太鼓の音が鳴り響き、五百の軍勢が両陣に分れ、軍士はそれぞれ武器を手にした。

将台上の白旗が打ち振られると、両陣の騎兵が隊伍をととのえ進み出てきた。

梁中書は副牌の周謹《しゅうきん》を面前に呼び、命令をうけるよう告げた。周謹は馬を躍らせ梁中書の面前に駆け寄り、下馬した。彼は槍先《やりさき》を伏せ、雷のような声音で梁中書に応じる。

「ただいま、これに控えておりまする」

梁中書はいった。

「副牌、身につけたかぎりの武芸を、ここで披露してみろ」

周謹は命令に従い、槍を抱え馬に乗り、演武庁の前を右旋左旋し、槍を縦横に操ってみせた。将兵は周謹の見事な演武に、喝采《かっさい》した。

梁中書はいった。

「東京から流されてきた軍卒の楊志を呼びだせ」

楊志が庁前に進み出た。梁中書はいった。

「楊志、私はそのほうが前に、東京殿司制使をつとめた軍官であったのを知っている。罪を犯し、当地へ流されてきたとのことだが、近頃はこの地で盗賊がはびこり、国家は人材を必要としているときだ。そのほうは周謹と武芸の試合をおこない、技の高低を競ってみよ。もしそのほうが勝てば、副牌の職につけてやろう」

楊志は答えた。

「ご恩をこうむり、かたじけない。ご期待にそうほどのはたらきをご覧に入れます」

梁中書は役人に命じ、軍馬一頭と武器を楊志に与えさせた。

楊志は演武庁の裏手で身支度をととのえる。甲《よろい》をつけ、弓矢腰刀を帯び、長槍を馬上に横たえ、馬腹を蹴って駆けだしてきた。

梁中書はいう。

「二人の手合せは、まず槍からやらせよ」

周謹は内心不満であった。天下の豪傑である自分が、流人と技を競いあわねばならないかと、梁中書を恨んだ。

二人は将台の前でむかいあい、鋒先《ほこさき》を交えようとしたが、兵馬都監の聞達《ぶんたつ》が演武庁へ駆けつけ、梁中書に進言した。

「しばらくお待ち下さい。両人の手合せの結果がどうなろうとも、真剣を用いられればいずれかが傷つき死ぬかも知れません。これは、わが軍の損失であります。双方が傷つかないため、槍の穂先を取りはずし、柄の先を羅紗《らしゃ》布で巻き包み、そのうえから石灰の粉をかけておき、ともに黒の上衣で戦わせればようございましょう。上衣に白点の多いほうが負けとなります」

周謹と楊志は、槍の穂先をはずし、羅紗布を巻き、タンポ槍として石灰を塗りつけ、演武庁の前でむかいあった。

まず周謹が馬腹を蹴《け》って突きかかる。楊志も馬に鞭《むち》をあて、立ちむかってゆく。両者は突きあい、もつれあい、槍を稲妻のようにふるう。
四、五十合も突きあったのち左右に退くと周謹の黒衣には豆腐を投げつけられたかのように、白点が四、五十カ所についていた。楊志は左の肩先に一点を認めるのみである。梁中書はおおいによろこび、周謹を招き寄せていった。
「そのほうは副牌の役にとどまっても、その腕前では、今後はたらきをみせる機会もなかろう。楊志と交替するがいい」

兵馬都監の李成《りせい》が、周謹を助けようとした。

「周謹は槍術において後れをとりましたが、弓馬の術は非凡であります。このまま周謹を引退させては、部下の士気にもかかわります。どうか彼らに弓の試合をさせて下さい」

二人は弓の試合をはじめた。楊志は弓に弦を張ると、馬に乗って演武庁正面で梁中書に礼をした。

「閣下、弓を射ればたがいに怪我をすることもありましょうが、いかがいたしましょうか」

梁中書はいった。

「武士が弓の勝負をして、怪我をしようと死のうとかまわぬ。存分にやれ」

李成は二人に楯《たて》を持たせ、身を護らせようとした。

楊志は楯を肘《ひじ》にかけ、周謹に告げた。

「あなたがまず三本射て下さい。私はそのあとで三本射返します」

周謹は最初の一矢で楊志の体を貫いてやろうと、気をはやらせる。

楊志は周謹の弓の手練が、おそるべきものではないと看破していた。

将台で青旗が振られるのを合図に、試合ははじまった。楊志は馬に鞭をくれ、南の方角へ走った。周謹はそのあとを追いつつ、手綱を鞍《くら》にはさみ、弓に矢をつがえ引きしぼり、楊志の背筋を狙い放った。

楊志は周謹の弦音《つるおと》を聞くと同時に身を伏せ、鐙《あぶみ》の辺りに頭を垂れる。矢は狙いをはずされ、宙に飛び去った。

一の矢をはずされた周謹は、しまったと唇を嚙《か》み、矢壺《やつぼ》から二の矢を抜きとり、前を走る楊志の背中を充分に狙い、放った。楊志は弦音を聞くと同時にふりかえり、手に持つ弓で飛んできた矢を打ち落した。周謹は自信を失うばかりであった。

楊志は練兵場の端から馬首をめぐらし、将台の前へ走ってきた。周謹はそのあとを追う。青草の茂った練兵場を、二頭の馬が疾風のように駆けまわった。

周謹は満身の力をふりしぼって三本めの矢をつがえ、こんどこそ外してはならないと、楊志の背中を睨《にら》みつけながら射放す。

弦音を耳にした楊志は、衆人をおどろかせる放れ業を見せた。彼は馬上で身をよじり、飛んでくる矢を片手でつかんだのである。

梁中書はおおいによろこぶ。

「こんどは楊志が腕前をあらわすときだ。遠慮なくやれ」

周謹は弓矢を捨て、楯を肩に負い、南の方角へ走った。楊志は馬腹を拍車で蹴り、猛然とあとを追う。彼は弓に矢をつがえず、空《から》引きをした。

周謹は弦音を聞くと肩をよじって楯を構えるが、矢は飛んでこない。周謹は楊志が射損じたと思った。

――あいつは槍は得意だが、弓は使えないのだ。二の矢も空引きすれば、一喝してやろう。そうなれば俺の勝ちだ――

楊志は周謹が練兵場のはずれから将台のほうへ戻ってゆくあとを追いながら、矢を弓につがえた。

――あいつの背中を狙えば、命をとることになる。なんの恨みもない男を殺すことはない。急所をはずしてやろう――

楊志は、左手は泰山を載せるがごとく、右手は嬰児《えいじ》を抱えるがごとき構えで、弓を満月のように引きしぼり、放した。

矢は見事に周謹の左肩を貫き、周謹はまっさかさまに落馬した。主を失った馬は、演武庁の裏手へ駆け去ってゆく。

梁中書は満足した様子で、軍政司を呼び寄せ、命じた。

「周謹の副牌軍の職を免じ、楊志を新任する公文書を作成せよ」

楊志が演武庁の正面に馬を寄せ、梁中書に抜擢《ばってき》の誉れをうけた謝辞を述べようとしたとき、階段の脇から大男が走り出て、楊志に声をかけた。

「御礼言上は、しばらく待て。俺と勝負をしようではないか」

男の身の丈は七尺を超え、不敵な面構えで、顎《あご》には長髯《ちょうぜん》をたくわえている。

彼は梁中書の前に出て、一礼していう。

「周謹は近頃病気をしたため、楊志に後れをとりましたが、私がかわって相手をいたします。もし私が負けたときは、解職されても異存はありません」

男は北京留守司《ほくけいりゅうしゅし》の部隊を率いる、正牌軍の索超《さくちょう》であった。

索超はふだんから気が短く、事にのぞんで激しやすい性格であったので、急先鋒《きゅうせんぽう》という渾名《あだな》であった。

兵馬都監の李成は、索超の言葉を聞くと将台から飛び下り、梁中書に進言した。

「元殿司制使であった武芸の達人に、対抗できるのは索超のほかにはいないでしょう。彼に試合をさせるべきです」

梁中書は、楊志が索超と試合をして勝てば、彼の昇進に異存をいう者がいなくなるだろうと判断し、楊志に聞いた。

「索超と試合をするつもりはあるか」

「ご下命であれば、いたします」

「よし、それでは身支度をあらたにせよ」

梁中書は兵器庫の役人に、楊志の使う武器をえらび、貸し与えるように命じ、自分の乗馬を使わせることにした。

李成は索超をはげます。

「貴公の弟子の周謹が負けたうえに、貴公がかさねて負けるようなことがあれば、北京大名府《ほくけいたいめいふ》の軍官のすべての恥辱となるのだ。儂《わし》の装束と馬を使って闘え。用心してかかれ」

梁中書は気がたかぶってきて、階段の前まで歩み出た。

小姓が月台（露台）の欄干の前に銀の椅子を置き、傘持ちが、銀の飾りがまばゆく陽射しをはじく日傘を、梁中書の頭上にさしかけた。

将台で李成が号令をかけ、紅旗が振られた。階段の両側で金鼓が打たれ、太鼓が空気を震わせ鳴りだした。

練兵場にひかえている左右の軍隊は、大砲を放った。砲声が鳴りわたるなか、索超と楊志が馬に乗り、あらわれた。

将台で黄旗が振られ、太鼓がひとしきり打ち鳴らされたあと、軍兵たちがときの声をあげた。

練兵場が静まりかえるなか、戦鼓が三度打たれ、左陣の前に、索超が馬の鈴音を鳴りひびかせ、あらわれた。

彼の身につけた甲冑《かっちゅう》はまばゆく、乗馬は庚申《こうしん》（金と白）の毛並みもつややかな駿馬《しゅんめ》である。手に持つのは金色の斧《おの》である。

索超が馬をとめると、右陣の前に楊志があらわれた。彼が手にするのは槍《やり》である。

梁中書は伝令を走らせ、二人に命令を伝えさせた。

「両人とも全力をふるい闘え。不覚の敗北を喫した者には重罰を科し、勝者にはあつい褒賞をとらせよう」

二人は練兵場のただなかに馬を乗りだし、試合をはじめた。

二頭の馬は土煙をあげて馳《は》せちがい、武器が光芒《こうぼう》をはなって宙に舞った。

索超は怒号しつつ大斧を振りまわし、馬腹を蹴って楊志に立ちむかう。

楊志は手中の槍をしごき、稲妻のように繰りだし応戦した。二人は練兵場のただなかで、日頃、鍛練をかさねた技をあらわし、進んでは退き、退いては戻ってくる。

二人の腕は縦横に交叉《こうさ》し、馬蹄《ばてい》の音は乱れおこった。たがいの技倆《ぎりょう》が伯仲しているため、五十余合をかさねて打ちあったが、勝敗が決まらなかった。

将台から観戦する梁中書は、茫然《ぼうぜん》と見守るばかりである。左右両軍の軍官たちは、喝采《かっさい》してやまなかった。

彼らは顔を見あわせ、感嘆の声をあげる。

「俺たちゃ、長い年月を軍隊で過ごした。戦場にも幾度となくでかけたが、これほどの腕前を見せてくれる二人には、会ったことがなかったよ」

将台のうえから眺めていた李成と聞達は、感心して嘆声を放つ。

「両人とも、たいしたものだ。見事というほかはない」

聞達は、これほどまで武芸に熟達した二人の、どちらかを怪我させても惜しむべきであると思い、あわてて旗手を呼び、「令」の字を記した旗を持たせ、引き分けさせようとした。

将台では銅鑼《どら》が鳴らされたが、楊志と索超はふりかえりもせず、馬を返す様子もなく懸命に闘う。

旗手は飛ぶように近づき、叫んだ。

「お二方は、試合をおやめ下さい。閣下のご下命です」

二人は武器を納め、馬首を返し、梁中書のほうを眺めつつ、本陣に戻った。

李成、聞達は将台を下り、月台の梁中書の前に出て言上した。

「閣下、二人の武芸は甲乙つけがたいものです。いずれも重用すべきでしょう」

梁中書はおおいによろこび、楊志、索超を呼び寄せる。二人は月台の前に進み出て、武器を小校《しょうこう》（下士官）に渡し、身を屈して命令を待った。

梁中書は白銀二錠、二重ねの衣裳《いしょう》を賞賜として二人に与え、軍政司を呼び、命じた。

「両人をともに、管軍提轄使《ていかつし》とせよ」

楊志、索超は錦襖《きんおう》に着替え、演武庁に出て軍官たちに挨拶《あいさつ》をする。梁中書は、二人に提轄を命じた。

軍兵たちは金鼓を打ちつつ、解散していった。陽が西に沈み、酒宴は終った。梁中書は新任の二人の提轄を先導させ、屋敷へ戻っていった。

楊志、索超を従え梁中書が東郭《とうかく》門に入ると、街道の両側には、年寄りを扶《たす》け幼児を抱えた群衆が人垣をつくって迎え、歓呼の声をあげた。

梁中書は、馬上からたずねた。

「お前たちはなにをよろこんでいるのか。儂を笑いものにしているのかね」

ひとりの老人がひざまずいていった。

「私どもは長い年月を北京大名府《ほくけいたいめいふ》で暮らして参りましたが、今日のような技倆すぐれた軍人の試合を見たのは、はじめてです。練兵場であのようなあざやかな立ちあいを見て、よろこばずにいられましょうか」

「そうか、お前たちにも二人の値打ちが分ったか」

梁中書は機嫌よく屋敷に帰った。

索超は楊志にいった。

「儂はこれから一族を集め、酒宴をひらくが貴公もきてはどうだ」

「それはかたじけないが、今夜はお屋敷の長屋で寝ることにするよ」


月日は過ぎ、夏になって端午の節句の日がめぐってきた。

梁中書は妻の蔡夫人と奥の間で祝宴の卓をかこんだ。

「盆には緑のよもぎを截《き》り、瓶《かめ》には紅《あか》きざくろを挿す。水晶の簾《れん》（すだれ）は蝦鬚《かしゅ》を巻き、錦繍《きんしゅう》の屏《へい》（びょうぶ）は孔雀をひらく。菖蒲《しょうぶ》は玉を切り、佳人《かじん》は笑って紫霞《しか》の杯を捧《ささ》ぐ」

という詩句のような眺めである。

酒宴のあいだに、蔡夫人がいいだした。

「あなたは官職に就かれてのち、今日のように国家の重任を担う統帥の座に昇られましたが、このような功名富貴をなぜ得ることができたとお思いですか」

「儂は幼時から勉学にはげみ、すこぶる経史をわきまえてきたが、もちろん草木ではないのだから、舅《しゅうと》殿が引きたてて下さった大恩を忘れていないよ」

蔡夫人は、かさねて問う。

「私の父の恩を覚えておられるなら、なぜその誕生日をお忘れになったのですか」

「なんで忘れるものか。儂は十万貫の金で財宝を買いととのえ、東京《とうけい》へ送って祝いとする支度をしている。ひと月ほど前、用人に準備をさせ、いまは九分までととのっている。あと数日のうちにすべてが集まるが、困ったことがある。去年の誕生日にも多くの財宝を求め、東京へ送ったが、途中、行程の半ばに達しないうちに、ことごとく賊に掠奪《りゃくだつ》されてしまった。その後、賊の捜索をつづけているが、まだ捕えていない。今年は誰に荷物を守らせてゆけばよかろうかと、思案しているところだ」

蔡夫人は不満の色をあらわしていう。

「あなたのおそばには、大勢の軍校（将校）がいるでしょう。そのうちから、もっとも信頼できる人を撰《えら》んで使者にすればいいのです」

梁中書は妻をなだめた。

「そんなに気を揉《も》むことはないよ。まだ四、五十日先に決めればよいことだ。そのうちに贈りものを取りそろえたうえで、使者を撰ぼう。私にすべてを任せておきなさい」

端午の祝宴は、夕刻に終った。

その頃、山東《さんとう》の心州鄆城県《しんしゅううんじようけん》の知県（知事）として、あらたに着任した時文彬《じぶんひん》という人物がいた。彼は、

「官となりては清正、事をなしては廉明《れんめい》、つねに惻隠《そくいん》（あわれみ）の心をいだき、常に仁慈の心あり」

といわれる優秀な官僚であった。

時文彬は着任すると、捕《ほ》盗官《とうかん》とその配下の、二人の巡捕都頭《じゅんほとう》を呼びだした。都頭のひとりは歩兵で、ひとりは騎兵である。

歩兵都頭の部下は、二十人の槍組歩兵と二十人の土民兵。騎兵都頭の部下は二十人の弓組騎兵と二十人の土民兵である。

騎兵都頭は姓を朱《しゅ》、名を仝《どう》という男で、身の丈八尺四、五寸の巨漢である。顎《あご》にたくわえた鬚《ひげ》の長さが一尺五寸、顔は熟した棗《なつめ》のような色であった。

顔立ちが関雲長《かんうんちょう》（関羽）の絵姿にそっくりであるので、県人たちは彼を美髯公《びぜんこう》と呼んでいた。

彼は地元の資産家であったが、義心のある男で財貨を惜しまず、世間の好漢たちとひろく交際し、学識があり、武芸にも長じている。

歩兵都頭は姓を雷《らい》、名を横《おう》という。身の丈は七尺五寸、顔は赤銅のように陽灼《ひや》けしており、鬚を逆立てたおそろしい顔つきで、衆にすぐれた膂力《りょりょく》をそなえている。二、三丈もある広い川を楽々と跳び超えるので、県人たちは彼を挿翅虎《そうしこ》（羽根のある虎）と呼んでいた。彼はもと、鄆城県で鍛冶屋《かじや》をいとなんでいたが、のちに米搗《こめつ》き屋となった。生来豪放で、牛を屠殺《とさつ》することも厭《いと》わず、博打《ばくち》もやる。義侠心《ぎきょうしん》はあるが、いくらか偏屈である。武芸においては達人の域に達していた。

この朱仝、雷横は、新任の知県に呼ばれ、命令を受けた。

時文彬はいった。

「私が着任してのち、済州管下の水郷、梁山泊には盗賊が集まって悪事をかさね、官軍をも寄せつけないという情況について、報告をうけた」

時文彬は言葉をつづける。

「また県内の各郷村には盗賊がはびこり、悪党が横行している。いまお前たちを呼んだのは、苦労をかけることになるが、部下を率い、一隊は西門、一隊は東門を出て、近郷を巡察してもらいたいためだ。もし賊を見かければ、即座に捕え、連れてこい。ただし、郷民に迷惑をかけるな。東渓村《とうけいそん》の山上には、他所では見ることのできない、紅葉の大木があると聞く。お前たちはその葉を幾枚か取ってきて、さしだせ。もし紅葉を持ち帰らねば、お前たちがそこまで巡察しなかったと見て、処罰するぞ」

二人の都頭は命令をうけ、それぞれ四十人の部下を率い、巡察に出た。

雷横はその晩、東門を出て、村々をめぐり巡察したのち、東渓山上に登って皆で紅葉を取り、二、三里ほど歩くうち、霊官廟《れいかんびょう》の前にさしかかった。

雷横が見ると、社殿の門がひらいていた。彼は足をとめた。

「この社殿には番人がいない。なぜ門があいているんだ。お前たちはなかへ入って、調べてみろい」

時刻は五更（午前四時頃）であった。兵士たちは松明をふりかざし、暗い廟内へ入った。どこからか、いびきが聞えてくる。供物台のうえにすっぱだかの大男が、大の字になって寝ている。

夏の暑熱の時候で、男は破れ衣をまるめ、枕のかわりに頭の下にあてがっていた。雷横は男を睨《にら》みつけた。

「こいつは怪しい奴だ。知県殿は神のように世情を見抜いておられる。東渓村には、ほんとうに賊がいやがったぜ」

雷横が大喝し、男を起した。

男が立ちあがろうとするところを、二十人の土民兵がむらがり寄って押えつけ、縄で縛りあげ、廟からひきずりだし、保正《ほせい》（村年寄り）の家へ連れていった。

東渓村の保正は、姓は晁《ちょう》、名は蓋《がい》といった。先祖は地元の資産家で、義を重んじ、天下の好漢とまじわり、頼ってくる者は善人、悪人を問わず養ってやる。立ち去るときは、路銀を与える気前のよい男である。彼は槍《そう》術、棒術を好み、体は強壮で、妻も持たず、終日筋骨を鍛えていた。

鄆城県東門の外には二つの村があった。東渓村と西渓村で、深い谷川を境として東西に分れている。

むかし、西渓村にはしばしば幽鬼があらわれた。昼間でも人を迷わせ川のなかへ引きいれるので、村人たちは困ったが、なすすべもなかった。

ある日、ひとりの旅僧が通りかかった。村人たちは彼の助けを求めようと、事情をくわしく訴えた。

僧はある場所をさだめ、青石を刻んだ宝塔を建てさせ、谷川の鎮護を祈るよう教えて去った。

宝塔を建てると、西渓村の幽鬼たちはすべて東渓村へ逃げた。東渓村の保正、晁蓋はそれを知るとおおいに怒り、谷川を渡って西渓村の宝塔を奪いとり、わが村に移した。

このち晁蓋は托塔天王《たくとうてんおう》と呼ばれ、村の内外に威勢を知られるようになった。

晁蓋は、雷横が部下を引き連れおとずれたとき、まだ寝ていたが、下男に知らされると部屋を出て、開門させた。

雷横たちは、霊官廟で捕えた男を連れ、屋敷に入った。晁蓋は迎えた。

「都頭はいまごろ、何の用でおいでになったのですか」

雷横は答えた。

「知県閣下の命令で、私と朱仝《しゅどう》がそれぞれ部下を引きつれ、郷村の各所を盗賊捕縛に巡回しているのですが、宵のうちから歩いて疲れてきたので、貴公のところで休憩させてもらおうと思い、立ち寄りました。早朝からお騒がせして、あいすみません」

「いや、お気遣いはなさらないで下さい」

晁蓋は下男たちに酒食をととのえさせ、歓待する。

「あちこちを巡回して、小賊を捕えられましたか」

雷横はうなずく。

「さきほど霊官廟のなかに、大男がいました。見るからに怪しげな奴で、酔って寝こんでいたので、縛りあげ連行しました。そやつを知県閣下のもとへ引きたて、訊問《じんもん》していただくつもりでしたが、まだ夜が明けていないし、この件について、あなたに了解をいただいておいたほうがいいと思ったので、立ち寄りました。そやつは、門長屋に吊《つる》しておきました」

「それはご配慮をいただき、ありがとうございます」

雷横は奥座敷へ移り、部下たちは廻廊《かいろう》をめぐらした広間で、酒や肉をふるまわれた。

晁蓋は雷横と盃《さかずき》をとりかわしたのち、霊官廟で捕えられた男を見にゆこうとして、番頭に雷横の相手をさせ、門長屋へ出向いた。

門番がひとりいたので、提灯《ちょうちん》を片手にたずねる。

「賊はどこに吊している」

「そこの梁《はり》にぶらさげておりやすよ」

晁蓋が提灯をさしだすと、逞《たくま》しい大男が縄で縛られ、宙に吊されているのが見えた。男の黒々とした上体は裸で、毛むくじゃらの腿をちぢめ、はだしであった。

晁蓋は灯火をさしだして見た。赤黒い顔で、鬢《びん》のあたりに朱色のあざがあり、そのうえにわずかな黄ばんだ毛がはえている。

晁蓋は問いかけた。

「貴様はどこからきた。村では見たことのない顔だが」

男は答えた。

「俺は遠国からきたんだ。ここへ人をたずねてきたが、よくも俺を泥棒あつかいにしたな。このお返しはきっとしてやるぞ」

「ほう、この村の誰をたずねてきたんだ」

「ここじゃ名高い男さ」

「なんという名の男だ」

「晁保正だよ」

「晁になんの用があってきたのか」

「その人は、天下に知られた義士好漢だ。俺はたいへんな儲《もう》け話を聞きこんだので、知らせてやろうと思って、ここにきたんだ」

晁蓋はいった。

「待て、その話はほんとうか」

「そうだ。お前も知りてえだろうが、いわねえよ。俺は晁蓋という人を見こんでいるんだからな」

晁蓋は大男の眼を見つめ、真実を告げているようだと察すると、とっさにいった。

「よし、分った。お前もいいところへ連れられてきたものだな。俺が晁保正だよ。お前を助けてやるから、俺を叔父だといえ。まもなく雷都頭を送って出てくるから、俺を叔父さんと呼ぶんだ。そうすれば、驚いたふりをして、お前を甥《おい》だというからな。お前は、この村を四歳か五歳のときに出ていって、ひさしぶりに叔父をたずねてきたが、どこにいるか分らなかったと、雷都頭にいうんだ。分ったか」

男は声をふるわせ、礼をいう。

「お助けいただければ、ご恩は忘れません。おっしゃる通りにいたします」

晁蓋は奥の間へ戻ると、ふたたび雷横と酒をくみかわす。

やがて窓外が明るくなり、朝陽がさしこんできた。雷横はいった。

「陽が昇ったようで、私は失礼します。役所へ出仕しなければなりません」

「お役目は大切です。あえておひきとめしませんが、この村へまたお越しのときは、どうかお立ち寄り下さい」

晁蓋は雷横を送って出た。

雷横の部下たちは、酒食を充分にふるまわれ、槍《やり》、棒を持って門長屋に吊した男を下し後手に縛りあげ、道へ出ようとした。

晁蓋は曳《ひ》かれてゆく男を見て、いった。

「なんと大男ですな」

雷横が笑った。

「霊官廟《れいかんびょう》で捕えたのは、この賊ですよ」

その言葉が終らないうちに、男が叫んだ。

「叔父さん、私を助けて下さい」

晁蓋は男の顔をふしぎそうにしばらく眺め、驚きの声をあげた。

「お前は王小三《おうしょうさん》ではないか」

男が背をそらせて叫ぶ。

「そうですよ。叔父さん、早く助けて下さい」

まわりの者は、思いがけないことに言葉もなかった。

雷横が晁蓋にたずねた。

「この男は誰ですか。保正をなぜ知っているのですか」

「これは私の甥の王小三という者です。どうして廟に泊ったのでしょう。姉の息子で、この村で生れたのですが、四、五歳のときに両親といっしょに南京へいきました。もう十数年もまえのことです。十四、五歳のときに一度たずねてきたことがありました。南京から商人について、物を売りにきたのですが、その後は会ったことがありません。人の噂で成功していないと聞きましたが、いま頃あらわれるとは思いませんでした。昔の面ざしがなくなってしまいましたが、鬢《びん》の赤あざで見分けがつきました」

晁蓋は男を叱りつけた。

「小三、お前はどうして俺の家へこないで、盗みなどはたらきやがったんだ」

いいつつ、土民兵の手から棍棒を取り、脳天を殴りつけた。

「叔父さん、私は盗みをはたらいていませんよ」

「盗賊でもないのに、どうして縛られるんだ」

雷横はとりなそうとした。

「手荒なまねはおひかえ下さい。この男の話を聞きましょう」

男はいった。

「そんなに怒らないで下さいよ。叔父さんにはもう十年ほど会ったことがないので、敷居が高かったんですよ。だから酒を飲みすぎて廟で寝ちまったんでさ。眼がさめてから、おうかがいしようと思っていたら、不意にこの人たちに小賊とまちがわれ、申しひらきもできないまま、引っくくられたんです」

晁蓋は棍棒をふりあげ、また殴ろうとした。

「畜生め、俺のところへすぐにこねえで、途中で酒を飲んだのか。うちに酒がないとでも思っているのか。恥さらしな野郎は、たたき殺してやるぞ」

雷横は、晁蓋をなだめた。

「保正、あまり怒らないで下さい。甥御《おいご》さんが、賊をはたらいたかどうかは、まだ分りません。廟《びょう》のなかで裸の大男が眠っていて、顔を見たこともない怪しい奴だと思い、捕えて連れてきたのです。保正の甥御さんと分っていれば、こんなことはしなかったのですが」

彼は部下に命じた。

「この縄をすぐ解いて、保正殿に甥御さんを預けろ」

部下たちは急いで男の縛めを解く。

「荒縄で縛られ梁に吊されりゃ、どんなに痛いか、手前ら知っているのか」

男は両腕を撫《な》でさすりつつ、兵士たちに毒づいた。

雷横は晁蓋に詫《わ》びた。

「保正、すみませんでした。甥御さんに失礼なまねをしてしまいました。私たちは役所へ帰ります」

「このままお帰しはできません。どうぞ奥へお戻り下さい」

晁蓋は雷横を奥座敷へ連れ戻し、十両の刻印入りの花銀《かぎん》をさしだす。

「僅《わず》かですがこれをお受けとり下さい」

「こんなものを、いただくわけには参りません」

「なにかお気に召しませんでしたか」

「そんなことはありません。ではご厚意をいただき、いずれお返しをいたしましょう」

晁蓋は男を呼び、雷横に礼をのべさせ、兵士たちにもみやげの銀を与えた。

雷横たちが去ったのち、晁蓋は男に着替えをさせ、身許をたずねた。

「お前さんは、どこからきた。名前はなんというんだ」

「私の姓は劉《りゅう》、名は唐《とう》といい、東潞州《とうろしゅう》に戸籍があります。鬢のところに赤あざがあるので、赤髪鬼《せきはつき》と呼ばれています。こんど、たいへんな儲け話をあなたに知らせようとして、とんでもねえばかばかしい目にあいました。さいわいお会いできて、このうえもないしあわせでござんすよ。さあ、この劉唐の四拝の礼をお受け下さい」

晁蓋は礼を受けると、たずねた。

「では、その儲け話というのを聞きたいね」

劉唐は語りはじめた。

「私は子供の頃から各地を流れ歩いて、好漢たちと知りあってきました。あなたの大名はほうぼうで聞いておりましたが、縁がないまま、いままでお会いできませんでした。山東、河北の闇商人の多くが、あなたのところでお世話になっていると聞き、それなら儲け話を持ちこもうと思いついたのです」

劉唐は、辺りを見まわす。

「ひとに聞かれるおそれがなけりゃ、その話を申しあげますよ」

「戸をしめれば、外に声は洩《も》れないし、家のなかにいるのは信用できる者ばかりだ」

劉唐は話しはじめた。

「私が耳にしたところでは、北京大名府《ほくけいたいめいふ》の梁中書《りょうちゅうしょ》が、舅《しゅうと》の蔡太師の誕生祝いに、十万貫で買いもとめた金銀財宝を、東京《とうけい》へ送るということです。去年は十万貫の祝いの品を運ぶ途中で何者かに奪われ、犯人は分らぬままになっています。今年も蔡太師の誕生日の六月十五日に東京へ到着できるよう、十万貫の宝物を運ぶ使者が北京を出発します。この財宝は、すべて梁中書が得た不義の財です。それを盗んで、なんのはばかるところがありましょうか。ついては、あなたと計画を練り、道中で奪いとってやろうと思います。天理にそむいた悪事を犯すわけではありませんからね。あなたは武芸衆にすぐれた快男子として、世に聞えています。私は名もない者ですが、腕に覚えがあります。三人や五人を相手に闘うのは朝飯まえのことで、たとえ千人、二千人の軍馬のなかへ、飛びこめといわれても、槍一本持ってりゃ怖れることはありませんや。あなたがこの儲《もう》け話に乗るというのなら、お手助けをいたしますよ」

晁蓋は、膝《ひざ》をたたいていった。

「それはおもしろい話だ。あとでゆっくり手筈《てはず》をきめることにして、あんたはいろいろ難儀な目にあったのだから、いったん眠って体を休めなさい。明日、相談すればいい」

劉唐は下男に案内され、寝室に入ったが、寝台に身を横たえるうち、しだいに腹立たしくなってきた。

――俺はなぜ、あれほどひでえ目にあわされたんだろう。晁蓋さんの機転で釈放されたが、雷横のしやがったことは、どうにも勘弁ならねえぞ。俺を一晩じゅう痛え目にあわしやがったうえに、花銀十両をせしめて帰りやがった。こいつはどうにも黙っちゃいられねえ。いまごろは、まだ遠くへいっちゃいねえだろう。棒を持って追いかけ、あの野郎どもを打ちのめし、銀子を取りもどして晁蓋さんに返してあげよう。そうすりゃ、胸のつかえが下りるぜ。こりゃいい考えだ——

劉唐は寝室を出て、槍架《やりかけ》から朴刀《ぼくとう》をつかみとり、門を出て南の方角へ走った。

しばらく追いかけるうち、雷横が部下たちを率い、ゆるやかに馬を歩ませてゆく姿を行手に見た。

「畜生、どうするかみろ」

劉唐は頭髪を逆立て、宙を飛んで走った。

劉唐は雷横に追いつくと、大喝した。

「こりゃ、都頭め。足をとめよ」

雷横はおどろいてふりむく。

彼は朴刀を手にした劉唐が追いすがってくるのを見て、あわてて土民兵の持っていた朴刀をひったくり、喚《わめ》いた。

「なにしにきたんだ。この野郎」

「手前のしやがった無道のおこないを恥じているなら、十両の銀子を俺に返せ。そうすりゃ、見逃してやらあ」

「銀子は貴様の叔父さんがくれたんだから、あれこれいわれることはねえさ。俺が叔父さんの顔をたてなけりゃ、貴様は命がなくなっていたんだ。どうしてそんないいがかりをつけやがるんでい」

劉唐はいいかえした。

「俺は盗賊じゃねえ。それを一晩のあいだ吊《つ》りさげたうえに、叔父から銀子を取りやがって。それを返すなら、おだやかに引きとってやるが、もし返さねえつもりなら、この場を血の海にしてやらあ」

雷横は激怒し、劉唐を指さし罵《ののし》った。

「この恥さらしのごろつきめ。無礼なまねをしやがるなら、許さねえぞ」

劉唐はいいかえす。

「百姓をだまくらかし、いじめてばかりいる屑《くず》野郎め。おおきな口をたたきやがる。首の骨をへし折ってやるぞ」

「なんだと、骨の芯《しん》まで悪に染まった泥棒め。いずれは晁蓋にも害を及ぼす奴にちげえねえ。貴様がどれほど脅そうとしても、俺はこたえねえぞ。さあ、いまここで勝負をしようじゃねえか」

劉唐は朴刀を縦横にふるい、斬りかかった。雷横はそのさまを見ておおいに笑い、わが手中の朴刀をとりなおし、迎えうった。

二人は路上で五十数合を打ちあい、なお勝負が決しなかった。双方ともに、刀術に熟達している。雷横はしだいに劉唐に切りたてられ、守勢に立たされてきた。

部下の兵士たちはそのありさまを見て、白刃を抜きつれ、劉唐に襲いかかろうとした。

そのとき、道端のいけがきの門がひらき、ひとりの男が両手に二本の銅錬《どうれん》（銅の鎖）を提げてあらわれ、劉唐と雷横のあいだに歩み入った。

「お二方は、もう争うのをおやめなさい。私はさきほどから見ていましたよ。しばらく休んで、私のいうことに耳をかたむけて下さい」

二人はうしろへ飛び退き、朴刀を納め、たたずむ男を見た。

男は学者のような身なりであった。桶《おけ》のような形の頭巾《ずきん》を眉深《まぶか》にかぶり、黒い縁取りのある麻のゆるやかな上衣を着ている。腰にはひとすじの茶褐色の帯をしめ、絹の靴、白地の靴下をはいていた。

眉《まゆ》は秀で眼差《まなざ》しは涼しい立派な顔立ちで、色は白く、長鬚をたくわえている。

彼は「智多星《ちたせい》の呉用《ごよう》」と呼ばれる人物で、字《あざな》は学究《がくきゅう》、道号を加亮《かりょう》先生といい、地元に生れた。呉用の学徳を讃美する、つぎの詩句がある。

「万巻《ばんかん》の経書かつて読過し、平生機巧（機敏）心霊（怜悧《れいり》）なり。六韜三略《りくとうさんりゃく》（兵書）きわめ来《きた》ってくわしく、胸中に戦将を蔵し、腹内に雄兵を隠す。

謀略はあえて諸葛《しょかつ》（孔明）をあざむく。陳平《ちんぺい》（漢の高祖の参謀）あに才能に敵せんや。いささか小計をほどこせば鬼神もおどろく。字は称す呉学究。人は呼ぶ智多星と」

呉用は劉唐に聞いた。

「あなたは、争闘をおひかえ下さい。都頭殿となぜ果しあいをするのですか」

劉唐は眼を光らせ、答える。

「学者などの知ったことか」

雷横が説明した。

「こいつが喧嘩《けんか》をしかけてきたわけを、申しあげます。昨夜、こいつがすっぱだかで霊官《れいかん》廟《びょう》のなかで寝ていたので、捕えて晁保正のところへ連行しました。ところがこいつは保正の甥《おい》だったのです。だから保正の顔をたて、放してやりました。晁保正はわれわれに酒をふるまってくれ、いくらかの礼物をくれました。こいつは叔父の屋敷から抜け出て、ここにきて礼物を取りあげようとするのです。手におえない奴ですよ」

呉用は考えてみた。

――晁蓋は幼い時分からの友達で、どんな些細《ささい》なことでも相談しあってきた。彼の親戚《しんせき》眷族《けんぞく》は皆知っているが、こんな甥がいたとは知らなかった。年ごろから見ても、知らないはずはないが。これにはかならずなんらかの訳があるにちがいない。私はこの場の騒ぎをとりしずめ、あとでよく事情を聞いてみよう――

彼はいった。

「大男よ、そんなにかたくなになることはなかろう。私はあなたの叔父さんの親友だ。雷都頭ともむかしからつきあっている。都頭を打ち倒し、銀子を取りあげれば、叔父さんの顔をつぶすことになる。私の顔をたて、おだやかに引きとりなさい。叔父さんには私が取りなしてあげよう」

劉唐はいう。

「学者さんよ、あんたの知ったことじゃねえ。銀子は叔父がこころよくやったものじゃねえんだ」

劉唐は、雷横が晁蓋から銀子をだまし取ったのだといった。

「俺はこいつから銀子を取りかえさないかぎり、帰らねえぞ」

雷横は喚いた。

「晁保正が取りもどしにきたのであれば、返すよ。貴様などにどうして返さにゃならんのだ」

「なんだと、手前は俺を賊だといって引っくくり、叔父貴から銀子を詐《かた》り取りやがって、それを返すのはあたりまえだ」

「これは俺が貰《もら》ったものだ。誰が返すものか」

「よし、返さないのなら、俺の朴刀にたずねてみることだな。承知すればいいだろう」

呉用は、二人にすすめた。

「二人ともいくら闘っても勝負がつかないではないか。このうえどれだけ闘えば、気がすむのか」

劉唐がいった。

「どちらかが死ぬまでやるさ」

雷横は激昂《げっこう》して叫ぶ。

「俺が貴様を怖れて、部下に助太刀をさせたといわれりゃ、世間に恥をさらすことになる。俺の手で貴様を刺し殺してやらあ」

劉唐は胸をたたいていった。

「この糞野郎《くそ》め、息の根をとめてやる」

呉用が取り静めようとしたが、二人は朴刀《ぼくとう》をふりかざし、土煙をあげ進退して隙を狙いあう。

そのとき、雷横の部下たちが騒《ざわ》めいた。

「保正殿がきたぞ」

劉唐がふりかえると、晁蓋が襟をひらき、衣服を乱した姿で駆けつけてくる。

晁蓋は大喝した。

「畜生め、無礼なまねをするな」

呉用は腹をゆすって大笑した。

「保正がこなけりゃ、この場は納まらないよ」

晁蓋はあえぎつつ走り寄って、劉唐をなじった。

「こんなところまで追いかけてきて、斬りあいをするとは何事だ」

雷横がいった。

「あなたの甥が、私に銀子を返せというんですよ。私は保正殿には返しても、お前には返さないといい、五十合ほど斬りあったとき、呉用教授が仲裁しようとして下さったんですよ」

晁蓋は舌打ちして眉をひそめる。

「この畜生は、道理を知らないんだな。都頭殿、今日は私の顔をたててお帰り下さい。日をあらためておうかがいして、謝罪します」

雷横は、晁蓋の挨拶《あいさつ》をうけいれた。

「私はすべてこいつのやったことだと分っているので、何とも思っていませんよ。保正殿に遠出をしていただき、すみませんでした」

彼は部下を引き連れ、去っていった。

呉用は晁蓋にいう。

「貴公が出てこなかったら納まりがつかず、一大事となっていたところだ。しかし貴公の甥の武芸は、非凡というほかはない。小生はいけがきのなかから見ていたが、朴刀を遣えば敵なしといわれた雷都頭が、守勢いっぽうで、逃げまわるのがようやくの有様だったよ。もうしばらく斬りあえば、雷横は命を落したにちがいない。それで小生があわてて二人の間を分けたのだ。この甥御はどこからきたのかね。この辺りでは見かけたことがなかったが」

晁蓋はいった。

「実は先生に相談したいことがあって、私の家にきてもらいたいと思っていたところだ。それで使いの者を出そうとしていたとき、この男がいないのに気がつき、槍架《やりかけ》のうえの朴刀もなくなっていたので、ただごとではないと探しに出ようとした。そこへ牧童が駆けこんできて、大男が朴刀を持って南の方向へ走っていったと知らせたので、あわててあとを追ってきたんだよ。先生のおかげで何事もおこらず、ほっとした。さあ、これからうちへきて相談にのってくれ」

呉用は自分の経営する学塾を一日休業することにして、戸締りをして晁蓋、劉唐と同行した。

晁蓋は呉用たちを自宅の奥の間に通したのち、はじめて呉用に劉唐の身許をあきらかにした。

「この男は江湖に名を知られた好漢だよ。姓は劉、名は唐といい、東潞州《とうろしゆう》の出身で、今度たいへんな儲《もう》け話があるというので、俺に知らせにきてくれた。ところが昨夜酒に酔って霊官廟で寝ているところを雷横に捕縛され、うちへ連れてこられたんだ。それで俺の甥といつわって、いましめを解かせたしだいだよ。彼が俺に教えてくれた儲け話をうちあけよう」

晁蓋は呉用に顔を近寄せ、小声で語りはじめた。

「実は北京大名府《ほくけいたいめいふ》の梁中書《りようちゆうしよ》が、十万貫の金銀宝石を買い、舅の蔡太師の誕生祝いに東京《とうけい》へ送るという話だよ。近いうちに、この辺りを通るんだが、これは梁中書がたくわえた不義の財なので、横取りするのに何の遠慮もいらないということになったんだ。ところで、俺は劉唐がきた夜、ふしぎな夢を見ていた」

晁蓋の見た夢は、北斗七星がわが家の棟にまっすぐ落ちてくる光景であった。

「北斗七星が落ちるとき、柄にあたるところのひとつの小星が、白光を発して飛び去ったんだ。私は、星がわが家を照らすのは幸先よいことだと思ったね。夢を見たあとで、劉唐がうちへきたんだよ。それで先生の意見をうかがいたかったんだが、どうかね」

呉用は笑っていった。

「小生は、だいたいの様子を察していた。これは、非常にいい話だと思うよ。ただ企てをおこなうには、人が多すぎては成功しないね。すくなすぎてもいけない。この家の下男たちは、ひとりとして用に立たないね。だが、俺たち三人ではどうにもならない。貴公と劉氏が武芸の練達者でも、この大仕事は無理だろう。七、八人の仲間が集まればいい。そのうえの人数はいらないよ」

晁蓋がいう。

「俺の夢にあらわれた、星の数にあわせるというわけかい」

呉用は答えた。

「貴公の見た夢は、ただの夢ではない。かならず北方から協力者がくるにちがいない」

呉用は眉間《みけん》にしわをよせ、しばらく考えこんでいたが、やがて思いついて叫んだ。

「あるぞ。あるぞ」

晁蓋はよろこぶ。

「協力者がいるのか。すぐに招き寄せて、一大事を決行しようじゃないか」

呉用はあわてることなく語りはじめた。

「小生は三人の男を思いついた。いずれも義にあつく、武芸に長じ、火のなか水のなかにもとびこみ、死生をともにする勇者だよ。この三人を仲間にひきいれたら、企ては成功するにちがいない」

晁蓋がよろこんで聞く。

「その三人は誰だ。名はなんという。どこに住んでいるのか」

呉用は笑みをうかべた。

「小生の知己の兄弟たちだよ。いま済州梁山泊《りょうざんぱく》のほとりの石碣村《せきけつそん》に住み、ふだんは魚をとって生計をたてているが、かつて湖を往来して世間の裏をゆく商いをしていたこともある。姓は阮《げん》といい、ひとりは立地太歳《りっちたいさい》の阮小二《げんしょうじ》、ひとりは短命二郎《たんめいじろう》の阮小五《げんしょうご》、ひとりは活閻羅《かつえんら》の阮小七《げんしょうしち》。小生はまえに石碣村の近所で数年住んでいたことがあった。そのときに彼らとつきあった。学問を身につけていないが、人とまじわって義気があり、いい男たちだ。それで友達になったんだよ。二年ほどは会っていないが、三人を仲間にすれば、このうえのことはない」

晁蓋は呉用の言葉にうなずく。

「俺も阮家の三兄弟の噂は聞いている。まだ会ったことはないがね。石碣村までは、ここから百十里ほどの道程だから、人をやって相談にきてほしいと頼もうじゃないか」

呉用は首をふった。

「人をやって頼んでも、彼らはこないよ。小生が出向き、三寸不爛《さんずんふらん》の舌で説得して同志に迎えよう」

晁蓋はおおいによろこぶ。

「それはありがたい。いついってくれるかね」

「相談が遅くなってはいけないから、今夜三更（午前零時頃）に出よう。明日の昼頃には石碣村につくだろう」

「それはまことにありがたい」

主客はこみいった話をあとにまわすことにして、酒食をとることにした。

呉用は劉唐に頼んだ。

「小生は北京から東京への街道は通ったことがあるが、その誕生祝いの品は、どの道を通って運ぶのかな。あなたにご足労をかけてすまないが、北京へ引き返して、財宝を運ぶ一行がいつ出発して、どの街道を通るのかを聞きこんできてほしい」

劉唐は承知した。

「私は今夜にも出かけますよ」

「いや、誕生日は六月十五日だ。いまはまだ五月のはじめだから、急ぐことはない。小生が阮兄弟を味方につけ、戻ってきたあとで出発してもらおう」

三人は酒をくみかわしたあと、床についた。呉用は三更に起き、口をすすぎ早い朝食をとり、いくばくかの銀子を懐にいれ、身支度をととのえた。

晁蓋、劉唐は門前まで見送った。呉用は道を急ぎ、昼頃に石碣村に着いた。

山を背にして、湖水にのぞむ村の眺めは、

「青鬱々《せいうつうつ》として山峰は翠《みどり》をたたみ、緑依々《いい》として桑柘《そうしゃ》（山桑）は雲を積む」

というおもむきである。

呉用は村内をよく知っているので道をたずねることもなく、阮小二の家にむかった。家の前に立ち、辺りを眺めると、古い杭《くい》に数艘《そう》の漁舟がつながれ、いけがきの外に破れた漁網が一張り、干されていた。

呉用は間口十間ほどの草葺《くさぶ》きの家の裏から、声をかけた。

「小二よ、いるかね」

声に応じ、うすぐらい奥の部屋から男が出てきた。

眉毛《まゆげ》が逆立ち、眼がくぼみ、大きな口をひきむすんだ壮漢である。

阮小二は破《や》れ頭巾《ずきん》をかぶり、古びた着物をまとい、毛臑《けずね》をむきだしていたが、呉用を見るとあわてていった。

「先生、どういう風の吹きまわしでおいでになったのですか」

「ちょっとあんたに頼みたいことがあって、きたんだよ」

「どんなことですか。なんでもやりますよ」

「小生がここを離れてから早くも二年がたった。いまは、ある資産家の家を借りて、学塾をひらいているが、その主人が宴会をやるので、十四、五斤ほどの目方の金色の鯉を十数匹ほしいというんだ。あんたに頼みにきたのは、その用だよ」

阮小二は笑声をもらした。

「とにかく、酒を飲みましょうよ」

「小生も、あんたとひさしぶりに飲むつもりで、きたんだ」

小二はいう。

「湖のむこうに酒店がいくつかあります。舟で渡ってゆきましょう」

「そうしよう。ところで五郎とも会いたいんだが、家にいるだろうか」

「いっしょに寄ってみましょう」

二人は湖の岸辺に出て、古杭につないでいた小舟のもやい綱を解き、漕《こ》ぎだした。舟は滑るように湖上を進む。

阮小二は対岸の葦《あし》の茂みにむかい、手を振り声をかけた。

「おーい、小七。小五を見なかったか」

声に応じ、葦のなかから一艘の舟があらわれた。

舟を漕ぐ小七は、活閻羅《かつえんら》と渾名《あだな》をつけられるだけに、荒神のようなすさまじい顔つきの大男であった。

小七は日除けの竹笠《たけがさ》をかぶり、碁盤縞《じま》の袖無《そでな》しをつけ、木綿のスカートをはいている。

彼は舟を寄せてきて、たずねた。

「兄哥《あにい》、小五兄さんになにか用かい」

呉用が声をかけた。

「七郎さんよ、小生が頼みたいことがあって、きたんだよ」

小七は船上にうずくまる呉用を見て、おどろいていう。

「これは先生、うっかりして失礼いたしやした。しばらくぶりですねえ」

「そうだよ、小二さんといっしょに酒を飲みにいこう」

「それはいい。いちど先生と酒を飲みたかったんだが、いっこうにお目にかかれないままでしたね」

二艘の舟は対岸に着いた。

湖水にのぞむ丘のうえに、七、八軒の草葺きの家があった。

阮小二が舟のうえから草屋にむかい、声をかけた。

「おっかぁ、小五はいるかい」

家のなかから老いた母親が姿をあらわした。

「小五はほんとにしょうがないよ。このごろ魚が獲れないので、毎日賭場《とば》へでかけ、博打《ばくち》ばっかりやるんで、一文もなくなっちまった。さっき、私の髪にさしていたかんざしを取りあげ、村の賭場へ出かけたよ」

阮小二は笑声をのこし、舟を漕ぎだす。阮小七は、うしろの舟から声をかけた。

「兄貴はなぜ負けるんだろう。負けてばかりで気がくさくさするぜ。兄貴だけじゃねえ。俺だって、すっぱだかにされちまった」

呉用が心中で、これは都合がよくなったと考えるうち、二艘の舟は石碣村に近づいてゆく。

小半刻（三十分）ほどゆくと、丸木橋の際に、二連の銅銭を手に持つ男の姿が見えた。

その男は汀《みぎわ》に下り、舟のもやい綱を解こうとしていた。

阮小二がいった。

「五郎がいますよ」

呉用は阮小五を見て、笑みをふくんだ。ひさびさに見る小五の姿は、

「一双の手はすべて鉄棒のごとく、両隻《りようせき》の眼は銅鈴に似るあり。面上にはいささか笑容《しようよう》ありといえども、眉間《みけん》にはかえって殺気を帯着す」

という険しさをみなぎらせていた。

彼は破れ頭巾をかぶり、鬢《びん》のあたりに石榴《ざくろ》の花を一枝はさみ、ふるい木綿の上衣をつけている。

胸のあたりに、暗青色の豹《ひよう》の刺青《いれずみ》をあらわし、股引《ももひき》をはき、首に碁盤縞の手拭《てぬぐ》いを巻いていた。

呉用が声をかける。

「五郎どうだ。博打に勝ったかい」

小五は笑ってうなずく。

「誰かと思ったが、やはり先生かね。二年ほどお目にかからなかったが。さっきから橋のうえに立って、誰がきただろうと見ていたんだよ」

小二がいう。

「いま先生といっしょに家へいったら、おふくろが、お前は村へ博打にでかけたというので、ここまでやってきたんだ。これから水亭へいって、いっしょに酒を飲もうぜ」

「そりゃ、いいな」

小五は急いで舟のともづなを解き、漕ぎだす。

三艘の舟はつらなって進み、水亭と呼ぶ湖面に架けだしをした酒楼に着いた。

水亭の辺りの景色は、

「前は湖泊《こはく》にのぞみ、後は波心《はしん》に映ず。数十株の槐柳《かいりゅう》は緑煙るがごとく、一両蕩《いちりょうとう》の荷花《かか》（蓮）は紅《くれない》水を照らす。涼亭の上、窓は碧檻《へきかん》をひらき、水閣のなか、風は朱簾《しゅれん》を動かす」

という、趣のある眺望であった。

三艘の舟は、水亭の下の蓮池《はすいけ》のなかへ漕ぎいり、岸辺にもやった。

呉用は三兄弟とともに水亭に入り、朱塗りの卓にむかう椅子に腰をおろした。

阮小二がいった。

「先生、俺たち三人はがさつ者だから行儀が悪いが、ゆるしておくんなさい。どうぞ上座へおつき下せえ」

呉用は辞退した。

「そりゃ、いかんよ」

阮小七が兄にすすめた。

「兄貴が主人の座につけばいいんだよ。先生は客座にお坐《すわ》り下せえ。俺たち弟は下座へ失礼させていただきやすよ」

呉用は笑った。

「七郎は、いつも気のきく男だなあ」

給仕に酒を命じると、酒一桶《おけ》と四つの大杯、箸《はし》を持ってきた。菜は四つの皿に盛っている。

阮小二が聞いた。

「肴《さかな》はどんなものがあるかね」

「つぶして間のない黄牛と、花ちまきのようにやわらかい、上等の牛肉がありやすよ」

小二が命じた。

「どちらも大きく切ってこい。十斤ほどでいいよ」

小五が頭をかいた。

「先生が遠方からおいでになったのに、なんのおもてなしもできねえ」

「こちらこそ、突然あらわれて迷惑をかけ、すまないよ」

給仕が燗《かん》をした酒を、つぎつぎと運んでくる。二皿に山盛りの牛肉が出され、呉用は一切れを食うと満腹した。

飲食が終ると、阮小五が呉用にたずねる。

「先生は、何のご用でおこしなすったんですかい」

小二が教えた。

「先生はいま、ある金持ちの家を借りて、塾をひらいていなさるんだ。こんど、そこの主人が大勢の人を招くので、目方十四、五斤の金鯉を十四あまり、いるらしい。それを俺たちに集めさせるために、おいでになったんだ」

小七は首を傾げた。

「先生、これまではそれくらいの鯉なら、四十四や五十四は、すぐにととのえられたんだが、近頃はなぜか、ちっとも獲れねえんでさ。十斤ほどのものだって、めったに網にかからねえんですよ」

小五がいう。

「しかし、せっかくおいでなすったんだから、せめて五、六斤ほどの鯉を十匹ほどでも集めようじゃないか」

呉用は眉をひそめた。

「困ったな。銀子はたくさん持ってきている。いくらでも支払うよ。ただ小型の鯉はいらない。十四、五斤のものが、どうしても欲しいんだが」

阮《げん》小七が手を振った。

「先生、そりゃとても無理だ。小五がいったが、五、六斤の鯉だってなかなか獲れねえ。まあ、幾日か待ってもらわねばならんだろう。今日はあわてずに酒を楽しみましょうや。俺の舟の生簀《いけす》に、一桶ほどの小魚を泳がしているから、あれを料理して食おう」

小七は自分の舟から、六、七斤ほどの分量の雑魚を桶に入れてきて、料理をして皿に盛る。

呉用は三兄弟と盃《さかずき》をかわすうち、心中で考えた。

――こんな店のなかで、ほんとうの用件を打ちあけるわけにはゆかない。今夜、兄弟の家に泊るとき、話をしよう――

そのうち、阮小二がいいだした。

「先生、日が暮れてきましたよ。今夜は私の家にお泊り下さい。明日また、弟たちと鯉の調達について相談いたしやしょう」

呉用はうなずく。

「めったにこの土地に出てくる機会がなかったが、今日はあんたがたに会えて、ほんとうに楽しかったよ。酒代は小生が支払いたいところだが、そうさせてもらえまい。今夜、二郎さんの家に泊めてもらうが、皆いっしょに飲みあかそうじゃないか。小生が銀子を出すから、酒一瓶《かめ》と肉を買っていこう」

阮兄弟に異存はなかった。

呉用は銀子一両で大瓶に詰めた酒と、牛肉二十斤、鶏二羽を買う。

四人は店を出て、舟を湖に漕ぎだし、阮小二の家に戻った。三人の兄弟のうち、女房がいるのは小二だけである。

四人は奥座敷で卓を囲む。座敷は水上に架けだしているので、涼しい。

初更（午後八時頃）、酒宴の支度がととのい、呉用たちは酒盃をあげた。呉用は、頃あいを見はからい、鯉について話をはじめた。

呉用は首をかしげた。

「こんな広い湖で、どうして十四、五斤の鯉が獲れないのだろう」

阮小二が答えた。

「実は先生に申しわけがないのですが、そんな大魚は梁山泊へいかなきゃ、取れないんですよ。この石碣湖は狭いから、大鯉はいねえんです」

呉用が尋ねた。

「梁山泊は遠い所ではなし、水つづきだ。どうしていかないんだね」

小二が溜息《ためいき》をつく。

「この話はやめましょう。結局無駄ですから」

阮小五が説明した。

「先生は近頃の事情をご存知ねえんですよ。前は、梁山泊が俺たちの飯櫃《めしびつ》だったが、いまあそこへ舟を入れられねえんでさ」

「あんな広い水郷を、官司が魚撈《ぎよろう》禁制にするわけはないだろう」

「官司の力なんぞ、たかが知れていますよ。閻魔《えんま》大王が出てきたって治められねえ」

「官司の禁制がないのに、どうして魚獲りに出かけないんだ」

小五はうなずく。

「先生はこれまでの出来事を、なんにもご存知ねえんですかい」

「うむ、まったく知らないよ」

阮小七が口をはさんだ。

「あの梁山泊には、ひとくちにはいえませんが、大勢の強盗が集まっていて、魚を獲らせねえんですよ」

「そりゃ初耳だ。まえは強盗どもがいるなどとは、聞いたこともなかったからなあ」

小二が説明をはじめた。

「強盗の頭目は、役人登用試験に落第した白衣秀士の王倫という男です。二の親分は摸着《もちやく》天《てん》の杜遷《とせん》、三の親分は雲裏金剛《うんりこんごう》の宋万《そうまん》。四番手に旱地忽律《かんちこつりつ》の朱貴という男がいます。こいつは李家道の集落で酒屋をひらき、旅人を誘い寄せ、身ぐるみ剝《は》ぎ取ったり、噂の聞き込みをやっているんです。近頃、東京禁軍の教頭をつとめた、豹子頭《ひょうしとう》の林冲という男が仲間に加わったと聞きやしたが、こいつはなかなかの武芸者だそうですよ。

梁山泊には七、八百人のならず者が集まり、旅人を劫掠《ごうりゃく》したり、村々を荒らしまわるので、俺たちは一年ほども漁にいけません。それで暮らしむきも苦しくなるばかりでさ」

「そんなことは、まったく知らなかった。どうして官兵がそいつらを捕えにこないのだ」

小五が吐きだすようにいう。

「官兵は、百姓たちに迷惑をかけほうだいですよ」

阮小五がいう。

「官兵がやってくりゃ、百姓たちの飼っている豚、羊、鶏、家鴨《あひる》などを全部かっさらって食っちまいます。そのうえ帰ってゆくときには、かならず金銭をまきあげてゆくんでさ。それにくらべれば、いまはまだいいと百姓たちは思っていますよ。盗賊追捕《ついぶ》の官兵たちが村へやってこないからです。あいつらにゃ梁山泊へ押しのぼるような度胸はありませんや」

阮小二も口をそろえる。

「俺たちは大きな魚を獲れなくなったが、役人から税金を取られ、道普請に駆りだされるようなことがなくなりやした」

「そうか、官兵も怖れない強盗暮らしも、おもしろいだろうな」

呉用がいうと、小五が応じた。

「その通りでさ。盗っ人らは天地に怖れるものがねえんですからね。分捕ってきた金銀は秤《はかり》にかけて分け、身につける絹物の衣裳《いしよう》はいくらでもある。大瓶の酒を飲み、肉の大塊を飽きるまでくらう。こんなおもしろいことはありません。俺たち兄弟三人は、武芸に自信があるが、腕をふるう機会にめぐまれないんだ。梁山泊の奴らのように、望むがままの暮らしを送りたいものですよ」

呉用は、兄弟の本心を聞き、仲間に誘う見込みをつかんだ。

阮小七が酒に酔い、胸にわだかまる思いを吐きだす。

「人は一代、草は一秋だ。俺たちは魚獲りばかりして日を送る。実にばからしいだけだ。一日でも奴らのような、天地をはばからないおこないをしてみてえや」

呉用は小七をたしなめてみた。

「あんな連中のまねをしてみろ。五十や六十の鞭打《むちう》ちの刑では納まらないよ。一時は世間で虎のように怖れられようが、捕縛されたらすべてはおしまいだ」

阮小二が呉用に反論した。

「いまの官人たちには、善悪をあきらかにする力などありませんや。目先の辻褄《つじつま》をあわせるばかりで、大悪人は咎《とが》められることもなく、楽々と暮らしていますよ。俺たちはなんの楽しみもない明け暮れを送っている。誰か俺たちを導いてくれる人がいるなら、ついてゆきたいですよ」

阮小五が兄に同調した。

「兄貴のいう通りだ。俺たち兄弟は、誰にも劣らないはたらきができるんだ。俺たちの力を用いてくれる人がいないものかなあ」

呉用が聞いた。

「もし、あんたがたの力量を買ってくれる人がいたら、ついてゆくかね」

阮小七が答えた。

「もし俺たちの力を知ってくれる人がいたら、火のなか、水のなかもいとわず突き進みますよ。一日でも望むがままの暮らしができたら、死んでも思いのこすことはありませんや」

呉用は心中でよろこぶ。

——三人とも、わが誘いに応じるだろう。ゆっくりと話を進めよう——

彼は三人としばらく酒をくみかわしたのち、おもむろに語りかけた。

「あんたがたは、梁山泊へ乗りこんで賊をひっ捕えてみる気はないのかね」

阮小七は笑いすてた。

「そんなことをしたところで、誰がほめてくれるでしょう。世間の好漢たちの笑い話になるだけですよ」

呉用はかさねていった。

「小生は思うがね。あんたがたが魚を獲れず、怨《うら》みを抱いて暮らすのなら、いっそ梁山泊の無法者たちの仲間になればいいいんじゃないか」

阮小二が答える。

「先生、私たち兄弟は、いままで何遍も梁山泊へいこうかと思案しました。だが親分の白衣秀士王倫は了簡の狭い奴で、たやすく人を信用しない男だそうです。まえに、東京《とうけい》の林《りん》冲《ちゅう》が入山したときも、あらゆるいやがらせをしたということですよ。王倫が、そんな根性の男だと聞いたので、俺たちもその手下になるのを思いとどまったんでさ」

阮小七が溜息《ためいき》をついた。

「あいつが先生のような度量があって、俺たちをかわいがってくれりゃいいんだが」

小五が応じた。

「その通りだ。王倫が先生のように情のある男なら、俺たちはいままでに、あいつのために命を投げだしておりやすよ」

呉用はいう。

「小生のような者はとるにたらないが、いま山東、河北には英雄豪傑といってもいい好漢が、大勢いるだろう」

阮小二がうなずく。

「その通り、好漢はいるかも知れませんがね。こんな片いなかにいる俺たちが、めぐりあえませんや」

「それでは教えてあげよう。ここから遠くない鄆城県《うんじょうけん》東渓村の晁保正《ちょうほせい》は好漢だよ。あんたがたは、彼の名を聞いたことがないかね」

阮小五が応じた。

「托塔天王《たくとうてんおう》と渾名のある晁蓋でしょう」

「その通り」

呉用は三人にいった。

「あの男を頼れば、まちがいはない」

阮小七が呉用にいった。

「わずか百十里ほどをへだてているだけだが、いままで縁がなく、名を知るだけで会ったことがないんですよ」

「彼は義にあつい快男子だ。どうして会いにゆかないのかね」

「俺たちは、東渓村へ出向く用がなかったんですよ」

呉用はなにげなく話をきりだした。

「小生は何年かのあいだ、晁保正殿の屋敷に近いところで村塾をひらいているんだが、近頃聞けば、彼はたいへんな儲《もう》け話をあるところから持ちこまれている。そこであんたがたに相談にきたんだ。それをわれわれで横取りしようと思うんだが」

阮小五が首をふった。

「そいつはいけねえや。晁保正は義を重んじる好漢でしょう。そんな人のなさることを邪魔すれば、天下の好漢たちの笑いものになりやすよ」

呉用は、ついに内心をうちあけた。

「小生は、あんたがたの志がどれほど堅固であるかを試していたが、実に義を好み情誼《じょうぎ》にあつい兄弟だと納得した。いままでは隠していたが、真実をいおう。あんたがたが、もし尽力してくれる気があればのことだが」

三兄弟は身をのりだす。

「なんでも命令して下さい。全力をつくします」

「小生は、晁保正殿から頼まれて、あんたがたを迎えにきたんだ」

阮小二がいう。

「俺たち三人は、表裏の使いわけなどできません。晁保正殿が、儲け仕事に俺たちを使おうとなさるんなら、命を捨ててはたらきますよ。この誓いにそむけば、俺たちは業病にとりつかれ、悶《もだ》え死にしてもようがすよ」

阮小五と阮小七はわが首を手でたたいた。

「俺たちの体は、俺たちの値打ちを知ってくれる人に捧《ささ》げますよ」

呉用はすべてを語ることにした。

「小生はあんたがたを、悪謀にさそいこみにきたのではない。こんどの企《くわだ》ては、なまじの覚悟ではなしとげられないのだ。こんど東京の蔡太師の誕生日祝いの品として、娘婿である北京大名府《ほくけいたいめいふ》の梁中書が、十万貫の値打ちのある財宝を送ることになっている。誕生日は六月十五日だ。その情報を晁保正にもたらしたのは、姓は劉、名は唐という好漢だよ。小生は晁保正、劉唐にくわえ、あんたがたの協力によって、その財宝を輸送の途中で掠奪《りゃくだつ》し、一代の安楽を手中にしようと思う。どうだ。力を貸してくれるかね」

三兄弟は、こおどりしてよろこぶ。

「俺たちは、よろこんではたらかせてもらいやすよ」

「これで生涯の望みがかなったようなものだ。いつやるんですかい」

「すぐきてほしい。明日は夜明けまえに起きて、いっしょに晁保正殿の屋敷へゆこう」

呉用は金銀を欲しいわけではない。三兄弟もまた、いままでの漁師の生活から無理に脱却しようと思ったことはなかった。

彼らは不義の財宝を奪い、好漢あいつどって新たな境地をめざそうとしていた。


翌朝、三兄弟は呉用にともなわれ、石碣村《せきけつそん》を出て東渓村《とうけいそん》へむかう。夕刻に晁蓋の屋敷に到着した。屋敷の門前の槐《えんじゅ》の木の下に、晁蓋、劉唐の姿が見えた。

二人は呉用が阮兄弟を誘い、戻ってくるのを待ちかねていた。

晁蓋は呉用たちがやってくるのを見ると、駆け寄って三兄弟に挨拶《あいさつ》をした。

「これは阮氏の三雄がお越しかね。噂に聞いた通りの快男児だな。どうぞ、屋敷へお入り下さい」

呉用は三人と奥座敷に入り、晁蓋たちにいった。

「三兄弟たちは、われわれと運命をともにする覚悟をきめているよ」

「それはありがたい。百万の味方を得た気分だ」

晁蓋は下男に豚と羊を屠《ほふ》らせ、締盟の祝宴をひらいた。

阮家の三兄弟はよろこんでいう。

「日頃、天下の好漢とあい知りたいと願っていたが、こんな近在にこれほどの人物がいるとは知らなかった。俺たちの運がひらけようというのは、すべて呉用先生のおかげだぜ」

「その通り」

翌日、六人の男たちは座敷の上手に紙銭、紙馬、香華、灯明を置きならべ、豚と羊を供え血盟の儀式をおこなう。彼らは神々に誓約した。

「梁中書は、北京の高官の地位を悪用し、金銀財物を民百姓からあざむき取りあげ、東京の蔡太師に不義の品々を贈ろうとしています。われらはこれを奪い取り、天下蒼生《そうせい》のために活用しようと考えます。もし、われらにして私欲にはしり別意を抱くようなことがあれば、ただちに誅罰《ちゅうばつ》を加え給え」

彼らが儀式を終え、酒を飲んでいるとき、下男がきて告げた。

「いま門の前に道士がきて、保正さまに会って喜捨をうけたいといっております」

晁蓋は下男を叱りつけた。

「そんなことを、いちいちいってくるな。米を三、四升やって帰せばいい」

「ところが、米を三斗もやったのですが受けとりません。儂《わし》は一清道人《いっせいどうじん》という者で、施しものをもらいにきたんじゃない。保正殿に会いたくてきたんだというんです」

「なんだと、そんな奴は知らないぞ。今日は忙しいから出なおせといって、追い返せ」

「それが、なかなか帰りません。保正殿が義にあついお方と聞いたので、どうしてもお目にかからせてもらおうと思い、やってきたというのです」

「妙にしつこい奴だな。米を三、四升追加してやって、返してしまえ。儂はそいつに会う気がないんだ」

「では、そう伝えます」

下男は出ていったが、まもなく門の辺りから騒がしい物音がきこえてきた。

晁蓋は座敷から出て、門前にむかい叫んだ。

「やかましくふざけているのは誰だ。静かにしろ」

やがて、下男が駆けこんできて注進した。

「旦那《だんな》さま、たいへんですよ。さっきの道士を追い返そうとしたら、まっかになって怒りだし、うちの男衆が十人ほどもたたきのめされてしまいました」

「そいつは、いったい何者だ」

晁蓋は急いで表門の前へ出ていった。

そこには身の丈八尺あまり、辺りを圧する面構えの道士がいた。彼は怒りにまかせ荒れ狂い、手あたりしだいに下男たちを殴りつけている。

彼は虎のように吼《ほ》えた。

「蛆虫《うじむし》どもめ、見そこなうな」

晁蓋は道士をひと目見て、ただ者ではないと察し、声をかけた。

「乱暴はおやめ下さい。お斎米《ときまい》を出したのに、そのうえのご用がおありですか」

道士は腹をゆすって大笑した。

「俺が銭や食いものほしさにくると思うのか。十万貫の金銀も、俺の眼には塵《ちり》あくたさ。保正に話があってきた俺を、この木っ端野郎どもがわけも聞かず追っ払おうとしやがるんだ」

「名を聞くばかりで、会ったことはないよ」

「道士殿は保正に会ったことがあるのですか」

「そうですか。私が晁蓋です」

道士は晁蓋にするどい視線をむけ、おもむろに一礼した。

「これは保正殿であったか。ご無礼をお許し下され」

晁蓋は道士を奥へ通した。呉用は道士を見ると、劉唐と阮三兄弟にいった。

「われわれは席をはずしたほうがよさそうだ」

晁蓋は道士に茶をすすめる。道士は喫みおえて、いった。

「ここでは話がしにくいですな。部屋をかえましょうや」

晁蓋は道士を導き、小部屋に移った。

「道士殿のお名前をお聞かせ下さい」

道士は静かに答える。

「姓は公孫《こうそん》、名は勝《しょう》、道号は一清《いっせい》先生。生国《しょうこく》は薊州《けいしゅう》です。幼時から槍棒《そうぼう》の術を得意とし、武芸百般に通じているので、公孫勝太郎《こうそんしょうたいろう》と呼ばれています。また道術の一派をひらき、風をおこし雨を呼び霧を渡って雲に登る術をこころえています。このため、入雲竜《にゅううんりゅう》の渾名《あだな》も持っています。鄆城県東渓村の晁保正殿のご高名はうかがっておりましたが、お目にかかる機会に恵まれず歳月を過ごしてきました。今度、初見《しょけん》のご挨拶に、十万貫の財宝をさしあげます。お受けとりいただけますか」

晁蓋は、おおいに笑った。

「道士殿が仰せの十万貫は、北方の誕生祝いの品でしょう」

道士は息を呑《の》んだ。

「これは保正殿、なぜそれをご存じでしょうか」

「うむ、おどろかれたようですな」

「この財宝は、手に入れねばなりません。取るべきを取らずして、後に悔いるなかれと古人はいっております。保正殿のご意見はいかがでしょう」

二人が話しあっているところへ、呉用が駆けこんできて、公孫勝の胸倉をつかみ、叫んだ。

「現世に王法あり、彼岸に神霊あるに、よくも不埒《ふらち》をたくらんだな。さきほどよりの密談は、ことごとく聞きとったぞ」

公孫勝は不意をつかれ、顔は土色となり狼狽《ろうばい》するばかりである。

晁蓋は笑って呉用にいった。

「先生、冗談がききすぎたようですな。このお方はおどろいて、歯の根もあわない様子ですよ」

彼は二人をひきあわせた。

呉用は一礼ののち、丁寧に挨拶をする。

「入雲竜の公孫勝、一清というご高名はかねて聞き及んでおります。思いがけないところでお目にかかりましたね」

公孫勝は挨拶を返した。

「智多星の呉学究、加亮先生はあなたですか。今日お逢《あ》いできたのは、奇縁と申すよりほかはありません」

呉用が公孫勝にいった。

「晁蓋殿が義にあついお方なので、天下の豪傑が門下に集まってくるのです」

晁蓋が公孫勝を招く。

「ほかにも幾人かの知己が奥の間にいます。いっしょにいって会いましょう」

公孫勝は奥へ通り、劉唐と阮三兄弟にひきあわされた。一堂に会した好漢たちは口々にいった。

「今日ここでわれわれが会うのは、偶然ではありません。保正殿は、どうか正面の座におつき下さい」

「わたしはしがないいなか者です。上座などは、とんでもないことです」

呉用がすすめた。

「いや、保正殿はもっとも年長だ。小生のすすめの通り、上座におつきなさい」

晁蓋が上座につくと、呉用、公孫勝、劉唐、阮小二、阮小五、阮小七の順に居流れた。一同はふたたび杯盤をととのえ、酒肴《しゅこう》をそなえ、酒をくみかわした。

やがて呉用がいった。

「保正殿は、北斗七星がこの屋敷の棟に落ちる夢を見られたというが、今日われら七人が集まり義挙をはかるのは、天の啓示にみちびかれたものです。十万貫の富は、われらが手に唾《つば》して取るべきもの。先日、劉さんに財宝を運ぶ一行の路程の探索をお頼みしましたが、明朝早く出発してもらいたい」

公孫勝が、手をあげて呉用の言葉をさえぎる。

「探索に出かけられるには及びません。私が一行の通る道筋を聞きこんでいます。黄泥岡《こうでいこう》の大路を上ってゆくのです」

晁蓋がいう。

「黄泥岡の東十里の安楽村《あんらくそん》という村に、白日鼠《はくじつそ》の白勝《はくしょう》というならず者がいます。彼はかつて私を頼ってきたことがあり、旅費の助けをしてやったことがある」

呉用が即座にいった。

「夢に見た北斗七星の上端の白光というのは、その人のことかも知れない。味方にひきいれ、用いるべきでしょう」

劉唐がうなずく。

「ここから黄泥岡までは遠いから、どこかへ根拠地を置かねばなりません」

呉用が膝《ひざ》を打った。

「それだよ、白勝の家を根城にするべきだ。白勝には、ほかにもやってもらうことがあるだろう」

晁蓋が呉用に聞いた。

「先生、私たちは財宝を取るのに、計略を用うべきか、腕力を用うべきか、どちらにすればよかろう」

呉用は笑って晁蓋に応えた。

「小生はすでに計策をたてているよ。あとは状況しだいだな。先方が力でさえぎれば、力ずくで取り、智恵をめぐらすなら、こちらも謀《はかりごと》をたてよう。小生の計策はこのようなものだが、貴公がたのお気に召すかどうか」

呉用が周到な計策を開陳し、それを聞いた一同は、感心するばかりであった。

晁蓋はよろこびのあまり、足を踏み鳴らし、大声で口走った。

「好《ハオ》、好《ハオ》、なんという妙計だろう。智多星といわれるにふさわしい智謀だ。諸葛亮《しょかつりょう》も頭を下げるほどの、すばらしい考えというほかはないよ」

呉用は彼をたしなめる。

「そのうえ話すのはやめたほうがいい。壁に耳あり、窓外に人なからんやというではないか」

「そうだな、大事の前だから、うかつな口はきけない。それでは、今後の打ちあわせをしておこう」

晁蓋は同志たちに告げた。

「阮家の三兄弟は、いったん帰っていただこう。時期が到来すれば、私の家に集まって下さい。呉先生も、元通りに塾へ帰ってもらおう。公孫先生と劉唐殿は、ここにとどまっていて下さい」

七人は意気さかんに談論をかわし、夜の更けるまで酒をくみかわした。

翌朝、阮三兄弟が帰る際、晁蓋は花銀三十両を贈った。

「私の寸志を、どうか受けとって下さい」

三兄弟はおどろいて固辞する。

「そんなものはいただけません。お気持ちはありがたく頂戴《ちょうだい》いたしますから」

呉用が、受けとるようすすめた。

「朋友となったしるしだ。こころよく受けとっておきなさい」

三兄弟が銀をうけとり、門外へ出ると、晁蓋たちは送って出た。呉用が三兄弟に顔を寄せ、ささやいた。

「さきほど打ちあわせした通りだから、いざというときに出遅れないようにしてもらいたい」

「合点でござんすよ。先生のお指図通りに動きますから、ご安心下さい」

三兄弟は、石碣村へ帰っていった。

晁蓋は公孫勝と劉唐を屋敷にとどめ、呉用はその後しばしば彼らのもとへおとずれ、謀議を練った。

呉用たちが相談をかさねている頃、北京大名府《ほくけいたいめいふ》の梁中書《りょうちゅうしょ》は、十万貫の誕生慶賀の品を買いととのえ、吉日をえらんで東京へ送る手はずをすすめていた。

梁山泊

蔡太師《さいたいし》の娘は、父の誕生日が近づいてきたので、夫の梁中書に、誕生祝いを送る日程をたずねた。

「あなたは、生辰綱《せいしんこう》（誕生祝い）をお送りになる日取りを、おきめになったの」

中書はいう。

「礼物はすべてととのえたのであさってに送ろうと思っているんだ。ただひとつ、決めかねて迷っていることがある」

「それは、どんなことでしょう」

「去年は、十万貫で買った金銀宝珠を東京へ送ったが、護送者の人選を誤ったため、半途にして賊どもに奪い去られ、いまになっても犯人さえ捕えられないでいる。今年も、頼みがいのある護送者を見つけられないので、困っているんだよ」

蔡夫人は、階段の下にいる男を指さしていった。

「あなたは、あの人が役に立つとふだんからおっしゃっているじゃありませんか。彼に生辰綱の宰領をさせてやれば、中途で賊に襲われても失敗しないでしょう」

梁中書はおおいによろこんだ。夫人が指さしたのは、青面獣の楊志《ようし》であった。

梁中書は楊志を呼び寄せ、命じた。

「儂《わし》はお前がいたことを忘れていたよ。お前がもし生辰綱を無事に東京へ届けてくれたら位を昇進させてやろう」

楊志はつつしんで答えた。

「閣下のご命令であれば、どのようなはたらきもいたしましょう。いかなる支度をして、いつ出立いたしましょうか」

梁中書はいった。

「大名府《たいめいふ》から十輛《りよう》の太平車《たいへいしや》(荷車)を借りだし、蔡軍の兵士十人を選んで護送の任にあたらせることとする。車にはそれぞれ、慶賀太師生辰綱と記した黄旗を一本ずつ立て、どの車にも護衛兵を乗せるのだ。そのうえで、三日以内に出発してもらいたい」

楊志はしばらく考えたのち、答えた。

「私のような者に大任を命じて下さり、お受けいたしたいとは思いますが、そのような支度ではとても責務を果せません。どうか、他に才能のある勇者をお選び下さい」

梁中書はいった。

「儂はお前を昇進させるチャンスを与えようと思っている。生辰綱のなかに儂の依頼状を入れてある。それを太師殿にお見せすれば、お前の昇進についての勅命が出されるだろう。そのようなはからいをしているんだ。辞退することはないだろう」

楊志は、わが意見を述べた。

「去年は財宝を賊に奪われ、その行方《ゆくえ》も分らず、犯人も捕えられていません。今年は街道に出没する賊が、多くなっているということです。北京《ほくけい》から東京へ向うには、陸路ばかりで水路はありません。途中の紫金山《しきん》、二竜山《にりゆう》、桃花山《とうか》、傘蓋山《さんがい》、黄泥岡《こうでいこう》、白沙塢《はくさう》、野雲渡《やうんと》、赤松林《せきしようりん》などは、いずれも強盗の出没するところです。単身で金目のものを持たず旅をする庶民でさえ、通行できない有様であれば、金銀宝物をたずさえて、襲われないはずがありません。無理に押し通ろうとすれば、命を落すことになるでしょう。こんな有様では、とても使者をつとめるわけには参りません」

「それでは、護衛兵の数をふやそう」

楊志は首をふった。

「たとえ一万人の護衛兵が随行しても、強盗の群れが襲いかかってくれば、逃げ散ってしまうでしょう。護衛兵たちは臆病者《おくびようもの》ぞろいです」

梁中書は不満を口にした。

「では、生辰綱を東京へ送る手段がないというのか」

楊志は答える。

「もし私の方策を採用していただけるなら、大任をなし遂げられると思います」

「お前にすべてを任せよう。どういう策を用いるのか」

「私の策では、車を一切使いません。礼物の財宝は十数個に分け、行商人の荷物のように見せかけ、十人の屈強な兵隊に人足の身なりをさせ、担がせて運ぶのです。私といま一人の兵卒が荷物を宰領する行商人に化けて道を急ぎ、東京へ届けましょう」

梁中書は納得した。

「それはいい方策だ。それではお前の昇任について、重々依頼する書状を渡すから、かならず勅命をいただいてくるようにせよ」

「ご高恩のほど、深謝いたします」

楊志はその日のうちに兵士の選抜をおこない、荷造りを終えた。

翌日、楊志は梁中書に呼ばれ出仕した。

「楊志、いつ出立するのかね」

「明朝出かけます。領状（委任状）もいただいています」

「家内からも、贈物一荷を太師府の母上姉妹のもとへ届けたいというので、それも預かってやってくれ。お前は奥向きの勝手を知らないから、奶公《だいこう》（蔡夫人の乳母の夫）の謝都管《しゃとかん》（大奥の執事）と虞候《ぐこう》（用人）二人をいっしょにいかせよう」

楊志は首をふった。

「この十荷の礼物は、すべて私が宰領として運ぶもので、同行の者どもも、私の思うがままに動かせます。宿場を早立ち、遅立ちすることも、泊り、休憩することも自由にできます。しかし老都管と虞候が同行なさることになれば、そうは参りません。お三人は夫人の近臣で、奶公さまは太師府から派遣された方です。旅の途中、私がお三人と意見が違《ちが》っても、収拾がつきません。もし大事を誤るようなことがあれば、私はどのようにお詫びすればいいのでしょう」

「そんなことならわけはない。儂が彼らにいい聞かせておこう」

梁中書はいった。

楊志はやむをえず承知した。

「そのように仰せ下さるのであれば、私は領状をお受け取りいたしましょう。途中で礼物を逸失することがあれば、私は甘んじて重罪に服します」

梁中書はおおいによろこぶ。

「儂はお前を近臣に登用してよかったよ。実に見識のある人物だ」

彼は謝都管と虞候二人を呼びだし、命じた。

「このたび楊志提轄《ていかつ》に領状を預け、生辰綱を東京へ送ることになった。金銀財宝十荷、お前たちが運ぶ大奥への礼物一荷を、太師府へ届けるのだ。この任務については楊志が責任者であるから、お前たち三人はすべて彼の指図に従い、決して異議をとなえてはならない。家内から申しつけられたことだけを果せばいいのだ。失敗しないよう、早く東京に着き、早く戻ってこい」

老都管たちは、すべて了承した。

出立の当日、楊志は夜明けまえに起き、荷物を役所の門前に置き並べた。老都管と両虞候も、それぞれ財宝を納めた小さな荷を持ち出し、荷物は十一荷となった。

禁軍から選抜された、十一人の屈強な兵士たちは、すべて人足に身をやつしている。楊志は日よけ笠《がさ》をいただき、青彩の上衣をつけ、脚絆麻沓《きやはんあさぐつ》で足ごしらえをし、腰に腰刀を差し、朴刀《ぼくとう》をひっさげた。

老都管は旅商人に変装し、二人の虞候はその供人の身なりをする。三人はいずれも朴刀を持ち、籐《とう》の鞭《むち》を幾本か帯に差した。

楊志は梁中書から文書と領状を受け取り、一行十五人は北京《ほくけい》の城門を出て、坦々《たんたん》たる大路を東京へむけ出立した。

ちょうど五月なかばの時候で、晴れ渡った上天気であるが、暑熱が烈しく、楊志たちは汗を拭《ふ》きながら六月十五日までに東京に到着するべく、ひたすら先を急いだ。

北京を出立してのち、五、六日は毎朝五更（午前四時頃）に起き、早朝の涼しいうちに歩きつづけ、暑熱のさかんな日中には休んで足どりを緩めなかった。

だが、しだいに道沿いの人家がまばらになり、ゆきかう旅人の姿もすくなく、宿場からつぎの宿場までのあいだは山路ばかりがつづくので、夜明け前から通行するのが危険になった。

楊志は早朝の出発をやめ、日中に歩くことにした。宿場を出るのは辰牌《しんぱい》（午前八時）で、宿に着くのは申時《しんじ》（午後四時）である。

だが、肩にくいこむ重荷を担ぐ兵士たちは、昼間の熱気に堪えきれず、木立を見ると陽射しを避けて、ひと息つこうとする。楊志は彼らを叱咤《しった》した。

「早く歩け。ぐずついていては遅れるぞ。務めを果さなければ、処罰されるんだ」

どれほど督励しても動かない兵士には、籐の鞭で打ちすえ、歩かせようとした。

二人の虞候は、背に軽い荷を負っているだけであったが、足をよろめかせ、喘《あえ》ぐばかりで遅れがちになる。

楊志は怒って罵《ののし》る。

「あんたがたは、任務を果そうと思わないのか。私は責任者だが、あんたがたも兵士たちをせきたててくれなければならない。それが皆のうしろから、のろのろとついてくるばかりじゃないか。のんびりしている場合ではないことは、ご存知でしょう」

虞候たちは、顔をしかめていう。

「私たちは、わざと先を急がないのではない。暑熱にあぶられ、足が動かなくなっているんだ。はじめは早朝に歩いたからよかったが、いまは陽盛りに歩かされるので、疲れがかさなり、目もくらむばかりだ」

楊志は叱りつけた。

「なにをつまらない弱音ばかり吐くのですか。北京を出立してしばらくは、安全な土地を通行していたが、この辺りは人里離れた山中で、山賊が出没している危険きわまりない所だ。見通しのきく昼間しか通れない事情は、分っているでしょう」

虞候たちは、いいかえさなかったが、心中では不平満々である。

——この男は、俺たちを罵ることができるような立場と思っているのか——

彼らは楊志が朴刀を持ち、籐の鞭をさげ、兵士たちを追うのを見送り、道端の柳の木蔭《こかげ》に腰をおろし、老都管がたどたどしい足どりでやってくるのを待った。

虞候たちは、追いついてきた老都管に訴えた。

「楊志の傲慢《ごうまん》な態度には、我慢がなりません。提轄《ていかつ》のくせに、われわれに上官のようにふるまうじゃありませんか」

老都管はうなずく。

「相公《しょうこう》閣下から、あいつにさからうなと仰せをうけたので、我慢しているんだが、昨日今日あたりは目にあまるふるまいだ。しかし、辛抱しなければしかたなかろう」

虞候たちはいう。

「相公は、あいつの顔をたてておっしゃっただけですよ。都管さまが横暴を押えて下さらねば、私たちはひどい目にあうばかりです」

「まあそういうな。楊志も財宝を賊に狙われまいとして、先を急ぐのだ。我慢するしかない」

陽が西に傾きかけた申時（午後四時）の刻限になって、一行はようやく宿場に足をとめ、休息した。兵士たちは、雨に打たれたように衣類を汗に濡《ぬ》らし、息をきらしながら老都管に訴えた。

「私たちは不運なことに兵士にとられ、上官の命令で何事にも耐えねばならないことは分っています。しかし、炉のなかにいるような熱気のなかで、重荷を担がされ、この二、三日は早朝を避けての旅です。疲れて立ちどまれば、籐の鞭で打たれます。私たちも人の子ですよ。なぜこんなに苦しめられるのですか」

老都管は、彼らをなだめた。

「そんなに恨みごとをいうな。東京《とうけい》に着けば、儂《わし》が褒美をやろう」

兵士たちは気をとりなおす。

「都管さまのようにおっしゃっていただければ、われわれも不平はいわないのですがね」

一夜が明け、翌朝まだ辺りが暗いうちに、兵士たちは起きだし、宿を出ようとした。

楊志は飛び起きて、一喝した。

「どこへいくんだ。まだ睡《ねむ》っておれ」

兵士たちはいう。

「早朝に出立しないで、陽盛りに歩かせ、また俺たちを打擲《ちょうちゃく》するのか」

楊志は怒って大声をあげ、叱りつけた。

「お前たちは、この辺りの危険なことを知らないのか」

彼は籐の鞭をふりあげ、反抗する者を打とうとした。

兵士たちはしかたなく、怒りをおさえ、床に戻った。辰牌（午前八時）になって起き出し、ゆっくりと火をおこし、食事を終え、宿を出ると、楊志は鞭をふるい、一行を追いたてた。

楊志は先を急ぎ、兵士たちが木蔭で休むのを許さない。十一人の兵士は苦痛にさいなまれ、不平を口にしつつ、やむをえず歩きつづける。

二人の虞候《ぐこう》は、老都管にくりかえし不平をいう。老都管も彼らをなだめるが、心中ではしだいに楊志を憎む思いが募ってきた。

このような状態で、十四、五日も旅がつづいた。十四人の男たちのうち、楊志を憎まない者はいなかった。

六月四日の朝も、辰牌に食事をすませ、宿場を出た。陽が東の空に昇ると、たちまち熱気が地上にたちこめ、頭上には一片の雲もない。

「祝融《しゆくゆう》（夏神）は南よりきたって火竜《かりよう》に鞭うち、火旗《かき》は焔々《えんえん》と天を焼いて紅《くれない》なり」

という詩句そのままの灼《や》けつくような山中を、一行は喘ぎつつ辿《たど》ってゆく。

その日の行程は、山間を縫っている小道ばかりで、南北に迫る高峯《こうほう》のあいだを左右に曲りくねって続いている。

楊志は兵士たちを励ましつつ、二十里ほど進んだ。疲れきった兵士が、柳の木蔭に休もうとすると、楊志が籐の鞭を鳴らし叱咤《しつた》する。

「急げ、そうすれば早めに休ませてやるぞ」

兵士たちの頭上は晴れわたって、たまらないほどの暑さであった。

一行が人影も見あたらない山路を辿るうち、太陽は中天に至り、正午となった。息もつけない熱気のなか、路上の石ころは焼け、それを踏んでゆく足は疼《うず》く。

「この暑さはたまらねえぞ。殺されちまわあ」

兵士たちは悲鳴をあげた。

楊志はまなじりを吊《つ》りあげて叫ぶ。

「急げ、急げ。あの岡を越えたら一服させてやるぞ」

しばらく進むうち、岡に近づいてきた。兵士たちと老都管、虞候たちは岡のうえに駆けあがり、背の荷物を下し、松林のなかに入って、倒れるように身を横たえた。楊志は彼らを叱りつける。

「ここをどこだと思っているんだ。ここで涼むなんて、もってのほかだ。起きて、早く歩け」

だが、兵士たちは動かなかった。

「体を斬り刻まれても、歩けませんや」

「なんだと、いまがんばらなければ、使命は達せられないぞ」

楊志は鞭をふるって殴りつけるが、一人を起せば一人が寝てしまう。

老都管が楊志にいった。

「提轄殿、暑くて歩けないんだ。皆を責めるな」

楊志は老都管に告げた。

「都管殿、ここは黄泥岡《こうでいこう》ですぞ。強盗が絶えず出没する、危険きわまりないところです。世情がおだやかなときにも、ここでは昼間から追剝《おいは》ぎが出るのです。疲れたからといって、休憩している場合ではありません」

二人の虞候は、楊志の言葉に反撥《はんぱつ》した。

「われわれは、あんたのそんないいぐさをくりかえし聞かされてきたよ。あんたは人を嚇《おど》すばかりじゃないか」

老都管も、疲れきっていたので楊志にすすめた。

「ここで皆にひと休みさせ、日がかげってきた頃に出かけてはどうかな」

「あなたまでそんな弱音を吐かれるのですか。どうしてこんなところで休めますか。この岡を下っても、七、八里は人家がない。こんな危ない所で、あえて休憩なさるのですか」

老都管は、やむをえず答えた。

「儂はここでひと休みしてからあとを追うよ。貴公は皆をせきたてて先へいってくれ」

楊志は鞭《むち》を手に、兵士たちを叱咤した。

「歩かない者は、鞭を二十回くれてやるぞ」

兵士たちは起きあがり、口ぐちに不平をいう。一人が抗弁した。

「提轄殿、われわれは百斤をこえる重荷を担いでいるんですぜ。あんたのように手ぶらで道中しているのとは、わけがちがいますよ。あんたは人を人として扱ってくれねえ。相公さまがご自身で指図なさったって、俺たちのいうことも、ちったあ聞いて下さるでしょうよ。あんたはこちとらの苦しみを、まったく知っちゃいねえんだ」

楊志は罵《ののし》る。

「この畜生め、俺にいうことを聞かせようというのか。打ちのめすぞ」

楊志が兵士の頭を打とうとするのを、追いついてきた老都管が呼びとめた。

「提轄、しばらく儂の意見を聞け。儂は東京《とうけい》の太師府に勤めて、奶公《だいこう》と呼ばれていたとき、幾千、幾万の軍官と会ったが、すべて儂には一目置いていた。自分で大言をいうわけではないが、あんたは死罪の判決をうけた軍人だろう。相公が哀れと思われ、提轄に推挙なさったが、提轄がなんだ。とるにたらない官職だ。それが、なぜそんなにいばるんだ。儂が相公さまのお屋敷の都管であるのはさておき、いなかの爺《じじ》いであっても、年寄りのいうことは聞くものだ。それをふりむきもせず、兵士たちを打擲するとは何事だ」

楊志はいう。

「都管殿は、城市の生活に慣れたお人で、旅の辛苦はご存知ないのです」

老都管はいいかえす。

「儂は四川、広東、広西へ旅行したことがあるが、それほど危険な目にあったことがないんだ。貴公は警戒しすぎるよ」

「いまは天下がおだやかではありません」

「そんなことをいえば、口をえぐられ、舌を抜かれるぞ。天下がどのようにおだやかでないというのだよ」

楊志が老都管といいあっているとき、むかいの松林のなかで人影が動いた。誰かがこちらの様子をうかがっている。

「私のいう通り、妙な奴がうろつきはじめましたよ」

楊志は鞭を捨て、朴刀《ぼくとう》をひっさげ松林へ駆け入り、大喝した。

「この大胆な奴め、俺たちの荷物を狙いにうせおったか」

楊志が逃げる男を追ってゆくと、松林のなかに七台の江州車《こうしゅう》（手押し車）が並べられており、六人の男が裸で涼んでいた。

そのうちの鬢《びん》のあたりに大きな赤あざのある男は、朴刀を傍らに置いている。逃げてゆく男が走り寄ると、彼らはおどろきはね起きた。

楊志は大音声でなじった。

「貴様たちは何者だ」

七人の男は警戒の色をあらわし、問いかえした。

「貴様こそ、何者だ」

楊志がいう。

「貴様らは、盗賊だろう」

男たちは叫んだ。

「それはこっちがいうことだろう。俺たちは小商人だ。貴様にやるような銭は持っていねえよ」

「なに、小商人だって。俺たちも大金は持っていないぞ」

七人の男たちがたずねる。

「貴様は、ほんとに何者だ」

「貴様らこそ、どこからきた」

七人はいった。

「俺たちは七人兄弟で、濠州《ごうしゅう》からきた。棗《なつめ》を売りながら東京へむかう途中だ。道中の噂に聞けば、この黄泥岡というところではいつも追剝ぎが出て、旅人から持物をまきあげるらしいじゃないか。俺たちは道中で話しあってきた。持物といえば、棗が少しばかりあるだけで、ほかに金目の物は持っていないから何事もおこらないだろうってな。それで危ないのを承知でここへ登ってきたんだが、なにしろこの暑さだ。松林のなかでひと休みして、日が暮れてから出かけようと思っていたところだ。さっきから、人がやってきた様子なので、泥棒かも知れないと思って、うかがいにいったのさ」

楊志は気を許した。

「そうだったのか。俺たちもおなじ旅商人だ。さっき、こっちの様子をうかがう男の姿が見えたので、追剝ぎが出たと思ってあとを追ってきたんだ」

七人は笑っていった。

「棗はいらないかね。欲しいだけ持ってゆけばいいよ」

「親切はありがたいが、いらないよ」

楊志が荷物の傍へ戻ってくると、老都管がいった。

「盗賊が出たのなら、逃げよう」

楊志は首をふった。

「いや、私はあいつらが賊だと思ったのですが、棗売りの旅商人でした」

「貴公のいうところでは、この辺りにあらわれるのは盗賊だけではなかったかね」

「そんなにおっしゃらないで下さい。私はただ何事もなく旅をおえたいだけですよ。ここでしばらく休んで、涼しくなってから岡を下りましょう」

兵士たちは笑声をあげた。

楊志は朴刀を地面に刺し、松の幹にもたれて涼もうとした。そのとき岡の麓《ふもと》に人影があらわれた。

天秤棒《てんびんぼう》で桶《おけ》を二個、振りわけに担ぎ、唱《うた》いながら坂道を登ってくる。

〽日は燃えたって火事のよう
田圃《たんぼ》の稲も枯れちゃった
百姓は心配で青息吐息
おえらがたは扇子で涼む
男は唱いつつ登ってきて、松林に桶を下し、木蔭で汗を拭《ふ》く。

兵士たちはその様子を見ていたが、男にたずねた。

「その桶には、なにがはいっているのかね」

男は答えた。

「白酒ですよ」

「どこへ持ってゆく」

「近所の村で売りやすよ」

「一桶いくらで売るかね」

「五貫（五千銭）ですよ」

兵士たちは相談しあった。

「この暑さで、喉《のど》がかわいてたまらない。暑さしのぎに白酒を飲もうぜ」

彼らが銭を出しあっているのを見た楊志が、どなりつけた。

「お前たちは、なにをするつもりだ」

「酒を買って飲むんですよ」

楊志は朴刀の柄をたたき、叱りつけた。

「俺の許可もうけず酒を買おうなどとは大胆なことを思いたつ奴らだな」

兵士たちは、ぼやいた。

「たいしたことでもないのに、また叱られるのですかい。私たちが手前の銭で酒を買うのに、なぜ咎《とが》めだてなさるのかね。鞭で打とうってんですかい」

「貴様たちはなんにも知らないで、ただ飲み食いばかり考え、前後のわきまえもない。旅の途中で、どんな危難が待ちかまえているか、知らないだろう。痺《しび》れ薬を酒にしこまれた好漢が、どれほどいるか知らないだろう」

酒売りの男が、冷笑して楊志にいった。

「あんたも分らないことをおっしゃるお方だね。私の酒を飲まないうちから、あれこれつまらねえ詮議《せんぎ》をしたって、しょうがねえでしょうが」

むかいの松林のなかから、楊志たちのいいあう様子を見ていた棗売りの七人が、それぞれ朴刀を手に歩み寄ってきて、たずねた。

「なにを揉《も》めているのかね」

酒売りがいった。

「俺はこの先の村へ商いにゆく酒売りだよ。あまり暑いので、ここで涼んでいるんだが、この人たちが酒を売ってくれというんだ。ところがまだ売らないうちから、こっちのおじさんが、酒に痺れ薬が入っているなどといいだしたんだ。まったく笑っちゃうよ。こんな話は聞いたことがねえさ」

七人の男たちはうなずく。

「俺たちは追剝ぎが出たのかと思ってきたんだが、そんなことか。ちょっとした嫌がらせは聞き流しておけ。ところで俺たちも喉がかわいて酒を飲みたいと思っていたところだ。このお人が疑っているなら、俺たちに一桶売ってくれないか」

酒売りは、すげなく断った。

「売らねえよ」

棗売りたちはいう。

「お前も分らずやだなあ。俺たちは何もけちをつけていねえよ。どうせ村へいって売るんだろう。銭は払うんだから、ここで俺たちに売ったっておなじことじゃないか。お前もただで湯茶のほどこしをするわけじゃなし、俺たちも暑さを忘れて喉をうるおせるんだ」

酒売りはいった。

「一桶売ってもいいがね。あの人に疑われた酒だよ。それに飲むったって、碗《わん》がねえだろう」

七人はいった。

「ばか正直な奴め。ちょっとけちをつけられたって、そんなに怒ることはねえのにさ。それに俺たちは椰子《やし》の実でこしらえた碗を持ってるぜ」

二人の棗売りが、江州車から椰子の碗をふたつ、取りだしてきた。一人が両手に山盛りの棗を持ってくる。

七人は桶のまわりに立ち、蓋《ふた》をあけ、かわるがわる酒を飲んでは、棗をとって食う。見る間に一桶の酒は飲みつくされた。

棗売りたちはいう。

「まだ酒の値段を聞いていなかったな」

酒売りの男はいった。

「俺は掛け値をしていねえよ。一桶で五貫、一荷《いっか》で十貫だよ」

「五貫なら支払ってやる。一杯だけ負けろよ」

「いやだめだ。掛け値はしないといってるだろう」

棗売りの一人が代金を払っているうちに、一人がいまひとつの桶の蓋をとり、ひとすくいして飲んだ。

男が気づいて怒った。

「なにをしやがる」

取りかえそうとすると、相手は飲みかけた碗を持って、松林のほうへ逃げた。

酒売りがあとを追うと、ほかの男が松林から走り出てきて、手にする碗に桶の酒をすくって飲もうとした。

酒売りは駆けもどってきて碗を奪いとり、酒を桶に戻し、蓋をかたくしめると碗を地面にたたきつけた。

「この棗《なつめ》売りたちは、たちの悪い連中だぜ。気前のいいふりをしてみせて、ひでえことをしやがる」

彼らの様子を見ていた兵士たちは、酒を飲みたくて、じっとしていられなくなった。

一人が老都管に訴えた。

「都管さま、どうか提轄《ていかつ》に頼んでいただけませんか。あの棗売りたちは、一桶の酒を飲んじまいました。私たちも一桶を買って飲みたくてたまりません。喉がかわいてしかたがないんですよ。こんな岡の上じゃ、水を飲むこともできません。どうか、ひと声かけてやっていただけませんか」

老都管は兵士たちにいわれるうち、自分も酒を飲みたくなった。

彼はついに楊志にいった。

「あの棗売りたちが一桶飲んでしまい、あと一桶あるだけだ。買い取って、皆に暑気払いをさせてやったらどうだね。岡の上じゃ、水を飲む所もないんだから」

楊志は考えた。

――さっきから見ていると、棗売りたちは一桶の酒を飲んで変った様子はない。残った桶の酒も、碗に半分ほど盗み飲みをしたのを見た。たぶん痺《しび》れ薬や毒ははいっていないだろう。皆が欲しがれば、飲ませてやってもいいか――

楊志は兵士たちにいった。

「老都管殿がおっしゃるのだから、酒を飲ませてから出立するか」

兵士たちはよろこんで、五貫の銭を集め、酒を買おうとしたが、酒売りは手を振ってことわった。

「お前さんたちにゃ、売らねえよ。この酒には痺れ薬が入っているからな」

兵士たちは、笑いながらいった。

「兄貴、そんなに意地を張らなくたっていいじゃないか」

「だめだ、売らねえ。俺にまといつくんじゃねえ。あっちへいけ」

押し問答の様子を見ていた棗売りが、声をかけた。

「おい酒売り。お前はよっぽど臍《へそ》まがりだな。さっきは気にさわることをいわれたにせよ、それを真にうけることはなかろう。俺たちにまで売らねえなどといったがね。この人たちも悪口をいったわけじゃなし、売ってあげなよ」

酒売りは応じない。

「疑った奴らに売れるか。俺は嫌だよ」

棗売りたちはかまわず酒売りを押しのけ、桶を兵士たちに渡した。

兵士たちは蓋をあけたが、碗がないので棗売りに頼んだ。

「すまないが、椰子碗を貸してくれないか」

「いいとも、使ってくんねえ。棗を肴《さかな》にすればいいよ」

「いろいろ、ありがたいね」

「礼をいうことはないよ。旅人同士じゃないか。棗の百個ぐらいはなんでもない」

兵士たちはまず二杯の酒を汲《く》み、一杯を老都管に渡し、一杯を楊志に渡した。楊志は飲まなかったが、老都管はたちまち飲んでしまった。

つづいて二人の虞候《ぐこう》も一杯をあおった。兵士たちは桶のまわりにむらがり、残った酒をたちまち飲みつくした。

楊志は皆が酒を飲んでも平然としているのを見て、飲むつもりがなかった碗の酒を半分ほど口にして、棗をいくつかかじった。あまりの暑熱と渇きに堪えかねていたためである。

酒売りは機嫌よくいった。

「この桶の酒は、一杯を棗売りに盗み飲みされたから、値段は半貫まけておくぜ」

酒売りは空になった桶を担ぎ、唄《うた》を唱いつつ岡を下りていった。

七人の棗売りは、笑いながら楊志たちを見ている。楊志は聞いた。

「なにがおかしいんだ」

楊志が棗売りたちに近づこうとしたとき、足が宙に浮くような気がして、よろめいた。

棗売りたちは松林のなかから楊志を指さし、手を打って笑った。

「あれを見ろ、もう倒れるぞ」

楊志たち十五人は、頭が石のように重く、足が軽くなって、声もあげられずに顔を見あわせながら、地面に寝そべるように倒れた。

その様子を見た七人の棗売りは、七台の江州車を押し出してきて、積荷の棗を地上に投げすて、かわりに十一荷の金銀宝珠を積みこむと、荷造りをして楊志たちに声をかけた。

「いろいろ騒がせたな」

彼らは車を押して黄泥岡《こうでいこう》の麓《ふもと》へ去っていった。

楊志は口のなかで痺れた舌を動かすばかり。体はなまこのようにやわらかく、起きあがることもできない。

兵士たちも、七人の賊が遠ざかってゆくのを見守るだけで、身動きも口をきくこともできなかった。

七人の賊は晁蓋《ちょうがい》、呉用《ごよう》、公孫勝《こうそんしょう》、劉唐《りゅうとう》、阮《げん》三兄弟であった。酒売りに化けていたのは、白日鼠《はくじつそ》の白勝《はくしょう》である。

白勝が岡に担ぎあげた酒は、二桶とも上質で毒を入れていなかった。晁蓋ら七人が一桶の酒を飲みほしたあと、劉唐が別の桶から半杯だけ酒を汲んで飲んだのは、楊志らを安心させるためであった。

劉唐が白勝に追われて逃げる隙に、こんどは呉用が盗み飲みするふりをして、碗を酒桶に入れたが、その碗のなかに痺れ薬が入っていた。白勝は呉用の手から碗をもぎとり、なかの酒を桶にあけたので、毒はすべて混入してしまった。

この計略は呉用がたてたもので「生辰綱《せいしんこう》の智取《ちしゅ》」として後世にいい伝えられることにな

る。

　楊志は酒を半分飲んだだけであったため、痺れは軽く、しばらくすると這《は》い起きたが、足はもつれ、松の幹につかまりよろめき歩くのがようやくであった。

　老都管ら十四人は、口からよだれを垂らし、身動きもできない。楊志は歯ぎしりをしてくやしがった。

「盗賊どもにはかられ、生辰綱を取られてしまった。俺は梁中書殿になんといいわけできるのか。とても帰れない。この領状も、いまは紙屑《かみくず》だ」

　彼は領状を破りすてる。

「帰る家もなく、ゆくあてもない。どこへいくか。この岡のうえで死んでしまうしかなかろう」

　彼は着物をととのえ、乱れた足どりで黄泥岡の頂上から身を投げようとしたが、考えなおし、足を踏んばり考えた。

「両親から与えられた堂々たる五体を、投げすててよいものか。幼い時分から武芸十八般を学び、鍛えあげてきたのは、天下に名をあげるためであった。このまま死んでなるものか。ここで死なずに、あの盗賊どもが捕えられるまで生きのびていよう」

　楊志が老都管たちのもとへ帰ると、十四人は眼を動かすばかりで、身動きできないままであった。

　楊志は彼らを指さし、罵《ののし》った。

「こうなったのも、貴様たちが俺のいうことを聞かなかったからだ。俺まで悪運にひきこみやがった」

彼は松の根方に置いていた朴刀《ぼくとう》をとり、帯に腰刀を差し、辺りを見まわすが、盗賊が捨てていった棗が地上に散乱しているばかりである。

楊志は嘆息をもらし、岡を下っていった。あとに残された十四人は、二更（午後十時頃）になって、ようやく痺れがとれ、起きあがった。彼らは、これからどうすればいいのか思い悩むばかりであった。相談したところで、対策のたてようもない。

老都管がいった。

「皆が提轄の指図に従わなかったから、儂《わし》は死罪になるような失策をしてしまった」

虞候と兵士たちは、老都管の気をひきたてようとした。

「都管さま、今日のことは済んでしまったのですから、どうしようもありません。これからのことは、皆で考えましょうよ」

「お前たちに、よい知恵があるというのか」

「私たちが不届きなことをしたため、こんな失敗をしてしまったのですが、古人もいっています。わが身に降りかかった火の粉は払わねばならない。蜂が懐に入れば着物をぬげとね。もし楊提轄が戻ってくればどうにもなりませんが、どうやらどこかへいってしまったようです。私たちは北京へ戻り、梁中書様に申しあげましょう。なにもかも、楊提轄の罪だというのです。提轄は旅の途中、私たちを殴りつけ罵り、とても歩けないほど虐待したうえで、強盗たちとひそかに連絡をとり、痺れ薬で私たちを動けなくして縛りあげ、宝物を分捕っていったことにしましょう」

老都管は賛成した。

「それはいい考えだな。ほかにとるべき方法もなかろう。夜があけたら、地元の役所に事件を報告し、虞候《ちんじ》たちは盗賊捕縛に協力のため当地に残ってもらおう。われわれは北京に帰り、閣下に椿事をご注進するのだ」


楊志はゆくあてもないまま、朴刀を担ぎ、半日ほど南の方角へ歩き、夜が更けてから林のなかで野宿した。失策を悔みつつ、草のうえに身を横たえる。

——旅の路銀はなく、たずねる知己もいない。どうすればいいだろう——

しばらくの間まどろむと、夜が明けそめていた。早朝の涼気が残っているあいだに道を急ぎ、二十里ほど歩いたが、疲れきったので道端の酒屋に入った。

酒でも飲まなければ、とても歩けない。彼は店内の桑の木の食卓にむかう。粗末な椅子に腰を下すと、かまどの前にいた女が声をかけてきた。

「お客さま、食事をなさるのですか」

楊志は答えた。

「とりあえず酒を二角もらいたい。そのあとで飯にしよう。肉があればすこし食いたい。勘定はあとでまとめてしよう」

女は給仕を呼び、楊志の盃《さかずき》に酒をつがせ、飯を炊き、肉をいためる。

楊志は食べ終えると立ちあがり、朴刀を担ぎ、何事もなかったかのように悠然と店から出ようとした。

女が呼びとめた。

「お客さま、お代はまだいただいていませんよ」

「いまから用を済ませて帰ってくるから、そのときに払うよ。つけにしておいてくれ」

さっき酒の酌をした給仕が追いすがり、楊志の袖《そで》をとらえたが、拳《こぶし》の一撃をくらい、ひっくりかえった。

女は喚《わめ》きたてたが、楊志はかまわず歩み去ろうとした。うしろから誰かが追ってきた。

「この畜生め、どこへいきやがるんだ」

楊志がふりかえると、もろ肌ぬぎの男が棍棒《こんぼう》を持って追いかけてくる。

楊志は立ちどまり、待ちうけた。さきほど殴り倒した給仕も、刺叉《さすまた》をふりかざし走ってくる。そのあとに棍棒をひっさげた百姓三人がつづいた。

楊志は、先頭の一人を打ち倒せば他の者は追ってこないだろうと思い、棒をふりかざして打ちかかるのを朴刀で払い、反撃する。その男はいなかにはめずらしい剛の者であったが、三十合ほど打ちあうあいだにしだいに疲れ、楊志に斬りたてられ防戦するばかりになった。

あとから追いついてきた給仕、百姓が楊志に打ちかかろうとしたとき、男はうしろへ飛びさがり、叫んだ。

「皆、しばらく待て。こいつは、ただの武芸者ではない。何者だ、名を名乗れ」

楊志は胸をたたき、答えた。

「俺は青面獣の楊志だ」

男は棒を投げだし、這いつくばった。

「東京殿司府《とうけいでんしふ》の楊制使《ようせいし》さまでしょうか」

「なぜ楊制使と知っているんだ」

「大豪傑とは気がつかず、お見それいたしました」

楊志は男を立たせ、たずねた。

「お前は何者だ」

「私はもと開封府《かいほうふ》の者で、八十万禁軍林冲《りんちゆう》さまの弟子であった、姓は曹《そう》、名は正《せい》と申す者です。代々肉屋をいとなみ、私も家畜を殺すのは慣れています。筋を抜き、骨をえぐり、皮を剝《は》ぎ毛をむしりとるのが上手で、操刀鬼《そうとうき》と渾名《あだな》をつけられています。地元の金主から五千貫を借りうけ、山東へきたのですが、予想もしなかった不運つづきで元手を失い、故郷に帰ることもできず、この土地の百姓の婿になりました。さきほど酒屋のかまどの前にいたのが、私の妻です。この刺叉を持っているのが妻の弟です。私はあなたと立ちあってみて、お腕前のほどは林冲師匠とかわらないと知りました。この辺りにはあなたに敵《かな》う者はおりません」

楊志は曹正を見なおした。

「そうか、貴公は林教頭殿のお弟子であったか。貴公の師匠は、高太尉《こうたいい》の悪謀によって都落ちをして、いまは梁山泊《りょうざんぱく》の盗賊の一味に加わっているようだ」

「私も人づてにそのような噂を聞きましたが、事実かどうか分りません。制使さま、もう一度私の店へ戻られてご休息下さい」

楊志は曹正と同道して店に着く。

「どうぞ奥の上座にお坐《すわ》り下さい」

曹正は妻と弟にあらためて挨拶《あいさつ》をさせ、酒肴《しゅこう》をならべ饗応《きょうおう》した。

酒をくみかわすうち、曹正がたずねた。

「制使殿は、何のご用でこんな辺地にお越しになったのですか」

楊志は、かつて制使をつとめていたとき、花石綱《かせきこう》の運送に失敗し、いままた梁中書から預けられた生辰綱《せいしんこう》を失ったことを、くわしく語った。

曹正は楊志にすすめた。

「そんな難儀なことがおこったときは、しばらく思案することですよ。どうか私の家にご逗留《とうりゅう》下さい」

「そのご厚意は感謝するが、そのうち追捕の役人がくるかも知れない。足をとどめるわけにはゆかないよ」

「では、どこか落ちつくあてがあるのですか」

「俺は梁山泊へゆき、貴公の師匠の林教頭に会うつもりだ。まえにあの辺りを通りかかったとき、下山してきた彼と出会い、武器をとって戦ったことがあるのだ」

楊志は語った。

「俺が林教頭と渡りあうさまを見た、山寨《さんさい》の一の頭目王倫《おうりん》が仲裁してくれたので、たがいに知己となったのだ。王倫は俺をなんとか仲間に加えようとしたが、盗賊になりさがるのをことわった。だからいまになって額に刺青《いれずみ》を入れられ、梁山泊へ頼ってゆかねばならないのはわれながらふがいないことだ。それでゆくべきか否か、迷いながらここまできたんだよ」

曹正はいった。

「あなたがためらわれるのは当然のことです。私も王倫が度量の狭い男で、人を容易に信じないと噂に聞いています。私の師匠林教頭も、山に入ったとき、さまざまのいやがらせをされたということです。そんな所へいくよりも、ここからさほど遠くない青州という土地の二竜山という山の頂上にある宝珠寺へゆかれては、いかがでしょう。この寺へゆくには一筋の険しい道を辿《たど》らねばならず、大兵をもって攻めてもたやすく落せない地形です。この寺の住持が還俗して髪をたくわえ、他の僧たちはその手下となり、およそ四、五百人も集まり、近隣の村々を掠奪《りゃくだつ》して思うがままにふるまっています。頭目の住持は金眼虎《きんがんこ》の鄧竜《とうりゅう》と呼ばれています。制使殿が、もし盗賊になるおつもりであれば、その寺へゆかれるのもいいでしょう」

楊志は心を動かした。

「そんなあつらえむきの要害があるのなら、俺が頭目になって落ちつくのも一法だ」

楊志はその夜、曹正の家に一泊し、いくらかの路銀を借りて翌朝二竜山へむけ出立した。

終日歩きつづけ、宵闇がしだいに濃くなってきた頃、行手に高い山があらわれた。

「あれが二竜山だな。今夜はこの辺りの林中で野宿をして、明朝早く山へ登ろう」

楊志が林の奥へ入ってゆくと、誰かがいる。眼をこらすと、肥えふとった和尚が衣類をぬぎすて、背中の花模様の刺青をあらわし、松の根方にまたがり、涼んでいる。

和尚は楊志を見ると、松の根方にたてかけていた禅杖《ぜんじょう》をとりあげ、はね起きて大喝した。

「この迷い鳥め、どこからうせおった」

楊志は睨《にら》み返した。

和尚の言葉には、関西訛《かんせいなまり》があった。楊志も関西生れであるので、聞いてみた。

「貴様はどこからきたんだ」

だが和尚は返事もせず、巨体を機敏に動かし、禅杖を風車のように舞わせ、打ちかかってきた。

楊志も朴刀《ぼくとう》をふるって応戦した。

楊志は赤裸の和尚を相手に朴刀をふるい、松林のなかで土埃《つちぼこり》を蹴立《けた》て、一来一往、一上一下、稲妻のように駆け走った。

その有様は、

「禅杖起ること虎尾竜筋《こびりようきん》のごとく、朴刀飛ぶこと竜鬚虎爪《りようしゆこそう》に似たり。雷吼《ほ》え風呼び、殺気のうち、金光閃爍《せんれき》す」

というすさまじさであった。

二人は、四、五十合も打ちあったが、勝負がつかない。やがて和尚のほうがうしろへ飛びさがり、ひと声叫んだ。

「しばらく手をとめよ」

楊志は声に応じ、動きをとめた。彼は内心おどろきを禁じえなかった。

――この和尚はどこからきたのか知らないが、おそろしい手練《てだれ》だ。俺もかろうじて打ちあったが、こんな使い手は見たことがない――

和尚が大声で聞いた。

「おい青っ面《つら》。貴様はいったい何者だ」

「俺は東京《とうけい》で制使をつとめていた楊志だ」

和尚はうなずく。

「そうか、東京で宝刀を売り歩くうち、ごろつきの牛二《ぎゅうじ》を殺した楊志だな」

「額の刺青を見ても分らなかったのか」

和尚は笑っていった。

「思いがけないところで会ったものだなあ」

「和尚はただの鼠じゃなかろうが、いったい何者かね。牛二の一件をどうして知っているんだ」

和尚は腹をゆすって大笑した。

「俺は誰あろう、延安府経略使の种老相公《ちゅうろうしょうこう》に仕えた軍官、魯提轄《ろていかつ》だ。鎮関西《ちんかんせい》という悪党を、拳骨《げんこつ》三発をくらわせて殺し、五台山へ逃げて剃髪《ていはつ》し、僧となった。人は俺の背にある花の刺青を見て、花和尚魯智深《かおしょうろちしん》と呼んでいるよ」

楊志は頬を崩した。

「和尚はやはり同郷の人か。俺はあんたの高名をほうぼうで聞いていたよ。和尚はたしか大相国寺《だいしょうこくじ》にいるということだったが、どうしてこんな所におられるのか」

魯智深は答えた。

「話は長くなるが、まあ聞いてくれ。俺は大相国寺の菜園の番人をしているとき、豹子頭《ひょうしとう》の林冲と友達になった。林冲が高太尉に冤罪《えんざい》を着せられ、殺されかけたので、滄州まであとを追い、助けてやった。だが、林冲を殺そうとして俺にたたきのめされた二人の護送役人が、高太尉に告げ口しやがった。野猪林《やちょりん》で林冲をかたづけようとしたとき、和尚に邪魔されたとな。それで高のばか野郎は、寺の長老に俺を追いださせ、役人をよこして捕えさせようとした。近所に住んでいた俺の子分のならず者たちが、捕手がきたのを知らせてくれたのだ」

魯智深は話をつづけた。

「俺は捕手がくるまえに菜園の隠居所を焼いて逃げだし、東西南北へ足のむくままに流れ歩くうち、孟州の十字坡《じゅうじは》という所に足をとめた。そこで酒屋の女房に痺《しび》れ薬を酒にまぜて飲まされ、あやうく命をとられかけた。ところが亭主が戻ってきて、俺の禅杖と戒刀《かいとう》を見て、僧だと知っておどろき、毒消し薬を服ませてくれたので助かった。俺はその店で幾日か静養し、亭主と義兄弟の契りをかわしたんだ。その夫婦は天下の好漢のあいだで名の聞えた菜園子《さいえんし》の張青《ちょうせい》と、母夜叉《ぼやしゃ》の孫二娘《そんじじょう》だった。どちらも悪事ははたらくが義俠心《ぎきょうしん》がつよい。そこで四、五日過ごすうちに、この二竜山宝珠寺が居心地のよさそうなところだと聞き、頭目の鄧竜をたずねていって、仲間に加えてもらいたいと頼んだ。あいつは俺が頭をさげて頼むのをすげなく断り、腕っ節じゃかなわないものだから、山の麓《ふもと》の関門を三つとも閉めやがった。山へ登る道がふさがったので、下から大声で罵《のの》りつづけたが、奴は下りてきて勝負しやがらない。どうしてくれようかと気が立っているところへ、貴公があらわれたんだ」

楊志は魯智深との奇遇をおおいによろこび、夜の明けるまで話しあった。

彼は棗《なつめ》売りに化けた盗賊に生辰綱を奪われたのち、曹正に会って宝珠寺に入ることをすすめられた経緯を、くわしく語ったうえで、魯智深にすすめた。

「関門を閉められたのであれば、ここにいてもどうにもなるまい。いったん曹正の家に戻って策を練ろうじゃないか」

楊志は魯智深をともない、曹正の酒屋へ戻った。

事情を聞いた曹正は、二人をもてなし、相談に乗った。

彼はいう。

「関門を閉められたら、お二人じゃどうにもなりません。たとえ一万の軍勢で押しかけても、寺は落せないでしょう。力ずくでは無理だ。計略をつかうことです」

魯智深は、鼻息をふいごのように荒くした。

「あの糞野郎《くそ》が。はじめは関門の外で会ったんだが、俺を入れさせないといいだしたんで喧嘩《けんか》をはじめた。俺があいつの下腹を蹴《け》ってひっくり返し、その場で息の根をとめてやろうとしたんだが、大勢の子分が走り出てきてあいつを助け、門を閉めやがった。しかたがないから、卑怯者《ひきょうもの》め出てこいと散々わめいたが、どれだけはずかしめても出てこなかった」

曹正が一計を案じた。

「あなたがたは、この辺りの百姓のような身なりをして下さい。師父の禅杖と戒刀は、女房の弟に六、七人の百姓たちを集めさせ、二竜山の麓へ運ばせましょう。師父には縄をかけねばなりませんが、空結《から》びですからすぐにほどけます。山下《さんげ》に着けば、私が叫ぶのです。俺はこの近所の村で酒屋をひらいている者だが、この和尚が俺の店へきて大酒をくらって酔っぱらい、代金を払わねえ。これから人を集めて宝珠寺を乗っ取るなどというので、酔って寝ちまったところを皆で引っくくって、頭目さまへ献上しようと曳《ひ》いてきたんだとね」

「なるほど妙案だな」

魯智深は顎《あご》を撫《な》でる。

曹正は話をつづけた。

「そうすりゃ、奴らは俺たちをきっと山へ上げてくれやすよ。山寨《さんさい》に着いて鄧竜に会えば、縄を引き、空結びをほどいて禅杖をお渡しいたしやす。楊制使さまとお二人で一発くらわせてやりゃ、あいつはよそへ逃げるあてもないし、子分たちといっしょに降参いたしやすよ。この計略はどうでしょう」

魯智深と楊志は、手を打っていった。

「妙計だ、妙計だ」

その夜、彼らは腹ごしらえをして、道中の食糧にあてる乾糧《ほしいい》をつくった。

翌朝暗いうちに起きると、したたかに酒食を腹につめこみ、楊志、魯智深、曹正は、曹正の義弟と百姓六、七人を連れ、二竜山へむかった。

昼過ぎに二竜山の麓に着き、林中で衣裳《いしょう》をぬぎすて、曹正が魯智深の体に縄をかけ、空結びにする。

二人の百姓が縄尻《なわじり》を持つ。楊志は頭に日よけ笠《がさ》をかぶって、身に破れた衫衣《さんい》をまといい朴刀を逆にして引っさげた。

曹正は智深の禅杖を担ぎ、百姓たちは棍棒を手に、前後を取り巻く。二竜山下の関門の前までくると、門の両側には強弩《きょうど》、硬弓、目つぶしの灰をいれた瓶《かめ》、投げ石などが置きつらねてあった。

子分が関門のうえで見張っていたが、魯智深が縛られてきたのを見ると、山上へ飛ぶように駆けあがっていった。

まもなく二人の小頭目があらわれ、たずねた。

「お前たちはどこからきた。なぜここへきた。その和尚をどこで捕えたのだ」

曹正が事情を述べた。

「あっしは麓の村で酒屋をいとなんでおりやすが、昨日この大入道が店に入ってきたんでござんすよ」

曹正はたくらんでいた通り、つくりごとを語った。

「この坊主は酒を飲んで酔っぱらい、金を払わないでいいやがるんでさ。俺はこれから梁山泊へでかけ、百人も千人も呼びあつめ、二竜山を占領して、近所の町や村から金目のものをすべて捲《ま》きあげてやるんだとね。そこであっしはこいつにせがまれるままに上酒を飲ませ、腰の立たないほど深酔いさせておいて、大頭目さまに献上しようと思って、しょっぴいてきたんでござんすよ」

二人の小頭目は足を踏みならし、空を仰いでよろこび、曹正にいった。

「お前は機転のきく男だな。ここでしばらく待っていてくれ」

彼らは山上へ駆けあがり、鄧竜に注進した。

「あのふとっちょ和尚が、縛りあげられて連れてこられやしたぜ」

鄧竜はおおいによろこび、叫んだ。

「早く引いてこい。奴の肝と心臓をつかみだし、酒の肴《さかな》にしてこのあいだの遺恨をはらしてやるぞ」

子分たちは山を下り、関門をひらいて曹正たちを山上へみちびく。

楊志、曹正は魯智深を油断なく守って、山道を辿《たど》ってゆく。三重の関門は、険しい山腹にあり、道の両側には切り立った高峯《こうほう》が迫っている。

逆茂木を立てつらねた関門を過ぎ、宝珠寺の山門の前に出た。山門の奥に鏡のように平らな地面があり、その周りに木柵《もくさく》がつらなっていた。

山門の下に七、八人の子分が立っていて、縛られた魯智深がやってくるのを見ると、指さして罵《ののし》る。

「この禿《は》げ坊主め。こないだはお頭をいためつけやがったが、今日は縛られてきたな。ゆっくりと仕返しをしてやらあ。体を引き裂いてやるぞ」

魯智深は声もなく、仏殿の前に曳かれていった。

仏像仏具をすべて取りはらった仏殿のなかに、虎の皮で飾った椅子が一脚置かれていた。その左右に、槍棒《そうぼう》を持った大勢の子分たちが立ち並んでいる。

しばらくするうち、二人の子分に両脇を支えられた鄧竜がよろめきあらわれ、椅子に坐《すわ》った。曹正と楊志は、魯智深にかたく寄りそい、階段の下へ進み出る。

鄧竜は魯智深を睨《にら》みすえ、顔に朱をそそいで喚《わめ》いた。

「よくきたな、禿げ坊主」

鄧竜は下腹をさすりながらいう。

「こないだは、よくも俺の下っ腹を蹴りあげて、怪我させやがったな。まだ青ぶくれしたままだ。今日は俺が存分にいためつけてやるぞ」

そのとき魯智深が巨眼をむきだし、大喝した。

「ばか者めが、そこを動くなよ」

彼の縄尻をとっていた二人の百姓が手もとを引くと、結びめはほどけ、縄が解け落ちた。

魯智深は曹正から禅杖《ぜんじょう》を受けとるやいなや、風車のように振りまわす。

楊志は日よけ笠をかなぐりすて、さかさまに持っていた朴刀をとりなおし、曹正は棍棒《こんぼう》をふるって山賊に立ちむかう。百姓たちもいっせいにふるいたった。

鄧竜がおどろき立ちあがろうとしたとき、早くも魯智深は禅杖の一撃を見舞い、頭蓋《ずがい》をまっぷたつに割り、坐っていた椅子までこっぱみじんに打ち砕いた。

子分たち四、五人が、一瞬のうちに楊志に斬り倒された。曹正が叫んだ。

「降参すればよし、従わねえならひとり残らず片づけてやるぜ」

寺の内外にいた四、五百人の子分と、幾人かの小頭目は、うろたえて得物を投げだし、地面にひれ伏す。

「助けてくれ。いうことを聞くよ」

魯智深たちは、鄧竜らの屍体《したい》を子分たちに裏山へ運ばせ、焼かせたあと、寺内の倉をあらため、房舎を片づけさせる。

仏殿の裏を探してみると、多くの金銀財宝があらわれた。

「これで二竜山は俺たちのものだな」

魯智深は楊志と肩を抱きあう。

「曹正の知略のおかげで、難攻不落の要害が楽々と手にはいったぞ」

二人は、降参した小頭目たちに子分の指揮を任せ、祝宴をひらいた。

曹正と百姓たちは、しばらく宝珠寺に滞在したのち、魯智深と楊志から多くのみやげをもらい、帰っていった。


その頃、北京《ほくけい》に帰りついた老都管と兵士たちは、梁中書のもとへ出頭した。階下に平伏する老都管たちを見た梁中書は、けげんな顔つきになった。

「もう役目を果して帰ったか。長旅の苦労を癒《いや》してくれ。それにしても、ずいぶん行程がはかどったのだな。楊提轄《ていかつ》はどこにいるんだ」

老都管は、溜息《ためいき》をついて言上した。

「まことに、なんとも申しあげようもございません。われらは楊志めにはかられ、生辰綱《せいしんこう》の宝物を全部取られてしまいました」

老都管は、偽りの注進をする。

「楊志は天道を怖れぬ悪党でございました。留守司《りゅうしゅし》さまのご高恩をも忘れはて、盗賊に通じておったのでございます。こちらを出立してのち、七日ほどたって黄泥岡《こうでいこう》にさしかかったとき、あまりの暑熱にたえかね、松林のなかへ入って涼んでおりました。そこに棗《なつめ》売りに化けた七人の賊が、七台の江州車をとめて待っていたのでございます。そやつどもとしばらく話をしているうちに、麓から酒を一荷担いだ酒売りに化けた男が、やって参りました。私どもは喉《のど》がかわいておりましたので、ついその男から酒を買い、飲んだところ痺《しび》れ薬にあてられ体が動かなくなり、縄で縛りあげられてしまいました。楊志はそやつらといっしょに、お宝を残らず車に積んで行方《ゆくえ》をくらましました。事件の次第は地元の済州《さいしゅう》府に届け出て、虞候《ぐこう》たちを現地に残し、盗賊どもの行方探索にあたらせることにしました。私どもは日夜道を急ぎ、変事を申し上げるために戻りました」

梁中書は注進を聞くとおおいに驚き、激怒して楊志を罵倒《ばとう》した。

「あの流刑人の根性は、あらたまっていなかったのか。儂《わし》の力で推挙して提轄の身分にしてやったが、それほどまでの亡恩の徒とは知らなかった。捕縛したときは、一寸刻みにしてやるぞ」

彼はすぐに書吏を呼び、公文書をつくらせ、ただちに使者に持たせ済州へ急行させ、その写《うつし》一通を東京《とうけい》の蔡太師《さいたいし》のもとへ送った。

東京の蔡太師は、梁中書の使者から書面をうけとるとおおいにおどろいた。

「おのれ、胆《きも》のふといことをやりおったな。その盗賊どもは許してはおかぬ。去年も娘婿の送った礼物を残らず奪いとり、いまだに捕えられずにいるが、今年もまた無礼をはたらきおったか。このままには捨てておかぬぞ」

蔡太師は自ら公文書を発し、府幹（府の用人）を呼ぶ。

「これを持って昼夜兼行して済州へむかい、府《ふ》尹《いん》（知事）に会ってこい。生辰綱を盗んだ不届きな奴ばらを、ひとり残らず捕縛して、その成果を知らせせよと申し下すのだ。お前は盗賊を捕えるまで済州にとどまれ」

「かしこまりました」

府幹は馬を飛ばし、済州へむかった。

数日後、済州府尹は蔡太師の使者の訪問をうけた。

彼はすでに北京大名府《たいめいふ》留守司梁中書からの公文書を受けとっていたが、盗賊逮捕の手がかりもなく、毎日思案していたので、使者の用件も見当がつく。彼はあわてて役所へ出向き、府幹に面会した。

済州府尹は、用件をきりだされるまえに、自分から事情を告げた。

「生辰綱盗難につき、梁中書さまの虞候からただちに訴えをうけ、八方捜索にあたらせていますが、財宝の行方はまったく分っていません。先日はまた北京留守司さまからの書状をいただいたので、尉司《いし》（検察官）と緝捕観察《しゅうほかんさつ》（盗賊改め方《かた》）に、日数を限ってかならず捕えてくるよう命じ、捜索におもむかせたのですが、残念ながら成果はあがっておりません。もしいささかの動静消息をもつかむことができたときは、小官が蔡太師さまのもとへご報告に参上いたします」

府幹はきびしい面持ちでいった。

「私は太師府で側近に仕える者です。今度蔡太師の指令をいただき、盗賊追捕《ついぶ》の任を帯びて参りました。出立の際、太師は私に直接にいいつけられました。済州府に到着すれば、役所にとどまり、府尹さまが七人の棗売りと一人の酒売り、逃走した軍官の楊志を捕えるまで協力するよう、とのことです。十日のうちに奴らをすべて捕え、東京へ護送しなければなりません。もし期限のうちに捕えられず、事件の結着がつかないときは、おそらく府尹さまは山東蓬萊《ほうらい》の沙門島《しゃもんとう》へ流罪になるでしょう。私もまた太師のもとへ帰参できず、命の保証もない窮境に陥ります。私の言葉を信じられないのであれば、太師府発行のこの書状をご一読下さい」

府尹は公文書を読み、府幹のいう通りの内容であることをたしかめ、ただちに盗賊改め方の役人を呼びだそうとした。

府尹の声に応じ、階段の下にひとりが進み出て、簾《すだれ》の前に立った。

府尹はたずねた。

「お前は誰か」

役人は答えた。

「三都《さんと》緝捕使臣《しゅうほししん》の何濤《かとう》であります」

府尹はうなずく。

「先日の黄泥岡でおこった生辰綱強奪事件を管轄しているのは、貴公だな」

「その件について申しあげます。私は昼夜眠らず、部下のうちから敏腕な者をえらび、黄泥岡一帯をくまなく捜索させ、杖《つえ》で打ちすえせきたてております。しかし、何らの痕跡《こんせき》すら発見できません。私は怠慢ではありません。手がかりがまったくないのです」

府尹は何濤を叱りつけた。

「いいかげんなことをいうな。上厳しからざれば、すなわち下おこたるということを知らぬのか。儂は進士に合格してのち、さまざまの職を歴任して一郡の知事に至った。ここまでくるのは、容易なわざではなかった」

府尹は何濤に重責を負わせ、なんとしても盗賊を捕えさせなければならぬと考え、過酷な措置をとることにした。

「今日、東京太師府から用人がこられ、蔡太師の指図を伝えられた。十日以内に賊をすべて捕え、東京へ送り届けよとの厳命だ。もし期限をたがえたときは、儂は罷免《ひめん》され、沙門島へ流罪となる非運を逃れることができないのだ。お前は緝捕使臣の職にありながら、その職を果さず、儂に禍を及ぼした。まずお前を雁《がん》でさえゆきつけないような僻遠《へきえん》の地へ流罪にしてやろう」

府尹は刺青師《いれずみし》を呼び、命じた。

「何濤の顔に、送配、州の字を入れよ」

流す先の州名を空けて刺青をする乱暴な仕置をおこなった府尹は、何濤を威嚇した。

「何濤、よく聞け。もし賊を捕縛できなかったときは決して許さず、重罪にしてやるぞ」

何濤は職務を怠けたわけではない。府尹のあまりにも無慈悲なやりかたに、胸のうちが煮えかえるようであった。額に入れられた刺青は、配流の州名が刻まれていなくても、生涯つきまとう恥辱である。

だが彼は済州の役人でいるかぎり、府尹の専制に屈しなければならなかった。

何濤は無念の思いをおさえ、役所に戻ると、大勢の部下を機密房（会議室）へ呼び集め、今後の対策を協議した。

部下たちは、何濤の顔の刺青を見て、言葉もなかった。彼らは嘴《くちばし》に矢を射込まれた雁か、鰓《えら》に鉤《かぎ》をひっかけられた魚のように黙りこんでいる。

何濤はいった。

「貴様らはこの役所に勤めて生計をたてているんだろう。それがこんな難事件に出会うと、何の思案も出さないで黙りこんでいるのか。俺の刺青は疼《うず》いて火のようだ。これを見ても、申しわけないと思わないのか」

部下たちはいった。

「観察（緝捕使臣）殿のご無念は、よく分ります。われわれも草木ではなく、まことにおいたわしく思います。しかし、行商人に化けた奴らは、よその州から流れてきて、深山荒野をうろつく強盗にちがいありません。たまたま黄泥岡で財宝を手に入れ、今頃は山寨《さんさい》に帰って大よろこびしているでしょう。そんな奴らをどのようにして捕えるのですか。たとえ彼らの根城をつきとめたところで、踏みこんで捕縛するのは不可能でしょう」

何濤は、部下たちからなにか名案が出るのではないかと期待していたが、捕縛の見込みはないといわれ、落胆するばかりであった。

何濤は屋敷に戻ると、妻がおどろいて聞いた。

「あなた、その刺青はどうしたのですか」

何濤はくやし涙をふりこぼした。

「お前には黙っていたが、先日太守（府尹）が、儂《わし》に指令を下していた。梁中書殿が舅《しゅうと》の蔡太師殿へ送る生辰綱《せいしんこう》の財宝十一荷が、黄泥岡で盗賊どもに奪われたので、追捕の命をうけたのだ。儂はその後日をかさねるばかりで、盗っ人の足どりをたしかめることもできないでいる。それで太守が怒って、この刺青を入れたのだ。どの州へ流されるか決まっていないから州名は空けているが、こうなっては命も危ないよ」

妻は嘆いた。

「どうすればいいんでしょう。思いがけない禍いが降りかかったのね」

不運をかこちあっているところへ、弟の何清《かせい》がたずねてきた。彼はふだんから賭場《とば》に出入りして、身持ちの定まらない男である。何濤は弟の顔を見ると、いまいましげにいった。

「なにをしにやってきたんだ。今日は博打《ばくち》をうちにいかないのか」

何濤の妻は、何清の顔つきが険しくなったのを見て、手招きしていった。

「台所へいらっしゃい。話があるの」

何清は嫂《あによめ》に従い、台所へゆく。何濤の妻は酒肴《しゅこう》をととのえ、幾杯かの酒の燗《かん》をする。

何清は酒を飲みながら、憤懣《ふんまん》をおさえかねるようにいった。

「兄貴は俺を見下しているんだな。これでも兄弟だ。どれだけばかにしているのか知らないが、弟と酒を飲んでもいいじゃないか。俺といるところを他人に見られたら、恥ずかしいのだろうか」

何濤の妻はいった。

「あんたは何も知らないけれど、あの人はいま大きな心配をかかえているのよ」

何清は肩をそびやかせた。

「兄貴は毎日大金を稼ぎ、いろいろな品物を運んでくるじゃないか。それをどこへ置いているのかね。弟の俺にはなんにもくれないよ。裕福な生活をしていて、何の心配かね」

「暮らしむきの心配ではないの。黄泥岡で蔡太師さまの生辰綱を盗んだ泥棒たちを捕えられないので、府尹さまに顔へ刺青されてしまったのよ。このままでいると流罪になるので、ふさぎこんでいて、とてもお酒を飲むどころではないの。あなたを見下しているわけではありません」

何清が聞いた。

「黄泥岡の泥棒は、どんな連中だったのかね」

何濤の妻は義弟の顔を見る。

「あんたはまだ酔っていないんでしょう。泥棒は七人連れの棗《なつめ》売りに化けていたのよ。なにか心当りがあるの」

何清はおおいに笑っていった。

「そんなことかね。棗売りの奴らの仕業と分ってりゃ、困ることはないだろう。誰か腕っこきの部下をやって捕まえてくりゃいいんだよ」

「そんなに簡単にいうけど、どこにいるか分らないじゃないの」

「嫂《ねえ》さん、心配事をかかえこむのもたまにはいいだろう。兄貴はいつもやってくる飲み友達ばかりをもてなしてやって、肉親の俺のことはほったらかしさ。だから、こんなときにはひとりで頭を抱えこまなきゃいけなくなるんだよ。俺にちょっと酒手《さかて》儲《もう》けさせてくれるなら、あんな小賊はわけもなく捕まえる手だてを考えてやるんだがな」

何濤の妻はおどろいた。

「あんたは、あの泥棒についてやっぱり心当りがあるんでしょう」

何清は笑うばかりである。

「まあ兄貴がいよいよ流罪だというようなときになりゃ、兄弟だから助けにいってやるぜ」

何清が立ちあがろうとしたので、嫂はひきとめ、幾杯かの酒を飲ませた。

彼女は何清の口ぶりから、何か事情があると察し台所を出て夫に告げた。

「何清が黄泥岡の泥棒について、知っていることがあるようだわ」

「なに、それはほんとうか」

ふだんは軽んじている弟であるが、考えてみればいかがわしい博打うちたちと交わっていて、社会の裏面にくわしいはずである。

何濤はあわてて台所へゆき、笑みをつくって何清にたずねた。

「お前は、棗売りに化けた盗賊たちの行方を知っているかね。それならなぜ兄の儂を助けてくれないんだ」

何清はとぼけて答えた。

「俺は盗っ人たちのことは何にも知らねえよ。嫂さんに冗談をいっただけだ。能なしの俺が、どうして兄貴を助けられるんだよ」

「そんなつめたいことをいわずに、儂にかわいがってもらったときを思いだし、つれなくされたときを忘れ、兄貴の命を救ってくれよ」

「兄貴の配下には腕ききが二、三百人もいるじゃないか。その連中さえどうにもできないものを、俺ひとりでできるわけがないだろう」

何濤は顔をしかめた。

「儂の部下は、ろくでなしが揃っているんだ。お前はなにか知っているだろう。他人に手柄をたてさせるより、兄貴の儂に情報を知らせてくれ。礼はたっぷりやるから、儂をよろこばせてくれ」

何清はいう。

「泥棒はどっちへ消えうせたか、なぜ俺が分るんだ」

「儂を困らせるな。兄弟の情を知らないのか」

何清は皮肉な表情でいった。

「そうあわてないでもいいよ。俺は事が急を要するときになれば、協力して小賊を捕えてやるよ」

嫂が口ぞえをする。

「あんた、お兄さんを助けてあげて。それが兄弟の情というものでしょう。いま蔡太師《さいたいし》からの公文書で、すぐ泥棒を全部捕まえろという、降って湧いたような難題をつきつけられているんですよ。あんたは小賊などとばかにしているけれど、主人にとっては一生の浮沈にかかわることなのよ」

何清は心中に湧きあがる憤懣を、口にした。

「嫂さん、俺はいままで博打のことで、兄貴からどれほど罵《ののし》られ殴られたか、分らないんだ。それでも俺はさからわなかった。だが兄貴は酒食をともに楽しむのは、いつも他人ばかりだ。ところが今日は弟に用があるらしいな」

何濤は、やはり弟が何事かを知っていると察知して、急いで懐中から十両の銀子をとりだし、卓上に置いた。

「さしあたって、この銀子を取っておいてくれ。後に賊を捕縛したときには、金銀緞子《どんす》の褒美を、かならず頂いてやるから」

何清は笑っていった。

「兄貴よ、そりゃ苦しいときには仏前にひざまずき、香を炷《た》くという諺《ことわざ》の通りだな。俺がもしその銀子を受けとったら、弟が兄貴からゆすり取ったといわれかねないよ。それは懐へ戻してくれ。そんな金で釣ろうとしたって、しゃべらないよ。あんたがた夫婦が、いままでの俺に対する冷たい仕打ちを詫《わ》びるなら、話してもいいさ。急に銀子などを出すから、おどろくじゃないか」

何濤は何清の手をおさえる。

「返すことはない。銀子は府尹《ふいん》が出した捜索費用だ。三百や五百は気にすることはない。それよりも、お前はどこで賊の足取りをつかんだのかね」

何清は得意げな顔つきになり、膝《ひざ》を打って、兄に教えた。

「賊はひとり残らず、この巾着《きんちゃく》のなかにあるさ」

何濤は眼をむき、おどろく。

「それはほんとうか。犯人がひとり残らずそのなかにあるのか。お前は魔法を使うのかね」

何清は平然といった。

「そんなにびっくりすることはないよ。このなかにあいつらの名前を書いた手帳がはいってるんだ。そんな銀子は懐へしまいな。俺をおだてることはない。兄弟としてふつうのつきあいをしていりゃいいんだ」

何濤は返された銀子を押しもどす。

「こんなはした金は、取っておけ。そんなものでお前を釣ろうとは思っていないさ。あとでたくさん褒美が出るよ。それよりも、早くその手帳を見せてくれよ」

何清は巾着のなかから手帳をとりだした。

「賊の名はここに書いてあるよ」

「お前はこいつらの名を、どこで知ったんだ」

何清はうちあけた。

「このあいだ博打に負けて、一文なしになってしまった。そのとき博打仲間のひとりに連れられて、北門の外、十五里のところにある安楽村《あんらくそん》というところへいった。その村の王という宿屋で、賭場がひらかれているというので、損を取り戻そうと思ったんだ。いってみると、役所の触書《ふれがき》がきて、宿屋はすべて合印のついた帳簿をそなえておき、毎晩の泊り客の出先、行先、姓名、職業を記帳しなければならないことになっていた。役人が毎月一度巡回してくると、その帳面を里正（村長）のもとへさしだすんだよ。ところが王という男は読み書きができないので困っていた。それで俺が帳面を半月ほどつけてやったんだが、六月三日のことだった。七人の棗売りが、七台の江州車を押してやってきて、泊ったんだ。俺が見ると、頭分《かしらぶん》らしい男に見覚えがあった。鄆城県東渓村《うんじょうけんとうけいそん》の晁保正《ちょうほせい》だよ。なぜそいつを知っていたかといえば、俺はまえに博打に負けてすっからかんになって、友達といっしょに晁の屋敷へ居候になったことがあったんだ。晁は俺の顔を覚えていなかったので、帳面をとりだして名を聞いてみた。ところが傍らにいた色白で口ひげ、顎《あご》ひげをはやした男が、かわって答えたんだ。俺たちは皆、李《り》という姓だとね。濠州からきて、東京《とうけい》へ棗を売りにゆく途中だというんだ。俺は怪しい奴らだと思ったね。奴らが出立していった翌朝、宿屋の主人の王が俺を村の賭場へ連れていってくれたが、途中の辻《つじ》で桶《おけ》を二つ担いだ男に出会った」

何清は話をつづけた。

「そいつは見たことのない男だったが、王は呼びかけた。白大郎《はくたいろう》、どこへいくんだ、とね。

そいつはいった。村の金持ちのところへ、どぶろくを売りにゆくんだとね。王はすれちがってからあれは白日鼠《はくじつそ》の白勝《はくしょう》という博打うちだと教えてくれた。それで俺はそいつのことも覚えていたんだ。黄泥岡で棗売りに化けた盗っ人たちが、痺《しび》れ薬を使って生辰綱《せいしんこう》を奪いとったという噂を聞いたとき、ピンときたね。晁保正の仕業にちがいないと思ったんだ。あの白勝という酒売りをひっ捕えてたたけば、全部白状するよ。この手帳には宿帳から写した奴らの名前が書いてある。どうせ偽名だろうが、何かの手がかりになるだろう」

何濤は弟の情報によって、窮地を脱することができると狂喜した。

彼はただちに弟をともない役所へむかい、府尹に事情を告げた。

「なにか探索の結果があったか」

「いくらかございます」

府尹は兄弟を奥の別室へ招き、事情を聞いた。

何清は自分の知るところをくわしく告げた。府尹はただちに八人の捕方を安楽村へむかわせることにした。捕方は何濤兄弟とともに、安楽村へ急行し、宿屋の主人を呼び、白勝の家へ押しかけた。

夜が更けて、三更（午前零時頃）であった。王が戸をたたき、白勝を呼ぶ。

「俺だ、ちょっと火を借りてえんだよ」

戸をあけたのは、女房であった。

白勝は寝台に身を横たえ、呻《うめ》き声をあげている。王が聞いた。

「どうしたんだよ、いったい」

女房が首をかしげていう。

「熱病にかかっちゃって、ひどいんですよ。まだ汗がよく出ていないものですから」

捕方たちは白勝が熱に苦しむのもかまわず、寝台から引きおこし、縄をかけた。

「貴様は黄泥岡で、ふてえことをやらかしたな」

捕方に一喝されたが、白勝はとぼけた。

「何のことだか知らねえよ。俺は苦しいんだ。どうして縄なんぞかけられるのか、わけが分らねえ」

女房も縛ったが、口を割らない。

捕方たちは、家の内外を捜索する。寝台をとりのぞいてみると、下の地面が平らでなかった。

「ここになにか隠しやがったな」

掘りおこしてみると、三尺ほどの深さのところで、一包みの金銀が見つかった。

捕方たちが証拠をつかんでどよめく声を聞いた白勝は、顔が土色になった。

何濤は地下から掘りだした金銀を手に、白勝の顔に覆面をさせ、女房には縄をかけ、夜中に馬を走らせ済州城へ戻ってきた。

ちょうど夜明けがたの五更（午前四時頃）であった。白勝を役所へ連れてゆき、縄でがんじがらめに縛り、生辰綱強奪事件の主謀者を問いただそうとした。

白勝は自分は何も知らないといい、晁蓋ら七人の名を、死んでもいうまいとする決意を見せた。

何濤は捕方に命じた。

「しかたがない。こいつを打ちのめせ」

白勝は三度、四度とつづけ打ちにされると、皮膚がやぶれ、肉がはじけ出て鮮血がほとばしった。

府尹は大喝した。

「貴様は寝台の下から出てきた金銀が、盗んだものであると白状しながら、なぜ盗賊の名をあかさないのだ。もはや賊の首魁《しゅかい》は鄆城県東渓村の晁保正と分っているのに、つべこべいい抜けようとしても無駄なことだ。晁保正の仲間の六人の名をいえば、拷問はしないでやろう」

白勝はあくまでも沈黙をつづけようとしたが、したたか打ちすえられ、やむなく白状した。

「首魁は晁保正です。あいつはほかの六人とともに私を仲間に誘い、酒売りの役をさせたのですが、六人の名前はまったく存じません」

府尹《ふいん》はいった。

「まあいい。晁保正をひっ捕えりゃ、ほかの奴らも一網打尽になるさ」

白勝は死刑囚に用いる二十斤の首枷《くびかせ》をつけられ、牢獄《ろうごく》へ入れられた。女房は手鎖をかけられ、女牢にほうりこまれた。

府尹はただちに公文書を発行し、何濤に熟練した捕方二十人を預け、鄆城県へおもむかせた。生辰綱の運送にあたっていた二人の虞候《ぐこう》を同行させ、犯人の確認をさせることにした。

何濤は、騒々しく出向いて犯人たちに動きを察知されてはならないと考え、深夜に鄆城県に到着し、まず同勢を宿屋にひそませておいて、二、三人の捕方を連れ、公文書を渡すため役所へ出頭した。

時刻は巳牌《しはい》（午前十時）頃であった。

知県はすでに午前中の用務を終え、帰宅したあとで、役所の門前はひっそりとしていた。

何濤は門とむかいあう茶店にはいり、茶を飲み、知県が役所に戻るのを待とうとした。

何濤は給仕にたずねた。

「いまは役所の昼休みかね。人がまったくいないじゃないか」

「そうです。知県さまがお屋敷へ帰られたので、役人がたや訴訟をしにきていた人たちも、昼食をとりにいったんでさ」

「今日当番の押司《おうし》（上級書記）は、何という名かね」

給仕は戸外を指さす。

「ちょうど、あそこへいらっしゃった方ですよ」

何濤が見ると、役所からひとりの役人が出てくる。

その押司は姓を宋《そう》、名を江《こう》という。彼は鄆城県宋家村《そうかそん》に代々住む旧家の出身である。顔色は黒く背が低いので、黒宋江という渾名《あだな》で呼ばれていた。

宋江にはもうひとつの異名がある。親に孝養をつくし、朋友の義を重んじ財を軽んじるので、孝義の黒三郎《こくさんろう》と呼ばれた。三郎とは三男の意である。

父の宋太公と弟の鉄扇子《てっせんし》の宋清《そうせい》は村内の百姓で、母は早逝していた。宋江は、鄆城県押司として敏腕で知られ、槍《やり》、棒などの武芸も達者である。

彼が唯一の愉楽とするのは、天下の好漢と交際することで、自分を頼る者がくれば家にともない、できるかぎりの饗応《きょうおう》をして、倦《う》むことがない。

客が出立するときには、工面できるかぎりの路銀を持たせてやる。金を土塊《つちくれ》のように扱い、人から頼まれることは断ったことがなかった。

難儀をしている人は助けてやり、いさかいがおこると仲裁役を買って出る。病人に医薬を与え、亡くなると棺桶《かんおけ》の支度までしてやる。彼の名は山東河北にひろく聞え、世人は宋江に及時雨《きゅうじう》という三つめの渾名をつけた。旱魃《かんばつ》のとき、野山をよみがえらせる恵みの雨にたとえたのである。

宋江の徳を讃《たた》えた、つぎの詩がある。

「花村《かそん》の刀筆《とうひつ》の吏よりおこり、英霊は上天星《かみてんせい》に応ず。財をうとんじ義により、更に多能。親につかえて孝敬をおこない、士を待って声名あり。

弱きをすくい、傾けるをたすけて心慷慨《こうがい》。高名は水月とならんで清く、及時《きゅうじ》の甘雨《かんう》と四方讃う。山東の呼保義《こほうぎ》、豪傑宋公明」

何濤は往来へ出て宋江を誘った。

「押司殿、こちらでお茶を召しあがりませんか」

宋江は何濤の服装を見て役人と察した。

「どちらからいらっしゃったのですか」

何濤は宋江の背を抱え、茶店へ招きいれた。

宋江は茶店で何濤とむかいあうと、たずねた。

「失礼ながら、ご尊名をうかがいたいのですが」

何濤は答える。

「私は済州府緝捕使臣《しゆうほししん》の何《か》観察です。押司殿のご尊名は」

宋江はうやうやしく一礼した。

「観察殿とは存じあげず、失礼申しました。小生の姓は宋、名は江と申します」

何濤は卓上に両手をつき、額をすりつけた。

「ご尊名はかねて承っております。いままで拝顔の機に恵まれぬまま、歳月を過ごしていました」

「ご丁重なご挨拶《あいさつ》、恐れいります。私が上座についているわけには参りません。どうか席をおかわり下さい」

「いや、とんでもない」

「観察殿は上役です。そういうわけには参りません」

たがいに上座を譲りあったのち、宋江は主人の席、何濤が客の席（上座）につく。

宋江は茶を飲みながらたずねた。

「観察殿が当県へお越しになったのは、どういうご用件でしょうか」

何濤は、宋江であれば大事を打ちあけてもいいと思った。

「実は大罪を犯した賊の行方を捜索しているのです。知県さまに提出する密封の公文書を持ってきています。どうか押司殿のご協力をお願いいたします」

「観察殿のご下命であれば、全力をつくしてはたらきましょう。その事件は、どのようなことですか」

「押司殿は、盗賊捕縛のお役目ですから打ちあけましょう。先日黄泥岡で、八人の賊が多額の財宝を奪いました。北京大名府《ほくけいたいめいふ》の梁中書殿から、蔡太師《さいたいし》に送られる生辰綱を運んでいた十五人の者が、痺《しび》れ薬を使われ、十一荷、十万貫の金銀財宝を奪われたのです。近頃、一味の白勝を捕えたところ、仲間の七人がすべて当県の者であると白状いたしました。この事件について、太師さまが用人を使者として、私の上司である府尹のもとへ、きびしい命令を届けられました。このため、急いで押司殿のご協力をお頼みしなければなりません」

宋江は承知した。

「それはもちろんです。太師さまのご指名がなくても、観察殿が公文書をたずさえお越しになったのです」

何濤は宋江に問われるままにうちあけた。

「押司殿には隠さず申しあげましょう。貴県の東渓村晁保正が首魁《しゅかい》です。彼に率いられた六人の賊の姓名は分っていません。どうか追及のご助力をお願いいたします」

宋江は内心でおどろいていた。

──晁蓋は俺の義兄弟だ。あの男がなぜそのような大罪を犯したのか。俺が救ってやらなければ、あいつはたちまち捕縛されてしまうだろう──

彼は狼狽《ろうばい》を隠して答えた。

「晁蓋は腹黒い男ですよ。県内の者で、あいつを憎まない者はいません。今度はそんな大それたことをやったんですか。分りました。あいつの捕縛はひきうけましょう」

「できるだけ早くお願いします」

「こんなことは簡単ですよ。瓶《かめ》のなかのスッポンをつかむようなものです。あなたがお持ちの公文書は、ご自身で役所へ提出して下さい。知県殿がそれを読んだうえで、しかるべきお手配をなさるでしょう。私が勝手に開封できません。これは重大事件ですから、余人に洩《も》らすことはつつしまねばなりませんよ」

「押司殿のおっしゃることはもっともです。さっそく知県殿におひきあわせ下さい」

宋江はいった。

「知県殿は午前中の執務を終えられ、いま休憩しておられます。しばらくお待ちいただき、知県殿が役所に戻られたとき、私がここへお迎えに参りましょう。私はこれからちょっと用があるので家に帰り、すぐ戻ります」

「なにぶんよろしく。私はここでお待ちしております」

宋江は茶店を出るとき、給仕に命じた。

「あのお役人が茶を所望すれば出してやれ。茶銭は俺が払うよ」

宋江は茶店を出ると、飛ぶように帰宅し、従者に命じた。

「茶店の前に人をやって、店のなかにいる官人を見張らせろ。知県殿が役所に戻られたとき、官人に俺がすぐくるからといって、待たせておけ。役所へゆかせてはならぬ」

宋江は廏《うまや》から馬を曳《ひ》きだす。裏門から出て、町なかをゆるやかに歩ませ、東門の衛兵にふだんとかわらない会釈をして、野道に出ると馬に鞭《むち》をくれ、東渓村へむかい、まっしぐらに走らせてゆく。

宋江は半刻（一時間）もたたないうちに晁蓋の屋敷に到着した。

晁蓋は裏庭の葡萄《ぶどう》棚の下で、呉用《ごよう》、公孫勝《こうそんしょう》、劉唐《りゅうとう》と酒を飲んでいた。阮《げん》三兄弟はすでに分けまえをうけて、石碣村《せきけつそん》へ帰っていた。

晁蓋は下男から宋江の来訪を聞くと、とっさに何事かおこったのかも知れないと察した。

「宋江のほかに何人きているんだ」

「おひとりでさ。よっぽど急ぎなすったのか、馬が口から泡を吹いておりやすよ」

「そうか、分った」

晁蓋が表へ出ようとすると、宋江があわてて入ってきて鉢あわせをする。晁蓋がたずねた。

「何を慌てている。何事かおこったのかね」

宋江は傍らの小部屋に晁蓋を引きいれ、せきこんでいいはじめた。

「いいか、俺は義兄弟のあんたを救うために、危ないのを承知でやってきたんだ。黄泥岡であんたのやった一件が、ばれてしまったよ。白勝は済州の獄に入れられ拷問をうけて、あんたと六人の仲間の事を白状してしまった。済州府から何緝捕《かしゅうほ》という役人が捕方を連れ、蔡太師の指令書と済州府の公文書を持ってきた。あんたが首魁だと見られている。ちょうど俺が役所の昼休みで外へ出たとき、何緝捕と出会ったので、このことがいちはやく分ったのだ。俺は知県が屋敷に帰っていたので、何緝捕を役所のむかいの茶店に待たせておいた。すぐ馬を走らせてきたが、もう時間の余裕はない。知県が公文書を受けとると、今夜のうちに大勢の捕方が押し寄せてくるぞ。どうするつもりだ。そうなれば、俺にはあんたを救いだす手だてはないからな」

晁蓋は宋江の手を握りしめ、礼をいった。

「貴公の懇情には、何と礼をいっていいか分らない」

「礼をいうより先に、逃げることだ。ぐずつくんじゃないぞ。俺はすぐ役所へひきかえさなくてはならない」

晁蓋はとりあえず、呉用、公孫勝、劉唐をひきあわす。

宋江は挨拶をするあいだも気のせく様子で、馬に飛び乗り引きあげていった。

晁蓋は呉用たちにいう。

「貴公がたは、いまきた男が誰だと思うかね」

呉用がいった。

「ずいぶん急いでいる様子だったが、誰なのかね」

「彼は押司の宋江さ。俺たちがあやうく命を落す瀬戸際にいるのを、知らせにきてくれたんだ」

呉用たちはおどろく。

「黄泥岡の件が、ばれたのか」

「そうだ、白勝は捕えられて牢のなかだ。奴はもうすべてを白状してしまったよ」

晁蓋は呉用たちに、さし迫った状況を告げた。呉用はいう。

「そうか。あの人に命を救われたのか。大恩ある人の名を聞かせてくれ」

「当県の押司をつとめる、呼保義《こほうぎ》の宋江だ」

「うむ、宋押司の高名は聞き及んでいたが、いままでさほど遠からぬところに住んでいたのに、面識がなかった」

公孫勝、劉唐も、及時雨《きゅうじう》の宋公明の名を知っていた。晁蓋はうなずく。

「儂《わし》は宋江と義兄弟の盟《ちかい》をなした仲だ。天下に名は空しく伝わらぬもの。儂も彼と盟をむすぶ仲であったおかげで、いま危急を逃れられる」

彼は智恵者の呉用に聞いた。

「こうなれば、いちはやく逃げるよりほかはなかろうが」

「いうまでもない。三十六計逃げるにしかずだろう」

「どこへ逃げればよかろう」

「石碣村の三阮《げん》のとこへゆくしかない。ただちに荷を担いで逃げよう。誰か先にいって、阮兄弟に急を知らさねばなるまい」

「阮兄弟は漁師だ。われわれが身を隠せるような家ではなかろうが」

呉用が声をはげましていった。

「兄貴、貴公が梁山泊《りょうざんぱく》を知らぬはずはなかろう。石碣村は湖をへだてて、梁山泊とむかいあっている。あそこを根城としている山賊のいきおいはさかんで、官軍も手出しができない。そこへ逃げこめば、安全だ」

「それは名案だが、山賊たちが儂らを仲間に迎えてくれるだろうか」

「金銀を贈れば、よろこんで仲間にするにちがいない」

晁蓋は眼をかがやかす。

「よし、すぐ出発だ。呉用先生は劉唐と、下男を幾人か連れて先に阮の家へ出向き、支度をしておいてくれ。儂は公孫勝先生とあとから追いつくよ」

呉用と劉唐は、生辰綱《せいしんこう》の財宝を五、六荷にまとめ、下男五、六人に担がせ石碣村へむかった。

呉用は銅鍊《どうれん》を袂《たもと》に隠し、劉唐は朴刀《ぼくとう》をひっさげている。

晁蓋と公孫勝は屋敷の後始末をする。村に残る下男たちには金をやり、梁山泊へ同行する者には、めぼしい家財を運ばせることにした。

晁蓋の屋敷から馬を走らせた宋江は、役所の前の茶店に駆けつける。何濤が店先に佇《たたず》んでいるので、あわてて声をかけた。

何濤は宋江を見て、歩み寄る。宋江は遅れた理由を説明した。

「たいへん長いあいだお待ちいただき、失礼申しあげました。いなかからひさしぶりに親《しん》戚《せき》がたずねてきたものですから、ちょっと相談ごとがあって遅れました。これからすぐ知県閣下にお引きあわせいたしましょう」

二人が役所にゆくと、知県の時文彬《じぶんひん》は登庁しており、午後の執務をはじめていた。

宋江は何濤から預かった公文書を捧《ささ》げ、知県の前に進み出る。

「閣下、極秘の文書をお渡しいたします。人払いをして下さい」

「どのような文書かね」

「済州府より、強盗についての急ぎの公文書です。緝捕使臣《しゅうほししん》何観察殿が持参されました」

知県は公文書を一読しておおいにおどろき、宋江に命じた。

「太師府からわざわざ用人を特派され、至急の手配を命ぜられた。ただちに捕方をさしむけ、一味をからめとれ」

宋江は、晁蓋たちの落ちのびる時間をかせぐため、意見を申し述べた。

「明るいうちに押しかければ、賊どもにこちらの動きをさとられるおそれがあります。夜になってのちに、人数をさしむけるのがいいと思います。晁保正さえ捕縛すれば、ほかの六人はたやすく押えられるでしょう」

知県は同意した。

「うむ、そのほうの判断でやればいい。しかし東渓村の晁保正は、たいした好漢と聞いていたが、そんな大それたことをしでかしおったか。けしからん奴だ」

尉司《いし》（検察官）と配下の都頭が呼びだされ、晁蓋捕縛の捕方が集合した。

都頭のひとりは朱仝《しゆどう》、ひとりは雷横《らいおう》である。いずれもただの鼠ではなかった。彼らは日頃から晁蓋と親交をかさね、その侠気《きようき》を認めている。晁蓋の逮捕にむかうのは、尉司の長である県尉と朱仝、雷横の率いる騎兵、歩兵、弓兵、土兵百人。何観察と二人の虞候は見届け役として同行することになった。

日が暮れてのち、彼らは捕縄、武器を身につけ東門を出ると、東渓村へ急行した。初更（午後八時頃）に村に到着し、観音堂の前に集まり、辺りの様子をうかがう。

村は寝静まっていて、野犬の遠吠《とおぼ》えが聞えるばかりである。朱仝がまず意見をいう。

「晁蓋の屋敷は、表と裏のどちら側にも道がある。表門から押しこめば裏門から逃げる。だから二手に分れてゆくことだ」

朱仝は内心で、晁蓋を逃がしてやりたかったので、県尉を怯《おび》えさせようとした。

「俺は晁蓋の腕前を知っているが、とても手に負えねえよ。仲間の六人はどういう顔ぶれか知らねえが、どうせかなりの腕っこきだろうぜ。晁蓋の家には下男も大勢いる。俺たちが押し寄せりゃ、あいつらは進退きわまって、やけくそであばれ出てくるだろうよ。そうなりゃ、俺たちが百人でかかっても手におえねえさ。だから計略をたてなきゃいけねえ」

雷横が聞く。

「どんな計略だ」

「東から攻めると見せかけて、いきなり西から攻めるんだ。晁蓋を慌てさせなきゃ、ひっ捕えるのはむずかしいさ。俺と雷都頭とは人数を半分ずつにわけて、歩いて屋敷の傍らへ忍び寄り、俺は裏門の前で網を張るから、雷都頭は口笛を合図に表門から押し込んでくれ。そうすりゃ、屋敷にいる者は一網打尽だ」

雷横はいった。

「そりゃいい考えだ。だが、表門からは県尉殿と朱都頭が押し入ってくれ、俺は裏門を見張るから」

彼もまた、晁蓋を逃がすつもりである。

朱仝は同意しなかった。

「雷都頭は知らねえだろうが、晁蓋の屋敷には、二つの門のほかに裏にもうひとつ出入口があるんだ。俺はそれを知ってるから、くらがりでも奴らを逃がさねえよ。様子が分らなきゃ、まごまごして奴らにこっちの動きを先に読まれちまうぜ」

県尉は朱仝の意見をとった。

「よし、お前は裏にまわれ」

「合点だ。人数は五十人もいらねえ。三十人もあれば、ようがすよ」

朱仝は弓兵十人、土兵二十人とともに裏手へむかった。

雷横は県尉のまわりを騎兵、歩兵、弓兵に護らせ、土兵に先行させて晁蓋の屋敷へ急行する。

兵士たちは刺叉《さすまた》、朴刀、袖《そで》がらみ、鎖鎌《くさりがま》などの武器を手に、数十本の松明《たいまつ》で辺りを真昼のように照らしつつ押し寄せていった。

あと半里ほどに近づいたとき、晁蓋の屋敷から火の手があがった。母屋が炎上して紅蓮の焔《ほのお》が闇中にひろがる。

「火が出たぞ。急げ」

雷横たちが走りだしたが、二十歩ほどもゆくうちに、屋敷のいたるところから火が噴きだす。およそ三、四十カ所から燃えあがった火焰《かえん》は、バリバリと音を立てた。

雷横は先頭に出て朴刀を手に、晁蓋の屋敷へ駆け寄った。あとにつづく士兵たちはときの声をあげ、表門を押し倒し、前庭に乱入する。

辺りは火光に照らされ、真昼のように明るいが、人影はなかった。

「晁蓋はどこへいった。逃がすな。まだ屋敷にいるはずだ」

雷横は大声で喚《わめ》く。

彼は晁蓋を逃がしてやりたいので、わざと騒ぎたて、部下に屋敷の戸を打ちこわさせる。

そのとき、裏手で叫び声があがった。

「奴らは表のほうへ逃げやがった。あとを追って引っ捕えろ」

叫んだのは朱仝であった。

朱仝が屋敷の裏手へ忍び寄ったとき、晁蓋はまだ立ち退く支度をととのえていなかった。下男が気づいて晁蓋に急を知らせた。

「官兵がやってきましたぜ。すぐ逃げやしょう」

「よし、お前たちはほうぼうに火をかけろ」

晁蓋は乾燥しきった大気のなかで、屋敷が油をかけた薪のようにいきおいよく燃えあがるなか、公孫勝と十数人の下男を率い、喊声《かんせい》とともに裏門から走り出ると、喚きたてた。

「儂に手向かってくるものは死ぬぞ。命の惜しい奴は道をあけろ」

朱仝は闇中から叫んだ。

「保正、逃げても無駄だ。この朱仝がさっきから待ちかまえていたんだ」

晁蓋は朱仝の声を聞きすて、公孫勝とともに捨て身で朴刀をふるい、斬りまくる。

朱仝は晁蓋と闘うふりをしつつ、彼の退路をあけてやった。晁蓋が逃げてゆくのを見届けておいて、部下たちを屋敷のなかへ引きいれる。

「盗っ人たちは表へまわったぞ。早くあとを追え」

朱仝の大音声を聞いた雷横は、表門の外へ走り出て、騎兵、歩兵、弓兵たちに手分けさせ、辺りを探させた。

雷横が火光のなかで四方を見渡し、晁蓋を探すふりをして時をかせぐうち、裏門の朱仝は部下をかえりみず、朴刀をひっさげ晁蓋のあとを追う。

晁蓋は逃げながら朱仝に呼びかけた。

「朱都頭、貴公はなぜそれほど儂《わし》を追いかけるんだ」

朱仝はうしろを見た。あとに従う者はひとりもいない。彼は、わがはからいを告げた。

「保正、あんたは俺のやってることが、まだ分らねえようだな。俺は雷横が気のきかねえまねをするといけねえと思って、奴をだまして表門へやったんだぜ」

朱仝は晁蓋の後について走りながら叫ぶ。

「保正、うまく逃げてくんねえ。俺のような頭の冴《さ》えねえ者でも、蔡太師《さいたいし》が国政を思うがままに操って、東京《とうけい》ばかりを繁盛させ、いなかの俺たちをひでえ貧乏のどん底へ落しこんでいることあ、よく分ってるさ。あの野郎のところへ運ぶ生辰綱《せいしんこう》を、保正が途中でふんだくったって聞いて、胸がせいせいしているんだ。お前さんは迷わねえで、まっすぐ梁山泊へいきな。よそへいきゃ、とっつかまるだけだ」

晁蓋はふりかえって礼をいう。

「貴公の恩は、きっと返すよ。ありがとう」

うしろから雷横の喚き声が聞えてきた。

朱仝は晁蓋の背を押した。

「保正、さきへ逃げてくんねえ。俺は奴らを追わねえようにするから」

晁蓋は闇中を、宙を飛んで駆け去った。

朱仝は雷横に大声で知らせた。

「三人の盗っ人が、東の小路へ逃げたぞ。そっちへいってくれ」

雷横たちは東方へ向きを変えていった。

朱仝は晁蓋の姿が見えなくなったのをたしかめたのち、つまずいたふりをよそおい、前のめりに倒れる。部下たちが追いついてきて、彼を扶《たす》けおこした。

朱仝は唸《うな》り声をあげた。

「ああ痛え。田圃《たんぼ》へ踏みこんで、足を挫《くじ》いちまったぜ。左足を動かすこともできねえよ」

県尉が追いついてきた。

「晁保正を取り逃がしたのか。大失態だ。知県閣下にあわせる顔がないぞ」

朱仝は低く呻《うめ》きつつ答える。

「この暗闇で、保正の野郎がどこへ消えやがったのか、見当がつきやせん。土兵の連中は度胸のない奴ばかりで、あっしのあとについてくるだけですよ」

県尉は土兵たちを叱咤《しった》した。

「朱都頭がこのていたらくだ。貴様たちがかわってあとを追いかけろ」

土兵たちは、顔を見かわすばかりである。

「両都頭でさえ、見失っちまうほどの逃げ足ですぜ。あっしらが追っかけたところで近寄れもしないだろうし、近づけばぶち殺されちまいます」

土兵たちは県尉の命令を聞かないと鞭打《むちう》たれるので、晁蓋のあとを追うふりをして駆けだしたが、じきに戻ってきた。

「晁蓋の野郎は、もうどこにもいませんよ。逃げ足の早い奴だ」

雷横はしばらく晁蓋のあとを追ったが、心中ひそかに考えた。

——朱仝はふだんから晁蓋と仲がいい。裏門から押しかけるふりをして、見逃してやったのにちがいない。俺だって晁蓋を捕えて、天下の好漢たちに憎まれたくない。俺も晁蓋を逃がしてやるつもりだったが、手助けをしてやれなかったのが心残りだ――

彼は戻ってきて県尉にいった。

「どうにも追いつくことができず、見失いやした。まったく手に負える相手ではありやせん」

県尉はやむなく、両都頭と晁蓋の屋敷へ戻った。四更(午前二時頃)であった。焼け跡で待ちわびていた何《か》観察は、兵士たちが四方八方へ駆けまわって一夜をついやし、ただ一人も賊を捕えられなかったのを知ると、頭をかきむしって嘆いた。

「済州へ帰って、知県殿にどういえばいいんだ」

彼は近隣の百姓数人を捕え、鄆城県《うんじようけん》へ帰った。

知県はその夜、一睡もせず朗報を待ちわびていたが、県尉の報告を聞き、落胆した。

「なんということだ。盗賊どもは一人も捕えられなかったのか」

やむなく、県尉が連行してきた百姓たちを訊問《じんもん》した。彼らはこのうえの迷惑をこうむるまいと、知っていることを懸命に述べる。

「あっしたちは晁保正の近所に住んでいるといっても、遠い者は二、三里も離れておりやす。近い者だって村がちがいやす。保正さんのお屋敷には、いつでも槍《やり》や棒をつかう武芸者がきておりやしたが、こんどのような騒動をおこしなさるとは、思ってもいなかったんでやすよ」

知県は百姓たちから詳しく様子を聞き、なにかの手がかりをつかもうとした。晁蓋の屋敷にいちばん近いところに住む百姓が、いいだした。

「たしかなことをお知りになりたけりゃ、晁保正の下男たちにお聞きなさりゃいいと思いやすがね」

「なに、下男たちは保正といっしょに逃げたのではないのか」

「村に残っている者もおりやすよ」

知県はただちに下男たちを捕えるため、捕方を東渓村《とうけいそん》へ派遣した。

二刻（四時間）もたたないうちに、晁蓋の下男二人が捕えられてきた。

彼らは訊問をうけても口をとざしたままであったが、打たれると怖れて自白した。

「屋敷に集まってきて、旦那と相談した男は六人でござんすよ。あっしのよく知っているのはひとりだけ、村の塾で子供たちを教えている呉学究《ごがくきゅう》でさ。ほかに公孫勝《こうそんしょう》という道士と、もうひとり劉という色黒の大男がいやした。あとの三人は、呉学究が呼び寄せた石碣村《せきけつそん》の漁師だと聞きやした。姓を阮《げん》という漁師の兄弟だそうでござんすよ」

知県は自白を調書にしたため、下男たちを何観察に預け、公文書をつくり済州府へさしだすことにした。

宋江は東渓村から連行された村人たちを、いったん帰宅させるようとりはからってやった。

何濤は晁蓋の下男二人を護送して済州に帰り、役所に到着すると、府尹《ふいん》のもとへ出頭し、晁蓋を取り逃がしたが、六人の仲間の身許が判明した旨を報告した。府尹は命じた。

「そんな事情なら、白勝をもう一度訊問するがいい」

白勝は牢《ろう》から曳きだされ、鞭うたれて拷問に耐えきれず、すべてを告げた。

「阮という兄弟のうち、長兄が立地太歳《りっちたいさい》の阮小二、次兄が短命二郎《たんめいじろう》の阮小五、末弟が活閻羅《かつえんら》の阮小七でさ。住居は石碣村にちがいありやせん。呉学究というのは智多星の呉用、あとの二人は入雲竜《にゅううんりゅう》の公孫勝と赤髪鬼《せきはつき》の劉唐です」

府尹は何濤に命じた。

「白勝の白状した阮兄弟を捕縛してこい。奴らは石碣村にいるぞ」

何濤は府尹の命をうけると機密房に部下を呼びあつめ、相談した。

部下たちはいう。

「石碣村は湖をへだてて、梁山泊とむかいあっています。湖は茫々《ぼうぼう》とひろく、蘆荻《ろてき》の茂った辺りには、何者がひそんでいるか分りません。官軍の大部隊を動員して、水上には船団、陸上には人馬をつらねてゆかねば、賊を捕縛にゆけるような所じゃありません」

何濤は役所へ戻り、府尹に告げた。

「石碣村は、むかいに梁山泊があり、周囲は深い入江です。葦《あし》が茂って見通しがわるく、ふだんでも盗賊が横行しています。そのようなところに、腕っ節の強い阮兄弟がいるのですから、大勢で押しかけないととても捕縛できません」

府尹はいった。

「では捕盗巡検一人に、官兵五百人をつけてやろう」

晁蓋と公孫勝は東渓村を逃れ、十人ほどの下男とともに石碣村にむかう途中、武器をたずさえ迎えにきた阮三兄弟と出会って、阮小五の家におちついた。

阮小二はすでに家族を湖中に避難させていた。七人はさっそく梁山泊へむかう相談をする。呉用はいった。

「いま李家道《りかどう》の辻《つじ》で、旱地忽律《かんちこつりつ》の朱貴が居酒屋をひらいて、四方の好漢を招き寄せている。梁山泊《りょうざんぱく》へ入ろうとすれば、朱貴に会わねばならない。俺たちも舟の支度をして荷物をとりまとめて積みこみ、いくらか酒代をやってあの男に案内させよう」

彼らが額をあつめ、梁山泊へむかう相談をしているとき、漁師が数人駆けこんできた。

「官兵のやつらが、村へきやがった。大勢で押し寄せてくるぞ」

晁蓋は立ちあがり叫んだ。

「奴らがきたか。よし、相手をしてやろう」

阮小二がとめた。

「任せときな。俺がやっつけてやらあ。おおかたは湖水に放りこみ、残った奴らは串刺《くし》しだ」

公孫勝が腕をまくった。

「そんなことは、俺がやらないでどうするんだ」

晁蓋が手順をきめた。

「劉唐は呉学究先生とともに、家財と女子供を舟に乗せ、先に逃げろ、儂《わし》らはしばらく官兵のいきおいを見て、あとを追うことにしよう」

阮小二は二艘《そう》の舟に家族たちを乗せ、家財を積みこむ。

呉用と劉唐はそれぞれ一艘の舟に乗り、七、八人の漁師に漕《こ》がせ、李家道の辻へむかった。

阮小五、小七兄弟は、兄の小二から計略を授けられ、それぞれ舟に棹《さお》さし漕ぎだし、水上で敵を待った。

何濤と捕盗巡検は官兵を率い、石碣村に近づくうち、湖岸につなぐ舟を見ればことごとく奪い、水に慣れた兵士たちを舟に乗せた。

水陸の二手に分れた彼らは並進し、阮小二の家に到着すると、いっせいにときの声をあげ駆けいったが、なかに人影はなく、いくらかのがらくたが転がっているばかりであった。

何濤はいらだって捕方に命じる。

「この近所の漁師たちをふん縛って、問いただせ」

兵士たちは幾人かの漁師をひきたててきた。彼らは口々に答えた。

「阮小五と小七の兄弟は、どちらも湖水のなかに住んでおりやす。舟がすみかですよ」

何濤は巡検と相談した。

「この湖には入江や水路が多く、葦の茂みに迷いこむと行先が分らなくなります。岸辺の状況、水深も分りません。そういうところへ、手分けして捜索に入りこめば、晁蓋らの奸計《かんけい》にはめられてしまうでしょう。私たちは、ここで下馬して番人を残し、全員が舟に乗って一団となって湖上を捜索しましょう」

何濤と巡検は五百余人の兵士とともに、百余艘の舟に乗りこむ。

櫓《ろ》を漕ぐ舟、棹さす舟が前後して阮小五のいる漁村へむかった。五、六里ほどゆくうち、視界をさえぎる葦の茂みの奥で、誰かが戯《ざ》れ唄《うた》をうたっていた。

何濤たちは舟をとめて聞く。

〽魚を獲って寥児洼《りょうじわ》で
死ぬまで暮らすが一生さ
田圃《たんぼ》も畑も買えぬまま
腐れ役人を殺しつくす
それが国への奉公さ

何濤たちは唄声を聞くうち、いまにも賊が襲ってくるかと肝《きも》をひやし、鳥肌をたてる。しばらくすると、はるか前方の水路に、小舟に棹さす男の姿が見えた。舟に乗せていた石碣村の漁師が叫んだ。

「あれは阮小五ですぜ」

何濤が手をあげ、兵士たちに命じた。

「あいつをとっつかまえろ」

兵士たちは舟を漕ぎたて、阮小五に迫る。

小五の高笑いが、湖上にひびきわたった。

「百姓をいじめ、膏血《こうけつ》をしぼりとる泥棒役人どもが、よくここまでやってきたな。腰抜けにしては大胆のふるまいだ。俺をひっとらえるつもりなら、ここへきて虎の鬚《ひげ》を抜いてみな」

何濤のうしろにつらなる舟上から、兵士たちがいっせいに矢を放つ。

阮小五は矢が飛んでくるのを見ると、棹を持ったまま水中へ身を躍らせ、潜ってしまった。

何濤たちが漕ぎ寄せたときは、主のいない小舟が揺れているばかりであった。

「あいつはこの辺りの葦のなかに隠れているぞ。逃がすな」

官兵たちが水棹で葦間をかきわけながら進むうち、行手に入江が見えてきた。

そのとき、葦のあいだから口笛が聞えてきた。

「いたぞ。小五だ」

何濤たちがむかおうとする行手に、一艘の舟があらわれた。舟上には二人の男が乗っていた。

舟上のひとりが立ちあがった。その男は頭に竹笠《たけがさ》をいただき、簑《みの》をつけ、筆管槍《ひっかんそう》（長《ちょう》槍《そう》）を手でしごきつつ唱った。

〽俺は石碣村で生れてさ
　人を殺すのが大好きだ
　何濤の首をまず斬りおとし
　京師《けいし》の王に献じよう
何濤たちは、また怯《おび》えさせられた。石碣村の漁師が、唱っている男を見て叫んだ。

「あれは阮小七だ」

何濤は叫んだ。

「皆で力をあわせ、あいつを引っ捕えよ。ぬかるな」

阮小七は笑っていう。

「貴様らにやられてたまるか」

彼は槍で川底をひと突きすると、舟は舳《へさき》を転じ、蘆荻のあいだの狭い水面を飛ぶように走り去る。

小七と櫓を漕ぐ男は、逃げながら口笛を吹いていた。官兵たちはそのあとを懸命に追う。水路がしだいに狭まってきた。何濤はゆきどまりだと思い、官兵たちにいう。

「待て、舟を岸へ着けろ」

彼らが岸にあがると、周囲は茫々《ぼうぼう》と葦が茂っているばかりで、道らしいものはどこにも見あたらなかった。

何濤は不安になり、どうしていいか分らなくなったので、石碣村の漁師にたずねた。

漁師は首をかしげた。

「あっしらはこの土地の者ですが、この辺りのことは、なんにも存じやせん」

「しかたがない。物見を出してみよう」

何濤は五、六人の捕方を二艘の小舟に分乗させ、斥候に出した。

道の様子を探りに出た捕方たちが、半刻（一時間）もたたないうちに戻ってくると思っていた何濤は、二刻（四時間）待ちつづけ、いらだって傍らにひかえる捕方にふたたび命じた。

「あいつらは、なにをぐずついてるんだ。お前たちのうち五人が、二艘の舟で様子を見にいってこい」

再度出ていった斥候たちも、そのまま一刻（二時間）たっても戻らない。

何濤はふしぎに思った。

「物見に出した捕方たちは機転のきく連中だが、どうにもおかしい。一艘ぐらいは戻ってきてもいいはずだが。巡検が連れてきた官兵たちは、ろくな奴らじゃない。役立たずばかりだ」

何濤が途方にくれているうちに、しだいに宵闇が迫ってきた。

「しかたがない。儂が自分で斥候に出かけよう」

何濤は快速の小舟に、五、六人の捕方とともに乗り、水路へ漕ぎだした。

武器を手にした何濤は舳に坐《すわ》り、葦を押しわけ舟を進めた。
五、六里ほども進むうち、辺りは暮れはてた。何濤はみぞおちを絞りあげられるような焦燥に駆られつつ、視界を塞《ふさ》ぐ葦のあいだを進んだ。
さらに五、六里ほど進むと、水路はようやくひらけてきた。何濤はいつのまにあらわれたのか、鋤《すき》を担いで岸辺を歩いている男に気づいた。彼はせきこんで声をかけた。

「お前は何者だ。ここは何という土地か」

男は朴刀を手にした何濤をすかし見て、答えた。

「お役人さまかね。あっしはこの村の百姓でござんすよ。この辺りは断頭溝《だんとうこう》と呼ばれる狭い流れでやす。ここから先は、舟じゃ通れやせんよ」

何濤は背筋が寒くなった。断頭溝とは縁起でもない地名である。

「こっちへ舟が二艘きたはずだが、見なかったか」

男はいう。

「阮小五をつかまえにきた舟でござんすかい」

「そうだ。お前はなぜそれを知っているのか」

「その人たちなら、さっきこの前の森のなかで、斬りあっていやしたぜ」

「それはどこだ」

「その前に見える森でござんすよ」

何濤は聞くなり、部下たちに叫んだ。

「すぐ加勢にいかねばならん。舟を岸へ着けろ」

舟が着岸すると、刺叉《さすまた》を持った捕方二人が飛び下り、森へ走ろうとした。

そのとき男は鋤をふるって、彼らを打ち倒す。捕方たちはしぶきをあげ、水中に転げ落ちた。

何濤はおどろき、朴刀《ぼくとう》を手に岸へ飛び移ろうとしたが、舟が不意に揺れて、岸から離れ、水に落ちかけてよろめく何濤の両足を、水中からあらわれた男がつかみ、引きずりこむ。

船中の三人の捕方が逃げようと櫓《ろ》を押しかけると、鋤を持つ男が飛び乗ってきて、鋤をふるってたちまち打ち殺した。

すさまじい打撃をうけた捕方の頭蓋《ずがい》は割れ、脳味噌《のうみそ》が飛びだした。

水中に引きこまれた何濤は、足をつかまれたまま、さかさまに岸へ引きあげられ、腹巻をほどかれ、それで縛られた。

水中にひそんでいたのは阮小七で、鋤を持って百姓に化けていたのは阮小二であった。阮小二と小七は、何濤に殺気みなぎる眼をむける。

「俺たち兄弟が、三人とも人殺しと火付けが朝飯前の荒くれと知らなかったのは、運がわるかったな。貴様を始末するのはわけもない。頓馬《とんま》な野郎が大勢の兵隊を連れて、よくこんな所まできやがったな」

何濤は恐怖に顔色を失い、胸がはり裂けそうに高鳴っている。

「親方衆、どうか儂《わし》の命は助けて下さい。ここへきたのは上官の命令に従っただけで、あなたがたを捕えるなどとは、はじめっから思っていませんでした。儂には八十になる母親がいて、面倒を見る肉親もおりません。どうか生きて帰らせて下さい」

阮兄弟は鼻先で笑った。

「貴様はしばらく粽《ちまき》にして、胴の間へ転がしといてやらあ」

二人は、辺りに散乱する屍体《したい》を水中へ投げこんだあと、口笛を一声するどく吹いた。

葦のあいだから四、五人の漁師が走り出てきて、何濤たちの乗ってきた舟に乗りこむ。阮兄弟も、それぞれ小舟で漕《こ》ぎ去った。

捕盗巡検は、何濤が偵察に出かけたあと、官兵たちと舟に分乗し待機していたが、待ちくたびれた。

「何観察は捕方たちが戻らないのに業を煮やし、自分で出かけていったが、やっぱり戻ってこないじゃないか」

葦間の狭い水路に浮かべた舟上で、不安に駆られつつ待つうち、初更（午後八時頃）になった。

巡検たちが満天の星を見あげ、涼風に吹かれているうち、不意に一陣の怪風がうしろから吹き寄せてきた。

「砂を飛ばし石を走らせ、水を捲《ま》き天をゆるがす。黒漫《こくまんまん》々として烏雲《ううん》（黒雲）を堆起《たいき》し、昏鄧《こんとうとう》々として急雨を催しきたる」

という怪風が吹くなか、巡検たちは顔を覆い、うろたえ騒いだ。

舟は風にもてあそばれ、ともづながことごとく切れた。そのとき、かすかな口笛の音が聞えた。巡検が風にさからいふりむくと、葦原《あしはら》に火光が見えた。

「あれは何だ」

「賊がやってきたのだ。どうすればいいんだ」

怪風の吹き荒れるなか、官兵たちの乗った四、五十艘の舟は、舷《ふなばた》を打ちつけあうばかりで、水路を逃げることもできない。

火光はしだいに迫ってくる。

「やっぱり盗っ人どもだ」

巡検が悲鳴をあげた。枯葦を積みあげた小舟が二艘ずつつながって、幾十艘もやってくる。枯葦には火が放たれ、燃えあがっていた。

官兵たちの舟は、燃えさかる枯葦を積んだ舟に衝突され、火が移ると必死で味方の舟を押し分け逃げようとして動きまわる。
四、五十艘の官兵の舟のあいだに燃える小舟が入りこみ、火勢はつよまるばかりであった。水中に大勢の漁師が隠れていて、官兵の舟どうしが衝突しあい、動きのとれないように舳を引っ張っている。
官兵たちは火焔《かえん》を逃れて陸に飛び移り、八方へ逃げようとしたが、まわりには葦が波うつばかりで、道はどこにもない。

やがて岸辺の葦にも火がついた。怪風が吹きつのるなか、猛火に追われた官兵たちは湖の浅瀬に駆けこみ、かろうじて命をつなごうとした。

ごうごうと音をたて、燃えあがる火焔のなかから、飛ぶような舟足の小舟が狭い水路を巧みに通り抜け、あらわれた。ひとりの男が櫓《ろ》をつかい、舳には道士らしい黒衣をつけた男が立ちはだかって、手にする宝剣を火光にかがやかせつつ、大音声でくり返し叫ぶ。

「こやつらは皆殺しだ。ひとりも逃がすな」

水路の東岸に二人の男があらわれ、四、五人の漁師を指図して、刀槍《とうそう》をふりかざし、官兵に襲いかかった。

西岸にも二人の男が四、五人の漁師を率いて、飛魚鉤《ひぎょこう》(銛《もり》)を手に、うろたえ逃げまどう官兵たちを突き倒す。

官兵たちは群れ集まり、武器をふりかざし矢を放って抵抗するが、火焔に視野をさえぎられ、敏捷《びんしょう》に出没する賊の手にかかり、薙《な》ぎ倒された。

五百人の官兵のうち、葦間に隠れた者はわずかで、おおかたが殺され、水中に投げこまれた。

東岸から襲った二人は晁蓋と阮小五、西岸の二人は阮小二と阮小七であった。船上に立ちはだかっていた道士は、方術により怪風をまきおこした公孫勝であった。

捕盗巡検以下すべての官兵を殺しつくしたあとに、生き残ったのは何濤ひとりであった。

阮小七は縛りあげて胴の間に転がしていた何濤を岸辺にひきずりあげた。

「済州の民を食いものにしてきやがった腐れ役人め。ずたずたに引き裂いてやりてえが、命を助け、帰してやらあ。済州府へ帰ったら、強欲な知県にいうがいい。俺たちは石碣村の阮氏三雄と、東渓村の晁蓋だとな。腰抜け官兵がどれほど押しかけてきたって、こうなるだけだ。俺たちだって、無益な殺生はやりたくねえよ。こっちから知県のところへ米を借りにいかねえから、貴様たちもわざわざ死ぬために、この界隈《かいわい》へ出かけてくるな」

阮小七は小舟に何濤を乗せ、街道の近くまで送り、一喝した。

「腰抜け野郎め、ここまでくりゃ帰り道はすぐ見つかるさ、貴様も大勢の捕方や官兵が死んだというのに、ひとりで怪我もなく帰れば、府尹《ふいん》の疑いをうけるだろうよ。俺たちと戦ったしるしに、貴様の両方の耳朶《みみたぶ》を切りとっておいてやらあ」

小七は短刀を抜き、何濤の耳朶を切り割く。鮮血が流れ落ち、何濤は痛みに呻《うめ》いた。

小七は何濤を岸へあげると、舟を漕ぎ去った。何濤は命をつなぎ、済州への道を蹌踉《そうろう》と辿《たど》った。

晁蓋と公孫勝、阮家三兄弟、十数人の漁師は六、七艘の舟に乗り、石碣村の入江をはなれ、李家道の入口にむかい、そこで呉用、劉唐らの舟と落ちあった。

呉用は晁蓋たちが、官兵と遭遇しての一戦の様子を詳しく聞かされた。彼は官兵が残らず殺戮《さつりく》されたことを知ると、おおいによろこび、舳をつらねて旱地忽律《かんちこつりつ》の朱貴《しゅき》の酒店に到着した。

朱貴は多数の壮漢が梁山泊に入りたいというので、あわただしく応接する。呉用がこれまでの事情を述べると、朱貴は眼をかがやかせた。

「蔡太師《さいたいし》の糞《くそ》野郎の生辰綱《せいしんこう》を掠《かす》め取ったのは、お前さんがただったのか。ほんとによくやったぜ」

大臣蔡京《さいけい》の悪行は、国じゅうに聞えていた。彼は徽宗《きそう》の機嫌をとり、贅沢《ぜいたく》のかぎりをつくさせていた。

国都開封府《かいほうふ》だけが消費景気に沸きかえり、地方はすべて深刻きわまりない不況に陥っている。

人口百五十万を超える、世界最大の都市開封府は、東西南北からの四本の水路を通じ、全国の物産はもとより、西域からのキャラバンによって異国の珍品も集まってくる。市中の貴族、豪族たちは金銀財宝に飽いていた。

徽宗の食事は、毎日百品に達するといわれていた。彼が用いる玉盃《ぎょくはい》は、竜にまつわる形が彫りこまれており、彫師に支払った工賃は数千貫であった。日本の十円銅貨とおなじほどの目方の一文銭数百万枚といえば、数千万円の価値があると見てよい。

蔡京は徽宗の奢侈《しゃし》を増長させつつ、わが私生活も贅沢きわまりないものとした。彼の俸給は収入の一部分にすぎない。

莫大《ばくだい》な金品を湯水のようについやす生活を支えるのは、地方長官からの賄賂《わいろ》であった。蔡京の婿の梁中書が送った十万貫の生辰綱も賄賂である。

宋代における行政区画の末端は県であった。全国に約千三百の県があり、長官である知県、副官の県丞《けんじょう》、警察部長にあたる県尉、総務部長である主簿ら官員は、政府から任命される。

政府は県から税金、塩、茶などの専売益金を取りたてるが、財政援助はおこなわない。知県は県の行政費用をすべて捻出《ねんしゅつ》しなければならない。収入が費用をまかなって余分があれば、知県はそれを役得としてわが懐に入れるが、費用をまかなうことができず欠損が出ると処罰をうける。

知県たちは、わが立場を安泰にするためには、日頃から天子以下、政府の有力者へ賄賂を送る必要があった。彼らはそれだけ、人民を搾取する。

梁山泊に集まる無頼の男たちは、そのような社会の仕組みに反撥《はんぱつ》し、裏街道を横行するようになったのである。

朱貴は晁蓋たちを酒食でもてなすいっぽう、弓に鳴り鏑矢《かぶらや》をつがえ、向う岸の葦原へ射込んだ。たちまち梁山泊の子分たちが舟を漕ぎだしてくる。

朱貴は彼らに手紙を渡した。

「これを寨《とりで》へ届けろ」

手紙には晁蓋たちの姓名と人数がしたためられていた。

一夜は酒宴のうちに過ぎ、翌朝は早く起き、朱貴が呼んだ一隻の大舟に乗って晁蓋らの乗ってきた小舟とともに、山寨《さんさい》へむかう。しばらく漕ぐうち、ある河口に着いた。

どこからか太鼓、銅鑼《どら》の音が聞えてくる。水上を見渡すと、七、八人の子分どもが四艘の哨舟を漕ぎだしてきた。彼らは朱貴が手を振ると舳《へさき》を返し、岸のほうへ戻ってゆく。一行は金沙灘《きんさたん》に上陸した。

晁蓋たち七人は、家族を乗せた舟と漁師十数人をそこに残し、下山してきた二、三十人の手下に導かれ、寨のほうへ登っていった。

道の途中で、迎えにきた王倫以下の頭領と出会い、晁蓋があわてて挨拶をする。

「これはお頭《かしら》がたのお出迎えをいただき、おそれいります」

王倫が答礼していった。

「私が王倫です。晁天王の大名は、耳朶《じだ》をふるわす雷鳴のように久しく聞いております。今日はむさくるしい寨にご光来いただき、このうえのよろこびはありません」

晁蓋はいう。

「私は書史をひもとくこともない野人です。わが拙《つたな》さもかえりみず上山したうえは、頭領幕下の一小卒としてはたらきます。なにとぞお見捨て下さらぬよう、お頼み申します」

王倫はへりくだって応じた。

「そのようにおっしゃっていただいては、恐れいるばかりです。まずわれらの小寨へおいで下さい。そこでお話をさせていただきましょう」

一行は王倫に従い、山頂の聚義庁《しゅうぎちょう》に着いた。王倫は再三すすめて晁蓋たちを広間に導いた。晁蓋ら七人は、右の壁際に一列に並ぶ。王倫と頭領たちは左の壁際に居並び、たがいに一人ずつ礼をかわしたのち、主客がむかいあって席につく。

王倫は階段の下にいる小頭目を呼び、挨拶をさせると、山寨のうちで鼓楽の音がにぎやかに湧きおこった。王倫は小頭目に命じた。

「お前は山を下りて、金沙灘で待っておられる客人がたのお身内の衆を、ここへご案内し、客館でおもてなしをしろ」

山寨には、訪客を接待する客館があった。

やがて黄牛二頭、羊十頭、豚五頭が屠《ほふ》られ、酒宴がひらかれた。奏楽の音が鳴りわたるなか、晁蓋はこれまでの経緯をくわしく王倫たちに語った。

王倫は晁蓋たちのすさまじいはたらきを聞くと、おどろくばかりであった。たいへんな連中がきたものだと思いつつ、うわのそらでうなずき、感心してみせる。

――こんな豪傑たちを、どう扱えばよかろう――

王倫は、自分が頭領筆頭の座を保っていられるだろうかと、不安に胸を高鳴らせる。

酒宴が果てたのち、頭領たちは晁蓋ら客人を客館へ送って、侍僕に世話をさせた。晁蓋は手厚いもてなしによろこび、呉用ら六人にいう。

「儂《わし》らは天下に身を置くところもない大罪を犯したが、王頭領がこのように心からの饗応《きようおう》をしてくれる。この恩は忘れてはならぬ」

呉用は晁蓋に答えず、ただ冷笑するばかりであった。晁蓋は不審に思った。

「先生はなぜ、儂のいうことを笑いすてるのかね。意見があるなら、聞かせてくれ」

呉用はおもむろにいった。

「兄さんは正直な人だ。あんたは王倫が俺たちをこの寨にとどめておいてくれると思うかね。兄さんはあの男の心を看破せず、ただ顔色や動作を見ているだけだ」

「それは、どういう意味か」

「兄さんは見なかったのか。朝の席上で王倫があんたに話しかけているときは、まだ好意があったようだが、大勢の官兵、捕方から巡検までを殺し何濤を帰してやったことをいううちに、態度が変ってきた。阮三兄弟の豪勇ぶりを披露すると、あいつは顔色を変えた。口先では感心するふりを見せたが、心中が裏腹だと一目で分ったよ」

呉用は言葉をつづける。

「もし王倫に、われわれをうけいれるつもりがあるなら、はやばやとこの山寨での席順を決めたにちがいない。頭領のうち杜遷、宋万はどちらもいなかもので、客のもてなしようも知らないが、林冲はもと東京《とうけい》で八十万禁軍の教頭をつとめた男で、都に育ち、諸事をわきまえている。いまは四番めの席にいるが、彼は今朝、王倫があんたと応対する様子を見て、不満げな様子を見せたよ。しきりに王倫を睨《にら》み、心中おだやかならない態度だった。小生は林冲がわれわれに好意を示したいと見たね。彼にはこちらへ近づくきっかけがないようだから、小生が誘って、山寨の頭目同士であい争わせてやろうか」

晁蓋はうなずきつつ聞いていたが、呉用に頭を下げた。

「いちいちもっともな話だ。すべては先生に任せるよ」

その夜、七人は安らかな眠りをむさぼった。

翌朝、侍僕が知らせた。

「林教頭がおこしになりやした」

呉用は晁蓋と顔を見合せ、笑みを洩《も》らす。

「相手から先にたずねてきてくれた。手間が省けたな」

晁蓋たち七人は、急いで身支度をして迎えた。呉用は礼を述べる。

「昨夜は手厚いおもてなしをいただき、恐縮の至りです」

林冲がいった。

「こちらこそ、まことに失礼をいたしました。もっと丁重にいたさねばと思いつつ、私は頭領首座ではないので、やむをえなかったのです」

呉用はいう。

「われらはふつつか者ばかりですが、貴公が種々にお心配りをして下さり、かたじけないご厚情のほどは、よく存じております」

晁蓋は林冲を上座に導こうとしたが、応じない。礼儀をわきまえた林冲は、下座についた。呉用たち六人も、それぞれの座につく。晁蓋がいった。

「教頭のご高名は、以前から聞き及んでおります。今日はからずもお会いできて、欣快《きんかい》の至りです」

林冲が答えた。

「私が昔、東京にいた頃には、朋友と交って礼節を失したことがありませんでしたが、貴殿方のご尊顔に接しながら、心ゆくまでおもてなしができず、今日はそのお詫《わ》びに参上いたしました」

「ご厚意を深謝いたします」

呉用は、林冲が接近してきた真意を、すでに察知していた。

呉用はおもむろに話しかけた。

「小生は、あなたが東京で豪傑の名が高かったのを、久しく耳にしておりました。それがどういう事情で高俅《こうきゅう》にうとまれ、冤罪《えんざい》に落されたのですか。以前に滄州《そうしゅう》の軍馬のまぐさ置場が焼けたのも、奴らの計略によるものと聞いています。梁山泊にはどなたのすすめによって、上山《じょうさん》されたのですか」

「高俅に冤罪を着せられた一件は、思いだしても髪が逆立つほど腹立たしいことです。まだ復讐《ふくしゅう》をできないままになっていますが、いつかは思い知らせてやります。ここへきたのは、すべて柴《さい》大官人のご推薦によることです」

「ほう、世上に聞えた小旋風《しょうせんぷう》柴進殿ですか」

「そうです」

晁蓋がいった。

「柴大官人は義にあつく財を散じ、四方の豪傑と往来する人だと聞いていますよ。大周皇帝直系の子孫というじゃありませんか。一度でもお目にかかりたいものですなあ」

呉用が感じいったようにうなずく。

「柴大官人ほどの高名なお方が、上山をすすめられたのは、よほど教頭の武芸に惚《ほ》れこまれたためでしょう。お世辞をいうわけではありませんが、王倫が教頭に頭領首座の地位を譲るべきだと思います。それが天下の公論であり、柴大官人のご意向にそうものといえます」

林冲の両眼が、かがやいた。

「先生のご高談を承り、おそれいります。私は大罪を犯し、柴大人にかくまわれましたが、恩人に累を及ぼすことをおそれ、上山してきました。だが、このような扱いをうけるとは思いませんでした。王倫は気持ちがさだまらず、いうことも信じるに足りない人物で、頭領の器とはいいかねます」

林冲が本音を洩《も》らしたので、呉用がすかさず誘いの問いかけをする。

「王頭領は人に接するに和気のあるお方と見受けましたが、狭量であるとはどういうことですか」

林冲はすべてをうちあけた。

「こんど山寨《さんさい》にあなたがたのような豪傑が、多数こられ、お力添えをいただくのは、錦上花を添え、旱天《かんてん》が慈雨を得たごとく天来のしあわせというべきでしょう。ところが王倫は、あなたがたの勢力に圧迫されるのを、ひたすら怖れるばかりです。昨夜、あなたがたが五百余人の官兵を皆殺しにされた話を聞き、仲間にするのは危ないと考え、上山をことわろうとしている様子です。それで砦《とりで》の外の客館にお泊めしたのです」

呉用は林冲にいった。

「王頭領がそのようなおつもりなら、われわれは立ち退くようにうながされるまえに、ここを出てよそへ参りましょう」

林冲は急いで引きとめる。

「どうか、お見捨て下さるな。この林冲にはいかにすべきか考えがあります。私はあなたがたが王倫の意中を察せられ、立ち去られるかも知れないと懸念して、こんな早朝からおたずねしたのです。私は今日の王倫の様子を見て、もしそのいうところが昨日と変り、万事道理にかなっておればよしとしましょう。もし、一言でも理にあわないことをいうようなら、しかるべき処置をいたします」

晁蓋は嘆声をもらし、感謝した。

「あなたの深甚なご厚意に私たちは心よりお礼を申したい」

呉用がいった。

「そのようなご配慮をいただいては、われわれのために、これまでのお仲間が袖《そで》をわかつことになります。われわれは受けいれられたときはとどまりますが、そうでなければおいとまをいたします」

林冲はかぶりをふった。

「先生、それはちがいます。古人もいうではありませんか。賢人は賢人を惜しみ、好漢は好漢を惜しむと。あんな畜生などなんでもありません。つまらないご遠慮はご無用です。しばらくあとで、またお会いしましょう」

林冲は、晁蓋らに見送られ、寨へ帰っていった。

しばらくして小頭目が客館にきて、告げた。

「今日は山寨の頭領たちが、皆さんをお招きしやす。山の南側にある水寨《すいさい》の亭《あずまや》で、酒宴をいたしやす」

晁蓋はうなずく。

「すぐおうかがいするから、そのように頭領にお伝えしてくれ」

小頭目が立ち去ったあと、晁蓋は呉用に聞いた。

「先生、この会はどういうことかね」

呉用は笑った。

「心配はいらないよ。この会で、あんたはきっと山寨の首領になる。林教頭はかならず王倫と雌雄を決するだろうが、もしいくらかでもためらったときは、小生が三寸不爛《ふらん》の舌でかならず戦わせるよ。皆、武器を衣の下にひそませていけ。小生が髭《ひげ》をひねりあげるのを合図に立ちあがるのだ」

晁蓋たちは、寨を乗っ取る好機がきたとよろこんだ。

辰牌《しんぱい》（午前八時）を過ぎた時分から、宴会に誘う使者が幾度もくりかえし訪れてきた。晁蓋たちはそれぞれ武器を隠し持ち、身なりをととのえ、宴席におもむこうとした。そのとき宋万が騎馬で自ら迎えにきた。子分たちが、七台の轎《やまかご》を担いできていたので、晁蓋たちはそれに乗って出かけた。

山の南の水寨に到着すると、王倫、杜遷、林冲、朱貴らが出迎えていた。晁蓋たちは亭中へ案内され、席につく。

水亭から眺める山水の風景は、絵であろうかと思うほどあざやかに、碧空《へきくう》の下にひろがっている。

王倫、杜遷、朱貴らは左側の主人の席につき、晁蓋、呉用、公孫勝、劉唐、阮三兄弟は右側の客の席につく。子分たちが主客のあいだをめぐり、酒食の給仕をする。晁蓋は王倫と卓をかこみ話しあっていたが、梁山泊の同志に加わる話をもちだすと、王倫はさりげなくほかに話題を転じようとする。

呉用は林冲の挙動をひそかに注視していた。林冲は幾度も椅子から立ちあがりかけては腰を下し、王倫を睨《にら》みつけている。

一同が酒杯を傾けあううち、昼過ぎとなった。王倫はうしろにひかえる子分たちに命じた。

「持ってこい」
三、四人が出てゆき、じきに一人が戻ってきて、大きな盆をうやうやしく卓上に置く。盆には大きな銀塊が五個置かれていた。
――やっぱり俺たちを追いだすつもりか。そんなことをすれば命運の尽きるのも知らず、哀れな奴だ――

呉用は成りゆきを見守っている。

王倫は身を起し、盃《さかずき》を手にして晁蓋にいった。

「天下の豪傑方がお越し下さり、仲間に入って下さろうとおっしゃっていただいたことは、まことにありがたく存じております。しかし、恨むらくはこの小寨のような、いわばちいさな水溜《みずたま》りのようなところに、あなた方のような巨大な頭がお住いいただけるわけもありません。これはわずかな志ばかりでおはずかしいしだいですが、ご笑納いただき、どこかの大寨へおいで下さい。そのうえは私も子分どもを連れ、麾下《きか》に加えていただきましょう」

晁蓋が答える。

「私はこちらの山寨ではひろく好漢を招かれていると、以前から聞いていました。それでお仲間に加えていただこうと、大勢でやってきました。しかし、加えていただけないのであれば、ただちにお暇《いとま》を申しあげましょう。白銀は頂戴《ちょうだい》できません。旅の路銀はいささか用意しておりますので、どうかお気遣い下さいませんように」

王倫は晁蓋の返事を聞くと、うれしげな笑みをうかべつつ、口先では別れを嘆くかのようにいった。

「せめてその錠銀（丁銀）だけはお受けとり下さい。私どもは、事情が許せばあなた方とともに暮らしたいのです。どうか寸志をおくみとり願いたい」

双方の応酬を聞いていた林冲が、憤怒《ふんぬ》にまなじりを吊《つ》りあげ、怒号した。

「王倫、貴様は俺が上山したときも、おなじことをほざいたな。兵粮《ひょうろう》が足りない、殿舎が狭いなどと、いいわけはそれしか知らないのか」

かつて謹直温厚であった禁軍教頭も、逆境のうちに放浪をかさね、いまでは獰猛《どうもう》な梁山泊の頭領である。

呉用がひきとめようとする。

「頭領、われらのためにあなたにまでご迷惑をおかけしてはなりません。お静まり下さい。王頭領は私どもを追いだされるわけではなく、礼を尽しておられるのです」

呉用の言葉を聞くと、林冲はなお猛《たけ》りたった。

「王倫は笑顔のうらに刀を隠し、口先ばかりの腹黒い奴だ。俺は今日こそは見逃しておけぬぞ」

王倫は怒って林冲を罵《ののし》った。

「畜生め、酔ってもいないうちから、この王倫にからんでくるのか。上下のへだてを忘れたか」

林冲は顔色を変えて罵った。

「なんだと、この落第儒者め。学問の心得もろくにないくせに、山寨《さんさい》の主人面をするつもりか」

呉用は晁蓋をうながす。

「兄さん、われわれが上山したために王頭領の顔をつぶすことになったようだ。さっそくお暇を願いましょう」

晁蓋らは席を立ち、水亭を出ようとした。

王倫がひきとめる。

「客人方、酒宴がおわるまでご臨席下さい」

林冲は食卓を蹴倒《けたお》し仁王立ちになると、懐中から磨ぎすました短刀をとりだし、いまにも飛びかかろうとするいきおいを見せた。

呉用はすかさず髭をひねりあげる。晁蓋と劉唐は、亭に駆け戻り、王倫をかばうふりをしつつ叫ぶ。

「同志討ちはいけません」

呉用も林冲を取りおさえるふりをした。

「頭領、おちついて下さい」

公孫勝も、口をだす。

「われわれのために、義理をお忘れになっちゃ、だめですよ」

阮小二は杜遷、阮小五は宋万、阮小七は朱貴を抱きとめる。大勢の子分たちは、意外なりゆきに、茫然《ぼうぜん》と眼を見張るばかりであった。林冲は王倫の袖をつかみ、罵った。

「このいなか者の食いつめ儒者め。貴様は杜遷のおかげでここの頭領になれたのだ。柴《さい》大官人の推挙した俺を仲間に入れるとき、なんのかのと理屈をつけて反対しやがったが、今日もまた、豪傑の方々をおなじ手で追いはらうつもりか。梁山泊は貴様の持ちものではない。妬《ねた》みぶかいばかりで何の取得もない貴様など、このうえ生かしておいても悪事をかさねるばかりだ」

王倫は、いつのまにか自分が窮地に陥っているのに気づいた。

杜遷、宋万、朱貴は阮兄弟にからみつかれ、動きがとれない。小頭目たちは王倫を助けたいが、林冲のすさまじい気魄《きはく》に威圧されている。

「お前たちはなにをしている。林冲をやっつけろ」

王倫の叫びは、最期の言葉となった。

林冲がみぞおちに短刀を刺し、ひとえぐりすると、王倫は床に倒れ息絶えた。まわりに立つ晁蓋らは、それぞれ隠し持った短刀を抜きはなつ。

林冲は手早く王倫の首級を切り落した。杜遷、宋万、朱貴は動転してひざまずいた。

「俺たちをあなた方の手下にしてくだせえ」

呉用は王倫の坐《すわ》っていた椅子を、血溜《ちだま》りから引きだし、林冲を腰かけさせていう。

「いうことを聞かぬ者は、王倫のようになるぞ。いまから山寨の主人は林教頭殿だ」

林冲はおどろき、大声でさえぎる。

「先生、それはいけません。私はあなたがたの義気に感応して、王倫を殺したのです。私が梁山泊頭領の第一位になれば、天下英雄の笑いものになるばかりです。そんなことをするぐらいなら、むしろ死をえらびましょう。それよりも、私の意見をお聞き願いたい」

晁蓋たちはうなずく。

「林教頭のご意見に異存はありません。どうかお話し下さい」

林冲は、血のしたたる短刀を手にして、まわりを取りかこむ男たちに語りはじめた。

「私が王倫を討ちとったのは、彼にかわって頭領になるためではありません。私には梁山泊の主《あるじ》となって官軍と戦い、君側の奸《かん》を除くほどの器量はない。頭領第一位となるのは、天下に好漢の名も高い晁蓋殿です。私は義理を重んじる立場からも、山寨の主人は晁蓋殿のほかにはいないと考えるのだ」

晁蓋は、つよく辞退した。

「賓客は強くとも、主人を圧せずというではありませんか。遠来の新参者である私が、どうしてこの寨の主になれるでしょう」

林冲は晁蓋の手をとり、椅子に坐らせて叫んだ。

「事はここまで進んできたのです。ためらうときではありません。反対する者があれば、王倫のように息の根をとめましょう」

林冲はくりかえし晁蓋にすすめ、上座に坐らせ、子分たちをひざまずかせ礼をさせた。

「これから寨へ戻って祝いの酒盛りをしよう」

林冲は子分たちを寨へ帰し、酒宴の支度をさせ、寨の外に出向いている小頭目たちを、すべて呼び集めさせた。

林冲たちは寨に戻ると、晁蓋を聚義庁《しゆうぎちよう》の第一の上席に就かせた。林冲は庁内で香をたき、きびしい表情で呉用に告げた。

「この林冲は学問もない匹夫です。ただ槍棒《そうぼう》が使えるだけで、ほかに取得もありません。このたび山寨に豪傑諸公がこられて、今後は規律を正さねばなりません。そのため学究先生には軍師役をひきうけられ、子分どもの指図をお願いします。どうか第二の席におつき下さい」

「いや、それは困ります。私は片いなかの学究に過ぎません。孫呉の兵法も知らず、経綸の才もありません」

「いや、いまとなってはご謙譲は無用です」

呉用は第二の席につく。

林冲は公孫勝を招いた。

「先生は第三の席におつき下さい」

晁蓋は林冲の申し出をさえぎる。

「それほどまで、私どもの顔をお立てになることはない。私は席を下りましょう」

林冲は押しとどめた。

「晁兄、いけません。公孫勝先生の名は江湖に聞えています。用兵にすぐれ、鬼神もあざむくほどの策略家で、風雨を呼ぶ術をつかわれる、得がたい才人です」

公孫勝は固辞したが、林冲はすすめてやまない。

「あなたは晁兄、呉先生とともに鼎《かなえ》の三脚のように、欠かすべからざるお方です。どうか私のすすめる通りにして下さい」

公孫勝は、やむなく第三の席につく。晁蓋は立ちあがっていった。

「第四の席には林冲殿にお坐りいただかねばならぬ。辞退されるなら、われわれは皆席から下りましょう」

林冲は晁蓋らに手をとられ、第四の席についた。

晁蓋はついで宋万、杜遷に席をすすめたが、二人は固辞した。今後をおもんぱかると、とても五位と六位の席にはつけない。

五位以下は劉唐、阮小二、小五、小七、杜遷、宋万、朱貴の順となった。こうして十一人の好漢の順位がきまると、七、八百人の子分たちがやってきて挨拶《あいさつ》をしたのち、左右に分れ立ちならぶ。

晁蓋は進み出て訓辞をした。

「皆の者にいう。儂《わし》は今日、林教頭のすすめで山寨の主となった。お前たちは昨日までとかわらずはたらき、油断なく守備をかためてくれ。たがいに協力してはたらこう」

晁蓋はさっそく山寨の長屋を掃除させ、阮家の家族をおちつかせたのち、生辰綱《せいしんこう》の財宝と、わが家に貯《たくわ》えていた金銀を、小頭目、子分たちに祝儀として分け与えた。

山寨では数日にわたり、祝宴がおこなわれた。晁蓋は呉用ら頭領とともに倉庫をあらため、柵《さく》、塀をつくろい、刀槍《とうそう》弓矢、甲冑《かっちゅう》の数をそろえ、官軍の襲来にそなえた。

また舟を多数そろえ、水上での戦いの支度をする。

林冲は晁蓋が諸人に寛容で、阮家の家族の面倒を手厚く見る様子に心をうたれ、わが悩みをうちあけた。

「私は上山してのち、妻を呼び寄せたいと思っていたのですが、気まぐれな王倫のもとでは、できないことだとあきらめていました。そのままに月日が過ぎ、いまどうしているのか消息も分らないままになっています」

晁蓋はすすめた。

「東京《とうけい》にご家族がおられるなら、ここへ呼び寄せて暮らしなさい。急いで手紙を書き、使いを走らせ、一日も早く上山するよう手配をするがいい」

林冲はよろこんで一通の手紙を書き、腹心の子分二人を使いとして東京へおもむかせた。

だが、二カ月も経たないうちに子分たちは帰ってきて、悲しい知らせをもたらした。

「東京城内殿帥府《でんすいふ》門前の、張教頭（林冲の舅《しゅうと》）のお屋敷をたずねましたが、奥さまは高太尉に縁組みを迫られ、半歳もまえに首を吊ってお亡くなりになったということです。張教頭はそれで気を落され、半月まえに病気で亡くなられ、女中の錦児はやむをえず実家に戻り、婿をむかえたそうでござんすよ。近所で聞いてみても、おなじことを申しやした。まちがいないと存じやす」

林冲は両眼から涙をふりこぼした。

「これで心中に一物なしだ。何も気がかりはない。俺は天涯孤独、自由の身だ」

晁蓋たちも、林冲の不幸を嘆くばかりであった。


晁蓋が山寨の主となってまもないある昼さがり、頭領を集め、聚義庁で会議をしていると、子分が駆けつけてきて注進した。

「済州府の軍勢がおよそ二千人、四、五百艘《そう》の舟に乗って押し寄せてきやした。いま石碣村の入江に集まっておりやす」

晁蓋はおおいにおどろき、呉用にいう。

「官軍がきたが、どのように迎え撃てばいいだろう」

呉用は笑いながらいった。

「兄さんが心配することはありません。私に計略があります。諺《ことわざ》にもいうでしょう。水きたらば土にて掩《おお》い、兵到らば将《しょう》にて迎えよと」

呉用はただちに阮三兄弟を呼び、耳打ちをした。

「かくかくしかじか」

また林冲と劉唐にも、なにごとか告げる。

さらに杜遷、宋万にも計略を授けた。

済州府から梁山泊へ押し寄せた官兵は、一千余人であった。見張りの子分が二千人と知らせたのは、臆病風《おくびょうかぜ》を吹かして見誤ったためである。

軍勢を率いるのは、民兵司令官団練使《だんれんし》黄安《こうあん》であった。黄安は石碣村から二手に分れ、金《きん》沙《さ》灘《たん》へむかう。

一隊を率いる黄安が、旗をなびかせときの声をあげつつ進み、対岸に迫ると、長く尾を引く笛の音が水上に流れてきた。

黄安が耳を澄ます。

「これは画《が》角《かく》（角笛）の音だな」

彼が船団を入江にとどめ、湖面を見渡すと、はるか遠方から三艘の舟が近づいてくる。見守るうち、船上の人影が見分けられるようになった。どの舟にも五人ずつ乗っている。四人が二挺櫓《にちようろ》を漕《こ》ぎ、舳《へさき》には一人が立っていた。立ち姿の三人を見れば、いずれも深紅の頭巾《ずきん》をかぶり、刺繡《ししゆう》をした赤い上衣を裾長《すそなが》に着ていた。

黄安の傍らにいる軍兵が告げた。

「私はあいつらの顔を知っています。三人は阮小二、小五、小七の三兄弟です」

黄安は叫んだ。

「者どもかかれ。あの三人を捕えるのだ」

官兵たちは喊声《かんせい》をあげつつ、舷《ふなばた》をつらね殺到してゆく。

三艘の舟は、合図の口笛とともにいっせいに向きを変えた。黄安は槍《やり》をひねりつつ、叫びたてる。

「あいつらを逃がすな。殺すんだ。褒美はいくらでもやるぞ」

逃げてゆく三艘の舟足は、飛ぶようであった。

官兵たちは阮兄弟の舟にむかい、矢を射かけつつ櫓《ろ》を漕ぎたて追ってゆく。二、三里ほども追跡するうち、一艘の小舟がうしろからやってきた。

小舟には、石碣村で分れた別手の兵士が乗っていて、黄安に呼びかけた。

「団練殿、このうえ追っかけてはいけません。私たちは奴らの計略にひっかかって、やられました。舟も取られてしまいました」

「なんだと、五百人もいながら、皆やられたのか」

兵士は告げる。

「私たちが金沙灘へむかううち、遠方から舟が二艘あらわれました。どちらにも五人ずつ乗っています。それで懸命に漕ぎたて三、四里ほど追ってゆくと、ちいさな入江から七、八艘の小舟が出てきて矢を蝗《いなご》の飛ぶように射かけてきます。あわてて引きかえし、狭い水路のなかへ漕ぎ入れると、二、三十人の賊が太い竹縄を両岸に渡しているので、それを切ろうとしたとき、陸上から石や目潰《めつぶ》しの灰を入れた瓶《かめ》が雨のように飛んできて、皆たまらず水に飛びこみ、かろうじて命拾いをしました。しばらくして岸へあがると、馬は全部さらわれ、馬番は殺されています。私どもは葦《あし》の茂みのなかでこの舟を見つけたので、団練殿にご注進に参りました」

黄安は自分のあとにつづく船団にむかい白旗を振り、追跡中止を命じた。

だがそのとき、阮兄弟の舟はどこからあらわれたのか、十数艘の新手《あらて》を加え、紅旗を振り、口笛を吹きつつ急速に追ってきた。どの舟にも四、五人が乗っている。

黄安らが舷をつらね迎え撃とうとすると、間近の葦の茂みのなかから轟然《ごうぜん》と大砲が発射され、水上にしぶきがあがった。

黄安が辺りを見ると、周囲の岸辺に無数の紅旗がつらなっている。立ちすくむうち、あとを追ってきた船上から叫び声があがった。

「黄安、貴様の首級はもらったぞ」

黄安が漕ぎ手をはげまし、葦の生い茂った岸辺へ舟を寄せると、左右の入江から四、五艘の舟が出てきて、矢を射かけてきた。

かろうじて敵の攻撃をかわし、ようやく脱出したとき、あとにつづく舟はわずか三、四艘であった。黄安が駿足《しゅんそく》の舟に乗り移ってうしろを見ると、官兵たちはわれがちに水に飛びこんでいた。舟ごと捕われ曳《ひ》かれてゆく者もいる。

水面は血に染まり、むごたらしい殺戮《さつりく》がはじまった。

黄安は逃げてゆくうち、葦のあいだに一艘の舟が停っているのを見た。

船上に立っている男は劉唐であった。彼は手鉤《てかぎ》で黄安の舟を引き寄せ、飛び移るなり腰をつかみ押えつける。

官兵たちのうち水中へ逃げようとした者は射殺され、降参した者は捕虜となった。

劉唐は黄安を岸へあがらせ、縛りあげた。

捕虜となった官兵は、およそ二百人に近い。奪った舟は水寨《すいさい》に納め、馬に乗って迎えにきた晁蓋と公孫勝が先に立ち、山寨に引きあげた。

黄安は聚義庁の将軍柱（大黒柱）に縛りつけられ、官兵の所持品は子分たちに分け与えられた。

奪った軍馬は六百余頭である。意気あがった晁蓋たちは、戦捷《せんしょう》の祝宴をひらいた。食卓をかざるのは牛馬の肉のほか、地酒と湖でとれた蓮根《れんこん》、魚、果物、鶏、豚、鵝鳥《がちょう》、家鴨《あひる》などであった。

酒宴の最中、麓《ふもと》の酒店にいる朱貴の手下がやってきて、晁蓋に注進した。

「今夜、幾十人かの旅商人《あきんど》が街道を通行するそうでござりやす」

「そうか、商人なら金や反物を持っているだろう。誰か応援にいってくれ」

阮三兄弟が応じた。

「俺たちがいってきやすよ」

「そうか、油断せず朱貴を援《たす》けてやってくれ」

阮兄弟は身支度をととのえた。

武器は朴刀《ぼくとう》、刺叉《さすまた》、袖《そで》がらみである。彼らは百人ほどの子分を従え、金沙灘を舟で渡り、朱貴の店へむかう。

晁蓋はしばらくたってから、劉唐にいった。

「あの三人だけじゃ、どうも安心できない。お前もいってくれないか。商人どもはひとりも殺すな。金と荷物だけを取るんだぞ」

劉唐は、百人余りの子分を連れて出かけていった。

晁蓋は三更(午前零時頃)になっても阮兄弟と劉唐が戻ってこないので、杜遷、宋万に五十人ほどの子分をつけて、朱貴の店へやった。彼が呉用、公孫勝、林冲と酒をくみかわすうち、夜があけてきた。

その時分になって、ようやく朱貴の店から使いがきて、注進した。

「阮のお頭《かしら》がた三人で、二十台の金銀財宝と驢馬《ろば》、騾馬《らば》四、五十頭を手に入れなさいやした」

「人は殺さなかっただろうな」

「へえ、商人たちはすくみあがって、なにもかも放りだして、逃げちまいやした」

「それはよかった」

晁蓋たちは、金沙灘まで阮兄弟を迎えにいった。

隊商を襲った頭領たちは、奪いとった車を岸へ引きあげている。獲物はおどろくほどの分量である。

晁蓋はよろこんで朱貴をも呼び、ともに山寨へ戻り、酒宴をひらいた。子分たちが聚義庁へ分捕った品を運んでくる。

絹、衣服と雑貨は分けて積みあげさせ、金銀財宝は酒宴の席に置きならべた。晁蓋は分捕品の半ばを倉庫に納めさせ、半ばを頭領と子分たちに分配した。

捕虜として山寨に連れてきていた官兵は、顔に番号の刺青《いれずみ》をいれ、逞《たく》しい男たちは四方の砦《とりで》で下働きをさせ、体力のすぐれない者は寨の掃除番とした。黄安は寨の裏手の牢屋《ろうや》に押しこめた。

晁蓋は頭領たちにいう。

「ここへきたときは、官兵に追われるままに、王倫の下で小頭目にでもしてもらおうと思っていただけだったが、林教頭のおかげで寨の主になり、官軍に大勝したうえに、いまは大財宝が懐に飛びこんできた。この福運は、儂《わし》のすぐれた兄弟たちのおかげだ」

晁蓋は、呉用に同意を求めた。

「われら七人の命は、宋江《そうこう》と朱仝《しゅどう》のおかげで助かった。恩を知って報いざるは人にあらずというだろう。今日の富貴安楽をいたずらにむさぼっていてはならぬ。誰かに金銀を持たせ、鄆城県《うんじょうけん》へ出向かせ、宋江らに礼をさせよう。それに、牢に入れられている白勝も助けだしたいものだ」

呉用が答えた。

「兄貴、小生に考えがあるから任せてくれ。宋押司は仁義の人だから、礼を貰《もら》うつもりはないだろうが、山寨の手配りをひとわたり済ませたら、兄弟の誰かをかならず出向かせるよ。白勝については、これまで彼と会ったことのない者を出向かせ、上下の役人を買収させて、看視をゆるめさせ、脱走させればよかろう」

白勝の顔を知らない者をさしむけるのはなぜか、晁蓋には分らなかったが、承知した。智恵者の呉用のいう通りにして、事が成就しないことはなかった。

呉用は山寨に入ってのち、兵粮《ひょうろう》をたくわえ、舟をつくり、武器を製造し、城壁、柵《さく》のつくろい、房舎の増築、衣服、甲冑《かっちゅう》、刀槍《とうそう》、弓矢の整備をすすめていた。

梁山泊は、晁蓋が主となってのち、いきおいさかんになるばかりであった。

済州府の太守は、逃げ帰った黄安の部下から、官兵が梁山泊でもろくも潰《つい》え、黄安が生け捕りとなったとの報告をうけた。

済州府尹《ふいん》は、梁山泊の賊が複雑な水路を利用し善戦すれば、官兵をどれほど繰りだしても勝利はおぼつかない実状を知ると、頭をかかえこんだ。

彼はどうすればいいかと悩みはてた。まえに何濤が五百人の官兵を連れて出向き、潰滅《かいめつ》した。両耳を削《そ》ぎおとされた何濤は、いまだに屋敷にひきこもったままである。

こんど千人の官兵を連れ、勇躍して出ていった黄安は捕虜になり、殺された者は数知れずという惨状である。

済州府に滞在している太師府用人は、梁山泊攻撃の失敗を、東京《とうけい》の蔡《さい》太師に逐一報告している。府尹はわが前途が闇にとざされたのを知っていた。

「もうだめだ。まもなく新任の府尹がきて、儂は解任されるだろう。東京へ帰れば罰をうけるのだ」

ある朝、使丁が府尹のおそれていた知らせを告げにきた。

「東門の接官亭に、新任の府尹さまが到着なさいました」

府尹は落胆の思いをかみしめ、東門外の接官亭に出向いた。

彼は亭内で新任の府尹から、中書省《ちゆうしよしよう》（内務省）の免職辞令をうけとるといった。

「それではあなたに官印をお渡しします。府庫の金銭、食糧もお引き渡しします」

一切の事務手続を終えた前府尹は、新府尹の就任祝賀の宴をひらいた。

席上、前府尹は梁山泊の賊が猛威をふるい、多数の官兵を鏖殺《おうさつ》したことを語った。

新府尹は聞くうちに顔が土色になった。彼は心中で考える。

――蔡太師はこんな危ない土地に、儂を赴任させたのか。ここには強兵猛将などいるわけもなく、凶悪な賊を捕えるなどは思いもよらないことだ。奴らが糧食を取りにここへあらわれたら、どうすればいいのだろう――

前府尹は翌日行李をまとめ、罪に服するため東京へ旅立っていった。

新府尹は彼とともに済州へ派遣された軍官たちを集め、食糧、馬糧を買いいれ、民間の勇士、智者を募集し、梁山泊攻撃の支度をすすめる相談をした。

また中書省へ書状を送り、近在の州郡に対し協力を命ずる公文書を発してもらいたいと要請する。

済州府の孔目《こうもく》（文書係）は、府尹のしたためた公文書を管下の鄆城県へ送り、梁山泊の賊にそなえ、警戒をきびしくするよう命じた。

鄆城県の知県は、公文書を宋江に渡し、郷村に警戒を命じる触書の作成を指示した。

宋江は公文書を見て、おどろいた。

——晁蓋たちは、とんでもない大事件をひきおこしたものだ。生辰綱を奪ったうえに、大勢の官兵を殺傷し、黄安を人質にとった。これは九族を討滅されるほどの罪だ。追いつめられてやったこととはいえ、法網をのがれることはできない。どうなることだろう——

彼は気を揉《も》みつつも、配下の張文遠《ちょうぶんえん》に命じ、公文書の内容に従って触書をつくらせ、村々に貼りださせることにした。

宋江は役所を出て町なかへむかったが、二、三十歩ほど歩いたとき、うしろから呼びかけられた。

「押司《おうし》さんよ」

宋江がふりむくと、仲人《なこうど》商売をしている王《おう》婆さんであった。彼女は見知らぬ婆さんを連れていた。

「なにか用事があるのかね」

宋江がたずねた。王婆さんは連れの老婆を指さしていった。

「この閻《えん》婆さんは、東京からきて地元の人じゃないんですよ。家族は三人で、ご主人の閻さんと婆惜《ばしゃく》という娘さんがいます。閻さんは昔から歌の上手な人で、婆惜ちゃんもちいさい時分から教わって、たくさんの歌を覚えています。年は十八で、器量よしですよ。閻さんたちは、山東へある官人をたずねてきたんですが、会えないまま流れ歩いて鄆城県へきました。でもこの土地の人は風流に縁が遠いので歌を唱って暮らしがたてられず、役所の路地裏に仮住いをしていたんです。

ところが、昨日、閻さんは疫病で亡くなっちまいました。閻婆さんはお葬式《とむらい》をするお金もなくて困りはて、私のところへ相談にきたんです。押司さん、憐《あわ》れだと思って、棺《ひつぎ》をつくる費用を用立ててくれませんか」

宋江は承知した。

「わかった。俺についてこい。そこの酒店で筆を借りて手紙を書いてやるから、それを持って、役所の東側の陳三郎の家へゆき、棺をもらってくるがいい。ところで、さしあたって葬式費用はあるのかね」

閻婆さんは、嘆きながら答えた。

「棺をこしらえるお金もないくらいですから、費用のやりくりはつきません」

「よし、それじゃさしあたって十両あげるから、使いなさい」

閻婆さんは涙をこぼしてよろこぶ。

「あなたさまは、救いの神さまです。これで生き返ったような心地です。こんど生れかわるときは、驢馬《ろば》になって仕えてでもご恩返しをいたします」

閻婆さんは、主人の葬式をとどこおりなくすませ、五、六両の金が残ったので、暮らしの足しにした。

ある朝、閻婆さんは宋江の家へ礼にいったが、女性を見かけなかった。彼女は王婆さんにたずねた。

「宋押司のお宅には女っ気がないんだね。まだ独身かしら」

王婆さんがいった。

「押司さんの家族は宋家村《そうかそん》というところにいるらしいけど、奥さんはいないようだね。あの人は役所にはたまにいるだけで、いつも棺とか薬を貧乏人に世話してやるのが、主な仕事さ」

閻婆さんは心中をうちあけた。

「うちの婆惜は器量がいいし、歌や踊りができて、愛嬌《あいきょう》のいい子だけどね。子供の頃は東京で、妓楼《ぎろう》へ出入りしていたけど、どこでもかわいがられたものだった。ある妓楼の主人に養女にくれといわれたんだけど、私は老後の面倒を見てもらいたかったんで、ことわったんですよ。あの子にいまのような苦労をさせることになるとは、思いもしなかった。それでお願いするんだけど、婆惜を宋江さんに貰《もら》っていただくお世話をしてもらえれば、ありがたいんですよ。あんないいお方に添えれば、婆惜は幸せを拾ったようなものです」

王婆さんはさっそく仲人に乗りだす。

宋江は、はじめは応じなかったが、王婆さんが弁舌巧みに口説いたので、ついに心が動いた。彼は役所の西側の路地に二階家を借り、家具什器《じゅうき》を買って閻母子を住まわせた。

閻婆惜は、半月とたたないうちに、髪に翡翠《ひすい》や珠玉をかざり、身に綺羅《きら》をまとうようになった。

宋江は閻婆さんにも、髪飾りや衣服を買いととのえてやる。母子は衣食に満ち足りた。

宋江ははじめのうちは毎晩たずね、婆惜と床をともにしたが、しばらくたつうちにたまにしか出向かないようになった。

彼は元来槍《やり》や棒を使う武芸を好み、女色に興味が薄かった。閻婆惜は十八、九の妙齢で、浮気なたちであるため、宋江が気にいらない。

ある日、宋江は下役の書記張文遠《ちょうぶんえん》を連れて閻婆惜の家へゆき、酒を飲んだ。張文遠は役所で小張三《しょうちょうさん》と呼ばれる、眉目《びもく》清秀、歯なみは白く唇の紅色もあざやかな男である。

彼はしばしば妓楼へ出向き、遊蕩《ゆうとう》をかさね、女のあしらいにたけている。歌曲にもくわしかった。

閻婆惜は、酒色を好む娼妓《しょうぎ》のような女である。張三をひと目見て心をときめかせ、情をこめた眼差《まなざ》しをむけた。

張三も酒色の徒である。婆惜の様子を見逃すわけはなく、二人は眼くばせで充分に思いをかわしあった。

そのあと、張三は宋江の不在のときを見はからい、閻婆惜をたずねた。

「押司殿がこちらにおられると聞いて、参ったのですが」

突然の訪問の口実である。

婆惜はよろこんでいった。

「あいにくあの人はいませんが、せっかくお越しいただいたのですから、お茶でも召しあがっていって下さいな」

張三は座敷にあがり、婆惜と話しこんでいるうちに、たがいに抱きあい、深い仲になってしまった。

婆惜は張三に身を許してしまうと、火の塊のように熱い思いをかけるようになった。彼女はたまに宋江がやってきても、口喧嘩《くちげんか》をするばかりで、ふりむこうともしない。宋江の足はしだいに遠のいてゆく。

張三と閻婆惜は膠《にかわ》のごとく漆のごとしと形容すべきはなれがたい間柄となり、張三は婆惜のもとに泊りこんでは朝帰りをするので、町の人たちに彼らの交情が知れ渡った。

その噂は宋江にも聞えたが、彼は半信半疑で考えた。

――父母からすすめられて得た正妻でもない女だ。もし俺を嫌っているとしても、別段腹もたたない。あんな女のところへいかなければいいのだ――

彼は幾月ものあいだ、閻婆惜のもとへ足をむけなかった。

ある夕方、宋江は役所を出て、むかいの茶房で茶を飲んでいた。そこへ一人の大男があらわれた。頭に白い范陽《はんよう》の氈笠《せんりゅう》をかぶり、濃緑の薄い上衣をつけ、足には脚絆《きゃはん》、麻鞋《あさぐつ》をはき、腰刀を帯び、背中に大きな包みを背負っている。

男は雨に打たれたように汗をかき、息をはずませつつ歩いてきて、役所のなかをのぞきこんだ。

「怪しい奴だな」

宋江は男が歩み去るのを見ると、茶房を出てあとをつけた。
二、三十歩ゆくうちに、男はふりかえって宋江を見た。

どこかで見たことがあると宋江は思った。男は立ちどまり、宋江をしばらく見つめたが、声をかけてこない。

――おかしな奴だ。なぜ俺をあんなに見やがるんだ――

男は道端の床屋にたずねた。

「兄哥《あにい》、あそこにいる押司《おうし》さんは、なんというお人だね」

床屋は答えた。

「あのお人は、宋押司さんだよ」

男は朴刀《ぼくとう》を手に提げ、宋江の前に走り寄ってきて、大声で挨拶《あいさつ》をした。

「押司さま、俺を覚えていて下さるかね」

「そうだな、いつか会ったような気もするが」

男はいう。

「ちょっとどこかでお話ししたいのだが」

宋江は男に従い、裏路地へ入っていった。

「あの酒店で話しましょうや」

二人は酒楼にあがり、相客のいない個室をえらんで入った。

男は朴刀を壁にたてかけ、背中の包みをおろし卓の下へ押しこみ、床に身をひれ伏し宋江を拝んだ。

宋江はあわてて礼を返し、たずねた。

「失礼だが、あんたの姓名をお聞きしたい」

男は顔をあげた。

「大恩人さま、俺の顔を忘れなすったか」

「さあ、どなただったかな。見覚えはあるんだが、どうにも思いだせない」

「俺はまえに晁保正殿のお屋敷でお目にかかり、危ういところを助けていただいた、赤髪鬼の劉唐《りゆうとう》ですよ」

宋江はおおいにおどろいた。

「貴公は大胆に過ぎたふるまいをする。捕方に見つけられたら、一大事だ」

「あなたさまの大恩は忘れられやせん。死んでもいいからお礼を申しあげようと、やってきたんですよ」

宋江はせきこんでたずねる。

「ところで、晁保正と仲間の人たちはどうしているのかね。あんたは誰の指図でここへきたんだ」

「晁頭領から大恩人さまにお礼を申してくれと、再三頼まれてきやした。あなたさまに命を助けていただいたあと、いまでは梁山泊で一の頭領になっておりやす。呉学究《ごがくきゆう》が軍師となり、公孫勝といっしょに子分どもの指図役になっているんですよ。まえの頭領王倫は、林冲が殺しやした。いまでは俺たち兄弟分七人と、杜遷、宋万、朱貴が、頭領でさ」

「そうか、そんな力量をあらわしたのか」

宋江は感心するばかりである。

「山寨《さんさい》の子分は七、八百人もおりやすが、食いものに不自由はなく、余るほどですよ。すべてはあなたさまの大恩のおかげで、お礼のしようもありやせんが、俺が使いになってこの手紙と黄金百両を持ってきやした。これを押司さまと朱仝《しゅどう》、雷横のご両人に、感謝のしるしとしてさしあげたいのです」

宋江は手紙を読んだ。

宋江は晁蓋の手紙を読みおえると、上衣の前襟をあけ、書類入れの招文袋《しょうぶんたい》をとりだした。劉唐は卓上に百両の黄金を置く。宋江は金の延棒を一個だけ取り、手紙で包み招文袋へ入れ、上衣に納めて劉唐にいった。

「あとは包んでおくがいい」

宋江は酒肴《しゅこう》をとり、小僧を呼び燗《かん》をさせ、劉唐と日が暮れるまで酒をくみかわした。

辺りが暗くなると、劉唐は盃《さかずき》を置き、卓上の包みをあけようとした。宋江は急いでとめる。

「俺はそんなものは貰《もら》えない。あんたがたは山寨をとりしきるようになって、金銀の入用なことが多いだろう。俺はゆとりのある暮らしをしている。だからその金は山寨へ預けるとしよう。困ったときには受けとりにゆくよ。俺はあんたがたを避けているわけじゃない。延棒一個を貰っただろう。朱仝は財産をたくわえているから、金をやる必要はない。あんたがたの誠意は、俺が伝えておくよ。雷横は博打《ばくち》好きだから、やっても使いはたすだけだ。

俺はあんたを家に泊めたいが、人に知られるとたいへんなことになる。今夜は月が出るだろうから、夜道は歩きやすい。ここには長居しないほうがいい。俺は山寨へ祝いにゆけないが、よろしく伝えてくれ」

劉唐は承知しなかった。

「このままじゃ帰れねえ。心ばかりのお礼も受けとってくれないんじゃ、帰ったら叱りと
ばされますぜ。晁保正も呉学究も、昔とは違う威勢だから、こわいですよ」

「そんな事情なら、俺が手紙を書くから持っていってくれ」

劉唐は宋江の様子を見て、とても受けとってくれないだろうとあきらめ、金子を包み、
背に負う。

日が暮れてきた。劉唐はいう。

「お手紙をいただいたから、すぐ帰ることにいたしやすよ」

宋江は答えた。

「このうえ引きとめないが、俺の心を分ってくれ」

劉唐は四拝の礼をした。

宋江は酒楼の小僧を呼び、告げた。

「このお客さんが白銀一両を下さるそうだ。勘定は俺が明日払いにくるからな」

劉唐は包みを背負い、朴刀をひっさげ、宋江と廊下へよろめき下りる。

酒楼をはなれ、路地口へ出ると、八月なかばの月が昇った。

宋江が劉唐を見送った帰り道、町角を二度曲ったとき、うしろに閻婆さんの声を聞いた。

「押司さん、何度も使いをやったのに、貴人にはなかなか逢《あ》えないというけれどね。うちの娘がなにかあなたの気にさわったかも知れませんが、この年寄りをあわれと思って許してやって下さいな。よく話して聞かせておきますから。今夜はちょうどよくお目にかかれたんだから、ごいっしょに家へゆきましょう」

宋江はいう。

「今日は役所の仕事が忙しくて、とてもいけない。日をあらためてゆくよ」

「それはいけません。娘があなたを待ちつづけているんだから。なぜこんなに足が遠のいてしまったの」

「忙しいんだ。明日いくよ」

「今晩でないと、だめですよ」

彼女は宋江の袖《そで》をつかみ、しゃべりまくった。

「誰があなたをそんな気持ちにさせたのよ。娘と私は、これからあなたの世話になって、生きていくよりほかに道がないんですよ。よその人のいうことは聞かないで。娘に落度があれば、私がいいつけます。どうかいっしょにきて下さい」

閻婆さんは執拗《しつよう》にいいつづける。

「そんなにまとわりつくな。まだ片づけなきゃならない仕事があるんだ」

「そんな仕事が遅れたって、知県さまに叱られませんよ。いま逃げられたら、こんどいつ逢えるか知れません。どうかいっしょにきて下さいよ。ご相談したいこともあるんだからさ」

宋江は閻婆さんにしつこくからみつかれると、つい応じてしまった。

「じゃ、いくから手を放せ」

「逃げないでね。私の足じゃ追いつけないから」

「分ったよ」

宋江は閻の家まできたが、入る気がせず立ちどまる。

「なにをぐずついてるの。ここまできて入らないつもりですか」

宋江はしかたなく家に入り、椅子に腰をおろす。

閻婆さんはそばを離れず、宋江を逃がしてはならないと用心しつつ、叫んだ。

「婆惜や、お前の大切な三郎さんがお見えだよ」

婆惜は寝台に寝そべったまま、灯火を見つめ、小張三がいつきてくれるだろうかといらだっていた。

婆惜は母の声を聞き小張三がきたのだと思い、あわただしく起きあがって髷《まげ》をかきあげつつ、恨みごとを口にする。

「私を淋《さび》しがらせて、ほんとに憎らしいんだ。まずほっぺたをいくつかたたいてやる」

彼女は階下へ飛び下りたが、格子のあいだからのぞくと、明るい瑠璃灯《るりとう》の光りを浴びているのは宋江であった。

婆惜は身をひるがえし二階に戻り、寝台に寝そべる。閻婆さんは、いったん下りてきた婆惜が階段を駆けあがってゆくのを見て、叫んだ。

「三郎さんがせっかくおいでだというのに、なぜ戻るんだよ」

婆惜は二階から答えた。

「家のなかが広すぎて、ここまでこれないの。目が見えないわけでもなし、迎えにいかなきゃ、あがってこれないのかしら。うるさくいわないでよ」

閻婆さんはいった。

「あの子は、押司さんが顔を見せてくれないので、機嫌がわるいんですよ。文句をいうのも我慢してやって下さい。さあ、いきましょう」

宋江は婆惜のいいぐさを聞き、帰る気になりかけていたが、手を引かれ、やむなく階段を昇った。

二階は六本椽《たるき》の部屋で、前のほうは食堂、奥の寝室に寝台が置かれている。寝台には手《て》摺《す》りがつき、花模様の帷《とばり》が三方に垂れていた。

そばの衣桁《いこう》に手巾《しゅきん》がかけられ、その下に水をたたえた盆が置かれている。それは男女が睦《むつ》みあうときに用いる道具である。

壁には一幅の美人画、寝台にむかい四つの椅子が並んでいた。

閻婆さんはその椅子のひとつに宋江を坐《すわ》らせ、寝たままでいる娘を引きおこした。

「なにをしているんだね。お前はなぜそんな嫌がらせばかりいうんだね。だから押司さんの足が遠のくのさ。いつもこの旦那《だんな》のことばかり思っていて、ようやくきてくれると当りちらすんだから」

婆惜は母親の手をふりはなす。

「うるさいわね。私がどんな悪いことをしたのよ。この人がこないので、私にあやまれというの」

婆さんは婆惜をうながす。

「さあ、この椅子へおかけ。あやまらないまでも、もっと機嫌よくしなきゃ、押司さんに悪いじゃないか」

婆惜はようやく起きたが、宋江と離れて椅子に坐った。

宋江はうつむいたままである。閻婆さんはいう。

「私は酒でも買ってくるから、二人で仲良くしていてちょうだい」

宋江は鄆城県宋家村の大地主、宋太公の息子である。彼が県役所の訴訟事務を取り扱う押司になったのは、一族の財産を守るため、要路と結託する必要があったためである。

押司は知県から給料を貰《もら》わず、訴訟手数料で生活をする。事務が多ければそれだけ収入もふえるので、悪質な押司は人民を脅し、搾取して懐を肥やし、上司に賄賂《わいろ》を送るが、鷹《おう》揚《よう》な宋江は及時雨《きゆうじう》と渾名《あだな》されるほどの情深い好漢である。

そのような宋江が閻母子の好餌《こうじ》となったのは、当然であった。

彼は閻婆さんが酒を買いにいった隙に、帰ってしまおうと思っていたが、婆さんは戸をしめ、外からかけがねをかけた。

宋江はがっかりした。

「婆さんに胸のうちを読まれっちまった」

閻婆さんは階下でかまどに薪を足しておき、路地を出て、店屋で果物、魚、若鶏、鮓《すし》などを買って帰り、皿に盛り分け、酒盃《しゆはい》三個、箸《はし》三組をそえて二階へ運ぶ。

宋江は椅子に腰かけ、うつむいたままである。婆惜は横をむいている。

「これ、酒をついであげな」

閻婆さんにいわれると、娘はうそぶく。

「私のことは放っといてよ。飲みたくないんだから」

「どうしてそんなに気儘《きまま》なのかい」

婆惜は考える。

――私は張三のことばかり思っているから、押司の酒の相手などしたくないけれど、酔いつぶさなきゃ、まとわりついてこられよう――

彼女はしかたなく、盃《さかずき》に半分ほど酒を飲んだ。閻婆さんはいう。

「機嫌をなおして、たくさん飲みなよ。あとは寝りゃいいんじゃないの。押司さんもしっかり飲んで下さいよ」

宋江はすすめられ、しかたなく四、五杯飲んだ。婆さんは幾杯か飲んで階下に燗をつけにゆく。彼女は娘が機嫌をなおし、酒を飲んだのを見て、安心した。

――あの男を今夜泊めてやりゃ、機嫌がよくなるだろう。しばらくあいつにつきまとって、あとのことはまた考えりゃいいさ――

閻婆さんはかまどの前で四杯も酒を飲み、酔っぱらって燗酒を二階へ運んだが、宋江はうなだれたまま黙っており、婆惜は裙子《スカート》の裾《すそ》をもてあそんでいる。

閻婆さんは笑った。

「二人とも泥人形みたいだよ。どうして黙っているの。押司さんも男なら、ちょっと砕けた話でもしてやって下さいな」

宋江はうんざりして、やりきれない思いであった。

思いあがった婆惜は宋江が自分にとりすがられ、もてなされるのを望んでいるのだろうと考えていた。

閻婆さんは酔いがまわってきて、附近の噂話など、とりとめもないことを口走る。

その頃、鄆城県の町なかを、粕漬《かすづけ》売りの唐二《とうじ》哥《あに》、渾名を唐牛児《とうぎゆうじ》という男が宋江を探し歩いていた。

彼は日頃から宋江の使い走りをして、手当を貰っている男である。訴訟事件がおこるといちはやく宋江のもとへ注進し、幾貫かの金を貰う。彼は宋江が用事をいいつければ、命を投げだしても果さねばならないほど恩義をうけていた。

彼はその晩、博打《ばくち》に負け、どうにもならなくなって宋江に元手を借りに役所へ出向き、宿をたずねたがいなかったので、町を探し歩いた。

町の人が声をかけた。

「唐二哥、あわてて誰を探しているのかね」

りてこよう——

「宋押司の旦那だ」

「それなら、さっき閻婆さんといっしょに歩いているのを見たよ」

——そうか、閻婆惜の恩知らずは、張三と火のように熱くなりやがって、押司さんを瞞《だま》していやがる。押司さんも感づいたか、しばらく足を向けなかったが、今夜はきっと糞婆《くそばば》あがまといついて連れていったんだろう。じゃ、出向いて酒でも飲ませてもらい、銭を借りてこよう——


閻婆さんの家に駆けつけ、開いている門から入ると、家に灯火がついていて、階段の上から婆さんの笑声が聞える。

唐牛児が足音を忍び二階へあがり、板壁の隙間からのぞくと、宋江と婆惜がうなだれ、食卓にむかう婆さんがしゃべりまくっている。

唐牛児は室内に入り、三人に挨拶をした。宋江はいった。

「お前は、いいところへきたな」

宋江は口をとがらせ、合図をする。唐牛児はすばやく意中を察した。

「旦那、あちこち探しやしたぜ。ここで酒を飲んでいらっしゃるとは、うらやましいことだ」

「役所で何か事件がおこったのか」

唐牛児は、頭をかいてみせる。

「押司さん、お忘れでしたかい。朝の一件のことでさ。知県さまは役所でおかんむりですよ。使いが四、五回も宿のほうへたずねていってるんだが、どこにいらっしゃるか分らないんで、あたりちらしなすってたいへんだ。早くいかなきゃ」

　宋江は立ちあがった。

「知県殿がお急ぎなら、すぐ帰ろう」

　閻婆さんが押しとどめた。

「押司さん、下手な芝居はやめて下さいな。唐牛児も私を瞞すつもりかい。それこそ名工の魯般《ろはん》の前で斧《おの》を使うようなものさ。知県さまは今頃、お屋敷で奥さまとお酒を楽しんでいらっしゃるにきまってるよ。仕事でいらいらしてるなんてことがあるものか。そんな下手な嘘は、間抜けな化物にでもいうがいい」

「なんだと、嘘なんかついているものか」

　閻婆さんは喚いた。

「屁《へ》のようなごろつきめ。さっき押司さんが口をとがらせたのを見落したと思うのか。お前はその合図を見て、出まかせの嘘をつきやがったのさ。お前は、押司さんをここへお連れしてこなきゃいけないのに、たまにお見えになったら呼び戻そうってのかい。その根性が許せないよ」

　閻婆さんはいきなり唐牛児の首を突きとばす。牛児がよろめくと、いきおいづいて両手で階段の下まで突きとばしていった。

　唐牛児は怒った。

「なんで俺に手荒なまねをしやがるんだ」

閻婆さんは罵《ののし》った。

「お前は自分のやってることが分らないのか。人の商売を邪魔するのは、親や女房子供を殺すようなものだ。さからうなら殴りつけてやるよ」

「なんだって、この婆が俺を殴るのか。さあやってみろ」

酔っている閻婆さんは両手をひろげると、唐牛児にしたたか平手打ちをくわせ、暖簾《のれん》の外へ突き出し、表戸を締め、閂《かんぬき》をかけた。

唐牛児は門前に立ち大声で叫んだ。

「毒虫婆あめ、あとであわてるなよ。今夜は押司さんの顔をたてて我慢してやるが、こんな家はこなごなに砕いてやるところだ。いつか手前をひどい目にあわせなきゃ、俺の名がすたるぜ。覚えておけ」

彼は昂奮《こうふん》してわが胸をたたきつつ、立ち去っていった。

二階へ戻った閻婆さんは、憤懣《ふんまん》を口にした。

「押司さんは、なぜあんな乞食《こじき》のような奴に目をかけてやるんですか。嘘つきで、ほうぼうでただ酒を飲ませてもらっている宿なしが、よくも私をなぶりやがったもんだ」

宋江はしかたなく椅子にもたれている。

閻婆さんは、宋江に幾杯か酒をすすめたあと、卓上を片づけ、階下へ下りていった。

宋江は考えた。

――いまさら帰れば、婆さんが騒ぐ。婆惜と張三がいい仲だというが、今夜泊ってゆけば、あしらいぐあいでおおかたの様子が分るだろう――

宋江は椅子に腰をおろしたまま、婆惜がどんな応対をするか、うかがう。二更（午後十時頃）、婆惜は衣裳《いしょう》も脱がないまま寝台にあがり、刺繡《ししゅう》をした枕に頭をのせ、壁のほうをむき寝てしまった。

――この女は、俺をふりかえりもせず眠《ねむ》りやがる。今日は婆さんに引っぱられ、幾杯も酒を飲まされて起きていられない。夜も更けたから寝てしまおう――

宋江は頭巾《ずきん》を机に置き、上衣を衣桁にかけ、帯を解く。帯には短刀と劉唐から受けとった招文袋《しょうぶんたい》をくくりつけている。それを寝台の手摺《てす》りにかけ、絹靴と白靴下をぬぎ、婆惜の足もとのほうに頭をむけ、身を横たえた。

半刻（一時間）ほど経ったとき、足もとで婆惜の冷笑が聞えた。宋江は腹が煮えくりかえるようで眠れない。

三更（午前零時頃）を過ぎ、四更になる時分には酔いもさめてしまった。とうとう五更（午前四時頃）になったので、宋江は起きて盆の水で顔を洗い、身支度をして罵った。

「このばか女が、無礼もほどほどにしやがれ」

婆惜は眠っていなかったので、起きあがりいい返す。

「えらそうなことをいわないでよ」

宋江は憤然として階下におりた。

閻婆さんは足音を聞き、寝床のなかから話しかけた。

「押司さん、夜が明けるまで寝ていらっしゃい。いま頃どうして起きたのですか」

宋江は答えず門を出た。閻婆さんがいった。

「帰るのなら、閉めていって下さいな」

宋江は腹が立ってしかたがなかった。家へ帰る途中、役所の前を通り過ぎようとすると、灯火が眼についた。薬湯《やくとう》売りの王《おう》老人が朝の商売に出ていて、宋江を見るとあわてて声をかけた。

「押司さん、今朝はずいぶんお早いんですね」

「うむ、昨夜酔っぱらったから、時の太鼓を聞きちがえたんだ」

「それはいけませんね。二日酔いなら、醒酒《せいしゅに》二陳湯《ちんとう》をお飲みなせえ」

「そりゃいいな」

宋江は床几に腰を下し、煎薬《せんやく》を飲むうち思いついた。

——俺はいつもこの薬湯を飲むが、爺《じい》さんは代金を受けとったことがない。いつか棺《ひつぎ》をやろうといったことがあるが、まだやっていない。今日は金を持っているぞ——

彼は晁蓋が劉唐に持たせてきた金のうち、一個を招文袋に入れておいたのを思いだした。

宋江は王爺さんにいった。

「俺はまえに棺代をやろうといったが、まだやっていなかったな。今日は持ちあわせがあるから、やるよ。それで陳三郎の店へいって棺を買うがいい。爺さんが百歳にもなってめでたく冥途《めいど》へゆくときは、葬式費用は俺が引きうけてやる」

爺さんはよろこんで礼をいう。宋江は上衣の襟から招文袋を取りだそうとして、おどろいた。

——これはしまったぞ。昨夜、あのばか女の寝台の手摺りに置き忘れたんだ。金はどうでもいいが、晁蓋からの手紙を読まれちゃたいへんだ——

宋江は晁蓋の手紙を劉唐から渡されたとき、読みおえてすぐ焼きすてようと思ったが遠慮した。

家に帰って焼きすてるつもりであったが、閻婆さんにつかまった。婆惜の部屋でも灯台の火で焼こうと思ったが、性根の曲ったあの女に見咎《みとが》められてはいけないとそのままにした。それで、朝は婆惜といいあいをして、招文袋を身につけるのを忘れてしまった。

——あいつは音曲の本などを読んでいやがったから、字を知っているはずだ。手紙を読まれたら一大事だ——

宋江は血相変えて、立ちあがる。

「爺さん、金を入れた招文袋を家に置き忘れてきたから、すぐに取ってくるぜ」

彼は閻婆さんの家へ、韋駄天《いだてん》走りに戻っていった。

閻婆惜は宋江が出ていったあと、起きあがって憤懣《ふんまん》を口にした。

「あいつのおかげで一晩じゅう眠れなかった。私には張三という人がいるんだもの。あんな奴に優しくできるわけがないじゃないか」

彼女はひと寝入りしようと布団を敷きなおし、裙子《スカート》をぬぎ、胸をはだけ下着をぬぎすてる。ふと見ると寝台の前の灯火に照らされているのは、紫の薄絹帯である。
婆惜は笑った。
——あいつがあわてて出ていって、帯を忘れていった。こんど張三がくれば、あげよう
——
つかみあげると重みがある。振ってみると、短刀と招文袋が出てきた。袋をあけると、
金子《きんす》と手紙があらわれ、金の延棒が灯火の下でかがやく。
婆惜はよろこんだ。
——張三にいいものを食べさせるよう、天が恵んでくれたのだろう。彼が近頃痩《や》せてき
たので、気にしていたが、ちょうどよかった——
彼女は手紙をひらき、読みはじめた。
婆惜は手紙に晁蓋という文字を見ておどろき、読みすすむうち、眼をかがやかせた。
——なんとまあ、つるべは井戸のなかへ落ちるものと思っていたのに、井戸がつるべに
落ちることもあるんだね。私は張三と夫婦になりたくて、あいつが邪魔だったけど、こう
なったら思いのまま地獄へつき落してやれるんだ。梁山泊の強盗の一味だったとは知らな
かった。百両の金子を送ってきたのか。まあ、ゆっくりと息の根をとめてやるわ——
彼女は金の延棒を手紙に包み、招文袋に戻したとき、門の開く音がした。
閻婆さんがたずねる。
「誰だね」

「俺だよ」

閻婆さんはいった。

「まあ押司《おうし》さん、私がまだ早いといったのを、押司さんが聞かずにいっちまいなさった。早すぎたのでまた戻りなすったんでしょう。もう一度娘と寝て空が明るくなってから出かけなさいよ」

宋江は黙って二階へあがった。婆惜はあわてて短刀と招文袋を帯に包み、布団に隠して壁のほうをむき、眠っているふりをした。

宋江は寝台の手摺りに帯がかかっていないのを見て、いまいましさをこらえつつ婆惜を揺すってたずねた。

「俺たちのいままでの間柄を思って、招文袋を返してくれ。いやがらせをするなよ」

「眠いのよ。起さないで」

「俺がきたのに、なんといういいぐさだ」

婆惜は眼をひらいた。

「黒三さん、なんなの」

「招文袋を返せ」

「そんなもの、いつ私に預けたのよ」

「この手摺りのうえに、かけておいたんだ。ここへ誰もこないから、お前が取ったんだろう」

「あんたは気がおかしくなったんじゃないの」

「昨夜のことはあやまるさ。うるさくいわせないで返してくれ」

「私はなんにもいわないわ。そんなものは知らない」

「お前はさっきまで衣裳をつけたまま、寝ていたじゃないか。いまは布団を着ている。起きて布団を敷いたとき、取ったにちがいない」

婆惜は柳眉《りゅうび》を逆立てて、眼を見張っていった。

「取ったわよ。だけど返さない。役人を呼んで、私を泥棒だというがいいわ」

「泥棒とはいっていないよ」

「あたりまえよ。私は泥棒じゃないもの」

宋江は婆惜の物腰にうろたえた。

「俺はお前たち母子の面倒を見なかったことはない。返してくれ。これから用があるんだ」

婆惜は宋江を睨《にら》みつけ、吐きすてるようにいう。

「あんたは私と張三のあいだを疑っているでしょ。張三はあんたほど偉くないけど、首を切られるような罪人じゃないわ。あんたのような盗賊とつきあうよりいいよ」

宋江はあわてた。

「これ、静かにしろ。隣に聞えたらたいへんだ」

「誰かに聞かれて困るようなことは、しなきゃいい。この手紙は私がちゃんと預かっとくわ。もしこれが欲しけりゃ、私の三つの望みを叶《かな》えてちょうだい」

「三つどころか、三十でも聞いてやるさ」

「どうだか危ないものよ」

「いますぐやってやる。三つの望みとはなんだ」

婆惜は勝ち誇って条件をきりだす。

「まず第一に、今日すぐに私があんたに渡した身売り証文を返してよ。そのうえで、私が張三の嫁になるのを認めるという念書をほしいの」

「分った」

「第二に、私の衣裳や髪飾り、家具などはあんたが買ってくれたものだけど、後日になって返せと要求しないという念書をちょうだい」

「それも書くよ」

「三つめの望みは、聞いてくれないだろうね」

「どんなことだ、いってみろ」

「梁山泊の晁蓋があんたに贈った百両の金子をちょうだい。そうすればあんたの一番大切な招文袋《しようぶんたい》の手紙を返してあげるよ」

「二つの望みはうけいれるがね。百両は届けてくれたが返してしまった。いま持っているならすぐにやるんだが」

婆惜はあざ笑った。

「やっぱりそうなのね。役人が銭にきたないのは蠅が皿にたかるようなものだというけれどね。持ってきてくれた金を返すなんて、ばかばかしい話があるものか。なまぐさものを食べない猫はないというじゃないの。閻魔《えんま》のまえに引きだされてから戻された亡者はいないともいうわ。そんな口先に瞞《だま》されるものか。百両をいますぐちょうだい。盗品だと分るのがこわいのなら、鋳潰《いつぶ》しておくれ」

「俺は嘘をいわないよ。三日待ってくれ。家を売って百両こしらえてやろう」

婆惜は冷笑した。

「子供だましをいわないでよ。招文袋を返したら、三日後にお金を呉れるなんて、棺が出たあとで、泣き男が代金を貰《もら》いにゆくようなものよ。金を呉れなきゃいやよ。さあ、交換しましょう」

宋江は思わず声を荒らげた。

「いま金は持ってないよ」

「明日の朝、役所へいっても、あんたはお金を持ってこないのね」

宋江は役所と聞いて、憤怒《ふんぬ》がこみあげてきて、睨みつける。

「返すか、返さねえのか」

「誰が返すものか。百回でもくりかえしていってやるよ。返してほしいのなら、役所で返してやるからね」

宋江は、婆惜の布団をまくろうとした。彼女は宋江の帯を体の下に隠していて、布団はかまわず、胸にそれを抱きしめた。

帯の端が婆惜の胸のあたりに見えたので、宋江はひったくろうとした。

婆惜は必死に抱え、放さない。宋江が力のかぎり引くと、短刀が床に落ちた。宋江はとっさにそれを拾う。婆惜はそれを見て、悲鳴をあげた。

「黒三郎が人を殺すわ」

彼女の叫び声が、宋江の殺意をほとばしらせた。

憤怒をおさえられなくなっていた宋江は、婆惜がふたたび何事か叫びだそうとしたとき、左手で彼女をおさえつけ、右手で短刀をふるい、喉《のど》をひとえぐりした。

血がほとばしり、婆惜がなお叫ぼうとするところを、もう一度えぐる。その首は枕のうえに落ちた。

宋江は急いで招文袋から手紙を取りだし、残灯の火で焼いたのち、帯を身につけ階段を下りた。

閻婆さんは、さきほどの婆惜の叫び声を聞き、あわてて跳ね起き、衣裳《いしよう》をつけ廊下へ出て、宋江と鉢あわせをした。

「さっきから、なにを口喧嘩《くちげんか》していなすったんですか」

「あいつが、あんまり無礼なことをいうんで、殺しちまったよ」

閻婆さんは笑った。

「まさか、押司さんがそんなことをなさるものですか。年寄りをかつごうたって駄目ですよ」

「信じないのなら、二階へいってみろ。ほんとに殺しちまったんだ」

「ばかなことをいわないで下さいよ」

婆さんが二階へあがってみると、血の海のなかに娘の屍骸《しがい》が横たわっていた。

「あっ、たいへんだ。どうすればいいんだろう」

宋江はいった。

「俺は男だよ。逃げも隠れもしないさ。お前のいう通りにしよう」

閻婆さんはいったんは動転したが、やがてあきらめたようにいった。

「娘も悪い性格だったから、押司さんに殺されたのも当然だったかも知れませんがね。この年寄りがどうして食べてゆけばいいか、養ってくれる人はいませんよ」

宋江は答えた。

「そんな気遣いはしないでもいい。俺には貯《たくわ》えもあるし、あんたが楽に余生を過ごせるほどの力添えは、してやれるよ」

「ありがとうございます。そうしていただけるなら安心です。娘の屍骸はこのまま放っておけないし、葬式をしなければいけませんよ」

「それは簡単だ。これから陳三郎のところへいって、棺《ひつぎ》を買ってくることにしよう。検屍《けんし》官《かん》には、俺が話をつけておこう。あんたには銀子を十両あげるから、後始末をしておくがいい」

銀子を貰った婆さんは、宋江にすすめた。

「近所の連中に見つからないよう、夜の明けるまえに棺を買ってきましょう」

「そうだな、俺が一筆書くから、それを持っていって、貰ってこい」

「私じゃ、埒《らち》があきませんよ。いっしょにいって下さいな」

宋江は承知して、婆さんとともに血のにおいのみなぎる部屋を出た。

閻婆さんは、門に鍵《かぎ》をかけ外へ出る。空はようやく白みかけていた。役所の前にさしかかると門番が門扉をあけるところであった。

二人が門前にさしかかったとき、閻婆さんが宋江に組みつき、金切り声で喚《わめ》きたてた。

「ここに人殺しがいるよ」

宋江はおどろきうろたえて、婆さんの口を押えた。

「叫ぶな」

婆さんはもがきつつ喚く。

役人が幾人か走ってきて、宋江を見ると閻婆さんをなだめようとした。

「婆さん、落ちつけ。押司は人殺しなどするわけがない。いいたいことがあるなら、分るように話すがいい」

「この男がやったんだ。早く捕まえないか。私がいっしょに役所へいくよ」

宋江は役人たちから敬愛されていたので、誰も婆さんのいうことを信用しなかった。

そこへ唐牛児が洗った粕漬のしょうがを盛った大皿を抱え、役所の前の朝市で売ろうとやってきた。彼は閻婆さんが宋江をとらえ喚きたてているのを見ると、前夜の鬱憤《うつぷん》がよみがえり、皿を薬売りの王爺さんの床几《しょうぎ》に置き、走り寄って罵《ののし》った。

「この毒虫め、お前はまた押司さんにからみついていやがるのか」

閻婆さんは宋江にしがみついたまま、いい返す。

「唐二、こいつを逃がしたら、お前の命をかわりに償わせるよ」

唐牛児は頭に血がのぼり、婆さんを宋江から引きはなすなり、五本の指をひろげ彼女の横っ面に、眼から幾つもの星が飛ぶほどの平手打ちをくらわせた。

婆さんは気が遠くなり、手を放す。宋江は大道を往来する人混みにまぎれこみ、逃げてしまった。

閻婆さんは、唐牛児の袖《そで》をつかみ、喚きたてる。

「私の娘を殺した宋押司を、よくも逃がしたな」

「なんだと、そんなことは知らんよ」

婆さんはまわりを取り巻く役人たちにいった。

「あんたがた、早く人殺しを捕えて下さいな。逃がしたら、罰を受けるよ」

役人たちは宋江には手を出せなかったが、唐牛児には遠慮する筋合いがないので、一人が婆さんの脇を支え、三、四人が牛児を捕え、役所へ引きずっていった。

唐牛児は閻婆さんとともに、知県の前にひきすえられた。知県はたずねる。

「殺人事件は、どうしておこったのか」

閻婆さんがいう。

「私の娘婆惜は、宋押司に身売りをして妾《めかけ》となっていましたが、昨夜、押司と娘が酒を飲んでいると、唐牛児がはいってきて私に喧嘩を売り、帰っていきました。近所の者は物音を知っています。

　宋江は朝早く家を出ましたが、また戻ってきて娘を殺しました。それで私が組みつき、役所の前まできたところ、唐牛児があらわれて、宋江を逃がしたのです。どうかお裁きをお願いいたします」

　知県は唐牛児に訊問《じんもん》する。

「貴様はなぜ咎人《とがにん》を逃がしたんだ」

「私は何も事情は存じやせん。昨夜は宋押司に金を借りたくていったんですが、この婆あが私をぶん殴って家の外へ押し出しやした。今朝、朝市へ出ようとしたら、役所の前で婆あが押司さんに組みついていたので、つい腹が立つまま殴ってやったら、押司さんが逃げていったんでござんすよ」

　知県は、日頃宋江が気にいっていたので、唐牛児を身代りに、牢《ろう》へ入れようと思いついた。

「何だと、宋江は誠実な男だ。人を殺すようなことはしない。お前がやったんだろう」

　知県が当直の役人を呼ぶと、あらわれたのは婆惜の恋人の小張三こと張文遠であった。

　張文遠は愛人が殺されたので、宋江を捕え、讐《あだ》を討とうといきりたった。

　だが知県は宋江を信頼していたので、唐牛児を罪に落そうとして、刑吏に三十、五十と鞭打《むちう》たせた。唐牛児は身に覚えがないというばかりである。

「しぶとい奴だ。「牢屋へ放りこんでおけ」

　張文遠は知県に上申する。

「なんといっても、この短刀は宋江のものです。宋江を捕えて訊問しなければ、事は解決いたしません」

知県は張文遠がくりかえし上申するのを無視できず、宋江の住居へ役人をさしむけたが、宋江はすでに逃げ去っていた。

役人は隣人を伴ってきて、報告した。

「宋江は逃げて、行方《ゆくえ》は知れません」

張文遠は、また上申した。

「犯人宋江が逃げ去ったのであれば、父親の宋太公《そうたいこう》と弟の宋清《そうせい》が宋家村に住んでいるので、彼らを捕縛し牢に入れなければなりません。そのうえで宋江の行方を至急に探索いたしましょう」

知県はやむなく公文書をつくり、二、三人の捕方を宋家村へ派遣し、宋江の父と弟を捕えさせることにした。

捕方たちが公文書を持って宋家村へ出向くと、宋太公が迎え、客間へ通した。彼は公文書を一読すると、あわてる様子もなく告げた。

「私どもは先祖代々の百姓でございます。この土地で田畑を守り暮らしてきました。宋江は不孝の子で、幼少の頃から親にさからい、本来の家業をわきまえず、役人になりたいといいだし、説得しようとしたのですが、従いませんでした。そのため、私は数年前に、前の知県さまに不孝を理由として宋江を戸籍からはずしていただくよう訴えました。それでいまは籍に入っておりません。私と宋清は宋江とは縁を切っているので、何事がおこっても、咎《とが》められるいわれはありません。証拠の文書は置いていますから、ご覧下さい」

捕方たちは、日頃宋江と親しかったので、宋太公がいい逃れの口実を持ちだしたと知りつつ、見逃すことにした。

「ではその文書を出して下さい。内容を写しとって持ち帰り、知県殿にお渡ししましょう」

宋太公は偽りの文書をさしだし、捕方に写しとらせ、酒食でもてなし、銀十両を賄賂《わいろ》として与えた。

捕方たちは役所に帰り、知県に報告した。

「この写し書の通り、宋太公は三年前に宋江と絶縁しているので、捕縛できません」

知県は宋江を捕えたくないので、捕方たちの報告を聞くと、内心よろこんだ。

「この文書はりっぱな証拠だ。宋太公らは宋江と絶縁しているのだから、捕えるわけにはゆかない。宋江を捕えた者には一千貫の賞金をかける高札を掲げよ」

張文遠は閻婆さんをけしかけた。

「しっかり訴えなきゃ、泣き寝入りさせられるぞ」

婆さんは役所へ出向き、しきりに訴えた。

「宋江は、宋清が家にかくまっているはずです。宋太公をひっ捕えて泥を吐かせりゃいいのです。この老いぼれのお頼みを聞いて下さいませ」

知県は叱りとばした。

「籍を抜いて他人になっている者を人質にして、宋江を捕えよというのか。そんなことができるか」

「宋江は、孝義の黒三郎という渾名《あだな》を持つほどの孝行者です。籍を抜いたなどというのは、嘘にきまっていますよ」

「貴様は公文書を偽物だというのか」

閻婆さんは泣き喚いた。

「人殺しをどうしてもお見逃しなさるなら、私は州の役所へ訴え出ます。そうしなければ、死んだ娘が浮かばれません」

張文遠も口添えをする。

「もし婆さんが州へ訴えれば、むずかしい問題になりますよ」

知県はやむなく公文書をこしらえ、都頭の朱仝と雷横に命じた。

「そのほうどもは土兵を引き連れ、宋太公の屋敷を探索に出向き、宋江がひそんでおれば捕縛せよ」

朱仝、雷横は土兵四十人を率い、宋家村へ出向き、宋太公に会った。

「太公、突然押しかけてあいすみません。上に命じられて、しかたなくきたんですよ。宋押司は、いまどこにおられますか」

宋太公は弁明した。

「宋江は不孝のかぎりをつくしたので、いまは何の消息も交しておりません。三年前に籍を抜いてから、まったくこの家にもあらわれません」

朱仝はいう。

「しかし、俺たちは逮捕状を持ってきているので、ひと通りお屋敷のうちを探させていただきますよ」

彼は土兵たちに屋敷を包囲させ、雷横にいった。

「俺は表門を見張ってるから、あんたが先に家内をあらためてくれ」

雷横は裏口から入り、屋敷を隈《くま》なくあらため、表門に出てきて朱仝に告げた。

「屋敷にゃいねえよ」

朱仝は首をかしげた。

「どうも納得がいかねえな。あんたはここで張り番していてくれ。俺がもう一度たしかめてくるよ」

宋太公がいった。

「この年寄りも法度《はっと》はわきまえています。どうして息子をかくまいましょうか」

朱仝は太公に詫《わ》びた。

「あんたにこんなことができた義理じゃないが、殺人事件だからおろそかにはできないんですよ」

朱仝は屋敷に入り、朴刀《ぼくとう》を壁にもたせ、門に閂《かんぬき》をかけ、仏間に入ると供物の台を片寄せ、床板を持ちあげた。

彼がそれを手もとへ引くと、鈴がどこかで鳴り、床下の穴蔵のくらがりから宋江が出てきた。宋江は朱仝を見て、おどろきのけぞる。朱仝は告げた。

「公明《こうめい》兄貴、俺をわるく思わねえでくれ。いままで何の隠しだてもせずつきあってきた仲だ。この穴蔵のことも、前にあんたが教えてくれたんだ。知県さまが今日、俺と雷横をよこしたのは、世間の眼をごまかせなくなったためだよ。あんたの知りあいは誰だってあんたを捕まえたくねえさ。

張三《ちょうさん》の野郎と閻《えん》の婆あが、州へ訴えるなどとうるさく騒ぎたてやがるから、しかたなくきたんだぜ。俺は雷横があんたを見つけるまえに、話をしたくてやってきたんだ。ここにいつまでもいるわけにはゆくめえ。誰かに探しあてられたら、どうするんだ」

宋江は嘆息した。

「実は俺も、そう思っていたところだ。あんたがきてくれなきゃ、とっつかまってただろうよ」

「じゃ、ここを出て、どこへいくかね」

「心当りは三ヵ所あるよ。ひとつは滄州横海《おうかい》郡の小旋風柴進《しょうせんぷうさいしん》の家だ。いまひとつは青州清《せい》風寨《ふうさい》の、小李広花栄《しょうりこうかえい》の所よ。三つめは白虎山《はっこさん》、孔太公《こうたいこう》の家だ。太公の長男は毛頭星《もうとうせい》の孔明《こうめい》、次男は独火星《どくかせい》の孔亮《こうりょう》で、どちらも県役所へ何度もきて、よく知っている。このうちどこへゆくか迷っていたんだ」

「行先はどこでもいいが、いますぐ出発したほうがいい。遅れては大変なことになりかねねえ」

宋江は朱仝に頼んだ。

「役所には、うまく手をまわしておいてくれ。そのための賄賂は、いくら使ってもいいから」

「それは引きうけた。いまは一刻も早く逃げることだ」

朱仝は宋江と別れ、表門へ戻ると、大声で雷横にいった。

「宋江はどこにもいねえ。しょうがねえから、やはり宋太公をつかまえていこう」

雷横は朱仝の内心を察した。

――朱仝は宋江と仲がいい。太公を捕えようなどと、心にもないことをいってるが、もう一度いいだしたら、あいつの心を汲《く》んでとりなしてやろう――

朱仝と雷横は土兵を呼び集め、客間に入った。宋太公はあわてて酒を出し、もてなす。

朱仝がいった。

「おもてなしは結構です。太公と四郎さんには、県の役所へお越しいただきたい」

雷横がたずねた。

「四郎さんのお姿が見えませんが」

「四郎は近くの村へ農機具を買いにゆかせました。宋江は三年前に籍を抜いています。この公文書をご覧下さい」

朱仝が首をふった。

「私たちは、どうしても、あなた方をお連れして帰らねばなりません」

雷横がさえぎった。

「朱都頭、俺の意見を聞け。宋押司が罪を犯したのは、よほどの理由があってのことだろう。死罪にはなるまいよ。太公は公文書を持っていなさる。役所の判をおした本物だ。俺たちは、宋押司とは長いつきあいじゃないか。太公に味方して、公文書を写させてもらって帰りゃよかろう」

朱仝はひそかによろこぶ。

――こいつは、俺を疑ってはいねえようだ――

彼は雷横に応じた。

「あんたのいう通りだ。俺だって憎まれ者になりたくはねえ」

宋太公は感謝した。

「お二方のおとりなしには、お礼の言葉もございません」

彼は朱仝たちを饗応《きょうおう》し、銀子二十両を渡した。彼らはそれを土兵たちに分けあたえ、県役所へ戻っていった。

二人は知県に報告する。

「屋敷と村じゅうを探しやしたが、宋江は見あたりませんでした。宋太公は寝たきりで身動きもできません。あの様子じゃ長くねえようです。宋清はひと月前から旅に出ているそうで、しかたがないので証拠の文書の写しだけを持って帰りやした」

知県に異存はなく、国じゅうに指名手配して、宋江の行方《ゆくえ》を探ることとなった。

宋江と仲のよかった役人たちは、張文遠がこのうえ閻婆さんをけしかけないよう、脅した。

「お前だって宋押司から恩誼《おんぎ》をうけながら、あの女と密通したんだ。大きな顔はできねえだろう。このうえうるさくいいやがったら、ただじゃ済まねえからな」

宋太公の屋敷に穴蔵があったのは、その時代、官（大官）になるは易《やす》く、吏（小役人）になるは難しといわれる風潮があったためである。

朝廷では奸臣《かんしん》が権力を握っていて、縁故者か賄賂《わいろ》をつかう者は、たやすく高官に登用した。高官は放埒《ほうらつ》な生活を楽しむことができた。

吏になれば、職務の手違いで咎《とが》められると、軽い罪で辺境への流罪、重いときは家財没収のうえ、死罪に処せられる。

そのため、屋敷のなかへ隠れる場所をこしらえ、危難をのがれる支度をしていたのである。

宋江は、朱仝たちが去ったあと、穴蔵から出て父と弟に今後の相談をした。宋江はいう。

「こうなったうえは、どうにもしかたがない。弟といっしょに逃げるしかなかろう。お父さん、運よく大赦の恩典をうけることができたら、帰ることもできるでしょう。朱仝や県の役人、閻婆さんにも金をやり、事を穏便にすませるはからいをお願いします」

「分った。行先からはかならず便りをくれ」

宋江兄弟は、その夜四更（午前二時頃）に起き、旅立った。

宋江は白い范陽《はんよう》の氈笠《せんりゆう》をかぶり、白緞《どんす》子の上衣に紅梅色の帯をしめ、麻鞋《あさぐつ》をはいた。宋清は従者の服装で、ともに腰刀を帯び、朴刀を手にして、涙にくれつつ宋太公、下男たちと別れた。

初冬の季節で、枯葉が道に舞い、こおろぎがかぼそい声で啼《な》いていた。寒雨が降ってはやみ、空は暗澹《あんたん》と雲に覆われている。

宋江兄弟は、歩きつつ相談して、義にあつい人物として世評の高い、滄州《そうしゅう》横海郡の柴大官人を頼ることとした。柴進は大周皇帝嫡流の子孫といわれる名士である。

二人は山川を越え、幾つもの府州を通過して、滄州に入ると柴進の屋敷をたずねた。

下男が出てきて、柴進は留守だという。

「東の別荘へ年貢を取りに参りやした」

「そこまでは遠いのですか」

「四十里ほどですよ」

「じゃ、そこへ行く道を教えて下さい」

下男はするどい眼差《まなざ》しをむけた。

「まず、あなた方のお名前をうかがいましょう」

「私は鄆城県の宋江、この者は弟です」

「あなたは及時雨《きゅうじう》の宋江さまでござんすか」

「これは、私をご存知かね」

「あなたのお名前は、大官人さまからいつもお聞きしておりやすよ。いちどお目にかかりたいものだと申しておりやしたが、早速ご案内しやしょう」

宋江と宋清が案内された東の別荘は、広大な屋敷であった。案内した下男が、門際の亭《あずまや》に連れてゆく。

「ここでお待ち下せえ」

二人が亭で待っていると、表門が八の字にひらかれ、四、五人の男を連れた風采のすぐれた男があわただしく出てきて、宋江の前に駆け寄り、ひざまずいた。

「私が柴進でございます。あなたさまには久しくあこがれておりましたが、今日は天のめぐみでご光来をいただき、日頃の渇仰の思いがいやされ、こんなしあわせなことはありません」

宋江もひざまずいて挨拶《あいさつ》をする。

「私はいやしい小役人ですが、今日は失礼をもかえりみず、参りました」

柴進は宋江を抱き、立たせながらいった。

「昨夜は灯芯《とうしん》が火の粉を散らし、今朝早くから鵲《かささぎ》が啼《な》き騒いだので、なにか幸運に恵まれるのかと思っていましたが、はからずも貴兄がお越し下さったのです」

宋江は弟の宋清にも挨拶させ、柴進に導かれ、客座敷に入った。

主客の座がさだまると、柴進がたずねた。

「大兄は、長く鄆城県役所でおはたらきなされていると、聞き及んでいましたが、この辺境へはるばるとお越しになったのは、どういうわけですか」

宋江は答えた。

「大官人のご雷名は、久しく聞き及んでおりました。幾度かお手紙もいただきながら、下役人のことで雑務に追われ、お目にかかれる機会もないままに日を過ごしてきました。今度おうかがいしたのは、事件をおこし、追われる身となったため、弟とともに大官人の俠《きよう》気《き》にすがろうと思いたってのことです」

柴進は笑った。

「大兄がどんな大罪を犯されておられようとも、この柴進はおかくまいしますから、ご安心下さい」

宋江が閻婆惜を殺害した事情を詳しく打ちあけると、柴進はいった。

「たとえ朝廷の大官を殺しなすっても、ここにおられるなら安全ですよ」

宋兄弟は入浴をすすめられ、旅の垢《あか》を落すと、白絹の新しい衣裳《いしよう》ひと揃いを与えられた。

宋江たちは柴進に案内され、裏の食堂へゆく。卓上には酒食の支度がととのえられていた。三人が座につくと、十数人の下男と用人たちが、酒をついでもてなす。

主客は盃《さかずき》をかさね歓談に時を忘れた。日が暮れ、初更(午後八時頃)、宋江は廁《かわや》へいった。提灯《ちようちん》を持つ下男に案内され、長い廊下を歩いていった。宋江は深酔いして足どりもさだかではなく、廊下を踏みしめてゆく。

廊下の途中に大男がしゃがんでいた。瘧《おこり》(マラリヤ)をわずらい、高熱のため寒けにふるえながら、提げ火鉢を足もとに置き、暖をとっている。

宋江は通りかかって提げ火鉢の柄がつきだしているのに気づかず、踏んだ。火鉢の火がはねかえり、男の顔にはね飛ぶ。

男は汗をしたたらせた顔をあげ、立ちあがると宋江の胸をわしづかみにして喚《わめ》いた。

「どこからきたとんちき野郎だ。俺を笑いものにしようってんだな」

宋江はおどろき、言葉につまった。

下男がたしなめた。

「これ、失礼をするな。大官人さまのお客さまだ」

「なんだと、俺だってここへきたときはお客さまで、ちやほやしてもらったものだ。いまはお前たちが告げ口しやがったので、余計な居候になりさがったよ。人に千日の好《こう》なく、花に百日の紅《こう》なしだ。これでもくらえ」

大男は拳《こぶし》をかため、殴りかかってくる。宋江は身をかわした。下男が提灯を床に置き、組みついたが投げとばされる。

揉《も》みあううち、提灯が三つほど揺れながら近づき、柴進が駆けつけてきた。

「押司《おうし》殿、ご無礼いたしました。この騒ぎは何事ですか」

彼は下男からわけを聞くと、笑いながら大男に聞いた。

「大男殿、あんたはこの名高い押司さんを知らないかね」

「名高い押司といえば、鄆城の宋押司殿がいちばんさ。こいつはどこの馬の骨だ」

柴進は声をあげ笑った。

「貴公、宋押司殿と会ったことがあるか」

「会ったことはねえが、及時雨の宋公明の名を知らねえ奴はいねえよ。義を重んじて財を疎んじ、危うきを助けて苦しむを救う天下の好漢だ。宋押司こそはまことの大丈夫だと俺は思っている。瘧がなおったら、あの人のところへたずねていくよ」

「会いたいか」

「そりゃ会いてえにきまってらあ」

「大男殿、遠けりゃ十万八千里、近けりゃ眼の前っていうじゃないか。このお方が及時雨の宋公明殿だよ」

「そりゃほんとうか」

宋江が告げた。

「私が宋江です」

男は宋江の顔を見なおし、ゆっくりと頭を下げた。

大男はつぶやく。

「俺は夢を見ているんじゃねえだろうな。及時雨さまとは知らねえで、失礼をいたしやした。お許し下せえやし」

男はひざまずいたまま、立たなかった。

宋江は男を扶《たす》けおこして聞く。

「あなたは、どういうお方ですか」

大男は茫然《ぼうぜん》とたたずむばかりで、柴進がその名を告げた。

「清河県《せいかけん》の人で、姓は武《ぶ》、名は松《しょう》といい、兄弟順は次男です。ここに逗留《とうりゅう》して一年ほどになります」

宋江は、武松の名を耳にしていた。

「武二郎というご尊名は、噂でお聞きしておりました。今日ははからずもお逢《あ》いできて、まことにさいわいです」

柴進は武松にすすめた。

「天下の好漢がめぐりあったのだ。貴公もいっしょに飲みあかそう」

宋江は武松の手をとり食堂に戻り、宋清に会わせた。

柴進は武松を自分の席に坐《すわ》らせようとしたが、武松は遠慮して三番めの席についた。灯火の下で見る武松は、

「身躯《しんく》は凜々《りんりん》、相貌《そうぼう》は堂々。一双の眼光は寒星を射て、両彎《りょうわん》の眉《まゆ》はあたかも漆を刷《は》きたるが如し」

という、威風堂々とした壮漢であった。

宋江は武松を頼もしく見つつ聞く。

「二郎殿が、こちらへ逗留なさっているのは、何かわけがあるのですか」

武松は頭をかいた。

「私は清河県で地元の機密（刑事）と酒のうえで喧嘩《けんか》をしでかして、腹立ちまぎれにぶん殴ると、相手はひっくりかえって動かなくなっちまったんですよ。殺したと思ったので大官人殿のところへ逃げこんで、難を逃れましたが、あとで聞くとそいつは死なず、介抱さ

れて生き返ったということです。それで郷里へ帰って兄貴をたずねようと考えていたところ、間のわるいことに瘧の病いにとりつかれたんですかね。さっきは震えがおこったので、廊下で火にあたっていましたが、大兄が火鉢をひっくり返しなすったんで、おどろいたはずみに冷汗が流れ落ち、病気が治ったようでさ」

宋江はおおいによろこび、三更（午前零時頃）まで酒をくみかわし、西の離れで武松とともに寝た。

数日がたち、宋江は武松に衣裳《いしょう》をつくってやろうとした。柴進はそれを知ると、宋江に金をつかわせず、絹の反物をとりだし、仕立屋を呼んで、三人の客人の身にあった衣裳をつくらせた。

柴進がそれまで武松を厚遇しなかったのは、彼の性格が粗暴で、屋敷の下男たちとしばしばいさかいをおこしたためであったが、宋江がきてのちは、人が変ったようにおだやかになった。

武松は宋江と十数日を過ごすうち、瘧も癒《い》えたので清河県に帰って兄に会いたいといいだした。

柴進と宋江がひきとめたが、武松はすぐ帰りたいという。柴進は別れの酒宴をひらき、武松に金銀を与えた。

「大官人殿には、長いあいだお世話になりました」

武松は荷物を背負い、梶棒《こんぼう》を手に別荘から立ち去ってゆく。

あたらしい紬《つむぎ》の上衣をつけ、白い范陽《はんよう》の氈笠《せんりゅう》をかぶった武松を、宋江と宋清が見送っていった。五、六里ほどいったところで武松は宋江たちに別れを告げる。

「大兄、遠いところまでお送りいただきました。どうかお帰り下さい。大官人さまが待っていなさるでしょう」

「もうしばらく送りましょう」

宋江たちは、さらに二、三里を同行した。武松は宋江を押しとどめた。

「もう遠すぎます。諺《ことわざ》にもいうでしょう、君を送ること千里、ついにすべからく一別すとね」

「いや、もうすこしゆきましょう。街道に見えるあの酒店で、二、三杯飲んで別れることにしよう」

三人は酒店に入り、酒肴《しゅこう》を注文し、杯をあげた。

しばらく時を過ごすうち、西の空が紅色に染まり、日が暮れかけてきた。武松がいった。

「まもなく暗くなりますぜ。大兄がこの武二郎をお見捨てにならねえとお考えなら、ここで四拝の礼をいたしやすから、義理の兄貴になって下せえ」

「よろこんで承知するよ」

武松は四拝の礼をして、宋江と兄弟のちぎりを結んだ。

宋江は餞別《せんべつ》として十両の錠銀を武松に渡す。武松は落涙しつつ去ってゆく。宋江兄弟は、武松の姿が見えなくなるまで酒店のまえにたたずんでいた。

武松はあたたかい思いを抱き、夜道をたどった。

——俺はしあわせ者だぜ。及時雨の宋公明の弟分になれたんだから——


武松は幾日か旅をかさね、陽穀県《ようこくけん》に入った。県城から離れた片いなかを歩いていると、昼頃に酒店の旗が見えた。

酒店の旗には、五つの文字が書かれていた。

「三碗不過岡」

武松の顔に笑みが浮かんだ。

「三杯飲んだら峠が越せねえのか。気にいった」

彼は店に入り、叫んだ。

「親爺《おやじ》、早く酒をもってこい」

亭主は三個の碗《わん》と、箸《はし》、菜一皿を持ってきて、ひとつの碗に酒をついだ。武松はひといきに飲みほす。

「よくきく酒だな。親爺、腹のふくれるものをくれ」

「煮た牛肉がありやす」

「二、三斤切ってくれ」

武松は二杯めの酒をつがせ、飲みほして唸《うな》るようにいう。

「いい酒だ。もう一杯注げ」

武松が三杯を飲むと、亭主は奥へ入り、出てこなくなった。武松は食卓をたたいて叫んだ。

「親爺、どうして酒を持ってこねえんだ」

亭主は答えた。

「お客さん、肉ならさしあげやすよ」

「俺は酒をほしいんだ。肉もすこしくれ」

「酒はだめです」

「おかしなことをいうな。なぜ酒を売らねえんだ」

「お客さん、表の旗を見なすったでしょう。三碗不過岡ですぜ」

「なぜ三碗で峠を越せねえんだ」

「うちの濃い酒を三碗飲めば、誰でも峠は越せやせんよ。だからたくさんお飲みになるのは、やめなせえ」

「俺は、酔っちゃいねえぞ」

武松は胸を張った。

亭主はいった。

「うちの酒は、出門倒《しゅつもんとう》といわれるほど強いんだ。口あたりはすこぶる上品だが、表へ出た時分に急に酔いがまわってきて、ぶっ倒れるんでさ」

「うるせえ、銭は払うからもう三杯飲ませろ」

親爺は武松が酔いを発していないのを見て、しかたなく三碗の酒を注いだ。武松はそれを飲み、舌なめずりをしていった。

「いい酒だぜ。親爺、このあとは一杯ずつ金を払ってやらあ。さあ注いでくれ」

「もうおやめなせえ。そんなに飲むと動けなくなって、薬もききやせんよ」

「こうるさくいうな。お前が痺《しび》れ薬を入れたって、俺は嗅《か》ぎわけてやるさ」

亭主はまくしたてられ、また三杯を飲ませた。

武松は命じた。

「牛肉を二斤、持ってこい。酒をもう三杯だ」

武松は酔うにつれて、なお酒を飲みたくなり、銀子を取りだして叫んだ。

「親爺、この銀子で酒と肉の代を払えるか」

亭主は銀子をあらためる。

「充分ですよ。お釣りを返しやしょう」

「釣り銭なんかいらねえ。酒を持ってこい」

「お釣りで五、六杯も飲めますぜ。そんなに飲みきれないでしょう」

「よし、五、六杯ここへ持ってきてくれ」

「あんたのような大男が、酔いつぶれりゃ、どうにも扶《たす》けられやせんよ」

武松はいらだって喚《わめ》いた。

「俺は銭を払って飲んでるんだ。俺が怒ったらこんな店は粉みじんだ」

亭主はやむなく武松に六杯の酒を飲ませた。ついに十五杯も飲んだ武松は、梶棒を手に店を出た。

　彼は笑声をあげていう。

「俺は酔っちゃいねえぞ。三杯飲んだら峠を越せねえのか。笑わせやがる」

　亭主が道へ出てきて呼びとめた。

「お客さん、どこへいくんだね」

「なにか用か。酒代は払っただろう」

「黙ってゆかせられねえから、呼びとめたんだ。店に戻って役所の高札の写し書を見なされ」

「なんと書いてるんだ」

「近頃この先の景陽岡《けいようこう》に、吊《つ》り眼で白額の虎が夜毎にあらわれ、人に嚙《か》みつき、もう二、三十人の男を嚙み殺したんですよ。役所じゃ猟師たちに虎をやっつけるよう、日数を限ってのお指図をなさってるんだ。峠の登り口ごとに高札をたて、往来の旅人は大勢で隊を組み、巳《み》（昼前）、午《うま》（昼）、未《ひつじ》（昼過ぎ）に通行してもいいが、寅（夜明け前）、卯（夜明け）、申《さる》（午後）、酉《とり》（夕方）、戌《いぬ》（夜）、亥《い》（夜中）は通行をさしとめられておりやす。

　またひとり旅の人は、大勢の連れが集まってから通るようにとのお触れでさ。いまは申の刻だ。ひとりでいきなさるのは、死ににゆくようなものだ。今夜はうちに泊り、明日二、三十人も人が集まるのを待って、安全に峠を越えなされ」

　武松は笑っていった。

「俺は清河県の生れで、この景陽岡を越えたのは数えきれねえほどだが、いままで虎が出るなんて聞いたこともねえぜ。そんなつくり話をいって俺を脅すつもりかい。虎なんか怖くねえさ」

亭主はいった。

「ひとが親切でいっているのに、信じないのなら、うちへきて高札の写し書を見なされ」

「うるせえや。お前が俺を泊めたがるのは、夜中に俺を殺して持ち金をふんだくろうって算段じゃねえのか」

酒店の亭主は怒って帰っていった。

武松は梍棒を提げ、四、五里を歩き峠の登り口に着いた。道端の大木の皮がひとところ削りとられ、文字が書きつけられている。

読むと、亭主がいった通りの触書であった。武松は、あざ笑った。

「あの野郎は、こんなところまで細工をしやがって、旅人を店に泊めようとはかっているんだな」

夕陽が山の端に沈みかけていたが、武松は峠を登ってゆく。

半里ほど登った道端に、崩れかけた山神廟《びょう》があり、門扉に官印を捺《お》した陽穀県の触書が貼られていた。武松は薄闇のなかでそれを読み下し、はじめて人喰《く》い虎の出没が事実だと知って、背筋に寒気が走った。

彼は酒店へ引き返すべきかと思ったが、亭主を罵《のの》ったので、いまさらあわす顔がなかった。

――なんとかなるだろう。登ってゆくだけだ。虎が出やがったらやっつけてやらあ――

武松は坂道をたどるうち、また酔いがまわってきた。彼は氈笠《せんりゅう》をはずして背にひっかけ、棒をかかえ、よろめく足を踏みしめ登ってゆく。

谷間をふりかえると、陽は沈むところであった。十月の日は短く、夜は長い。武松は不安をまぎらし、ひとりごとをいう。

「虎なんぞ出るものか。ひとは噂に怯《おび》えているだけさ」

彼は足を早め、峠の頂上に近い辺りまできた。酔いがしだいにつのってきて、身内が焦げるように熱くなってくる。

武松は上衣の胸もとを押しひろげ、よろめきつつ道端の雑木林に入りこみ、休む場所を探した。

——酒店の親爺《おやじ》がいった通り、酒はしだいにききはじめたようだな。どこか寝るところはねえか——

酔眼をさまよわせると、表面が鏡のようになめらかな、巨大な青石がある。武松は梶棒を石にたてかけ、そのうえで大の字に寝ころがり、眠ろうとしたとき、一陣の狂風が吹きおこった。

雑木林のどこかで地を蹴《け》る物音がして、眼の吊《つ》りあがった白額の虎が、跳びかかってきた。武松はあっ、と叫び、青石のうえから転げ落ち、梶棒を握った。

虎は飢え渇いており、地面に爪をたてるなり宙に飛びあがり襲いかかった。武松はやられたと観念し、全身から冷汗が噴きだして酔いが一度にさめた。

彼は身をひるがえし、虎の背後にまわる。虎は相手がうしろへまわると、後脚を蹴りあげた。

武松が身を避けると、虎は辺りをゆるがせて吼《ほ》え、鉄棒のような尾を振る。あやうく身をかわすと、虎は耳をつんざく吼え声とともに向きなおった。

虎の攻撃は、ひと打ち、ひと蹴り、ひとはたきときまっているが、武松はこの三つの攻めをからくもかわした。

彼は虎の頭をめがけ、全力を棒の一撃にこめ振りおろしたが、めりめりという音響とともに、枯木が頭上から倒れてきた。手もとが狂い、棒は虎にあたらず、枯木をしたたかに打ってふたつに折れた。

虎は咆哮《ほうこう》して、武松の頭上へ跳びかかる。武松は十歩ほど飛びさがり、折れた棒を投げ捨て、両手で虎の頭の白斑毛をつかみ、押えつけた。

虎はおどろきもがくが、武松が死力をふるい、押えているので動けない。

武松は片足で、虎の両眼を蹴りまくった。虎は咆哮して地面を搔《か》き、黄泥《おうでい》の山をつくり、穴を掘る。武松は左手で虎の頭を押えつけたまま、右手をかため、鉄槌《てっつい》のような拳で力のかぎりに撲《なぐ》りつけた。

虎は六、七十回ほど打ちすえられると、眼、口、鼻から鮮血を噴きださせ、動かなくなった。

武松は手を離し、折れた棍棒《こんぼう》をつかみ、虎が生き返らないよう、くりかえし撲りつける。

虎はついに息絶えた。武松は虎の屍骸《しがい》を峠の下へ引きずっていこうとしたが、力をつかいはたし、手足の力は萎《な》えて、動かすことができない。

武松は青石の上に坐り、考えた。

「日が暮れてきた。もう一匹の虎が出てきたときは、闘う力はない。いったん峠の下へ下り、明日の朝ひきかえそう」

武松は青石の傍らに落ちていた氈笠をとり、よろめく足を踏みしめ峠を下ってゆく。

半里ほどきたとき、枯草のなかから二匹の虎が出てきたので、武松は観念した。

――これはだめだ。喰われてもしかたがねえ――

立ちすくんだとき、二匹の虎は闇中で立ちあがった。

「おかしいぞ。後脚で立つなんて芸当はできねえはずだが」

よく見ると、それは虎皮の衣裳を身につけた人間で、手に刺叉《さすまた》を持っている。彼らは武松を見るとおどろき声をかけた。

「お前は何者だ。忽律《こつりつ》(猛獣)の心臓か、豹《ひょう》の胆《きも》か、獅子《しし》の腿《ふともも》でも食ったのか。この闇夜に武器も持たず、峠を越えてきたのかね。いったい人間か、化物か」

武松は相手が人間だと分り、ほっとして聞く。

「貴様らは何者だ」

「俺たちゃ猟師だよう。この景陽岡に大虎が毎晩出てきやがって人を食うから、知県さまの命令でそいつを退治にきたんだが、なかなか捕まえられねえんで、今日は毒矢を持って十人ほどの仲間と待ち伏せていたんだ。お前さんはいま頃のんびり岡を下ってきたが、虎はいなかったのか」

「出たさ、虎は撲り殺しちまったよ。俺は清河県の武二郎だ」

猟師たちは、茫然《ぼうぜん》とする。

「まさか、そんなことができるわけもねえだろう」

「俺の身にかかった血しぶきを、何だと思うんだ」

刺叉、刀、槍《やり》、弓などを持って集まった猟師たちが松明《たいまつ》をつけ、武松について峠を登ってゆくと、虎の屍骸が錦の布をつくねたようにうずくまっている。

麓《ふもと》に知らせにゆく者がいて、大勢峠へ登ってきた。武松は麓の里正の屋敷に案内された。

里正たちは武松の虎退治の経緯を詳しく聞かされ、おどろくばかりであった。

「俺は酔っぱらって寝ようとするところだったから、怖ろしいなどと思う間もなかったね。夢中で手足をふりまわしているうちに、虎が眼、鼻から血を吐いて死んじまったのさ」

武松は翌朝、村じゅうの男女が集まってひらいた宴会にのぞんだあと、陽穀県知事の使者の迎えをうけ、役所へ輿《こし》で出向いた。

「輿なんぞに乗ったのははじめてだぜ。まるで殿さまみてえじゃねえか」

知県は武松に会うと、さっそくたずねた。

「壮士よ、虎を討ちとった次第を語ってくれ」

武松がすべて言上すると、知県は感じいった。

「なるほど、この男でなければ、虎を撲り殺せなかっただろう。虎の賞金一千貫をつかわせ」

一千貫が担ぎ出されたが、武松は辞退した。

「あっしは旅鳥だ。こんな重いお宝を持ち歩くのは面倒さ。どうか地元の猟師さん方で分けて下せえやし」

知県は武松の義気に感じ、彼を役人に採用しようと思いたった。

「お前は清河県の者というが、陽穀県と離れた場所でもない。儂《わし》はお前を本県の都頭に任じたいが、受けてくれるか」

武松はおどろきよろこぶ。

「都頭でござりやすか。知県さまの思召しなら、よろこんで勤めさせていただきやす」

武松は人喰い虎を退治した豪傑として、陽穀県の歩兵都頭に任命された。

地元の名士たちが四、五日つづけて集まり、酒宴をひらき祝ってくれる。

――兄貴のところへ帰るつもりだったが、こんなところで出世するとは、思いがけなかったぜ――

武松はわが運命の変りようを、信じられない思いであった。

ある日、武松が役所を出て町なかを歩いていると、突然うしろから声をかけられた。ふりかえると兄の武大郎《ぶたいろう》であった。

「兄さん、なぜここにいるんだ」

「お前こそ一年あまり手紙もくれねえで、どうしていたんだ。俺はお前のいねえあいだに、散々苦労したよ」

「どんな苦労だ」

「俺はお前の留守中に女房をもらったんだが、あちこちから変な男たちがやってきやがって、俺をばかにしやがるんだ。だからたまりかねて、この土地へ移ってきたんだ」

武松は身の丈八尺の巨大漢であるが、武大は五尺にも足りない小柄で、みにくい外見であった。

清河県にいるとき、三寸丁《さんずんてい》の穀樹皮《こくじゆひ》（ちびの黒あばた）と渾名をつけられていた武大が貰《もら》った女房は潘金蓮《はんきんれん》というはたち過ぎの美人であった。

彼女は資産家の小間使いであったが、主人にいい寄られ応じることなくその妻にいいつけた。それで主人は怒って、嫁入り道具とともに金蓮を武大にやってしまった。

金蓮は武大のところへくると、彼を無視して、町のごろつきどもを家へ呼びこむ。ごろつきたちは、武大の家で酒に酔い、喚きたてた。

「めったに喰えねえ旨え羊肉が、犬の口にはいったぜ」

武大はたまりかねて金蓮を連れ家を出て、陽穀県の紫石街《しせきがい》に引越し、炊餅《すいへい》（蒸しだんご）を売り歩いて暮らしていたのである。彼はよろこんでいった。

「景陽岡で虎退治をした武姓の豪傑が、知県さまの気にいられて都頭になったと、町の大評判だったが、お前だったとはな。さあ、家へいこう」

裏路地の茶店の隣で武大が足をとめて、声をかけると、入口の葦《あし》の簾《すだれ》をかかげ、女が顔をだした。

「お前さん、朝のうちに帰るなんて、どうしたのよ」

「弟と会ったんだ。挨拶しろ。景陽岡で虎を撲り殺したのは、弟だったんだ」

武松は巨体をかがめ、金山が崩れ玉柱が倒れるように、膝《ひざ》をつき挨拶《あいさつ》をした。

武大の妻金蓮は、男を誘い寄せる容姿をそなえていた。

「眉《まゆ》は初春の柳葉の如く、常に雨恨雲愁《うこんうんしゆう》（淫《みだ》らな気配）を含着《がんちゃく》し、顔は三日月の桃花の如く、ひそかに風情月意《ふうじょうげつい》（浮気心）を蔵着す」

という、色情をただよわせる物腰である。

金蓮は二階に武松を案内すると、武大にいった。

「あんたは、酒と肴《さかな》を買いにいっておいでよ。私が二郎さんと話していますから」

金蓮は武松のすぐれた体格を、まぶしげに見た。

――おなじ兄弟でも、武大とは大違いだわ。こんな人の女房になったら、私もしあわせになれたのだろうが、ほんとに運が悪い。まだ嫁を迎えていないということだから、うちへ住まわせてもいい。こんないい男がやってくるとは思わなかった。虎を撲り殺すくらいだから、閨《ねや》のうちでも強いだろう――

金蓮は、笑みをたたえて武松に聞いた。

「この土地へこられたのは、いつ頃ですか」

「十日ほど前ですよ」

「お宿はどちらでしょう」

「役所の一部屋にいるんですよ」

「それじゃ、なにかとご不自由ですね」

「いや、ひとりですから気楽ですよ。当番兵が身のまわりの世話をしてくれますから」

「まあ、それならうちへおいでなさいな。私がお世話をしてさしあげますわ。男の人よりも気がつきますよ」

武松は金蓮のからみつくような眼差《まなざ》しから眼をそらしつつ、礼をいう。

「いろいろお気遣いいただいて、ありがとうございます」

「ところで、二郎さんのお年はお幾つなの」

「二十五ですよ」

「まあ、私より三つ年上なのね。いままでどこにいなすったの」

「滄州に一年ほどいて、兄さんの家へ帰る途中でした。この町で出会うとは思っていませんでした」

「清河県では、いろいろ出来事があったのよ。うちの人は気がいいので、他人からひどい目にあわされるんです。あなたが傍にいてくれたら、安心だけど」

「兄さんは、私のような暴れ者とはちがいますよ」

金蓮は、武松をながし目で見ていった。

「乱暴者こそ頼もしいわ。強くなけりゃ、世間を渡れない。うちの亭主は三度呼ばれても返事だけで、四度目に顔をむけるようなのろまだもの、どうにもなりゃしない」

武大が肉や魚を買ってきて、金蓮を呼んだ。

「台所で料理をつくってくれよ」

金蓮は眉をひそめていった。

「私は二郎さんの話相手をしているのよ。隣の王《おう》婆さんに頼めばいいじゃないの。気がきかないのね」

武大は王婆さんを呼んできて料理をつくらせ、二階へ運び、酒の燗《かん》をして金蓮と武松の盃に注ぐ。

金蓮は主人の座に坐《すわ》り、武松の機嫌をとりむすぶのに懸命である。武松は心中で考える。

――こんな女を女房にすれば、兄貴は不仕合せになるにきまってらあ――

彼は金蓮に見つめられると眼を伏せる。

十数杯を飲むと、ようやく酔いがまわってきたので、帰ることにした。

「兄さん、今日はご馳走《ちそう》になったね。またくるよ」

金蓮がいいだした。

「二郎さん、この家へ引越してきて下さいな。主人の実の弟だもの。きてくれなきゃ、近所の人に面目が立ちませんよ。さっそく一間をかたづけるから」

武大は金蓮にいわれると、よろこんですすめた。

「金蓮もこういってるんだから、きてくれよ。俺もそのほうが、外聞がいいよ」

武松はひさびさに兄と会い、なつかしくてならない。

「兄さんたちがそうすすめてくれるなら、今夜のうちに引越してくるよ」

「うれしいわ。待っていますよ」

武松は金蓮の嬌声《きょうせい》に送られ役所へ戻ると、さっそく知県に申し出た。

「私の兄が、紫石街に住んでいます。ついてはそこに引越そうと存じますが、閣下のお許しを頂けましょうか」

「兄弟がともに住めば、そのうえのことはなかろう。宿替えを許す」

武松は知県に礼を述べ、荷物を従兵に運ばせ、兄の家に引越した。

金蓮は、闇夜に金を拾ったようによろこぶ。

武大は大工を雇い、階下の一間に寝台、机などをつくらせていた。翌朝、武松がめざめると、金蓮が盥《たらい》に洗面の湯を満たして運び、うがいをさせ、かいがいしく身支度の世話をした。


（下巻につづく）

本書は二〇〇一年十二月、潮出版社より刊行された単行本を文庫化したものです。

新釈《しんしやく》 水滸伝《すいこでん》（上）

津本《つもと》 陽《よう》

角川文庫 13682

平成十七年二月二十五日 初版発行

発行者――田口惠司

発行所――株式会社角川書店

東京都千代田区富士見二―十三―三

電話 編集(〇三)三二三八―八五五五

営業(〇三)三二三八―八五二一

〒一〇二―八一七七

振替〇〇一三〇―九―一九五二〇八

印刷所――旭印刷 製本所――コオトブックライン

装幀者――杉浦康平

つ 4-20 ISBN4-04-171322-6 C0193

角川文庫発刊に際して

角川源義

第二次世界大戦の敗北は、軍事力の敗北であった以上に、私たちの若い文化力の敗退であった。私たちの文化が戦争に対して如何に無力であり、単なるあだ花に過ぎなかったかを、私たちは身を以て体験し痛感した。西洋近代文化の摂取にとって、明治以後八十年の歳月は決して短かすぎたとは言えない。にもかかわらず、近代文化の伝統を確立し、自由な批判と柔軟な良識に富む文化層として自らを形成することに私たちは失敗して来た。そしてこれは、各層への文化の普及滲透を任務とする出版人の責任でもあった。

一九四五年以来、私たちは再び振出しに戻り、第一歩から踏み出すことを余儀なくされた。これは大きな不幸ではあるが、反面、これまでの混沌・未熟・歪曲の中にあった我が国の文化に秩序と確たる基礎を齎らすためには絶好の機会でもある。角川書店は、このような祖国の文化的危機にあたり、微力をも顧みず再建の礎石たるべき抱負と決意とをもって出発したが、ここに創立以来の念願を果すべく角川文庫を発刊する。これまで刊行されたあらゆる全集叢書文庫類の長所と短所とを検討し、古今東西の不朽の典籍を、良心的編集のもとに、廉価に、そして書架にふさわしい美本として、多くのひとびとに提供しようとする。しかし私たちは徒らに百科全書的な知識のジレッタントを作ることを目的とせず、あくまで祖国の文化に秩序と再建への道を示し、この文庫を角川書店の栄ある事業として、今後永久に継続発展せしめ、学芸と教養との殿堂として大成せんことを期したい。多くの読書子の愛情ある忠言と支持とによって、この希望と抱負とを完遂せしめられんことを願う。

一九四九年五月三日